나는 파리를 불태운다

나는 파리를 불태운다

1판 1쇄 인쇄 2025. 5. 19.
1판 1쇄 발행 2025. 5. 26.

지은이 브루노 야시엔스키
옮긴이 정보라

발행인 박강휘
편집 김해슬 **디자인** 박주희 **마케팅** 고은미 **홍보** 박은경
발행처 김영사
등록 1979년 5월 17일(제406-2003-036호)
주소 경기도 파주시 문발로 197(문발동) 우편번호 10881
전화 마케팅부 031)955-3100, 편집부 031)955-3200 | 팩스 031)955-3111

값은 뒤표지에 있습니다.
ISBN 979-11-7332-232-7 03890

홈페이지 www.gimmyoung.com   **블로그** blog.naver.com/gybook
인스타그램 instagram.com/gimmyoung   **이메일** bestbook@gimmyoung.com

좋은 독자가 좋은 책을 만듭니다.
김영사는 독자 여러분의 의견에 항상 귀 기울이고 있습니다.

나는
파리를
불태운다

브루노
야시엔스키

정보라
옮김

일러두기

- 이 책은 브루노 야시엔스키의 Palę Paryż(1928)를 옮긴 것이다. 번역 대본으로는 Rój 출판사의 1931년 판본을 사용하였다.
- 성서 인용문의 경우, 공동번역 개정판 성서를 사용하였다.
- 모든 주석은 옮긴이 주이다.

노동자－농민을 위해 지치지 않고 싸우는 전사 토마시 동발 동지에게,
유럽의 머리 위로 악수를 청하는 손의 의미로 이 책을 바친다.

차
례

제1부

I

그것은 아주 사소하고 언뜻 보기에 완전히 무의미한, 지극히 개인적인 사건에서 시작되었다.

11월의 어느 아름다운 저녁에 비비엔 거리와 몽마르트르 대로 모퉁이에서 자네트는 피에르에게 파티용 구두가 당장 필요하다고 선언했다.

두 사람은 유럽이라는 고장난 영사 기계가 저녁마다 파리 여러 대로를 화면 삼아 보여주는 우연하고 어지러운 단역들의 무리에 섞여 팔짱을 끼고 천천히 걷고 있었다.

피에르는 음울하고 말이 없었다.

그 나름대로는 그럴 만한 충분한 이유가 있었기 때문이다.

그날 아침부터 작업반장이 신발 밑창 소리를 울리며 공장 안을 돌아다니다가 갑자기 피에르의 기계 앞에 멈추어 그의 어깨 너머 어딘가를 쳐다보면서 도구를 챙겨 짐을 싸라고 지시했다.

벌써 2주째 이 말 없는 낚시가 계속되고 있었다. 피에르가 동료들에게 들은 바로는 프랑스 경기가 형편없어서 사람들이 자동차를 사지 않는다고 했다. 공장들이 문 닫을 위기에 처했다. 사방에서 인력을 반으로 줄였다. 소란이 일어나지 않도록 근무시간 중 서로 다른 시간대에 서로 다른 부서에서 한 번에 몇 명씩 내보냈다.

아침에 출근해서 작업대 앞에 서면 오늘이 자신이 해고될 차례일지 아무도 확실히 알 수 없었다.

400쌍의 불안한 눈이 마치 땅에 코를 대고 냄새 맡는 개처럼 흘낏흘낏 작업반장의 무거운 발길을 한 걸음 한 걸음 뒤따랐고 작업반장은 마치 일부러 그러는 듯 느린 걸음으로 기계 사이를 돌아다니며 자신의 얼굴을 훑는 시선을 애써 피했다. 400명의 사람들이 기계 위에 몸을 숙이고 어떻게든 더욱 작고 더욱 회색빛으로 눈에 띄지 않게 되려는 듯 손가락을 바쁘게 움직이며 급하게 돌려서 뜨거워진 기계를 1초 1초 더욱 재촉했고 소리 없는 외침에 목이 쉬어 뒤엉키는 손가락은 이렇게 속삭이는 것만 같았다. "내가 제일 빨라요! 그러니까 날 자르지 마세요! 난 안 돼요!"

그리고 매일매일 작업장 구석 어딘가에서 반장의 가증스러운 발걸음이 크게 마침표를 찍으며 갑자기 멈추었고 긴장된 침묵 속에 감정 없이 메마른 목소리가 울려 퍼지곤 했다. "짐 챙겨!"

그러면 몇백 개의 가슴이 마치 환풍기가 내뱉듯이 안도의 한숨을 내쉬었다. "그러니까 나는 아니구나! 나는 아냐!" 그리고 훈련된 빠른 손가락을 더욱 서둘러 움직여 붙잡고, 붙이고, 1초 1초씩 감고 고리를 하나씩 이어서 8시간의 강철 사슬을 연결했다.

피에르가 듣기로는 정치적으로 의심스러운 자들을 가장 먼저 내보낸다고 했다. 그래서 그는 걱정하지 않았다. 그는 선동가들을 멀리했다. 집회에 나가지 않았다. 지난번 파업 때는 노조가 작업하지 말라고 하는데도 불구하고 출근을 했다. 소리 지르기를 좋아하는 노조 조합원들은 그를 못마땅하게 바라보았다. 작업반장 앞에서 그는 언제나 입술을 끌어올려 친근한 웃음을 지으려 애썼다.

그리고 이 모든 것에도 불구하고, 작업반장이 공장 안에서 그 말 없는 불길한 발걸음을 시작할 때마다 피에르의 손가락은 겁에 질린 달음질에 꼬여버렸고 도구가 손에서 미끄러졌고 눈에 띌까 봐 몸을 숙여 도구를 줍기조차 두려웠고 달아오른 이마에는 식은땀이 차갑게 응축되어 굵게 맺히곤 했다.

그래서 그날 아침 불길한 발길이 돌연히 그의 작업대 앞에서 멈추었을 때, 입술의 움직임을 보고 선고를 읽어냈을 때, 피에르는 뜻밖에도 일종의 안도감을 느꼈다. '이렇게 끝이구나!'

그는 무심하게 서두르지 않고 종류별로 정리해둔 공구를 한데 챙겼다. 아무도 바라보지 않고 그는 천천히 작업복을 벗어 꼼꼼하게 종이로 쌌다.

사무실에서 정산을 하다가 그는 측미기를 도둑맞았다는 사실을 알았다.

한 치의 실수도 없는 공장 행정규범에 따라 그는 감찰실로 넘겨졌다.

감찰실에서 대머리에 사시인 감찰 직원은 피에르에게 잃어버린 측미기 값으로 공장이 그의 임금에서 40프랑을 공제하겠다고 짧게 말했다. 나머지 임금은 그저께 이미 가불받았다. 받을 돈은 한 푼도 없었다.

피에르는 반듯하게 앞에 놓인, 기름때 묻은 해고통지서를 말없이 바라보았다. 그는 잘 알고 있었다. 해고된 노동자에게 실업급여를 받을 권리를 주지 않기 위해 공장은 정부와 결탁하여 해고통지서에 "공장에 일자리가 부족하여 해고됨"이라는 비고를 달아주기를 거부했다. 한순간 그는 어찌 됐든 애원해보고, 매달려보고 싶었다. 그는 불퉁스러운 사무원의 번쩍이는 사악한 대머리를 쳐다보고, 마치 이 대화에 관심이 없다는 듯 등을 돌리고 선 공장 보안요원 두 명을 바라보았다… 그리고 무슨 수를 써도 방법이 없다는 것을 깨달았다.

피에르는 무거운 발걸음으로 사무실을 나왔다.

정문 앞에서 그는 출입증을 뺏겼고 공구 보따리 내용물을 점검당했다.

거리에 나와서 피에르는 오랫동안 무기력하게 서서 이제 어디로 가야 할지 생각했다. 목깃에 번쩍이는 배지를 단 남색 제복을 입고 불독 같은 얼굴을 한 뚱뚱한 경찰관이 그의 귓가에 대고 여기서 있으면 안 된다고 짖어댔다.

피에르는 공장을 몇 군데 돌기로 마음먹었다. 그러나 어디를 가도 결국 아무것도 얻지 못했다. 사방이 다 위기였다. 공장들은 일주일에 며칠씩만 가동했다. 인력을 줄였다. 새로 노동자를 채용하는 일은 상상도 할 수 없었다.

하루 종일 돌아다닌 끝에 굶주리고 지쳐서 피에르는 저녁 7시에 자네트가 일하는 상점에 들렀다.

자네트는 구두가 필요했다. 자네트는 충분히 그럴 만한 이유가 있었다. 모레는 성 카트린 축일이었다. 자네트가 일하는 상점은 직원들을 위해 무도회를 열 예정이었다. 드레스는 돈을 아끼기 위해 자네트가 작년에 입었던 옷을 수선했다. 필요한 건 이제 구두뿐이었다. 근무화를 신고 무도회에 갈 수는 없지 않겠는가! 게다가 또 그렇게 엄청난 큰돈이 필요한 것도 아니다—자네트는 큐빅이 반짝이는 아주 예쁜 구두가 진열된 걸 봐뒀는데 딱 50프랑 정도였다.

피에르는 주머니에 정확히 3수*를 가진 채 음울한 침묵 속에 여자친구가 수다 떠는 낭랑한 목소리에 귀를 기울였고 그 울림은 달콤하게 그의 가슴을 간질이며 '마의 산'**의 가파른 비탈길로 잡아끌어내리는 것 같았다.

†

다음 날도 전날과 마찬가지로 결실 없는 일자리 찾기의 노력 속에 흘러갔다. 아무 데도 채용을 하지 않았다. 7시에 지치고 기진맥진한 채 파리시 경계선 건너 교외 어딘가에 있었다. 이 시간쯤에는 퇴근하는 자네트를 기다리고 있어야 했다. 지금으로서는 무슨 수를 써도 시간 맞춰 갈 수 없었다. 게다가 그녀에게 뭐라고 말하겠는가? 자네트는 새 구두가 필요했다. 해고당했다고 말하면 울 것이다. 피에르는 자네트가 우는 모습을 도저히 볼 수 없었다. 그는 무거운 걸음을 옮겨 시내로 향했다.

가면서 그는 자네트에 대해 생각했다. 사실 퇴근길의 그녀를 기다리고 있지 않은 것은 그의 잘못이었다. 그녀에게 자초지종을 전

---

* 옛 프랑스의 동전 단위. 100상팀이 1프랑이며 5상팀 동전을 '수'라 불렀다.

** 《마의 산Der Zauberberg》은 독일 작가 토마스 만Thomas Mann(1875~1955)의 1924년 소설이다. 알프스산맥에 위치한 요양원을 배경으로 시민사회의 종말을 묘사한다.

부 이야기하고 해명해야 했다. 이렇게 멋대로 행동할 필요는 없었다. 자네트는 아마 그를 기다렸을 것이다. 그러다가 더 이상 기다릴 수 없어 집에 갔을 것이다. 분명히 자네트는 정당하게 화가 나 있을 것이다. 피에르는 시간이 늦었지만 그래도 자네트에게 들러 모든 일을 해명하고 사과해야 한다고 느꼈다.

그러나 자네트의 집에 올라가서 그는 자네트가 이 시간까지 시내에서 돌아오지 않았다는 사실을 알았다. 이 뜻밖의 상황에 그는 너무 놀라서 자네트에게 사과하려고 머릿속으로 열심히 짜 모았던 문장들이 한 방에 전부 흩어져버렸다.

이렇게 늦은 시간에 자네트는 대체 어디서 무얼 하고 있단 말인가? 그녀가 저녁에 혼자 나가는 일은 거의 없었다. 피에르는 대문 앞에서 기다리기로 했다. 그러나 곧 다리가 아파오기 시작했다. 그는 담장에 등을 기대고 대문 기둥 아래 주저앉았다. 기다렸다.

어딘가 멀리 보이지 않는 어떤 탑에서 시계가 2시를 알렸다. 천천히, 학생이 수업 시간에 외운 내용을 말하듯이, 책상 같은 지붕들 뒤에서 다른 시계탑이 따라서 시간을 알렸다. 그리고 다시 조용해졌다. 무거운 눈꺼풀이 끈끈이에 붙잡힌 파리처럼 서투르게 몸부림쳐 한순간 열렸다가 다시 내리감긴다. 멀리 어딘가 돌로 포장한 도로를 소심한 첫 번째 마차가 덜컹거리며 지나왔다. 곧 쓰레기차가 지나다닐 것이다. 벌거벗은 거친 포석은—머리 가죽이 벗겨져 산 채로 파묻힌 군중의 대머리 두개골 같다—길게 비명 지르고 아우성치며 쓰레기차 바퀴를 맞이할 것이고 그 비명 소리는 어디를 봐도 상상할 수 없을 정도로 끝없이 길게 이어진 거리를 따라 입에서 입으로 전달된다. 보도에는 까만 사람들이 긴 창을 들고 돌아다니며 창 끝을 떨리는 가로등 불꽃의 심장 속에 꽂아 넣는다.*

고통스러운 쇠가 메마르게 달그락거린다. 잠에 취해 이제 막 깨어나는 도시가 무거운 셔터 눈꺼풀을 힘겹게 들어 올린다.

다음 날.

자네트는 돌아오지 않았다.

II

다음 날은 성 카트린 축일이었다. 피에르는 일자리를 찾으러 다니지 않았다. 이른 아침에 방돔 광장으로 가서 상점 옆에 있는 철문에 기대선 채 자네트가 나타나기를 기다렸다. 어딘지 모르게 안 좋은 예감이 그를 괴롭혔다. 마치 답답하고 연기로 꽉 찬 방 안에서 새로운 담배 연기가 한 줄기 떠오르듯, 잠을 못 자서 무거운 머릿속에 일어날 리 없는 상황에 대한 불분명한 생각들이 솟아올랐다. 그는 철문 쇠살대에 달라붙어 그렇게 하루를 보냈다. 이미 이틀이나 아무것도 먹지 못했지만 역겨운 침 맛이 아직도 미각의 영역에 남아 있어 피에르는 배고프다는 사실을 의식하지 못했다.

저녁 무렵에 비가 쏟아졌고 콸콸 흘러 떨어지는 물줄기 속에 사물의 단단한 형체가 부드럽게 요동치며 길게 늘어나 덩어리져서 마치 투명하고 거센 흐름 속에 잠긴 것처럼 변했다.

---

*   20세기 초까지 가로등은 주로 가스등이었고, 사람이 긴 장대 같은 도구를 들고 다니면서 가스불을 켜고 새벽이 되면 또 사람이 다니면서 장대 끝에 달린 작은 덮개로 불을 껐다.

어둠이 내렸다. 불이 켜진 가로등은 밤의 먹물 같은 표면 위에 굵은 무채색 불꽃이 되어 그 밤 속에 녹아들지도 못하고 밤을 밝히지도 못한 채 구불구불한 거리에 폭포 같은 그림자만 드리우며 바닥 없는 깊은 어둠 속에 둥둥 뜬 환상적인 동물군이 되었다.

가파른 물가는 인광燐光을 내는 마법의 동굴 같은 보석가게 진열장으로 가득했고 벨벳 바위 어딘가에 조개에서 파낸 콩알만큼 커다란 처녀 진주가 잠들어 있었고—수직의 벽이 헛되이 어둠의 수면을 찾아 위로 위로 길게 솟아올랐다.

도로 바닥의 넓은 골짜기는 타이어 고무가 탄력 있게 스치는 소리로 시끄러웠고 자동차들은 툭 튀어나온 불타는 눈을 단 쇠 물고기처럼 떼를 지어 헤엄치며 푸르스름한 가솔린 불꽃 구름 사이로 탐욕스럽게 서로 옆구리를 스쳐 지나갔다.

가파른 물가를 따라 납 추를 발에 달고 우산을 무거운 잠수복처럼 뒤집어쓴 사람들이 물의 투명한 젤리 속에서 잠수하듯 힘겹게 움직였다. 마치 당장이라도 아무나 우산 손잡이를 붙잡아 당기고 환상적인 발장구를 치며 깜짝 놀라 굳어진 군중의 머리 위로 가볍게 헤엄쳐 올라갈 것만 같았다.

멀리서 이 물결을 따라 여자 다리 세 쌍이 달린 납작하고 기묘한 잠수복이 천천히 다가왔다. 그 다리들은 젖어서 미끄러워진 바닥을 더듬어 발을 디디며 저항을 이겨냈다는 물리적인 기쁨이 부글부글 솟아올라 서로 자지러지게 웃다가 다리가 꼬인다.

다리들이 철문이 열린 곳으로 다가왔을 때 피에르는 우산 아래 깔깔 웃는 세 명의 머리가 들어 있고 그중 하나가 자네트의 머리인 것을 보았다.

피에르를 보고 자네트는 깡총깡총 뛰어 달려와서 종잇조각처럼 가벼운 입맞춤을 한껏 퍼부었다('마의 산'). 자네트는 파티 드레스와 외투를 입고 비에 젖은, 큐빅 박은 새 구두를 신고 있었다.

왜 지난밤에 집에 돌아오지 않았는가? 당연히 여자 동료의 집에서 잤다. 오늘 무도회를 위해 늦은 시간까지 바느질해서 의상을 만들었다. 새 구두는 어디서 났는가? 상점에 말해서 다음 달 월급에서 가불을 받았다. 피에르가 원한다면 아직 조금 시간이 있으니 같이 저녁 먹으러 갈 수도 있다.

당황한 피에르는 저녁 따위 필요 없다고 중얼거렸다. 자네트는 이해할 수 없다는 듯 놀란 눈길로 그를 쳐다보았다.

싫다는 얘기인가? 그러면 동료들과 뭔가 얼른 먹으면 된다. 자네트는 아직도 몇 가지 필요한 게 있어서 서둘러야 한다고 말했다.

그리고 자네트는 까치발로 서서 피에르의 입술에 재빨리 입을 맞추고 철문 안으로 사라져버렸다.

피에르는 침울하게 집으로 돌아왔다. 다리가 무거웠고 입안의 시큼한 맛 때문에 자네트를 기다리며 철문에 기대서 있는 동안 끈질기고도 괴로운 딸꾹질에 시달렸다는 사실을 처음으로 깨달았다. 깨닫고서 그는 자기 자신의 무감함에 웃음 지었다. 그것은 굶주림이었다.

대로에는 퇴근한 옷가게 종업원들, 사업하는 젊은이들, 색색의 모자와 스카프가 흘러넘쳤다. 움직이지 않는 가로등 그림자 속에 축일에 어울리는 옷을 입은 피에르들이 기꺼이 까치발로 선 자신의 조그만 자네트들의 입술에 키스했다.

회색 메닐몽탕은 언제나 그렇듯이 어둡고 음울했다.

피에르는 무거운 몸을 끌고 힘겹게 집으로 돌아왔다. 그는 지쳐 있었고 머릿속에는 단 한 가지 생각밖에 없었다—침대 위에 뻗어 눕는 것이다.

언제부터인가 그는 불퉁스럽고 얼굴이 얽은 수위와 얼굴을 마주하지 않기 위해서 애써 피해 다니기 시작했다. 최근의 지출(자네트의 가을 옷)이 그가 석 달째 월세가 밀린 이유였다. 저녁마다 피에르는 불 꺼진 현관을 눈에 띄지 않게 지나 바로 계단으로 올라가려고 애썼다.

그러나 이번에는 그 작전이 실패했다. 현관 구석에서 피에르를 정면으로 향해 갑자기, 마치 유령처럼, 수위의 형체 불분명한 옆얼굴이 불쑥 나타났다. 피에르는 모자를 살짝 들어 인사하고 옆으로 지나가려 했으나 팔을 붙잡혀버렸다. 빠르게 내뱉은 모욕적인 말들 중에서 피에르는 단 한 가지만 알아들었다—방에 들여보내지 않겠다는 말이었다. 석 달 동안 방세를 내지 않았으므로 그는 방에서 쫓겨났다. 짐은 밀린 월세를 정산하면 가져갈 수 있다고 했다.

기계적으로, 항의의 말 한마디 없이, 문장 절반쯤에 어리둥절해서 말을 멈춘 수위 앞에서 피에르는 발길을 돌려 거리로 나왔다.

가느다란 비가 뿌렸다. 피에르는 아무 생각 없이 왔던 길을 터덜터덜 되밟아 어디로 가는지도 잘 알지 못하는 채 졸음에 겨워 부풀어 오른 축축하고 따뜻한 담을 따라 걸었다. 좁은 틈바구니, 집의 대문간이나 창틀 아래 사람들, 남자들과 여자들의 까만 형체가 밤을 지낼 준비를 하며 추위로 차갑게 곱은 손가락과 발가락을 모아둔 신문지로 감싸고 있었다.

지쳐서 쓰러질 지경이 되어 마치 조난당한 배가 가장 가까이서 빛나는 등대 불빛을 향해 다가가듯이 피에르는 지하철의 빨간 등불을 향해 걷다가 대로 모퉁이에 도달했다.

시계탑이 1시를 쳤다. 지하철의 타일 바른 입안에서 잠에 취한 직원들이 늦은 시간의 마지막 승객들과 온기를 빼앗긴 노숙인들을 지상으로 쫓아 보냈다. 셔터가 탕 소리를 내며 잠겼다.

보도로 이어지는 계단은 답답했고 사람들이 모여 떠드는 소리로 가득했다. 수염이 자라고 옷이 낡아빠진 사람들이 이미 서둘러 아무렇게나 계단 위에 자리를 잡았고 따뜻한 셔터에 조금이라도 더 가까이 누우려고 주의 깊고도 엄숙하게 밤을 보낼 곳을 골랐다. 어떻게든 셔터에 가까이! 하루 종일 뛰어다녀 지친 파리의 뜨뜻하고 썩은 숨결이 셔터에서 숨 막히게 불어 나왔다. 누더기에 감싸인 사람들이 단단하고 거친 돌계단을 베개 삼아 천천히 계단 위에 누워 손가락을 벌린 성긴 손으로 쪼그라든 자기 몸을 서툴게 감쌌다.

곧 계단 전체가 통나무처럼 누운 사람들로 뒤덮였다. 부주의해서 늦은 손님들에게 남은 자리는 비와 추위에 가장 많이 노출된 가장 위쪽 계단뿐이었다.

피에르는 이미 너무 지쳐서 더 이상 아무 데도 갈 수 없었다. 양순하고 소심하게 그는 아무도 밟지 않으려 조심하며 계단 가장 위에, 새로 등장하는 사람 모두를 적대적인 신음 소리로 맞이하는 누더기에 감싸인 흰머리의 두 마녀 사이에 누웠다.

그는 잠들 수 없었다. 안개처럼 가느다란 빗줄기가 젖은 발로 그의 얼굴을 기어다니고 미끄럽고 짜증스러운 습기로 옷을 적셨다. 비와 땀에 푹 젖은 누더기 옷은 쿰쿰하고 시큼한 악취를 뿜었다. 베개 대신 벤 거친 돌계단 때문에 머리가 아팠다. 계단의 날카로운

21

모서리가 갈비뼈 사이로 파고들어 몸이 여러 조각으로 나누어져 마치 조각조각 잘린 지렁이처럼 열이 들끓고 잠들지 못하는 채 꿈틀꿈틀 몸부림치는 것 같았다. 계단 아래쪽 빈민들은 일찌감치 차지한 셔터 앞자리에서 행복하게 코를 골며 갖가지 짓눌린 숨소리를 내고 있었다. 서서히 피에르도 무겁고 열에 들뜬 선잠에 젖어들었다.

그는 자신이 평범한 계단이 아니라 굉음을 내며 위쪽으로 움직이는 에스컬레이터('오프랭탕' 백화점이나 '피갈 광장' 지하철역에 있는 그런 것 말이다) 위에 누워 있는 꿈을 꾸었다. 커다랗게 벌어진 땅의 구멍, 지하철의 크게 벌린 입속에서 움직이는 계단들이 끝없이 늘어선 쇠 하모니카처럼 위를 향해 둔한 소리를 내며 규칙적으로 올라갔다. 계단이 새롭게, 또 새롭게 계속 굉음을 내며, 너덜너덜해진 무기력한 시체 무더기로 뒤덮인 한 칸씩 나타났다. 계단 맨 위, 피에르가 누워 있는 자리는 이미 저 높이 구름 속 어딘가에 있었다. 아래쪽에서 숨 막히는 밤의 침묵 속에 수백만 개의 불빛이 파리의 수많은 눈이 되어 비명을 질렀다. 에스컬레이터는 규칙적인 금속소리를 내며 더욱 위로 올라갔다. 피에르는 행성 사이에 펼쳐진 우주 공간, 별들의 반짝임, 우주 공간의 무한한 고요 속에 잠겼다.

하늘의 커다랗게 입 벌린 구멍 속 열린 도로의 어두운 입안에서 에스컬레이터가 잠든 빈민들을 태운 새까만 벤치처럼 계속해서 흘러나왔다.

III

참을 수 없이 세게 당기는 느낌에 그는 잠이 깨었다. 지하철이 운행을 시작한 것이다.

잠에 취한 회색 무리가 욕을 하고 기지개를 켜며 내키지 않게 계단을 떠났다. 이른 아침의 가벼운 차량들이 삼킨 첫 승객들을 빈 속에 소화시키자 도시의 뜨겁게 달아오른 내장의 짙고 나른한 온기가 계단 아래쪽에서 뿜어져 나왔다. 사람들은 씨근거리고 하품하며 서둘러 발을 끌고 차례로 계단을 올라 보도로 나가서 투명한 아침 안개 속으로 한 명씩 사라졌다.

첫 비스트로들이 문을 열었다. 30상팀을 소유한 행운아는 카운터 앞에서 까맣고 뜨거운 커피나 차 한 잔을 마실 수 있었다.

피에르는 30상팀을 갖지 못했으므로 목적 없이 벨빌 대로를 따라 터덜터덜 올라갔다.

파리는 천천히 잠에서 깨어나고 있었다. 허름한 작은 호텔의 불그스름하게 녹슬고 무너져가는 창틀 안에는 여기저기 벌써 머리가 헝클어지고 나이 먹은, 반쯤 벗은 여자들이 매음이 유산인 것처럼, 다른 곳의 귀족 칭호나 공증인 사무실처럼 대대로 이어지는 이 주인 없는 구역 증조할머니의 유령 같은 초상화인 양 썩어가는 창틀 안에서 장엄한 옆모습을 드러냈다.

창문은 낮이라는 죽은 직사각형 회색 돌벽에 못 박힌 그림이다. 정물 같은 창문들도 있다―익숙한 예술 사조의 기묘하고도 어려운 구성, 모서리가 서로 묶인 어울리지 않는 커튼들, 잊혀버린 꽃병, 창틀 위에서 익어가는 토마토의 선명한 붉은빛. 초상화―창문, 내면-창문, 공무원 루소*풍의 순진한 교외 목가처럼 발견되지 못하고 가치를 평가받지 못하고 그 누구의 것도 아닌 창문도 있다.

기차가 저녁에 도시로 들어오면서 철로 양쪽에 늘어선 집과 그 집들의 불규칙하게 여기저기, 서로 다른 높이에 불이 켜진 사각형 창문을 지날 때면 그런 창문은 타인의 이해할 수 없는, 아, 너무나 낯선 삶을 진열한 장식장이며, 홀로 여행하는 나의 눈은 꿰뚫을 수 없는 창유리 앞에서 무기력하게 날개를 펄럭이는 나방과 같아서 안으로 들어갈 수가 없다.

하루 종일 무익하게 일자리를 찾아 헤맨 끝에 피에르는 어딘가 인적 없고 낯선 골목으로 꺾어 들어갔고 때는 이미 저녁이었으며 창문의 움푹 파인 사각형은 집 안의 가릴 수 없는 빛으로 빛나기 시작했다. 거리는 튀김 기름과 바람을 들이지 않은 집들의 온기와 전통적으로 신성한 저녁 식사 시간의 냄새를 풍겼다. 탐욕스럽고 익숙한 굶주림이 잘 훈련된 개처럼 의식의 문가에 엎드려 달갑지 않지만 문턱을 넘지도 않은 채, 의식의 안쪽으로 숨어들려는 생각들은 모두 곧바로 그 배고픔이라는 문간의 개에 발이 걸릴 수밖에 없다는 점에 만족하고 있었다.

피로의 안개를 뚫고 마치 밀봉된 원통 안에 갇혀 튀어나오지 못하는 비명의 메아리처럼 피에르의 마음속에서 자네트의 이름이 몸부림쳤다.

그는 자네트의 집에 찾아가 대화를 해야만 한다는 것을 깨달았

---

* 앙리 루소Henri Rousseau(1844~1910)는 프랑스의 후기 인상주의 화가이다. 인상파나 야수파 등에 속하지 않은 독립적인 작품 활동을 했으며, 파블로 피카소가 발견하기 전까지 무명으로 지냈다. 화가가 되기 전에 법률 사무소에서 일했고, 공무원 생활도 했다.

다. 그러나 대체 그녀에게 뭐라고 말할 것인가―여기에 대해서는 면밀히 생각해보지 않았다.

피에르가 그를 휘감은 얽히고설킨 골목길에서 벗어나기 전에 밤이 왔다. 그는 표지가 될 만한 것을 전혀 찾지 못하고 거리 이름도 힘겹게 분간하며 오랫동안 어둠 속을 헤맸다. 갑자기 그는 벌판의 낯선 오솔길에서 잘 다져지고 안전한 큰길로 나온 듯한 인상을 받았다.

낯선 지역을 헤매고 다니다가 갑자기 아는 길로 접어들고, 의식적으로 생각해낼 수는 없었지만 다리가 자동으로 움직여 마치 졸린 말이 잠들어버린 마부를 한번 가봤던 길로 싣고 가듯 본능적으로 우리를 앞으로 데려가준 적은 아마 한두 번이 아닐 것이다. 누가 알겠는가, 어쩌면 우리는 냄새로 자기 흔적을 찾아가는 개처럼 한때 우리가 직접 디뎠던 자기 자신의 걸음을 우연히 그대로 되짚어 편안하게 발을 디디며 나아가는 것인지도 모른다. 그리고 도시는 우리가 매일같이 돌아다니며 보았던 조각난 여러 장면을 시각을 통해 기억의 원화에 새기기 때문에, 우리가 도시에 흩뿌린 발자국들의 보이지 않는 실로 그 장면들을 모아서 이은 뒤에야 비로소 우리 머릿속에서 도시라는 일관된 개념으로 자라나 우리만의 고유한 파리의 복잡하고 알기 힘든 지도가 되며 그것은 우리와 똑같은 길을 돌아다니는 다른 사람들의 파리와는 다른 것이다.

피에르의 발걸음이 오랜 방황 끝에 그를 자네트의 집앞으로 이끌었을 때는 이미 12시가 지났다. 그래도 피에르는 위로 올라가서 문을 두드렸다. 잠이 덜 깬 어머니가 문을 열어주었다. 자네트는 없었다. 어제부터 집에 돌아오지 않았다.

피에르는 오랫동안 어둠 속을 내려간 끝에 다시 거리에 나왔다. 보도에 서서 이제는 첫날 밤처럼 철문 앞에서 기다리지 않고 무거운 몸을 끌고 어스름 속으로 향했다.

인파가 북적이는 길모퉁이에서 지붕을 열어젖힌 택시들이 그에게 진흙을 튀겼다. 잘 차려입은 뚱뚱한 남자가 좌석에 편안하게 앉아 그의 품에 안긴 날씬한 여자에게 입 맞추며 자유로운 손으로 여자의 드레스 치마를 밀어 올리고 여윈 무릎을 더듬었다.

피에르에게는 여자의 얼굴이 보이지 않았고 조그만 남색 모자와 여위어 거의 어린아이 같은 무릎만 보였지만 피에르는 갑작스러운 뱃속의 경련과 함께 그것이 자네트임을 알아보았다. 그는 거칠게 소리 지르는 보행자들을 밀어젖히며 달리기 시작했다.

자동차는 잠시 후에 모퉁이를 돌아 그의 눈앞에서 사라졌다.

수십 걸음 더 달린 뒤에 피에르는 기진맥진해서 멈추었다. 불분명하고 열에 들뜬 생각들이 놀란 비둘기 떼처럼 갑자기 그의 머릿속에서 날아가버렸고 그 뒤에는 완전한 공백과 관자놀이를 두드린 날개의 퍼덕거림만 남았다.

그는 어떤 좁은 골목길에 있었다. 식초에 절인 양배추와 당근 냄새가 났다. 그는 힘겹게 모퉁이로 다시 나왔다.

차량이 뜸해진 광활한 도로 위에, 거대한 녹색 원통, 붉은 원뿔, 흰 육각형, 잘 깎인 피라미드 들이 층층이 쌓인 기하학적 형태로 이루어진 진정한 밤의 왕국이 밤 동안 땅에서 자라나 있었다. 그는 레알*에 있었다.

회색으로 바랜 사람들이 닳아 떨어진 옷차림으로 이상적인 둥근 모양의 양배추와 활짝 펼쳐진 콜리플라워 꽃다발을 날라 몇 층

26

이나 되는 건물과 탑을 쌓아 올렸다. 그 옆에는 줄기를 잘린 꽃들이 불쌍한 육각형 모양으로 하늘을 향해 솟아올랐다. 파리가 다음 날 먹고 사랑하기 위해 필요한 모든 것이 밤 동안 이곳으로 모여들었다.

땅에서 뽑아낸 신선한 채소의 날카로운 향 때문에 피에르는 제자리에 멈추었다. 시큼하고 메마른 굶주림이 참을성 있게, 그러나 무익하게 의식의 문을 두드리며 개들이 흔히 하듯 앞발로 그 문을 가볍게 긁었다.

피에르는 더 가까이 다가갔다. 거대한 콜리플라워를 한아름 나르느라 몸을 뒤로 젖힌 사람이 그와 아프게 부딪치고 욕설을 내뱉었다. 피에르는 소심하게 보도로 물러났다. 누군가 그의 팔을 잡았다. 그는 돌아보았다. 어깨가 딱 벌어진 콧수염 사내가 그에게 당근을 가득 실은 바퀴 두 개짜리 손수레를 손으로 가리켜 보였다….

피에르는 제안을 이해하고 황급히 이 흐트러진 덩어리들을 차도로 나르는 일에 착수했다. 다른 빈민 몇 명이 그를 도와주었다. 피에르는 그중에서 어젯밤 지하철 계단에서 잘 때의 이웃 한 명을 알아볼 것 같았다.

당근으로 이루어진 찌그러진 빨간 피라미드가 솟아나 2층 높이와 맞먹게 되더니 더 높이 올라갔다.

수레들이 전부 비어서 떠나가고 나자 일꾼들은 전부 레알 안쪽으로 들어갔다. 피에르는 뒤를 돌아보고는 뒤에서 그와 비슷하게

*****   Les Halles. 파리의 대표적인 식료품 시장. 1973년까지 시장 형태로 운영되었고, 현재는 쇼핑몰로 변했다.

회색으로 바랜 사람들이 무리 지어 따라오는 것을 알았다. 모두 다 목 주위에 더러운 면 넝마를 빙 돌려 걸쳤고 얼굴은 핏기가 없고 수염이 아무렇게나 자라고 흙빛이었다.

그들은 길게 줄을 서서 큰 냄비에서 퍼낸 뜨거운 양파 수프를 한 그릇씩 받았다. 피에르도 자기 몫의 수프 한 그릇을 받은 데다 현금으로 3프랑을 벌었다. 입천장을 사정없이 데면서 뜨거운 액체를 다 마시고 나자 그는 손에서 수프 그릇을 뺏기고 옆으로 밀려나 다른 사람들에게 길을 내주어야 했다. 골목길을 돌아 겨우 몇 시간 만에 사라질 운명에 처한 이 새롭고 기이한 도시에서 돌아 나오면서 피에르는 어느 무더기에서 아직도 비옥한 흙이 여기저기 묻은 커다란 당근 몇 뿌리를 슬쩍해서 골목 안에 들어가 게걸스럽게 먹어치웠다.

동이 텄다. 피에르는 방금 먹은 따뜻하고 향긋한 수프 때문에 피로와 졸음에 휩싸였다. 그는 한잠 잘 곳을 찾아 주위를 둘러보았다.

그곳에서도, 대문 깊숙한 곳에서, 몰려선 집들 사이의 틈바구니에서 돌돌 말리고 가죽 조각처럼 비틀어진 사람들이 자고 있었다. 피에르는 바람을 피할 만한 빈 구석 자리를 찾아내어 다른 사람들의 본보기를 따라 쓰레기장에서 가져온 신문 조각으로 굳어진 손발을 감싸고 누웠다. 그리고 축축하고 칠이 벗겨진 벽에 몸을 편하게 기댈 새도 없이 잠들어버렸다.

남색 제복에 짧은 망토를 어깨에 걸친 키 작은 사람이 그를 깨워 여기에서 누워 자면 안 되고 당장 다른 곳으로 떠나야 한다고 몇 분에 걸쳐 참을성 있게 설교했다. 피에르는 정확히 어느 '다른 곳'으로 가야 한다는 것인지 잘 알 수는 없었으나 시키는 대로 터덜터덜 걷기 시작했다.

그토록 힘들게 쌓아 올린 환상적인 밤의 도시는 신기루처럼 사라졌다. 조금 전까지 순무가 마술적인 육각형과 거대한 원뿔을 이루며 층층이 쌓여 있던 곳에, 지금은 미끄러운 철로 위로 트램의 움직이는 집이 지팡이를 닮은 구불구불한 연기를 피워 올리며 지나갔다. 이미 낮이었다….

어디에도 일자리는 없었다. 변두리 골목을 헤매면서 피에르는 눈에 보이는 정비소마다 빠짐없이 들어가서 세차 일을 하겠다고 제안했다. 어디서나 그를 맞이하는 것은 차체를 문질러 닦는 일꾼들의 적대적인 얼굴과 충혈된 눈, 겨우 한 마리가 먹을 만한 뼈를 탐내는 경쟁자의 냄새를 맡은 개처럼 부릅뜬 눈이었다. 아무 데서도 일손은 필요하지 않았다.

저녁이 다가오자 자네트의 이름이 그의 마음속에서 새롭게 불타오르는 경련이 되어 굶주림보다도 더 고통스럽게 몸부림치기 시작했다. 그는 본능적으로 자네트의 집 쪽을 향해 터덜터덜 발길을 옮겼다.

자네트는 여전히 집에 없었다.

거리들이 길고 구불구불하게 늘어났고 다리에 감긴 고무줄처럼 무한히 늘어지고 지나가는 불빛의 반영에 놀란 도마뱀처럼 발아래에서 달아났으며 러브 호텔 수천 곳의 눈이 다 이해한다는 듯 어둠 속에서 깜빡거렸다.

그런 싸구려 호텔 중 한 곳에 가까워졌을 때 피에르는 갑자기 그곳에서 나오는 남녀 한 쌍을 보았다. 어깨가 딱 벌어진 남자와 날씬하고 조그만 여자였다. 여자의 얼굴을 어둠 속에서 분간할 수 없었으나 윤곽은 자네트가 분명했다. 피에르는 앞을 가로막는 행인들을 밀어젖히며 두 사람 쪽으로 달려갔다. 남녀는 피에르가 따라잡기 전에 택시에 올라타고 떠나버렸다.

무기력하게 넋이 나간 채로 그는 잠시 어쩔 줄 모르며 텅 빈 호텔 문가에 서 있었다. 파도처럼 몰려드는 보행자들의 물결이 그를 떠밀었다.

채 100걸음도 가지 않아서 그는 다른 호텔에서 나오는 또 다른 한 쌍을 목격했다. 여자의 윤곽은 언뜻 자네트와 무척 닮아 보였다. 피에르는 두 사람을 붙잡으려 했으나 그러려면 차로를 건너 맞은편으로 가야 했다. 도로는 끊임없는 자동차의 흐름으로 막혀 있었다. 그가 마침내 맞은편 보도에 도달했을 때 두 남녀는 이미 군중 속으로 사라지고 없었다. 고통의 울음보다도 더 깊은 곳에서 터져 나오는 무기력한 분노의 울음이 그의 목구멍으로 솟아올랐다.

주변에서는 의미심장하게 켜졌다가 꺼지는 흰색과 빨간색 호텔 네온 간판들이 번쩍거리며 보행자들을 다정하게 유혹했다. 그런 싸구려 호텔 어딘가에 지금 자네트가 있을지도 몰랐다. 몸집 큰 사내의 끈질긴 욕정에 지쳐 어린아이처럼 몸을 둥글게 말고 무릎 사이에 기도하듯 손을 모은 채 자네트는 잠들어 있을 것이었다. 사내가 그녀의 연약하고 무방비한 하얀 몸을 쓰다듬는다. 피에르는 그녀에 대해 거의 슬픔에 가까운, 말로 표현할 수 없는 애정을 느꼈다.

생각은 지금 그가 헤매 다니는 골목처럼 구불구불 얽히고설켰다. 2프랑짜리 싸구려 호텔 문가에 여위고 추레한 옷을 입은 여자들이 순식간에 펼쳐지는 야자 잎 같은 우산 아래에서 비를 피하며 세상 모든 곳에서 개를 부를 때 쓰는 짧고 유혹적으로 혀 차는 소리를 내어 보행자들을 멈춰 세웠다. 파리에서는 사람을 부를 때도 그렇게 한다.

연약하고 폐결핵에 걸린 듯 바짝 마른 데다 푹 젖은 파티용 구두를 신은 여자가 피에르에게 5프랑 가격으로 자신의 병든 몸의 가장 비밀스러운 쾌락을 약속했다. 어째서인지 유혹적이라고 여기는 음란한 몸짓을 강조하기 위해 여자는 입에서 혀를 내밀었는데 그 혀는 소화불량으로 고생하는 사람들이 그렇듯 하얗게 백태로 덮여 있었다.

피에르는 추위와 내면의 긴장감 때문에 몸을 떨었다. 어딘가 가까이에서 경쾌한 자동피아노 음악 소리가 들려왔다. 작고 빨간 등불이 즐거운 가게의 성격을 알려주었다.

피에르는 밤에 벌었던 3프랑이 주머니 속에 있다는 사실을 떠올리고 안에 들어가기로 결정했다. 3프랑을 가지고 있었으므로 그는 맥주 한 잔을 주문하고 아침까지 따뜻한 곳에 앉아 있을 수 있었다.

숨 막히는, 정신 나갈 듯한 온기와 강력한 파우더 냄새, 싸구려 향수와 싸구려 여자 냄새의 파도가 그를 뒤덮었다. 거의 손으로 더듬어서 그는 벽 앞의 첫 테이블까지 가서 완전히 기운이 빠진 채 쿠션이 다 낡아버린 안락의자 용수철의 시끄러운 한탄 위로 무겁게 주저앉았다.

불빛에 잠시 보이지 않게 된 눈을 다시 떴을 때 그는 자신이 깔고 앉은 안락의자 용수철이 동시에 이 세상 전체의 중심적인 용수철이며 자기가 깔고 앉아 망가뜨려버린 것처럼 느꼈다.

가게 안은 테이블과 자동피아노가 있는 보통 술집과 근본적으로 전혀 다르지 않았고 자동피아노는 지금 너무 느리게 연주해서 피에르는 튀어 오르는 건반들의 음계 하나하나 사이의 빈 공간과 시간의 분자가 방울방울 떨어지는 소리까지 들을 수 있었다.

벽 아래 녹색 양동이에 심은 누렇게 시든 야자수 그늘 아래 동글의자가 점점이 박힌 테이블들이 줄지어 피어나 있었다. 홀 가운데에는 천천히 돌린 영화처럼 원자 하나하나가 늘어진 듯 게으른 움직임으로, 열댓 명의 벌거벗은 여자들이 쭈그려 앉은 채 돌아가고 있었다. 통통하게 부어오른 여자들의 몸은 탄력 있는 쿠션 위에 흔들리며 공기 저항을 이겨내기조차 힘들어하는 것 같았고 납작하게 깔린 짙은 담배 연기 구름 속에 르네상스 시대 그림 속 천사의 몸인 양, 닳아빠진 나방 날개 같은 레이스 스카프를 펼쳐 규칙적으로 흔들고 있었다.

피에르는 한순간에 전부 깨달았다. 용수철이 튕겨 오르며 마지막 반동을 이용해 그를 다른 현실로 던져 올린 것이다.

그렇다, 이곳은 천국이었다. 피에르는 바로 이해했다. 비록 신앙심이 별로 없어서 그 개념을 면밀히 생각해본 적은 한 번도 없었지만 말이다. 핏줄을 타고 퍼지는 축복 같은 무감각, 지난 삶에서 한때 들어본 듯 익숙한 천국의 음악 소리, 천천히 돌아가는 천사들의 날개가 움직이는 소리로 그는 이것을 짐작했다. 다만 어째서 구름이 담배 연기하고 너무 닮았는지, 신들의 술을 따르는 기계가 평범한 비스트로의 여느 증류기와 어째서 저렇게 비슷해 보이는지 알 수 없었다.

갑자기 그의 시선이 어느 구석으로 향했고 피에르는 경외심과 환희 속에 움직임을 멈추었다. 모퉁이에는 카운터의 나무 제단 위에 말없이 움직이지 않는, 조각상 같은 모습으로 사바오트 신*이 우뚝 서 있었다. 그것은 흰 수염을 길게 기른 그리스도교의 신이 아니라 그보다는 청동으로 만든 열정 없는 부처상을 연상시켰는데, 피에르는 그런 거대한 부처 조각상을 언젠가 식민지 전시회에서 본 적이 있었다. 그것과 완전히 똑같은 그런 신이었는데, 가모장家母長의 형체에 통통한 얼굴은 주름지고 여성스러웠으며 단지 양쪽 귀에만 값비싸고 커다란 귀고리가 마치 틀리지 않는 저울추처럼 신화적인 무게를 저울질하며 달려 있었다.

반쯤 닫힌 문을 통해 차가운 바깥바람과 함께 남자들이 수줍고 어색하게 하나씩 가게 안으로 걸러져 들어왔고 이들은 자신을 친절하게 맞이해줄 빈 테이블이 있는 곳을 오랫동안 무기력하게 찾고 있었다.

몇몇 테이블에는 또 다른 여자들이 앉아 있는 것을 피에르는 눈치챘는데 여자들은 비싼 털 코트를 꼼꼼하게 여미면서 움직일 수 없었고 그 모습은 마치 옛 거장들의 그림 속 죄 많은 여자들이 흩어진 머리카락의 투명한 커튼으로 선명한 나체를 가리려고 헛되이 애쓰는 것 같았다.

가끔씩 안에 들어온 남자들 중 누군가, 마치 오랫동안 찾아다녔던 아는 사람의 얼굴이라도 발견한 듯 자신을 둘러싼 천사들 중 하나를 놀라서 휘둥그렇게 뜬 눈으로 바라보며 천천히 일어섰다. 그러면 둘은 서로 손을 잡고 발로 천천히 반원을 그리며 카운터의 제단 쪽으로 움직여 갔고 그곳에서 신화적인 통행증인 지폐를 받은

---

* Sabaoth. 군대의 신을 가리킨다.

통통하고 여성적인 얼굴의 부처는 장엄하고 의례적인 동작으로 여자에게 상징적인 방 번호의 반지와 폭 좁은 의식용 수건을 하사하였다. 그런 뒤 신랑 신부는 장엄한 나선 속에 빙글빙글 선을 그리며 비물질적인 계단을 오르고, 그들을 안내하는 것은 오로지 털가죽에 감싸인 이상한 여자들의 날개 펄럭이는 나방과 같은 시선뿐이었다.

피에르는 몸을 꿰뚫는 은총과도 같은 온기를 느끼며 반쯤 정신을 잃었다. 달콤한 선잠이 그를 사로잡았고 그는 여름에 오래 헤맨 끝에 목욕탕에 몸을 담그듯 그 잠에 빠져들었다.

그를 깨운 것은 그의 의식의 문을 끈질기게 오랫동안 두드리는 어떤 목소리였다. 피에르는 내키지 않게 눈을 떴다. 또다시 똑같은 그 목소리다. 그는 귀를 기울였다.

"저 누군지 모르시겠어요, 피에르 씨?"

누군가 끈질기게, 억지로 그를 머리 위에 덮인 부드럽고 깃털 같은 잠 속에서 꺼내려 하고 있었다. 급작스럽게 덮쳐 오는 자명종 소리로 잠의 순수한 덤불에서 쫓겨나게 된 사람이 밤새 키워낸, 잘 데워져 따뜻한 열대식물 같은 잠자리에 도로 파묻히려 헛되이 애쓰듯이 피에르는 그 목소리를 떨쳐버리려, 한옆으로 흘려버리려 했다. 목소리는 그의 머리 위 어딘가에서 미끄러지며 먹잇감을 찾지 못하는 무거운 새처럼 넓게 원을 그리며 맴돌다가 갑작스럽게 귀가 찢어질 듯한 타격이 되어 되돌아왔다.

"이제 자네트하고는 안 만나세요?"

피에르는 번쩍 눈을 떴다.

자동피아노의 단조로운 음악 소리. 느리게 돌아가는 필름의 최면술 속에서 홀 안을 돌아다니는 가슴 크고 무거운 천사들. 그중 한 명이 머리에 리본을 달고 완전히 벌거벗은 채 안락의자 끝에 걸 터앉아 끈질기게 피에르의 얼굴을 들여다보았다.

"저 모르시겠어요? 자네트 친구였는데요. 같이 영화 보러 자주 갔었잖아요. 우리한테 항상 사탕 사줬던 거 기억하세요…?"

피에르는 시장에서 기억의 진열대 위에 목을 빼고 들여다보는 구경꾼처럼 고집스럽게 톱밥으로 가득한 기억을 뒤져 매 순간 그 안에서 점점이 빛나는 회상의 조각들을 조금씩 끄집어냈다.

이 끈덕진 파리는 대체 누구이기에 그가 이미 영원히 내버린 이 전의 현실로 그를 고집스럽게 되돌려 보내려 이렇게 애쓰는 걸까? 혹시 아직도 지상의 기억에 흠뻑 젖은 그의 상상력이 만든 환상인 걸까? 그런 경우라면 모든 것을 씻어내는 잠의 흔들리는 파도 위에 서 마법의 베개에 더 깊이 파묻혀버리면 그만이다.

그러나 짜증나는 파리는 끊임없이 그의 귓가에 붕붕거렸다.

"제가 어쩌다가 여기까지 왔는지 묻고 싶겠죠? 세상에나, 너무 간단해요. 어딜 가나 항상 운이 나빴거든요. 돈 많은 남자친구를 단 한 번도 잡은 적이 없어요. 월급 200프랑으로 생활하고 옷도 사 입 기는 좀 힘들다고요. 자네트처럼 이렇게 훌륭한 남자친구가 있다 면 또 다른 얘기겠죠. 제가 좀 너무 나가긴 했어요. 사장님 수표책 을 손에 넣었거든요. 당연히 가게에서는 다음 날 쫓겨났죠. 거리에 서 살아남아야 했는데 그게 겉보기처럼 그렇게 쉽지 않더라고요. 여름이면 그나마 좀 괜찮은데 비가 내리면… 몸이 버티질 못해요. 감기 걸렸죠… 병원에 입원했어요. 다 낫고 나서 여기로 왔죠. 여 기서 사실 일은 전보다 훨씬 쉬워요. 항상 따뜻하고요. 돈은 좀 덜

벌지만 대신 안정적이에요. 손님 한 명당 10프랑인데 그중 7프랑은 마담에게 가요. 식사는 가게에서 줘요. 생활을 할 수 있죠. 돈은 잘 벌 때도 있고 못 벌 때도 있고 전부 운이에요. 그저께를 예로 들자면 손님을 열다섯 명 받았어요—그러면 벌써 제 몫이 45프랑이죠. 매일 그만큼 들어오진 않는다는 걸 알고 있어야 해요. 몸은 좀 지치지만 그래도 사흘에 하루는 쉬어요. 벌써 가시게요? 조금만 더 계시지, 왜요? 자네트는 어떻게 지내는지 알고 싶어서요. 이젠 여자친구가 아닌가요?"

피에르는 돌연히 자리에서 일어나 힘겹게 모자를 눌러썼다. 자유로워진 용수철이 삐걱거리며 튀어 올랐고 이 때문에 세상 전체가 움직이기 시작했다. 피에르는 자신을 둘러싼 비눗방울을 건드려 갑자기 터뜨린 것 같은 기분이었다. 활기차고 무시무시하게 빠른 자동피아노의 노랫소리. 눈에 거슬리는 싸구려 리본을 머리에 장식하고 홀 안을 빠르게 도는 열댓 명의 벌거벗고 땀에 젖은 여자들. 다른 몇 명은 빨간 제복의 헌병들에게 달라붙어 맥주를 사달라고 비명처럼 졸라대고 있다. 담배 연기, 외침 소리, 숨 막히는 공기.

비싼 옷을 입은 숙녀들이 번쩍이는 정장을 입은 신사들과 함께 앉아 있는 테이블도 있었다. 그런 사람들은 자기 맥주를 마시지 않고 자기 테이블을 점령한 여자들에게 관대하게 나누어 주면서 여자들의 곡예 기술을 한껏 칭찬했다. 그 기술이란 손님 한 명이 테이블 위에 1프랑을 놓으면 여자들이 손을 쓰지 않고 여성 성기만을 활용하여 그 돈을 가져가는 것이었다. 털옷을 입은 숙녀들은 인정한다는 듯 미소를 지었다.

바지 주머니에서 힘겹게 긁어낸 3프랑을 찻잔 받침에 놓고 피에르는 사람들을 헤치고 문가로 가서 부처님처럼 장엄하고 정중하게 인사하는 계산대의 마담에게 대답하지 않고 문틈 사이로 빠져나와 거리에 섰다.

거리에는 비가 내렸고 눈썹처럼 가는 빗줄기는 가끔 멀리서 반짝이는 별빛에 끊어졌다. 얼어붙은 수면 같은 하늘에서 큰곰자리가 저녁 목욕을 마치고 번쩍이는 털을 흔들었고 차가운 물방울이 튀어나와 땅으로 떨어졌다.

IV

자네트는 계속 보이지 않았다. 거만하고 성격이 나쁜 그녀의 나이 든 어머니는 딸이 가난한 피에르와 사귀는 것을 언제나 못마땅한 눈으로 바라보았고 어느 날 저녁 자네트는 더 이상 여기 살지 않는다고 선언하고는 그의 코앞에서 문을 쾅 닫아버렸다.

도시는 오래전부터 그랬듯 영원한 밀물과 썰물로 들썩거렸다. 거리는 끝없는 사람들, 뚱뚱하게 살찐, 살라미 소시지 같은 목을 한 남자들의 무리로 흘러넘쳤다. 그중 누구라도 어젯밤, 어쩌면 조금 전에 자네트와 함께 잤을 수도 있었다. 그중 누구라도 바로 피에르가 찾아 헤매다 무익한 추적 속에 뒤쫓았던 그 남자일 수 있었다. 피에르는 미치광이처럼 고집스럽게 행인들의 얼굴을 들여다보며 그 안에서 어떤 흔적, 자네트와 경험했던 쾌락이 남긴 아주 작은 경련이라도 찾아내려 애썼다. 혹시 누군가에게서 자네트의 향수 냄새를, 그 작은 몸의 섬세한 냄새를 잡아내지나 않을지 탐욕스러운 콧구멍으로 옷 냄새를 들이마셨다.

자네트는 아무리 찾아도 어디에도 없었다.

그러나 또한 사방에 있었다. 피에르는 애인과 함께 모든 호텔 문을 나서는, 택시를 타고 옆을 지나가는, 처음으로 마주치는 대문 안의 암흑 속으로 갑자기 사라지는 모든 젊은 여자의 모습에서 정확히 자네트를 보았고 알아보았다. 수천 번이나 그는 분노에 차서 행인들을 밀어젖히며 달렸고 행인들은 언제나 헤쳐나갈 수 없는 파도가 되어 그를 그녀에게서 갈라놓았으며 그는 아무리 뛰어도 언제나 너무 늦었다.

하루하루가 단조로운 빛과 어둠의 유희 속에 지나갔다.

일자리는 몇 주간 헛되이 헤매 다닌 끝에 더 이상 찾지 않았다.

길고 긴 나날 동안 어머니가 아기를 품고 다니듯 그는 뱃속에 탐욕스럽게 모든 것을 빨아 먹는 굶주림을, 목구멍에는 치솟는 구역질을, 그리고 온몸에 흐르는 납처럼 무거운 피로를 간직하고 다녔다.

사물의 형체가 연필로 덧칠한 듯 선명해졌고 공기는 밀봉된 펌프 뚜껑처럼 꽉 닫힌 도시 하늘 아래 희박해지고 투명해졌다. 집들은 사이사이로 뚫고 지나갈 수 있을 정도로 길게 늘어났다가 예상하지 못하게 서로 겹치다가는 또다시 도저히 불가능한, 부조리한 원근법으로 길게 늘어났다. 사람들의 얼굴은 문질러 지운 듯 흐릿했다. 어떤 사람들은 코가 두 개였고 또 다른 사람들은 눈이 두 쌍이었다. 대부분이 목덜미에 머리를 두 개 얹고 다녔는데 그 머리들은 하나가 다른 하나를 기괴하게 누르고 있었다.

어느 날 저녁 갑작스러운 사람들의 밀물이 그를 몽마르트르 대로에서 내던져 커다란 뮤직홀 입구 통유리 현관으로 밀어냈다. 불타는 거대한 부채가 축을 중심으로 천천히 돌며 세상의 끝없는 거리들에서 우스꽝스러운 쾌락의 돈키호테들을 꾀어내고 있었다. 주위를 둘러싼 건물의 창문들은 꺼지지 않는 열기로 달아오르는 불길의 선명하게 빨간 불씨로 타올랐다. 바다의 입구처럼 우뚝 선 통유리 입구 주변에서는 뭉치고 얽힌 자동차들의 행렬이 광기에 찬 파도처럼 도로를 때렸고 그러다가 잠시 후에 도로 빠져나가 사라져서 보도 연석에 파도가 해변에 하얀 물거품을 남기듯 흰담비털 망토와 연미복 자켓에 감싸인 하얀 가슴과 어깨를 남겼다.

옆문에는 수없이 많은 까만 군중이 서로 밀고 밟으며 떠들썩한 물결이 되어 몰려왔다. 피에르는 언젠가 이 무리를 본 적이 있고 자신도 그 안에 파묻힌 한 부분이었던 적이 있었던 것 같았다. 지금과 똑같이 넋 나간 사람들의 강물이 레알 시장에서 양파 수프 한 그릇을 위해 서로 밀치던 것이 떠올랐다.

새롭게 솟아오른 원통이 그를 옆으로 내던지고 얼굴을 벽에 밀어붙였는데, 좀 더 자세히 들여다보니 것은 벽이 아니라 부드러운 사람 얼굴이었고 그것도 어딘가에서 너무 갑작스럽지만 너무도 익숙하게 아는 얼굴이었다. 그 얼굴은 양팔을 벌려 난데없는 포옹에서 벗어나더니 마찬가지로 그를 자세히 들여다보았다.

"피에르?"

피에르는 생각을 집중해서 뭐든 떠올리려고 애썼다. 이제 기억이 날 것 같았다. 1층에서 포장 업무를 하던 에티엔이었다.

두 사람은 군중을 뚫고 옆 골목으로 나갔다. 에티엔이 뭔가 빠르게 알아들을 수 없는 말을 했다. 그렇다, 에티엔도 마찬가지로 해고

되었다. 어디서든 일자리를 찾기란 불가능하다. 위기다. 힘들어도 알아서 살길을 찾아야만 한다. 전부 다 해보았다. '코코'*를 파는 일도 했다. 잘 안됐다. 경쟁자가 너무 많았다. 여자친구 제르멘을 밤일에 내보냈다. 언제나 하룻저녁에 13, 14프랑은 벌어 온다. 경기가 아주 나쁘지만 말이다. 외국인이 별로 없다. 그리고 공급이 언제나 모든 수요를 다 합친 것보다 많다. 직접 벌어서 수입에 보태야 한다.

지금 에티엔은 '해결사'라고 했다. 일은 지루하지만 그래도 비교적 돈이 된다. 주소를 몇 개 알고 무엇보다도 건방지게 굴어야 한다, 그게 핵심이다. 그리고 또 약간은 심리학도 활용해야 한다. 누구한테서 뭘 뜯어내야 할지 알아야 한다. 여기도 경쟁이 많지만 말재간이 좋으면 버틸 수 있다.

에티엔은 나이 든 신사들 전문이라고 했다. 어린 여자아이를 파는 집을 몇 군데 알고 있다. 이건 언제나 성공이다. 여기서 멀지 않은 곳, 로슈슈아르 거리 근처에도 있다. 열세 살짜리들이다. 물건은 확실하다. 그저 포장을 적절하게 해서 내밀 줄 알아야 한다. 잘 꾸미는 것이다―짧은 원피스, 앞치마, 땋은 머리에 묶은 리본. 위층 방은 학교 교실처럼 꾸민다. 예쁜 그림, 조그만 요람, 작은 교단, 칠판, 그리고 칠판에는 분필로 쓴 $2 \times 2 = 5$. 완벽한 환상이다. 그 어떤 노신사도 거부하지 못한다. 주소 알려주는 값으로 손님에게 10프랑, 마담에게 5프랑을 받는다. 해볼 만하다.

여기가 에티엔이 맡은 자리라고 했다. 피에르도 원한다면 이 분

***

* 마약을 가리킨다.

야에 소개해줄 수 있다. 주소 몇 군데를 말해줄 것이다. 중요한 건 말투다. 그리고 눈치다. 누구한테 접근하면 좋을지 알아야 한다. 음식점 앞에서 기다리는 게 제일 좋다. 예전에 맡았던, '아베이' 식당 앞 자리를 줄까? 목 좋은 자리다. 주소를 헛갈리지만 않으면….

행인들의 새로운 회오리바람이 돌연히 피에르를 휩쓸어 어딘지 모를 곳으로 몰아갔다. 에티엔은 어딘가로 사라졌다. 피에르는 자기도 모르게 묻혀 가면서 저항할 시도도 하지 못했다. 몇 시간이나 밀물과 썰물에 휩쓸린 끝에 그는 피갈 광장에 내던져졌다.

번쩍이며 돌아가는 광고판. 누군가의 보이지 않는 손이 허공에 쓴 불타는 단어와 표현들. '므네, 드켈, 브라신'* 대신 '피갈', '루아얄', '아베이.'

'아베이….'

에티엔이 뭔가 비슷한 말을 했었다.

조명이 밝혀진 입구 앞에 정복을 입은 날렵한 '보이'가 짧은 자켓을 입고 얼어붙어 있다가 갑자기 직업적인 인사를 하며 몸을 반으로 꺾는다.

두 명의 노신사다. 둘밖에 없다. 모퉁이에서 멈추어 선다. 담배를 피운다.

피에르는 기계적으로 가까이 다가간다. 신사들은 대화에 열중하여 그에게 전혀 주의를 기울이지 않는다. 피에르는 나이가 더 많고 배가 나온 신사의 소매를 잡아당기고 몸을 기울여 신사의 귓가

---

* 성서의 다니엘서 5장 25절~28절에서, 벨사살 왕이 잔치를 벌이는 중에 사람의 손이 나타나 왕궁 벽에 이 세 단어를 쓴다. 다니엘은 이 단어들을 해석하여 벨사살 왕의 치세가 끝났다는 뜻임을 알려준다.

에 더듬더듬 속삭인다.

"재미 보세요… 열세 살짜리… 앞치마… 요람… 칠판… 2×2＝5… 완벽한 환상…."

노신사는 황급히 소매를 잡은 그의 손을 뿌리친다. 노신사 두 명은 자동적으로 지갑이 들어 있는 주머니를 움켜쥔다. 두 신사는 서둘러, 거의 뛰다시피 다가오는 택시를 잡아타고 두려운 듯 차 문을 세게 닫는다.

피에르는 모퉁이에 혼자 남는다. 아무것도 이해할 수 없다. 그는 담벼락을 스치며 어둡고 인적 없는 밤의 대로를 돌아다닌다. 유리창. 거울. 거울 속에서 거뭇한 회색 얼굴과 아무렇게나 자라난 수염, 그리고 등불처럼 빨갛게 타오르는 눈이 나타나 그를 맞이한다.

피에르는 멈추어 선다. 이제 좀 이해가 되기 시작하는 듯하다. 그 노신사들은 그저 겁먹었던 것이다. 이런 얼굴이라면 어딜 가도 돈벌이를 찾기는 글렀다.

대로 한가운데, 한 걸음 걸을 때마다 입을 맞추며 서로 꼭 껴안은 남녀 한 쌍이 걸어간다. 여자는 조그만 모자를 한쪽으로 기울여 쓰고 있다. 다리가 길고 날씬하다. 자네트!! 두 남녀는 계속 서로 입 맞추면서 모퉁이에 있는 작은 호텔로 들어간다. 또다시 자동차―빌어먹을 자동차!―가 길을 가로막았다.

피에르는 한걸음에 건너편으로 뛰어간다. 호텔 문이 광택 없이 번쩍거린다. 안에는 층이 7개나 있다. 어디를 찾아야 하지? 어느 방부터 찾아야 하지? 불가능하다! 두 사람이 나올 때까지 여기서 기다리는 편이 낫다.

피에르는 기진맥진해서 벽에 기댄다. 몇 분, 어쩌면 몇 시간이 지난다. 이제 두 사람은 분명히 옷을 벗고 있을 것이다. 피에르는 괴로운 상상에 잠겨 머릿속에서 그토록 생생하게 기억하는 애무의 모든 단계를 차례차례 되짚지만 단지 자기 자리에 얼굴 없이 목깃을 높이 세운 다른 남자를 집어넣는다.

이제 두 사람은 분명히 벌써 침대에 누워 있을 것이다. 사내가 여자의 하얗고 단단한 몸을 손으로 더듬는다. 이제 두 사람은 서로 감싸안는다….

단번에 모든 것이 터진다. 맞은편 호텔에서 남녀 한 쌍이 걸어나온다. 뚱뚱하게 살찐 신사와 날씬한 젊은 여자다. 자네트!! 여자가 까치발로 서서(오, 피에르는 이 동작을 얼마나 잘 알고 있는가!) 살찐 신사의 입술에 키스한다. 그리고 손을 흔들어 택시를 부른다.

피에르는 고함을 지르며 굉장한 속도로 달려가 차로 반대편으로 뛰어든다. 자네트를 태운 택시는 떠났다. 호텔 정문 앞에 살찐 신사만 남아 가로등 불빛 아래 두툼한 지갑 속 내용물을 확인하고 있다. 게슴츠레한 눈의 눈꺼풀에는 바로 몇 분 전에 경험한 쾌락의 홍조가 아직도 다 사라지지 않았다. 음탕한 입술 위에서 자네트의 마지막 입맞춤이 시들어간다. 구겨진 옷 주름이 자네트의 손길이 닿았던 자리의 온기와 흉내 낼 수 없는 그녀 몸의 향기를 차갑게 식힌다. 드디어!

눈 밑 살이 축 처진 신사의 불룩 튀어나온 눈 사이에 피에르의 몸에서 떨어져 나온 주먹이 저절로 박혔다. 쓰러지는 몸의 둔탁한 충격음. 황소같이 두꺼운 상대방의 목살이 꽉 움켜쥔 손가락 사이로 빵 반죽처럼 비어져 나온다. 무기력하게 놓쳐버린 지갑이 총 맞은 새처럼 도랑으로 굴러떨어진다.

뚱보가 힘없이 씩씩거리는 소리에 밤은 길고도 절망적인 호각 소리로 답한다. 양초 불꽃처럼 뭉쳐 날리는 피에르의 붉은 머리카락 위로 사방에서, 밤의 모든 구석에서 양털로 짠 날개를 퍼덕이며 남색 제복의 박쥐들이 날아온다.

자동차의 규칙적인 바퀴 소리가 어딘가, 지평선 너머 무한히 먼 곳에서 들려온다. 졸음이 오게 만드는 망토들의 펄럭펄럭 소리. 그리고 얼굴에는—마치 군인의 차가운 수의처럼—별 중의 별들과 하늘이 새겨진 미국 깃발.

V

그 뒤에 일어난 모든 일은 절벽 위에 매달린 채플린의 오두막* 처럼 한 면이 이미 삼차원 현실의 경계를 넘어선 듯했다.

어둠이 새어 나오는 새까만 벽. 탁한 공기가 뭉친 명확한 육면체는 거대한 마법의 농축 수프스톡처럼 칼로 자를 수 있을 것 같다. 그리고 쇠창살 달린 창문의 깊은 우물 안에는 1리터의 응축된 하늘.

피에르는 거대하고 복잡한 세상이라는 기계 가장자리에서 자기만의 특수한 규칙에 따라 돌아가는 새롭고 조그만 세상을 알게 되었다. 공짜로 얻을 자격이 없는 물건들이 주어지는 낯선 세상이다. 천을 늘어뜨려 만든 천장 아래 좁지만 편안한 침상, 아침저녁으로 받는 빵 한 조각을 곁들인 따뜻한 수프는 일해서 벌지 않아도 된

---

* 희극배우 찰리 채플린의 1925년 영화 〈골드 러시Gold Rush〉에 나오는 장면이다.

다. 옆으로 옆으로 벽을 맞대고 이어지는 좁은 방들에는 이상한 사람들이 모여 사회를 이루었는데, 이들은 아라고 대로의 높은 담장 너머에 있는 꼼꼼하고도 용서 없는 세상의 기계가 쓰레기처럼 내다 버린 사람들이며 누군지 알 수 없는 자의 뜻에 따라 기성품 세계의 새롭고도 기괴한 법칙에 따르는 새롭고 기괴한 기계에 묶이고 설치되었다.

감옥 하늘의 재투성이 낮은 전등갓 아래에서 대칭으로 원을 그리며 회전목마처럼 규칙적으로 하는 무의미한 산책. 누군가 보이지 않는 손으로 넘기는 기다란 묵주, 그 묵주 알은 하나하나가 살아 있고 맥박 치는 인간 존재의 고깃덩어리다. 담장 바깥의 저곳에서는 어디에도 들어맞지 않는 순환 기계는 이 괴물 같은 고물 창고에 함께 던져져 놀랍게도 서로서로 모여 뜻밖에도 서로 맞추어져 새로운 집합조직을 만들었고 이 조직은 담장 바깥에서는 생각할 수도 없는 뭔가 다른 방침에 따라 기능하게 되었다.

하루하루가 끊임없이 지나가고, 하루하루가 어떤 식으로든 다르고, 매일이 좀 더 길어지고, 별도 규정의 특별한 기준에 따라 가운데 줄이 그어져 삭제되었다.

어딘가, 아파트의 답답한 꽃병 속에서, 사무실 화단에서 천천히, 꽃잎 하나씩, 형이상학적 달력의 꽃이 피어났다. 감방 안에서 왔다갔다했던 길고 긴 수천 킬로미터는 하나의 곧은 생각으로 이어졌다가 오리노코강*가의 진흙 속에 웃자란 갈대 속 어딘가에서 길을 잃었다.

---

*   베네수엘라와 콜롬비아에 걸쳐 흐르는, 남미에서 가장 긴 강.

그리고 오직 밤에만, 신화적인 조절기의 아무것도 적히지 않은 계기반에 암시적인 말투로 '잠'이라 명령하는 전등 불빛이 켜지면 ─꿈을 꾼다.

저편에서 까맣게 솟아난 현실의 물결은 대낮과 규칙의 넘을 수 없는 담에 붙잡혀 아라고 대로의 조그만 섬을 사방에서 바짝 둘러싼다. 담은 갈라지고 흔들린다. 시체, 지폐, 행위들, 유리병, 노력, 전등, 가판대, 다리들의 물결이 커다란 파도가 되어 지붕보다도 높이 층층이 솟아올라 굉음과 비명을 내며 덮쳐 온다. 입을 벌린 호텔들에서 오래 묵고 바람을 쐬지 않고 너무 많은 사람들이 잤던 매트리스가 문 열린 옷장 안의 서랍처럼 튀어나와 쌓여 삐걱거리는 용수철 계단으로 이루어진 거대한 수백 층의 바벨탑이 되어 위쪽으로 총알같이 솟아오른다. 그리고 그 꼭대기, 전국적 침대("Le Lit national"*)의 거대한 4인용 매트리스 위에 조그맣고 무방비한 자네트가 누워 있다. 그 흔들리는 계단을 타고 위쪽으로 개미처럼 줄지어 올라가는 것은 남자들, 금발, 갈색 머리, 빨간 머리 남자들의 끝없는 무리이며, 이들은 지친 자네트를 잠시라도 그 무겁고 욕정에 찬 몸으로 덮기 위해 한 명씩 줄지어, 모두 다, 도시, 유럽, 세상 전체가 올라간다! 탑은 용수철의 불규칙한 경련으로 떨리고 흔들리다 휘어져 무너져서 하얀 매트리스 거품의 성난 바다가 되어 어마어마한 물결이 섬의 바위벽을 무너뜨릴 듯 날뛰고, 아라고 대로에 있는 그 섬 안에서는 머리를 바짝 밀어버린 로빈슨들이 잠들어 있는 것이다.

---

* '전국 침대'라는 뜻으로, 프랑스의 침대 회사 이름이다.

✝

어느 날, 이제까지 정밀하게 기능하던 기계의 어느 톱니바퀴들이 한꺼번에 터진 듯, 피에르의 외로운 감방에 뜻밖에도 여기저기 터진 머리에 피가 배어 굳어진 붕대를 감고 남색 상의가 여기저기 찢어진 시끄러운 사람들이 가득 들어왔다. 지독한 남자 땀 냄새, 화약 냄새, 공장의 시큼한 냄새, 지울 수 없는 재 냄새가 났다. 삼류 일간지처럼 고통스럽고 무거운 단어들이 떨어졌다. 혁명, 프롤레타리아, 자본주의.

문장, 이야기, 고함 소리의 조각들이 전등불의 번쩍임 속에 아스팔트에 피로 쓴 탄탄한 4일간의 대서사시를 선명하게 그려냈다.

이야기의 순서는 언제나 변함없이 똑같았다.

실업. 임금 감소. 음울한 시위 집회. 집회 중 도시 행진, 그리고 인터내셔널가.

경찰이 그들을 도발했다. 골목골목으로 몰아댔다. 고무 몽둥이로 피가 날 때까지 때렸다. 잘 밟힌 도로 포석은 경찰 앞에서 돌멩이의 우박이 되어 날아다녔다. 성난 군인들이 달려들었다. 일제사격의 총알들이 새로운 포석이 되어 흩어졌다. 그 대답으로 돌로 지어진 거리의 입이 바리케이드를 치며 이빨을 드러냈다.

그것은 학살이었다. 보도에 흩뿌려진 끈적한 갈색 피. 트럭에 가득 실린 사람들. 그리고 수천 명의 군중이 장부에서 지워진 숫자처럼 세상 가장자리로 밀려나 감옥의 열리지 않는 회색 담장 안으로 실려 왔다.

비현실적인 숫자들이 언급되었다. 감옥은 이 지나치게 풍요로운 사냥감을 전부 수용할 수 없었다. '상테' 감옥에 1만 5000명이 꽉꽉 들어찼다. '프렌' 감옥에는 더 많이 들어갔다고 했다. 감옥 건물은 군대로 둘러싸였다. 1인용 감방에서 열다섯 명이 바닥에서 새우잠을 잤다. 소란을 예방할 목적의 감옥 내 산책은 그때부터 하루 중 여러 다른 시간대에 조를 짜서 실시했다.

완전무결한 기계와도 같은 이 외따로 떨어진 조그만 세상은 태엽을 돌린 시계처럼 무기력하게 삐걱거렸다. 시곗바늘은 항상 가던 길을 따라 돌아갔지만 느슨해진 톱니바퀴는 톱니가 서로 맞물리지 않아 계속 헛돌았고 그로 인해 나사와 용수철의 무질서한 혼란을 끌고 왔다.

감방에서 감방으로, 수천 마리의 지치지 않는 딱따구리들이 낮이나 밤이나 감옥의 전보 통신을 두드렸다.

일반 감방에 밀어 넣어진 죄수들은 정치범 수용소로 이감을 요구했다. 감옥 행정관은 요청을 거절했다. 죄수들은 단식투쟁으로 맞섰다.

매일같이 자기 방구석에 몸을 웅크리고 마치 겁에 질린 고슴도치처럼 자기 몫의 수프를 마시고 게걸스럽게 빵을 뜯을 때마다 피에르는 열다섯 쌍의 강철 같은 불쾌한 눈동자가 굶주림이라는 자극 때문에 더욱 크게 떠진 채 자신을 바라보는 것을 느꼈고 그들의 시선 아래에서 침에 젖어 부풀어 오른 감옥의 맛있는 빵 조각은 씹어 넘길 수 없는 덩어리가 되어 목에 걸리고 진한 수프는 양철 컵 안에서 양가죽처럼 굳어진 껍질에 덮여 식어갔다.

멀리서, 마치 통유리창을 통해 들리듯이 밤의 긴 대화가 그에게 들려왔다. 단어들은 벽돌처럼 다듬어져 자라나고 하나씩 쌓여 곧 하늘을 향해 커다란 건물이 되어 우뚝 솟았다. 햇빛 아래로 나아가 소매를 걷어 올릴 수만 있다면 그들은 진짜 돌로 똑같은 건물을 빈틈없이, 똑같이 널찍하고 단단하게 지어 올릴 것이다.

세상은 잘못 구성된 기계답게 생산하는 것보다 훨씬 더 많이 파괴한다. 이렇게 계속해나갈 수는 없다. 나사 하나까지 전부 분해해서 쓸모없는 것은 버리고, 분해한 것을 새롭게, 강하게 조립해야 한다! 계획은 완성되었고 조립할 사람들의 손은 근질근질한데 단지 오래되고 녹슨 고물 쇳덩이가 놓아주지를 않는다. 옷 솔기마다 녹이 배고 스몄다—실을 하나하나 이로 물어뜯어내야만 한다.

그리하여 담배 연기 가득한 까만 상자 같은 감방 안에 재구축된 세상의 새로운 질서에 대한 신화가 아름다운 영화의 필름처럼 펼쳐졌다.

피에르는 이미 오래전에 공장에서도 이 새로운 세상에 대한 길고도 단조로운 이야기를 들은 적이 있었다. 그곳은 부자도 빈민도 없고 공장은 노동자의 소유이고 노동은 구속이 아니라 찬양이며 해방된 신체의 건강을 위한 일이 될 것이라고 했다. 그는 믿지 않았다. 괴물 같은 기계를 제자리에서 움직여서는 안 된다! 이미 땅속으로 몇 미터나 뿌리를 내렸다. 기계는 이미 기억할 수 없이 오래전부터 작동하기 시작해서 돌아가고 있다. 그런데 맨손으로 톱니바퀴를 붙잡겠다고? 기계는 멈추지 않고 손만 뜯겨나갈 것이다. 피에르는 검댕 묻은 붕대에 스민 피와 피투성이 누더기로 감싼 팔을 보고 생각했다. '또 한번 헛수고를 했군.' 뜯긴 몸은 컨베이어 벨트가 단번에 움직여 한옆으로, 담장 뒤로 던져버렸다.

때때로 밤이면 서로 바짝 몸을 기울인 사람들 사이에서 하얗게 증오에 들뜬 단어들이 튀어나와 부드러운 갈대 같은 잠 위에 불꽃같이 내려앉았고 잠은 빨간 불길이 되어 터졌다—가자! 저들과 함께 어깨를 걸고 서자! 봉기하자! 부수자! 복수하자!

피에르는 그럴 때면 돌연히 벌떡 일어나 침상 위에 앉았다.

그러나 남색 작업복을 입은 사람들의 차갑고 투명한 단어들도 대칭적으로 벽돌처럼 자라났고 그 단어들 안에는 분노도, 둔하고 파괴적인 증오도 없었고 단지 단호한 건설의 의지만 있을 뿐이었다—손도끼와 흙손이다.

아니, 저 사람들은 증오하는 법을 모른다! 하나의 기계가 있던 자리에 그들은 다른 기계 도면들을 모아 쌓아 올릴 것이고 하나의 기계를 다른 것으로 대체해서 또다시 바퀴가 돌고 톱니가 톱니에 맞물리고 무방비한 인간의 파편들을 당기고 끌고 들어 올려 또다시 겁에 질려 정신이 나간 피에르들이 그 새까만 바큇살에 팔이 끼어 피투성이가 될 것이고 기계를 멈출 수가 없으며 작동을 중지시키더라도 그저 한순간일 것이다.

그리고 쭉 뻗은 피에르의 팔은 경련했고 도로 접혀 둥글게 말렸으며 베개 위로 들어 올렸던 머리는 천천히 다시 어깨 사이로 움츠러들었고 잠시 후 짚을 가득 채운 매트리스 위에 누워 있는 것은 이미 사람이 아니라 외로움이라는 뚫을 수 없는 껍질 속에 들어박힌 거북이었다.

VI

어느 날 아침, 따뜻하게 데워진 가시철망 같은 나뭇가지에 걸린 녹색 넝마 같은 잎사귀들이 시큼하고도 불탄 듯한 냄새를 피워 올릴 때 어리둥절해진 피에르 앞에서 갑자기 마법의 철문이 열리고 그 철문 밖으로 피에르는 거의 강제로 밀려났다.

그는 이 믿을 수 없는 사건에 어리둥절해진 채 무엇부터 해야 할지, 어디로 가야 할지 잘 알 수 없어서, 편안한 침상도 없고 뜨거운 수프 한 깡통을 얻기 위해서는 길고도 잠 못 이루는 밤 동안 축축한 당근의 무거운 무더기를 옮겨야만 하는 이 낯설고 이해할 수 없는 세상에서 또다시 길을 잃고 서 있었다.

첫 번째 본능적인 반사작용으로 그는 이미 잠겨버린 거대한 철문 안으로 돌아가려 했으나 철문은 그를 도로 삼켜주려 하지 않았다. 기성품의 세계로 들어가기 위해서도, 이 적대적이고 접근 불가능한 물품들의 세계와 마찬가지로 뭔가 알 수 없는 노력을 통해 자격을 얻어야만 했던 것이다.

그러는 동안 방향을 잃은 생각은 불친절하고 휘어진 바깥세상의 골목들로 달려가 갑자기 어느 익숙하고 고통스러운 지점에 걸렸고 피에르는 자네트를 찾아 나서기로 마음먹었다.

그는 길고 길었던 몇 달(혹은 몇 년?) 만에 처음으로 직선의 길을 떠났다. 모퉁이마다 서로 가로지르는, 가능한 모든 종류의 골목과 오솔길, 알지 못하는 거인들이 거대한 자갈을 깔아놓은 보도를 그는 오랫동안 걸었다. 여기는 모든 것이 달랐다. 사람들은 서로 길을 막으며 수갑도 차지 않고 조율되지 않은 채 그 어떤 공동의 규정도 없는 듯, 완전한 자유의 어떤 기형적인 세계로 변해버린 듯 마구잡이로 달렸다. 유일하게 여기저기 대로가 교차하는 곳마다 신화적인 조각상처럼 솟아난 남색 제복의 경찰관들만이 기적을 일으키는 곤봉을 흔들어 교통의 흐름을 한 번씩 멈춰 세우거나 또는 잠시 얼어붙은 자동차들을 다시 움직이게 하며 이곳은 뭔가 다른, 좀 더 복잡하고 알기 어려운 기제가 작동한다는 사실을 알렸다.

피에르가 방돔 광장에 나왔을 때 시계탑이 12시를 알렸고 수문이 열리듯 가게 문이 반쯤 열리며 여성 점원들의 시끄러운 물결이 거리로 흘러넘치기 시작했다. 피에르는 절망에 찬 시선으로 열심히 둘러보았다—그 점원들의 무리 속에 혹시 자네트가 보일지도 몰랐다. 천천히 마지막 무리가 사라졌다. 온실 같은 가게 안에서 쌀쌀한 직원이 피에르에게 자네트는 이미 오래전부터 그곳에서 일하지 않는다고 알려주었다.

피에르는 어쩔 줄 모르며 도로 거리로 나왔다. 마지막 실마리를 잃어버렸고 그에게 있어 자네트는 이 도시의 검은 숲속에서 사라져 영원히 없어졌으며 이제 절대로 다시는 찾을 수 없을 것이라 느꼈다.

흘러넘치는 군중이 그를 차로로 밀어냈고 흘러넘치는 자동차들이 그를 가느다란 돌 섬 위로 내던졌는데 그곳에서는 거대한 청동 기둥 위에 선 조그맣고 거만한 사람이 전신주 위의 참새처럼, 자신의 발치에서 부서지는 무기력한 인간의 잔해들을 내려다보고 있었다.

맞은편에서 널찍한 차로를 따라 언제라도 보도의 나지막한 울타리 위로 끓어넘칠 듯 그르렁거리고 씩씩거리는 자동차들의 보이지 않는 무리가 몰려나왔다.

선두에서 달려가는, 순종 혈통에 날씬한 그레이하운드 같은 이스파노-수이사*, 그 뒤로 겁에 질린 전조등을 커다랗게 뜨고 벤진의 여성스러운 기름을 뚝뚝 떨어뜨리며 짖고 신음하며, 서로 물어뜯으며 콧구멍을 그 여성스러운 질주에 처박으려 헛되이 애쓰는 그레이트데인처럼 장엄하고 위풍당당한 롤스로이스들과 닥스훈트처럼 납작한 아밀카르**들, 잡종 개처럼 더럽고 주인 없는 포드와 폭스테리어처럼 키 작고 유혹적인 시트로엥, 다종다양하고 맹렬한, 발정난 개떼들. 끙음, 숨 막히는 암컷 냄새, 광란하는 추격의 소음, 무더운 여름 오후의 타이어 타는 지독한 냄새가 거리 위로 피어오른다.

피에르는 공포에 질려 크게 뜬 눈으로 이 형체들의 소용돌이를 들여다보며 그의 내면에서 새롭게, 영원히, 구원의 희망도 저항도 없이 사라져버린 이 넘쳐나는 육체성의 홍수에서 자신을 꺼내줄 잃어버린 꼬투리를, 탈출구를 헛되이 찾아 헤맸다.

따뜻한 물결이 조그만 나뭇조각 같은 그를 덮쳐 나침반도 목적지도 없이 휩쓸어갔다.

또다시 파도치는 대양과도 같은 거리들을 무질서하게 헤매 다니는 목적 없는 낮, 신화적인 별들의 우산 아래 보내는 밤, 그리고 경계 없이 펼쳐진 대서양의 푸른 천 위에서 몇 달이나 흔들렸던 우스꽝스러운 산초 판자 알랭 제르보***조차 한 번도 겪은 적 없는 외

---

* Hispano-Suiza. 스페인 자동차 회사.

** Amilcar. 프랑스 자동차 회사.

*** 알랭 제르보Alain Gerbault(1893~1941)는 프랑스의 항해가, 작가이다. 1923년부터 1929년까지 혼자 파이어크레스트Firecrest라는 배를 타고 세계일주를 했다.

로움이 시작되었다.

버려진 배의 밧줄에 얽힌 갈매기처럼, 단단히 얽힌 내장 안에서 오래 깃든 굶주림이 둥지를 틀고 한시도 그를 떠나지 않았다. 피에르는 이제 그 굶주림을 쫓아내려는 노력조차 하지 않았다. 도시가 언제나 서로 다투는 거주민들을 안에 담고 있듯이 피에르는 뱃속에 쓸모없는 폐렴과도 같은 텅 빈 내장을 지니고 다녔고 그 속으로 하늘거리는 식사의 봉투를 넣어주는 손길은 아무 데도 없었다.

어느 날 밤, 복잡하게 얽힌 미로 같은 거리의 철문 사이를 방황하며 조금 더 따뜻하게 밤을 지낼 구석 자리를 찾고 있을 때 어둠 속에서 편안한 상자처럼 보이는 어떤 것에 다가서다가 피에르는 누군가의 까맣고 구부러진 형체에 발이 걸렸다. 형체는 옆으로 몸을 홱 돌려 적대적인 눈의 흰자와 어둠 속의 흉터 같은 치아를 맹수처럼 번쩍였다. 구석진 자리에서 썩어가는 쓰레기의 무겁고 역겨운 냄새가 풍겼다. 그때 피에르는 자신이 첫눈에 상자라고 생각했던 것이 새벽에 시 청소차량이 다니면서 비워둔, 줄줄이 늘어선 거대한 쓰레기통이라는 사실을 깨달았다.

형체는 쓰레기통 안을 뒤지다가 피에르가 접근하지 못하게 자기 몸으로 그 냄새나는 내용물을 막아서면서 그에게 위협적으로 덤벼들었다. 드러난 이 사이로 목쉰 고함 소리가 흘러나왔다.

"꺼져! 이건 내 거야! 넌 다른 데 가서 찾아!"

그 순간 마치 번개를 맞듯 피에르는 단순한 사실을 갑자기 깨달았다. 가정집 철문 안에서 쓰레기장을 뒤지면 틀림없이 음식물 쓰레기를 찾을 수 있다!

그는 고분고분 돌아서서 다른 대문 안을 찾아보기 위해 터덜터덜 떠났다. 그러나 민주주의적 사회에서 인간은 집합적 소유물로 변해버렸으며 개인의 출현은 더 이상 특권이 아니라는 사실만을 알게 되었다. 모든 대문가에서, 숨겨진 보물로 가득한 냄새나는 쓰레기장 위에서 고개를 들고 피에르를 맞이하는 것은 미리 선점한 자들의 똑같이 적대적으로 희번덕거리는 눈과 사납게 드러낸 치아였다.

이렇게 해서 길게 늘어선 수많은 대문들을 지나쳐 피에르는 마침내 비어 있는 쓰레기장을 찾아냈다! 대문 안에 놓인 쓰레기통은 밑바닥까지 뒤진 흔적이 역력해서 운 좋은 누군가 이미 다녀갔다는 사실을 알려주고 있었다. 그래도 피에르는 좌절하지 않고 달려들어 쓰레기통 안을 다시 한번 꼼꼼하게 헤집었다.

오랜 수색의 포상으로 그는 아직 다 먹지 않은 잼 병과 다 발라먹지 않은 소갈비를 끄집어냈다. 이 빈약한 전리품을 담장 아래 차려놓고 그는 굶주림을 가라앉히기 위해서라기보다 무감각한 졸음을 떨쳐내기 위해 게걸스럽게 음식물을 핥았다.

그리고 그는 기진맥진해서 쓰레기통 뒤지기를 그만두고 터덜터덜 대로로 나아가 처음 보이는 벤치에 걸터앉았다. 잠이 닳아빠진 구멍투성이 이불이 되어 그를 덮었다. 그 구멍을 통해 그는 머리 위에서 반짝이는 별들을 바라보았고―별들은 마치 보이지 않는 스위치가 눌릴 때마다 불이 들어오고 꺼지기를 반복하며 멀리 하늘 위 호텔들의 광고판인 듯, 사랑에 굶주린 채 영혼의 공간에서 길을 잃어버린 연인들에게 이쪽으로 들어오라고 부르는 것만 같았다.

누군가 세게 잡아 흔들어 피에르는 억지로 눈을 떴다. 피에르의 눈에 들어온 것은 남색 제복을 입은 경찰관이 아니라 높은 이마가 모자 챙에 가려진 깔끔하고 혈색 좋은 얼굴이었다.

이미 대낮이었다. 그의 위로 몸을 숙인 사람은 오래전부터 그를 깨우고 있었던 것이 분명했다. 시원하고 맑은 물줄기처럼 젊고 활기찬 목소리를 듣고 피에르는 정신을 차렸다.

"피에르! 당연히 피에르지! 한눈에 알았어!"

목소리는 친숙했고, 둥글고 윤이 나는 공처럼 피에르의 의식 속 당구대 위에서 잠시 구르다가 갑자기 미리 지정된, 마치 그 공이 일부러 파놓은 듯한 구멍 속으로 쏙 들어갔다. 하지만 대체 언제 그 구멍을 파놓을 새가 있었단 말인가?

피에르는 눈을 감고 그 구멍을 통해 안쪽 깊은 곳을 들여다보려고 헛되이 애썼다. 처음에는 어둠 외에 아무것도 보이지 않았다. 잠시 후에 어둠에 익숙해진 내면의 눈이 가느다랗고 불확실한 빛줄기를 붙잡기 시작했다. 열쇠 구멍을 통해 들여다보듯이 불분명한 사물의 형체가 분간되기 시작하는 듯했다.

불탄 듯 거무스름한 옥상 위에 빨간 지붕 모자를 쓴 종탑의 가늘고 기다란 윤곽. 여윈 짚 인형이 보통 사람들의 왼쪽 귀가 있는 자리 부근으로 구멍투성이 검은 모자를 어색하게 눌러쓰고 있다. 우스꽝스러운 더벅머리 형체가 새로 페인트칠한 삐걱거리는 녹색 창문 덮개를 배경으로 거친 짚 무더기가 아무렇게나 뻗어 나온 소매를 치켜들고 있다. 오래되어 녹색으로 변한 기울어진 우물 위에

붉게 녹슨 쇠사슬이 감긴 비뚤어진 도르래가 얹혀 있고 쇠사슬 끝에는 나무 양동이가 매달려 멀리까지 습기의 냄새를 풍기고, 그 양동이를 타고 아주 편하게 곰팡이와 썩은 흙이 날아다니는 검은 우물 안으로 내려가 머리 위에서 점점 풀리는 쇠사슬의 삐걱거리는 소리를 들으며 조그맣고 둥근 창문처럼 조그만 하늘을 올려다볼 수 있다. 심장이 심하게 뛰고 등에 겁에 질린 소름이 흘러내리고 가슴속에는 커다란 기쁨이 목구멍까지 차오르다가 아래쪽에서 출렁거리는 우물물에 생각이 미치며 차가운 공포의 경련이 일어나면 온 힘을 다해 쇠사슬을 당기는 것이다. 그러면 100살 먹은 노파와도 같은 쇠사슬이 신음하고 불평하며 천천히 당겨져 곰팡이와 버섯으로 덮인 까만 우물 벽을 따라 힘겹게 위로, 하늘을 향해, 눈 닿는 곳 저 멀리까지 납작하게 민 반죽처럼 편편한 공간을 향해, 축음기 위의 음반처럼 둥글고도 매끈하게 지평선 표면 위에 울려 퍼지는 활기차고 웃음 띤 목소리를 향해 올라간다.

지금 뜻밖의 목소리는 공간 속에 자리 잡은 뒤 서로 교차하는 시간 선 속에도 더듬어 자리를 잡으려 애쓰며 서서히 구체적인 개별적 인간의 형태를 띠기 시작하고 추상적인 언어로 다시 통역된 소리들은 드디어 덩어리로 맺혀 서둘러 뱉어낸 몇 개의 음절이 이름이 되어 튀어나왔다.

피에르는 돌연히 엄청난 안도감을 느꼈다. 마치 길고 긴 몇 시간 동안, 어둡고 곰팡이가 가득 핀 우물 안 같은 자신의 내면 안쪽 깊은 곳에서 귀중한 액체가 든 양동이를 당기며 액체를 쏟을까 두려워하며 인간의 힘을 넘어 애써 당겨 올리며 당장이라도 양동이를 놓쳐 새까만 구멍 안으로 돌이킬 수 없이 떨어뜨릴 것처럼 느끼다가 이제 드디어 쏟지 않고 흘리지 않고 표면으로 끌어올려 단단히 붙잡게 된 것만 같았다.

이처럼 힘들게 깊은 구멍에서 꺼낸 사람은 피에르가 방금 전에 수행했던 이 힘겨운 작업을 전혀 알아차리지 못한 것이 분명했고, 활짝 웃으며 그 웃음 사이사이로 깨진 유리 조각처럼 아픈 조각난 문장들을 피에르에게 흩뿌렸다.

너무나 생각지도 못한 우연한 만남 아닌가! 벌써 몇 년이나 세월이 흘렀지만 당장 피에르를 알아보았다. 어린 시절을 같이 보낸 고향 친구이자 동료인 그를 어떻게 못 알아볼 수가 있겠는가? 변했다, 그건 사실이다, 서로 변했다. 바로 얼마 전에 피에르가 파리에 있다는 소식을 들었지만 어떻게 해도 그보다 더 자세한 소식을 알 수가 없었다. 여러 가지 소문만 들려왔다. 솔직히 말해 피에르가 형편이 좋아 보이지는 않는다. 분명히 일자리를 잃은 거겠지, 응? 그 얘기도 들었다. 어떻게든 해결을 해야겠다. 어찌 됐든 여기 이 벤치 위에 하염없이 있을 수는 없다. 지낼 곳이 없다면 임시로 자기 집에서 묵어도 된다. 자기 쪽에서는 전혀 나쁠 게 없다. 자기 쪽은 아주 괜찮게 잘 해나가고 있다. 어느 세균 연구소에서 관리인 일을 하고 있다. 일은 쉽고 지낼 곳과 휴가도 준다. 피에르가 직접 와서 보면 되겠다. 여기서 멀지 않은 곳에 산다. 조금만 가면 나온다.

피에르는 고분고분 일어나 힘겹게 다리를 끌며, 언젠가 (너무 오래전에!) 어린 시절 시골의 녹색 우물 바닥에서 잃어버렸던 그 뜻밖의 목소리를 따라 목줄이라도 맨 듯 한마디도 하지 않고 모르는 거리를 터덜터덜 걸어갔다.

VIII

예측 불가능한 우연의 룰렛은 불운한 숫자들을 오랜 시간 동안 고집스럽게 피해 갔고, 운명론자인 도박꾼은 자신이 가진 모든 것을 그 숫자들에 걸었다가 재산, 신념, 여자, 이겨서 되찾을 방법이 없는 것을 순서대로 잃었으며 그러다 마침내 빈털터리가 되어 도박판에서 일어서려 할 때, 언제나 그렇듯 룰렛 회전판은 너무 뒤늦게, 그렇게 오랫동안 헛되이 기다렸던 숫자를 드디어 던져주었다.

피에르는 일자리를 찾았다. 생모르에 있는 시립 정수장 수압관리탑이다. 아침 8시부터 저녁 6시까지. 아침마다 답답하고 사람 많은 교외선 전차를 타는 출근길. 디드로 대로에 있는, 새가 그려진 좁은 팔각형 방. 아침 식사와 넉넉한 점심 식사. 둥근 빵의 길고도 부드러운 애무는 야외 시장 차력사들이 입에 불타는 석탄을 집어넣듯 마른 입속에서 흔적도 없이 사라진다. 그리고 온기와 잠.

저녁에 일터에서 돌아와 피에르는 지저분한 매트리스 위에 몸을 펴고 몇 시간씩 누워서 배부름의 수동적인 쾌락에 한껏 취해 벽지의 단순한 무늬들을 생각 없는 눈으로 바라보곤 했다. 정신의 통제를 벗어난 시선은 순수하고도 쓸모없는 창의력의 세계에 빠져 벽지 무늬의 관계없는 조각들을 열심히 잇고, 전체 문양 중에서 새 부리만, 나뭇가지 문양에서 잎사귀만 잘라내고 불분명한 그림자 얼룩들—사람 형체의 윤곽, 환상적인 맹수들의 옆모습, 초현실적이고 마음이 불안해지는 물체들로 새로운 왕국을 만들어냈다.

정지된 의식 깊은 곳에서, 여름처럼 무더운 가을날의 바람도 없이 불타며 가라앉은 오후의 호밀밭처럼 움직이지 않고 굳어진 채,

설명할 수 없는 빈자리처럼 느껴지는 깊고 검고 아물지 않은 상처가 자신의 존재를 알렸다. 졸음에 겨운 생각들이 느긋한 바람의 숨결처럼 의식의 표면을 헤매 다니다 마치 잘못해서 발을 헛디뎌 그 빈자리로 빠질까 두려워하듯 본능적으로 그 자리 옆으로 피해 갔다. 멋대로 풀려난 시선은 여기저기서 잘라낸 조각들을 이어 붙여 계속 새로운 문양을 만들면서도 일관되게 모여 하나의 흐릿한 여성의 모습을 드러낼 준비가 된 그 유혹적인 형태만은 내면의 가장 깊은 본능에 따라 주의 깊게 피했다.

첫 번째로 맞이한 일요일에, 최근의 이 행운을 중개해준 장본인인 혈색 좋은 르네가 피에르의 새 방에 들러서 시내를 산책하자며 끌고 나갔다.

거리는 사람들로 들끓고 답답하고 휴일의 정체된 먼지투성이 지루함이 지겹게 깔려 있었다. 파리는 '그랑프리'*를 맞이하는 여름철, 바로 이 경주를 목적으로 미리 준비해둔 저장소─도빌, 트루빌, 비아리츠─안에 응결된 하늘색, 혹은 하늘색으로 칠한 피의 마지막 혈구가 파리의 달아오른 몸에서 땀과 물과 함께 증발되고 파리의 피가 빨간색, 도시적이고 노동자적인 벼락부자의 빨간색으로 천천히 선명하게 물드는 시기였다.

마침 7월 14일 축제** 전날이었고 도시 위에는 서둘러 삼색 프랑스 깃발과 종이 등불이 내걸렸다. 거리는 축제를 위해 차려입은 사

---

* 그랑프리 드 파리Grand Prix de Paris는 1863년 시작되어 매년 7월에 치러지는 경마 대회이다. 이 작품의 배경이 되는 1920~1930년대에는 상금 액수도 대단했으며, 프랑스 최고 부유층이 참가하는 행사였다.
** 프랑스의 국경일인 7월 14일은 1789년 프랑스혁명 중 시민들이 바스티유 감옥을 습격했던 날을 기리는 날이다.

람들이 몰려나와 프랑스 축일의 그 독특한 향을 퍼뜨렸다—싸구려 와인, 질 나쁜 담배, 그리고 민주주의의 냄새다.

몇 시간 돌아다닌 끝에 피에르와 르네는 세균 연구소 대문 앞에 도착했고 르네는 그날 밤 여기서 숙직을 해야 했다. 연구소는 비어 있었다. 축축한 냉기와 함께 건물 안에서는 조그만 시골 마을 약국에서 나는 복합적인 화학약품 냄새가 풍겨 나왔다.

르네가 피에르에게 실험실을 보여주겠다고 제안했다.

두 사람은 터널처럼 넓고 그늘진 돌계단을 올라 위층으로 갔다.

실험실도 똑같이 정신이 맑아지는 그 냉기가 감돌고 있었다. 벽을 따라 늘어선 벽장 안에는 수수께끼같이 무서운 모습을 한, 유리나 쇠로 된 알 수 없고 이상한 존재들이 수천 개의 유리 눈으로 피에르를 쳐다보았다.

잠시 후 하얀 실험용 가운을 입은 르네가 돌아왔다.

그것은 단순하면서 동시에 복잡한 그런 천성 중 하나로, 사회의 계층 사다리 중 가장 아래쪽에서 제일 자주 마주치게 되는데, 그곳에서 여러 물체들의 닫힌 세상과 끊임없이 직접 접촉하는 사람들은 주변에서 알 수 없는, 다른 사람들은 이해할 수 없는 육감을 발달시키게 되는 것이다—언제나 낯설고 말 없는 질료에 대한 이 감각은 농아들 사이에서 오랫동안 지낸 사람들이 자주 보이는 특징이기도 하다.

르네는 일상의 영역에서 지내는 듯하면서도 거의 비현실적인 투명한 유리의 세계, 환상적이고 이해할 수 없는 기구들의 세계에서 지내면서 물체들의 복제할 수 없는 개별성을 짐작할 수 있게 되었고 완전히 동일한, 연속적으로 제작되어 예를 들어 세네갈에서 태어나 자란 흑인이 유럽 백인의 얼굴을 보면 다 똑같아 보이듯이 우리 눈에 완전히 똑같아 보이는 물건들에서도 그런 개별성을 느끼게 된 것이다.

이런 기구들을 매일같이 정성스럽게 돌보고 먼지를 닦고 광을 내면서 르네는 자신의 부주의한 손가락이 단 한 번 조심성 없이 움직이기만 해도 깨져버릴 물체들의 존재를 느끼고 마음을 쓰게 되었다. 르네의 마음속에는 그의 훈련되지 않은 손에 완전히 의존하는 무방비하고 비밀스러운 존재들의 이 신기루 같은 세상 전체에 대한 위험한 본능적 책임감이 자라났다.

르네는 그에게 맡겨진 이 도구들을 깨뜨리는 일이 벌어질 때마다 그 어떤 생물의 죽음보다도 더욱 깊이 괴로워했다.

연구소에서 일하던 관리인 중 한 명이, 르네와는 가장 잘 지냈고 심지어 눈에 띄게 그에게 호의적이기도 했는데, 어느 날 미생물에 감염되어 엄청난 고통 속에 죽었을 때 르네는 그 때문에 슬퍼할 이유를 전혀 알 수 없었고 오히려 심술궂은 만족감을 느꼈다. 그 관리인은 운 나쁘게도 그 전날 부주의하게 플라스크를 하나 깨뜨렸는데 르네는 이 일을 도저히 용서할 수가 없었고 마음 깊은 곳에서 관리인의 죽음이 살해당한 실험 기구의 정당한 복수라 여겼다.

이런 것은 르네가 보기 드물게 착한 심성의 소유자이며 파리 한 마리도 해치지 못한다는 사실과 전혀 충돌하지 않았다.

깨진 기구 조각을 주워 모아 도로 붙이려 헛되이 애쓰다가 르네는 괴로워하며 이렇게 생각했다.

'차라리 사람을 다치게 해, 사람은 불쌍하지 않다고! 사람은 자신을 방어할 수 있어. 물건은 달라. 물건을 상하게 하는 놈은 불한

당이야. 물건은 무방비하단 말이야.'

수백 개나 되는 이 깨지기 쉬운 존재들에 대한 내적 책임감이 그의 인간적인 감정에서 가장 중요한 부분을 차지했다.

커다란 변동이나 혁명의 시기에 르네 같은 사람들은 위험에 처한 기계를 구하기 위해 굉장한 영웅심과 헌신성을 발휘하면서도 동시에 눈앞에서 인간의 피를 쏟는 상황에 무관심하다.

자신이 관리자이자 주인이라 느끼는 이 조그만 세상에 대한 끊임없는 책임 의식은 르네에게 깊은 자긍심과 자기 자신의 의미에 대한 확신을 심어주었으나 주변 사람들은 명백히 이를 하찮게 여겼다. 관리 직원들 세계의 허구적인 위계질서에서 르네는 가장 낮은 위치에 있는 사람이었다.

르네가 일요일 오후에 피에르를 찾아가 함께 시내를 돌아다닌 이유는 어떤 의미에서 피에르를, 마치 망설이는 양, 연구소 안으로 데려와 자신의 조그만 왕국을 자랑스럽게 보여주기 위한 일종의 작전이었다.

르네는 주눅 든 피에르를 유리장 앞으로 데리고 다니며 마치 자신이 지휘하는 군대가 햇빛 아래 번쩍이는 광경 앞에 선 듯, 권력의 망상을 한껏 즐겼다.

뭔가 액체로 가득해 보이는 크고 작은 시험관이 꽂힌 삼발이가 줄지어 놓여 있는 커다란 장 앞에서 르네는 자만심을 참지 못하고 밀봉된 유리 안에 갇힌 말 없는 미생물들의 배지를 가리키며 짧은 세균학 강의를 늘어놓았다.

"여기, 자네도 보다시피 평범해 보이는 이 유리 안에는 세상에 하나밖에 없는 동물원이 들어 있어. 세상에 알려진 모든 전염병이

63

지. 왼쪽에 있는 이 시험관에는 성홍열, 저기 저쪽은 파상풍, 여기에는 발진티푸스, 여기 안쪽에는 장티푸스, 여기, 끝에서 여섯 번째에는 콜레라. 괜찮은 수집품이지, 어때? 오른쪽에 하얗고 불투명한 액체가 든 시험관 두 개 보여? 저건 우리 연구자가 특별히 아끼는 거야―흑사병이지. 1년째 열심히 연구하고 자기가 직접 개발한 무슨 영양 성분을 먹여 키우면서 보기 드문 변종을 키웠다고 하더라고. 세균은 말과 같아. 이번 가을에 세균학 대회에 자기가 키운 변종을 선보이기로 되어 있대. 세균학 전체에 혁명을 일으킬 거라고 자랑하더라고. 그래, 우리 농장이 마음에 들어? 굉장하지 않아? 상상해봐, 시내를 돌아다니면서 이 시험관에 든 형제들을 전부 뿌리면 어떻게 될지―어떻게 생각해, 우리 파리에 남은 사람이 몇이나 될까?"

피에르는 멍청히 고개를 끄덕였다.

견학은 저녁까지 이어졌다. 피에르가 마침내 연구소 대문까지 배웅해준 친절한 친구에게 작별을 고하고 거리로 나왔을 때는 이미 늦은 시간이었다.

그날 밤에 피에르는 12시에 수압관리탑에서 밤 근무를 하기로 되어 있었고 그 시간까지 생모르에 가야만 했다.

거리에는 이미 어스름이 깔렸고 전등의 광택 없는 조그만 달들이 빛나고 있었다.

르네와 거리의 벤치에서 인상적인 조우를 한 뒤로 피에르는 무슨 수를 써서든 밤에 도시에 나서는 것만은 피하려 애썼다. 낮의 햇빛 아래 익숙하고 아무 비밀도 감추지 않은 육면체 도시는 밤이 내리면서 익숙한 윤곽을 잃고 낮에는 존재하지 않았던 수천 개의 실금 같은 골목들이 터져 나오고 맹목적으로 도망치는 불타는 수많은 등잔과 불길한 유령처럼 타오르는 간판, 툭 튀어나온 불타는 눈을 가진 괴물들의 신음 소리와 외침으로 가득했다.

이 미로 속에 들어서서 피에르는 머리가 어지러워지며 곧바로 방향감각을 잃었다. 너무나 잘 아는 오래된 물결이 그를 공처럼 휩쓸었다.

그는 마지막 남은 힘을 짜내어 조그만 교통섬에 도달하여 샌드니 구역 입구의 돌기둥에 몸을 기댔다.

주변 골목들은 이미 내일의 축일을 위한 색색의 둥근 등불로 빛나고 있었다. 여기저기 사람들이 춤을 추기 시작했다. 보도와 차로는 서로 껴안은 수많은 남녀로 가득했다.

피에르는 갑자기, 최근 며칠간 내면 어딘가에 벽돌로 단단히 갇혀 있던 어떤 깊은 지하의 흐름이 튀어나와 아래에서부터 무너지고, 흔들린 벽돌이 하나둘씩 떨어지고 약해진 회반죽이 부서지고, 따뜻하고 빨간 물결이 그토록 세심하게 힘들여 짜맞춘 일상의 건물을 점차 휩쓸고 천천히 그의 눈까지 차 올라오는 것을 느꼈다.

내면의 고통에 못 이겨 그는 눈을 감았다.

다시 눈을 떴을 때 그에게 보인 것은 오로지 셀 수 없는 싸구려 호텔들의 깜빡임, 피에 젖은 뚱뚱한 목덜미 떼, 그리고 수천 개의 여자 옆얼굴, 마치 하나의 같은 얼굴을 찍어낸 듯 동일한, 그가 그토록 선명하게 기억하는 얼굴뿐이었다.

모든 문에서 중풍에 걸린 듯 비틀거리는 연인을 껴안은 채 열에 들뜬 듯 서둘러 수십 명과 수백 명의 자네트들이 걸어 나오고 걸어 들어갔고 그들은 서로 모두 기만적으로 똑같았으며 살찌고 부어오른 목덜미로 이루어진 살아 있는 숲속, 이상한 거리의 거울 속 자네트였다.

피에르는 온몸을 휘청거리고 불타는 증오에 목이 막혔다. 한순간, 먼 곳의 섬광처럼 그의 눈앞에 꽉 붙잡은 손가락 사이로 기름이 줄줄 흐르던 목살, 몽마르트르의 호텔 앞 뚱뚱한 사내의 목덜미가 나타났다가 예정된 만족감을 남기지 않고 사라졌다.

안 돼! 모자라! 한 명이 무슨 의미란 말인가? 1000명! 100만 명! 전부 다! 도시 전체! 이 목쉰 소리로 신음하는 퉁퉁한 목덜미들을 단번에 휘어잡을 거대한 손, 킬로미터 길이의 손가락을 어디서 가져오면 좋단 말인가? 전부 다! 쥐어짜버리자! 무너뜨리자! 저들의 무기력한 신음 소리를 들이마시자! 손! 그 손을 어디서 가져오지?

한순간 예상하지 못한 깨달음이 불꽃놀이처럼 눈부시게 그의 머릿속 전체를 비추어 피에르는 어리둥절한 채 말없이 우뚝 서버렸다. 벼락을 맞은 듯 잠시 그렇게 서 있다가 제자리에서 몸을 돌려 왔던 길로 도로 돌아서 곧바로 군중을 헤치고 물 위를 걷는 예수처럼, 불타는 괴물 같은 자신의 증오를 앞에 들고 있는 듯 거대하고 장엄하게 걸어갔다. 사람들이 자신에게 길을 비켜주고 눈앞에 무한까지 이어지는 긴 거리가 쭉 뻗어 있는 것만 같았다.

조금 전에 떠나왔던 연구소의 닫힌 문 앞에 도로 서서 피에르는 침착하게 벨을 눌렀다.

르네가 이 뜻밖의 재방문에 놀라며 문을 열어주었다. 피에르는 지팡이를 두고 갔는데 자기 기억이 맞다면 아마 실험실에 놓아두었을 것이라고 차분하게 설명했다.

둘은 넓고 서늘한 터널 같은 돌계단을 올라 위층으로 갔다.

실험실에 지팡이는 없었다. 피에르는 르네에게, 자신이 구석구석 다시 둘러볼 테니 다른 실험실도 확인해달라고 부탁했다.

몇 분 동안 무익하게 찾아다닌 뒤에 르네가 빈손으로 돌아왔을 때 피에르는 여전히 실험실의 어느 벽장을 뒤지고 있었다. 지팡이는 없었다.

피에르는 애초에 집에서 가지고 나오지 않았을지도 모른다고 인정하고─그건 내일 확인해야 할 것이다─자신의 유별난 부주의함에 진심으로 놀란 친절한 친구에게 두 번째로 작별인사를 했다.

그날 저녁 생모르로 향하는 기차의 삼등칸 객실은 축일이 가까워 들뜬 교외 사람들과 담배 연기와 떠드는 소리로 가득했다. 모두가 시끄럽게 떠드는 가운데 구석 자리에 앉은 여윈 빨간 머리 남자는 대화에 끼어들지 않고 멍하니 말없이 듣고만 있어서 사람들의 주의를 끌었다.

남자는 생모르 역에서 내렸다. 기차 안의 대화는 계속 이어졌다.

수압관리탑에 도착해서 피에르는 5분이나 지각했다는 사실을 깨닫고 위층으로 달려 올라가 낮 근무자와 교대했다.

당직 엔지니어가 밤 순찰을 마치고 돌아왔다. 잠시 후 아래층의 마지막 발걸음 소리가 사라졌다.

그때 피에르는 주머니에 손을 집어넣어 조그만 시험관 두 개를 꺼냈다. 주의 깊게 눈에 가까이 가져갔다. 시험관에는 불투명하고 하얀 액체가 들어 있었다. 피에르는 불빛 아래서 시험관들을 가볍게 흔들었다.

그런 뒤에 한 손에 시험관 두 개를 쥐고 디젤 모터로 작동하는 거대한 원심 분리 펌프에 다가갔다.

67

아래쪽 어딘가에서 철문이 닫혔다. 피에르는 멈추어 서서 잠시 귀를 기울였다. 사방은 완전히 고요했다. 그래서 피에르는 펌프에 물을 보관하고 날개차로 보내는 역할을 하는 거대한 흡입관의 꼭지를 커다란 렌치로 돌려 열기 시작했다. 꼭지를 열고 그는 손가락으로 첫 번째 시험관 마개를 열려 했다. 단단히 박힌 마개는 빠지지 않았다. 피에르는 신경이 곤두서서 마개를 이로 세게 물었다.

시험관 두 개를 모두 열고 그는 물방울이 튀는 흡입관 꼭지 속으로 내용물을 조심스럽게 부어 넣었다.

아래쪽의 물은 디젤 모터 피스톤이 돌아갈 때마다 박자를 맞춰 출렁거리며 거대한 심장 판막처럼 규칙적으로 가라앉았다가 솟아올랐고 그렇게 멀리 잠든 파리의 굶주린 동맥 속으로 무색 투명한 피를 매번 새롭게 밀어 내보냈다.

제2부

I

다음 날은 7월 14일이었다.

부지런한 파리 상인들, 바스티유를 습격하여 그 자리에 '도시를 한눈에 내려다볼 수 있는' 흉한 속 빈 기둥과 열두 개의 비스트로와 정상적인 시민들을 위한 매음굴 세 개와 동성애자를 위한 매음굴 하나를 지은 장본인들은 매년 하듯이 전통적인 공화주의적 춤으로 자신들의 축일을 즐겼다.

머리부터 발끝까지 삼색 띠와 리본으로 장식한 파리는 늘그막에 들어선 여배우가 교회 축제에 나선 순진한 농촌 처녀로 분장하여 민속적 쓰레기를 뒤집어쓴 것처럼 보였다.

수만 개의 등불과 전등으로 환히 밝혀진 광장들이 산책하는 군중으로 천천히 채워졌다.

어스름이 내리면서 보이지 않는 스위치가 켜지고 거리의 선명한 경사면들이 무도회 조명으로 빛났다.

나무 판자를 짜서 만든 무대 위에서 졸리고 기괴한 음악가들이 축일은 모두가 쉬는 날이라는 현명한 확신 속에 괴이하게 휘어진 나팔로 30분마다 유행하는 댄스음악을 몇 소절 불었고 그런 뒤에 오랫동안 꼼꼼하게 휴식했다.

점점 모이는 군중이 다 들어갈 수도 없는 좁은 골짜기 같은 거리에 꽉 차서 번식기의 물고기처럼 조급하게 파도쳤다.

여기저기서 사람들이 춤을 추었다. 서로 껴안은 채 꼭 달라붙은 두 신체의 춤은 결국 공간이 모자라기 때문에 일련의 의례적인 몸짓들이 서둘러 끝나는 결과로 이어지고 그 뒤에는 가장 가까운 싸구려 호텔 어딘가에 둘만 남게 되는데, 이런 호텔이야말로 이 보편적 평등의 축일을 축하하지 않는, 진정으로 민주적인 유일한 기관이다.

흔들리는 군중의 강 위로 여름에 수증기가 피어오르듯, 모든 사람에게서 땀, 와인, 화장품 냄새가 손에 잡히지 않는 투명한 안개가 되어 피어올랐다.

빨갛게 달아오른 집들은 끊임없이 수십 명씩 새로운 거주자들을 뿜어냈다. 온도는 매 순간 더 올라갔다. 달궈진 프라이팬 같은 광장들 여기저기서 군중은 레모네이드와 얼린 박하를 파는 임시 가판대를 둘러싸고 끓는 물처럼 부글거리기 시작했다. 사람들은 녹색 혹은 흰색 액체가 든 차가운 유리잔을 서로 손에서 잡아챘다.

가끔 한 번씩, 목쉰 사이렌 소리로 군중을 가르며 거리에 가장자리까지 꽉 찬 관광사업의 방주들이 노를 저어 흘러오고 그 민주주의 홍수의 물결 위에 순수하거나 순수하지 않은 쌍쌍이 실려 와 ―대부분은 언제나 같은 종의 앵글로색슨족이다―오페라글라스와 쌍안경으로 흥미로운 듯 활기차고 반짝이는 선한 바스티유 점령자

72

들을 말없이 관찰하며 이 유명한 프랑스혁명이라는 것은 근본적으로 그저 영원한 쿡 선장*의 또 하나의 성공적인 사업일 뿐이며 외국인들에게 돈을 받고 관광차량 푯값에 몇 퍼센트 이득을 붙여 매년 정해진 관람 지점들을 돌기 위한 핑계라는 확신을 굳힌다.

춤추는 사람의 숫자는 구경하는 사람의 숫자보다 대체로 훨씬 적었으며 실망한 신사들 중 누군가가 당황하는 관광 안내인에게 파리 사람들은 축일을 참 열정 없이 지낸다고 현명한 한마디를 던졌다.

7월 14일을 열정과 활기로 축하하는 곳은 외국인 구역, 몽파르나스와 라틴 구역이었다.

'라로통드'와 '르돔카페'** 사이의 좁은 구역에 무대를 펼친 여덟 개의 재즈 밴드가 날카로운 당김음 칼로 밤의 살아 있는 고기를 토막 난 소절 덩어리로 잘라냈다. 미국인, 영국 여성, 러시아인, 스웨덴 여성, 일본인과 유대인 여성의 군중이 여러 언어로 말하며 오래되고 존경하올 바스티유 감옥을 점령한 데 대한 말할 수 없는 기쁨을 경련하는 듯한 춤으로 표현했다.

거리 몇 개를 더 지나 어두운 아라고 대로에서는 '상테' 감옥이 군대의 경계선에 둘러싸인 채 평소보다 더 많은 음식으로 고요 속에 국경일을 축하했다. 어찌 됐든 '상테'는 바스티유가 아니었고 7월 14일 애호가들은 아라고 대로의 담장이 높고 단단하며 군부대

---

* 제임스 쿡James Cook(1728~1779). 영국의 탐험가. 1768년에서 1779년 사이, 즉 프랑스혁명 직전에 세 번의 태평양 항해에 성공하여 현재의 호주와 뉴질랜드를 유럽에 알렸다.

** '라로통드La Rotonde'는 1911년 문을 연 음식점이다. '르돔카페Le Dôme Café' 혹은 '카페뒤돔 Café du Dôme'은 1898년 개업했다. 둘 다 몽파르나스에 있으며 제1~2차 세계대전 사이에 지식인들이 모이는 장소로 유명했다.

는 잘 무장하고 훈련돼 있고 왕정 시대에 훌륭하게 작동했던 지나친 열정이 민주적이며 문명화된 사회에서는 결단코 반복될 수 없다는 사실을 확신하고 평화롭게 춤출 수 있었다.

감옥 앞면에는 까맣게 닳은 표어가 화환처럼 늘어진 글자로 지나가는 사람들에게 눈짓했다. '자유, 평등 박애'—위대한 프랑스혁명의 버려진 무덤에 걸린 닳아빠진 애도의 리본이다.

종이 등불이 밤의 거울 같은 표면 위에 연꽃처럼 부드럽게 흔들렸다.

땀에 젖고 벌겋게 달아오른 종업원들이 이 축일을 위해 기적적으로 늘어나 보도에서 차도까지 이어지며 거리 전체를 온전히 차지한 수많은 테이블에 차갑고 투명한 레모네이드를 힘겹게 나른다.

숨을 헐떡이던 한 흑인이 재즈밴드에서 불운한 곡예사의 몸짓으로 관객들의 머리 위에 달린 굉음의 보이지 않는 접시를 깨뜨리고 강직증의 경련을 일으키며 빈 국그릇 같은 심벌즈를 흔들었다. 열여섯 명의 다른 흑인들이 강력한 나팔의 관을 통해 숨이 막힐 때까지 소리치며 예리고의 나팔*처럼 마법의 주문을 멀리 떨어진 대륙까지 전하며 벽이 무너지지 않을 뿐만 아니라 오히려 불 켜진 창문들이 톱니처럼 줄지어 솟아오르며 더더욱 높아지는 듯 보인다는 충격적인 소식을 알린다.

수천 개의 수도꼭지가 파리시의 잘린 동맥처럼 콸콸 소리내며 차갑고 맑은 물을 뿜어냈고 지친 파리는 더위 속에 힘없이 창백해

---

* 구약성서 여호수아 6장 1~27절에 나오는 내용. 이스라엘군이 가나안을 정복할 때 여호수아가 예리고 성을 하루에 한 번씩 7일간 돌고 제사장들이 나팔을 불자 성이 무너졌다고 한다.

졌다.

첫 번째 구급차는 밤 10시에 오텔드빌 광장에 나타났다. 군중은 끊임없이 흘러들어 오는 관광차량에 갈라지며 밀려나 처음에는 구급차도 또 다른 관광차량이라 생각하고 적대적인 중얼거림으로 맞이했다. 곧 사람들은 잘못 알았음을 깨닫고 서둘러 길을 비켜주었다. 음악은 이제 막 세 번째 찰스턴*을 시작한 참이었다. 춤이 계속 이어졌다.

20분이 채 지나지 않아 두 번째 구급차가 달려와 옆 골목의 검은 입속으로 금세 사라졌다. 아무도 신경 쓰지 않았다.

새벽 2시에 세 번째, 다섯 번째, 여섯 번째 구급차가 달려와 환희에 찬 광장을 불길한 사이렌이 울려 퍼지는 소리로 가득 채웠다.

혼란의 첫 번째 전조는 사실 밤 11시 정도에 나타났다. 네 번째 찰스턴 한중간에 춤추던 사람들 중에서 남녀 한 쌍이 미끄러운 아스팔트 위에 쓰러져 일어나지 못하게 되었다. 주위 사람들은 웃었다. 남녀는 경련을 일으키며 몸부림쳤다. 두 사람은 가까운 약국으로 옮겨졌다. 5분 뒤에 구급차가 와서 불운한 춤꾼들을 데려갔다. 누군가 어딘가에서 처음으로 동전처럼 낭랑하게 짤랑거리는 '감염병'이라는 단어를 내뱉었고 이 단어는 군중 속에서 흘러 다녔다. 그러나 아무도 믿지는 않았다. 춤이 다시 시작되었다.

또 다른 한 쌍은 춤추는 도중에 이상한 중독 증상을 나타내며 쓰러져 바스티유 광장으로 옮겨졌다. 세 번째 남녀는 몽파르나스

---

* Charleston. 미국 사우스캐롤라이나주 찰스턴시의 이름을 딴 댄스음악. 찰스턴에서 시작된 것은 아니고 실제로는 브로드웨이 뮤지컬 음악이었는데 작곡가 제임스 존슨이 그 특징적인 곡조를 '찰스턴'이라고 이름 붙였다. 1920년대에 크게 유행했다.

의 '라로통드' 음식점 베란다 앞으로 옮겨졌다. 자정까지 이런 사건이 수십 건 발생했다. 이상한 감염병이 언급되는 일이 점점 더 잦아졌다. 그래도 춤은 멈추지 않았다.

'르돔' 카페 테라스에서 연주하던 재즈밴드의 흑인이 음악 중간쯤에 허공에 우스꽝스럽게 발을 걷어차며 드럼 위로 뛰어들듯 쓰러졌다. 청중은 재미있어하며 이 새로운 묘기에 즉각적인 브라보로 화답했다. 그러나 흑인은 일어나지 않았다. 사람들이 그를 돌려 눕혔다. 그는 죽어 있었다.

까만 터널 같은 거리들에 도움을 청하는 외로운 비명 같은 구급차 사이렌이 불길하게 울렸다. 여기저기 사람들이 춤을 멈추었고 불안해진 군중은 서둘러 흩어져 집으로 향했다. 몽파르나스와 라틴 구역과 외국인들이 주로 거주하는 몇몇 다른 구역에서는 춤이 계속되었다.

나팔들이 통곡하듯, 겁먹은 듯 끊임없이 부르짖었다.

†

다음 날 아침 깨어난 파리는 축축하게 펼쳐진 조간신문을 보고 공포에 질렸다. 1면에 커다랗고 새까만 글자로 얼어붙을 듯한 단어들이 보였다. "파리에 흑사병!"

소식은 충격적이었다. 14일에서 15일 사이 밤에 흑사병이 8000건 보고되었으며 모두 거의 예외 없이 치명적이었다.

그날은 건조하고 더웠고 사람들은 지쳐서 창백한 채 잠자리에서 일어났다. 아침부터 거리에 열띤 군중들이 달려나와 호외를 서로 빼앗아 보고 있었다. 둔중하고 애처로운 위생차량 사이렌 소리가 끊임없이, 도시의 모든 모퉁이에서 동시에 울려 나왔다. 거리에서 수십 명씩 정신을 잃고 쓰러지기 시작했다.

저녁이 오면서 몽마르트르 북부와 몽파르나스에서는 이 모든 일에도 불구하고 사람들이 춤을 추려 했다. 그러나 실제로 춤추는 사람은 많지 않았다.

카페 주인들은 전통적인 축일 대목을 놓치고 싶지 않아서 황급히 새 악단을 구성했고 튀어 오르는 찰스턴 음악 소리에 맞춰 어스름이 깔리는 거리에 흥분한 행인들의 무리가 흘러나와 비어 있던 테라스로 넘쳐 들어왔다. '라로통드' 앞에서 광란하는 음악가들이 색소폰에 폐의 마지막 숨 한 조각까지 불어 넣으며 위생차량들의 음울한 재즈밴드 소리를 파묻어버리려 헛되이 애썼다.

'라로통드', '르돔', '라쿠폴'* 사이의 좁은 삼각형은 눈 깜짝할 사이에 춤추는 남녀들의 무리로 가득 찼다.

공황은 뜻밖에, 그리고 비교적 상당히 늦게 터졌다. 사방에서 비슷하게 시작되었다. 춤추던 중 여성 한 명이 갑자기 땅에 쓰러졌고 그 서슬에 같이 춤추던 남자도 붙잡혀 함께 넘어졌다. 처음에는 아무도 신경 쓰지 않았다. 남녀는 서로 껴안고 움직이지 못하게 된 채 음악의 박자에 맞춰 쉬지 않고 경련했다. 쓰러진 남녀에 다른 사람들이 걸려 넘어졌다. 몇 분이 지나자 주위에 쓰러진 사람들이 쌓이기 시작했다. 혼란이 시작되었다. 음악이 멈추었다. 군중이 보

---

* '라쿠폴La Coupole'은 1927년 몽파르나스에 문을 연 음식점이다. 지하에 댄스홀이 있었으며 예술가와 지식인들이 모이는 장소로 유명했다.

도로 튀어나왔다. 쓰러졌던 춤꾼들은 벌떡 일어나 다른 사람들을 따라 도망치기 시작했다. 구역 안이 텅 비었다.

아스팔트 위에는 유일하게 바짝 여윈 젊은 여성 한 명만 남아 고통에 몸부림치며 이해할 수 없는 지그재그를 그리고 있었다. 레이스 달린 짧은 치마가 위로 밀려 올라가 조그맣고 거의 아이 같은 무릎과 화려한 가터벨트를 목걸이처럼 두른 소년 같은 허벅다리의 소심한 흰 피부가 여러 겹의 크림색 속옷 사이에서 똬리를 튼 유연한 뱀처럼 모습을 드러냈다. 뾰족한 에나멜 구두 끝이 쉬지 않고 떨렸다.

춤꾼들은 공포에 질려 벽에 바짝 붙었다.

그때 사람들의 무리 사이에서 노동자의 작업복을 입은 붉은 머리의 마른 사람이 나타나 군중을 헤치고 주먹을 휘둘러 앞에 길을 내며 차로 반대편으로 달려갔다. 붉은 머리 사람은 건너가면서 모여 선 구경꾼들의 얼굴을 자세히 바라보았다. 그러고는 길을 건너가서 쓰러진 여자 옆에 멈추더니 몸을 숙여 주의 깊게 들여다보았다. 새로운 고통의 경련이 여성의 얼굴을 위로 번쩍 들어 올렸다. 붉은 머리 사람은 염소 울음소리 같은 이상한 비명을 내지르고 돌연히 땅에 주저앉았다. 여성의 여윈 어깨를 끌어안고 일으켜 세우려고 헛되이 애썼다. 여성은 격렬한 발작에 몸부림쳤다. 붉은 머리 남자는 여성의 양팔을 붙잡고 일어섰으나 여성의 몸이 다시 발작하면서 휘청거리더니 여성과 함께 땅에 쓰러졌다. 네 발로 엎드려 여자 위에 몸을 숙이고 남자는 뭔가 알아들을 수 없는 소리를 내지르며 여성의 떨리는 몸에 뜨거운 입맞춤을 퍼붓기 시작했다.

이 보기 드문 광경에 호기심을 자극받은 구경꾼들은 카페 테라스에서 보도 가장자리로 흘러나와 좁은 원을 그리며 이 유별난 한 쌍을 둘러쌌다. 붉은 머리 남자의 절망이 너무나 명백하고 너무나 강렬해서 이 광경을 지켜보던, 깊이 파인 옷을 입은 숙녀들 모두 한결같이 그를 곧바로 동정했다.

남자는 여자를 껴안고 떨리는 몸을 어떻게든 움직이지 않게 하려 헛되이 애쓰며 입맞춤하는 사이사이에 쉰 목소리로 하나의 단어를 반복해 말했다. 구경꾼들이 더 가까이 몸을 숙였다. 누군가 처음으로 그 단어를 귀담아듣고 서둘러 옆 사람들에게 전했다.

"여자의 이름을 부르고 있어. 아마 '자네트'라는 것 같아."

"분명히 애인이겠지."

"여자친구가 저렇게 젊은데!"

"그리고 저렇게 예쁜데! 그런데 남자는 그냥 노동자 같군….."

"아니면 친오빠인가?"

"그럴 리가요! 친오빠가 저렇게 입 맞추는 거 보신 적 있소?"

그러나 구경꾼들이 이 모든 짐작과 추측을 끝까지 논의할 여유는 주어지지 않았다. 여성이 갑자기 온몸을 위로 당겨 올리더니 비인간적인 힘으로 머리를 아스팔트에 내리찍고는 조용해졌다. 군중은 몸을 떨었다. 사방이 조용해졌다. 흥분한 숙녀들마저 흥미로운 의견들을 나누다가 중간에 멈추고 입을 다물었다. 에나멜 구두 끝이 난데없이 위쪽으로 솟아오른 채, 가느다란 줄무늬가 들어간 눈에 보이지 않는 거미줄 같은 스타킹에 감싸인 여성의 다리가 뻣뻣하게 굳어졌다.

붉은 머리 남자도 여성 위에 몸을 숙인 채 소리 없는 절망 속에 조용해졌다. 몇 분 뒤에 그가 고개를 들었을 때 얼굴은 내면의 통곡으로 일그러져 있었다. 군중은 흐느낌이나 신음 소리, 아스팔트에 머리를 박는 행동을 예상했다. 모여 선 군중 때문에 관심을 가진 경찰관이 눈에 띄지 않게 뒷줄에서부터 사람들을 헤치고 나왔다.

빨간 머리 남자는 흐려진 눈으로 군중을 둘러보았다. 여성을 보호하려는 듯 정성스러운 손길로 밀려 올라간 원피스를 내려 벌어진 레이스 속옷을 가리고 여성의 다리를 오므렸다. 성난 개와 같은 시선으로 주위를 둘러싼 남자들의 얼굴을 훑어보다가 그는 경찰관의 얼굴과 목깃에 단 반짝반짝한 관할구역 숫자 배지에서 시선을 멈추었다.

"내가 이 여자를 죽였소!" 남자가 경찰관에게서 시선을 떼지 않고 무감정하고 갈라진 목소리로 말했다.

군중이 흥분해서 술렁거렸다. 경찰관이 긴장했다.

붉은 머리 남자는 다시 움직이지 않는 여성의 얼굴에 자기 얼굴을 파묻고 그 자세로 오랫동안 가만히 있었다. 이 순간의 엄숙함을 흐릿하게 감지하고 경찰관은 기다리기로 했다. 그러다가 마침내 이 침묵 장면이 너무 오래 이어진다고 생각하여 남자의 어깨를 손으로 조심스럽게 건드렸다.

붉은 머리 남자가 경찰관을 향해 고개를 들었을 때 모두가 갑자기 불안해졌다. 남자의 뭉치고 흩어진 머리카락이 눈을 아무렇게나 가리고 있었다. 이마에는 당장이라도 터지려는 두개골을 끌어당기는 밧줄처럼 두 줄의 까만 핏줄이 서 있었다. 피가 몰린 얼굴은 시뻘겋고 푸르스름했다.

군중은 공포에 질려 물러섰다. 심지어 겁먹지 않은 경찰관도 경계하며 사람들에게 몇 걸음 물러나라고 외쳤다.

붉은 머리 남자는 주먹을 들어 뒤로 물러나는 구경꾼들 쪽을 향해 위협했다.

"너희 다 뒈진다, 쓰레기들아!" 남자는 목쉬고 새된 소리로 외치며 허공에 주먹을 흔들었다. "너희는 벌을 받지 않았지! 내가 너희들의 천벌이다! 내가 너희들한테 독을 먹였다, 시궁쥐처럼! 내가 파스퇴르 연구소에서 흑사병 시험관을 훔쳤다! 내가 정수장 필터에 독을 탔다! 도망쳐라! 살길을 찾아봐라! 숨을 데가 없을 거다!"

군중은 공포와 충격 속에 한 걸음씩 뒤로 물러섰다.

"도망칠 곳은 없다! 끝이다!" 붉은 머리 남자가 아라고 대로 쪽을 향해 주먹을 휘두르며 부르짖었다. "감염병으로 죽지 않으면 담 너머의 저 사람들이 올 거다! 수천 명이! 수만 명이! 날 위해! 내 억울함을 갚아주러! 모두를 위해! 너희들 흔적은 돌멩이 하나도 남지 않을 거다! 쓰레기들! 짐승들! 썩을 놈들!"

핏발 선 얼굴로 붉은 머리 남자는 곧장 조명이 환하게 켜진 베란다를 향해 나아갔다.

손님들은 공포에 질려 의자를 뒤집으며 안으로 몰려들었다. 유리 깨지는 소리가 울렸다. 여자들이 비명을 지르며 테이블 아래 숨었다. 누군가 크게 소리 질렀다.

"살려줘! 강도야!"―그러더니 갑자기 조용해졌다.

"경찰! 경찰은 어디 있어? 정말로 경찰이 없단 말이야?" 패닉에 빠져 어쩔 줄 모르며 비명 지르는 여자 목소리가 들렸다.

그때 모두의 혼란 속에, 구석의 테이블에서 어깨너비로 보아 스포츠맨으로 짐작되는 현명한 신사가 일어나 무거운 샴페인 병을 테니스 라켓처럼 휘둘러 자신에게 다가오는 붉은 머리 남자를 후

려쳤다. 유리 조각이 튀었다. 피가 와인에 섞여 거품을 내며 반짝이는 물결이 되어 테라스에 흘렀다.

"잘했다, 한 방 먹여!"

"한 대 더!"

"우리가 여기서 뒈진다고? 저 남자 뭐야?"

"정말로 독을 탔나? 신문에도 났던데, 파스퇴르 연구소에서 흑사병 시험관이 도난당했다고!"

"분명히 독을 탔어! 불한당! 낯짝을 보면 알아!"

"범죄자를 두들겨줘라!"

"저놈을 패자!" 수십 명의 짐승 같은 목소리가 고함쳤다.

"여러분, 이 사람은 정신병자예요!" 누군가 소리쳤으나 그 외침은 성난 바다에 던져진 돌멩이처럼 가라앉았다.

"그런데 흑사병은 어디서 났지?"

"시험관은?"

"저놈이 저지른 건 확실해!"

"개새끼를 죽이자!"

정확하게 겨냥한 세 번째 유리병의 타격을 맞고 붉은 머리 남자는 휘청거리더니 피를 흩뿌리며 보도에 쓰러졌다. 성난 사람들의 물결, 치켜든 지팡이들의 숲, 유리 깨지는 소리와 여자들의 찢어지는 비명이 그를 뒤덮었다.

물결이 잦아들었을 때 보도에는 움직이지 않은 채 엎드려 있는 빨간 덩어리만 남았다.

장엄한 경찰관은 어딘가에 잘못 들어갔다가 갑자기 다시 등장해서 역겹다는 듯 얼굴을 찡그리며 고개를 돌렸다. 5분 사이에 카페는 텅 비었다. 새벽 1시에 도시의 벽들에 축제 중단과 모임 금지를 명령하는 시 공고문이 내걸렸다. 그러나 언제나 그렇듯이 공고문은 너무 늦게 걸렸는데, 거리는 이미 저절로 완전히 텅 비어버린 뒤였다. 마지막 남은 고집스러운 춤꾼들이 경련의 발작으로 몸을 떨었고 구급차가 이들을 종합병원으로 이송했다.

석간신문은 신문 가판대 상인 외에는 아무도 읽지 않았지만, 7월 15일 하루 동안 6만 건의 발병을 알렸다.

거리는 텅 비고 고요해졌다. 오가는 차량은 거의 예외 없이 적십자 깃발을 달고 있었다.

7월 16일 파리 시내 벽들에는 두 번째 공고문이 내걸렸다. 공고문은 전례 없이 치명적인 감염병을 국지화하고 프랑스 전체로 병이 퍼지는 것을 방지하기 위해 파리시가 밤 사이 군사경계선으로 둘러싸였음을 알렸다. 시 경계를 넘으려는 모든 시도는 무익하며 사형으로 다스려질 것이다. 시 정부는 주민들에게 침착하고 신중할 것, 그리고 거주지에서 나가지 말 것을 호소했다.

낮은 창백하게 휘청거리며 무더위를 몰고 왔다. 상점들이 문을 열지 않았다. 차로에는 흩어진 채 그대로 얼어버린 듯 움직이지 않는 카페 의자들이 보였다.

싸구려 종이 등불이 굳어버린 용광로 위의 거품처럼 인적 없는 거리 위에서 흔들렸다. 신문들의 절반은 발간되지 않았다.

라디오방송들은 오후까지 감염병으로 인한 16만 건의 사망이 발생했다고 알렸다. 시 구급차들 전부 동원되고 행정용 차량들까지 구급용으로 동원되었지만 시내에서 발생하는 감염 건을 전부 소화할 수 없었다. 공공기관들이 연달아 시급하게 병원으로 탈바

꿈했다. 곧 개인차량도 차고마다 다니면서 적십자 용도로 강제 징발할 것이라는 예측이 나돌았다.

저녁 6시에 에펠 방송국이 정치 뉴스를 내보냈다.

해변에서 휴가를 보내던 프랑스 대통령이 리옹으로 돌아왔고 그곳에서 라디오방송이 정확히 밝히지 않은 숫자의 하원의원과 상원의원, 그리고 인근 지역에서 쉬고 있던 정부 관련자들을 호출했다. 밤 12시에 리옹에서 대통령이 직접 개최한 긴급 임시 하원 회의가 진행되어 최근 일어난 유감스러운 상황들을 논의하였다.

파리는 영구차 경적 소리의 시끄러운 행진과 재즈밴드의 박자 같은 전화벨 소리 아래 조용하고도 장엄하게 멈추었다. 에펠탑 라디오가 50만 명의 사망자를 보고했다.

5일째에 파리 시민들은 사망자들을 때맞춰 매장할 방법이 없는 채로 집 안에 갇혀 초조하게 기다리다가 공고문의 금지에 맞서 절망에 빠져 거리로 뛰쳐나왔다. 누군가 흑사병에 최고의 약은 알코올이라고 외쳤다. 비스트로들이 맥박 치기 시작했다. 술병 마개들이 튀어나왔다. 재즈밴드가 연주했다. 호텔 네온 간판들이 다시 번쩍거렸다. 광기에 찬 파리는 와인으로 모든 것을 파묻었다.

거리의 연결 지점마다 미끄러운 띠가 아스팔트에 흐르듯 차들이 떼 지어 흘러나와 마치 죽어가는 힘없는 새들이 까맣게 반짝이는 흐름이 되어 공중에 떠오른 듯 보였다.

†

사크레쾨르 성당에 종이 울렸다.

노트르담에서, 마들렌에서, 여기저기 흩어진 작은 성당들에서 흐느끼는 듯한 종소리로 파리가 대답했다.

종교라는 정신병이 천천히, 그러나 체계적으로 점점 더 많은 사람들을 사로잡았다.

둔중하게 신음하는 종소리가 도시 위에 울리며 납 주먹으로 움푹 파인 청동 가슴을 두드렸고 여러 성당 안에서 여기에 화답하여 경련하듯 꽉 움켜쥔 양손과 쓰디쓴 기도의 웅얼거림이 울려 퍼졌다. 영성체를 실시하는 미사가 쉬지 않고 진행되었고 피로에 지쳐 비틀거리는 밀랍처럼 창백한 사제들이 집전했다.

다뤼 거리의 러시아정교 성당*에서 금실로 수놓은 사제복을 입은 총주교가 굵고도 장엄한 낮은 목소리로 복음서를 읽었고 부활절처럼 모든 종이 한꺼번에 울렸다.

빅투아르 거리에 있는 시너고그에서 줄무늬 탈리스**를 입은 군중 위로 촛불이 타올랐고 사람들은 보이지 않는 종의 혀처럼 부채 모양으로 몸을 앞뒤로 흔들었으며 공기는 종이 울리듯 탄식하는 소리로 화답했다.

거대한 도시 안에 흩어진 채 갇혀버린 사람들은 모든 것을 밀어버리는 죽음의 충격을 마주하자 발작적으로, 어마어마한 원심 분리의 힘으로 자기 신앙의 모든 요소에 매달렸고 자석에 달라붙는 쇳가루처럼 자기 종교의 사원 주위에 모여들었다. 가톨릭 성당, 정교 성당, 이슬람 사원의 탑들은 피뢰침처럼 하늘을 향해 솟아올라

---

* 알렉산드르네프스키 성당. 프랑스 파리 다뤼 거리에 있는 러시아정교 성당으로; 1861년에 축조되었다.

** tallith. 흰 바탕에 푸른 줄이 쳐진 숄의 일종으로, 유대인 남성들이 기도할 때 걸친다.

매 순간마다 신앙의 자석과도 같은 힘으로 흩어져 있던 사람 무리를 인종과 종교에 따라 자발적으로 구분된 무리로 모았다.

첫 번째 폭발은 피부 색깔 때문에 가장 내몰려 고립되고 자신들 고유의 피뢰침인 사원을 갖지 못한 사람들 사이에서 일어났다.

II

창문은 낮이라는 죽은 직사각형 회색 돌벽에 못 박힌 그림이다.

팡테옹 광장에는 건물 하나에 창문이 36개, 즉 6줄씩 6개 있다. 17번지 건물의 세 번째 줄 여섯 번째 창문은 언제나 낮 동안 아무것도 칠하지 않은 천이 걸려 있어서 이것은 닫힌 셔터 같은 광택 없는 얼룩처럼 보였고 마치 하얗게 멀어버린 눈이 팡테옹의 장엄한 윤곽에 고집스럽게 붙어 있는 듯 마음을 불안하게 했다.

거리에 저녁의 시체 순찰차량들이 오가며 건물과 차로에서 하루 동안 사망한 시신들을 모으고 거리가 울리는 종소리를 신호 삼아 살아 있는 사람들에게 순찰을 알릴 무렵 잠옷에 슬리퍼 차림을 한 판창쿼이는 한 손으로 창문 셔터 대신 걸린 힘없는 천을 밀어내고 네모난 창틀에 반만 비누칠한 얼굴을 드러냈다.

거울 앞에서 면도를 마치고 판창쿼이는 얼굴과 양손, 온몸을 어떤 투명한 로션으로 주의 깊게 닦아내고 오랫동안 꼼꼼하게 양치질을 하고 준비된 속옷과 옷에 향수를 뿌렸다. 이런 준비 과정을 마친 뒤에 판창쿼이는 재빨리 옷을 입고 양손에 회색 장갑을 끼고 목에 목도리를 단단히 감고(피부 표면이 흑사병 퍼진 공기 표면에 직접 닿는 면적을 최소화하기 위한 대비책이다) 재빨리 계단을 내려갔다.

조그만 중국 음식점은 이 시간대에 사람이 많고 시끌벅적했다. 빈자리를 찾는 것은 애초에 포기해야 했다. 잠깐 망설인 뒤에 판창퀘이는 나이 많은 신사가 혼자 앉아 있는 구석 자리에 앉았는데, 이 신사는 중국인이 아니었으며 금테 안경을 쓰고 다듬지 않은 턱수염이 회색 빗자루처럼 자라나 있었다.

말없이, 합석한 사람을 바라보지도 않고 판창퀘이는 좋아하는 제비집 수프가 담긴 김이 나는 국그릇 위로 고개를 숙였다.

마지막 한 숟가락을 막 떠서 입에 가져감과 동시에 그는 누군가의 날카로운 손가락이 팔꿈치를 파고드는 것을 느꼈다. 회색 턱수염을 기른 신사가 테이블 위로 몸을 쭉 빼고 안경 너머로 판창퀘이를 바라보며 얼굴을 붉히고 고집스럽지만 약간 떨리는 목소리로 말했다.

"식사를 방해해서 죄송합니다. 선생님께 긴히 드릴 말씀이 있습니다…."

†

수 킬로미터의 필름으로 이어지는 보통 인간의 삶을 한 번이라도 되돌릴 수 있다면 우리의 눈은 모든 것을 꿰뚫는 탐침처럼 바닥을 알 수 없이 깊은 인간 내면에 꽂혀 어딘가 깊은 곳에서 단단한 석탄 같은 돌, 어떤 사실, 어떤 사건, 장면, 규정할 수 없는 스쳐가는 느낌, 닳고 빛이 바랬지만 너무나 이상한 색을 띠어서 그 위로 흘러간 여러 해의 시간이 그 알 듯 모를 듯한 색깔에 물들어버리는 어떤 지점을 발견할 것이다.

판창퀘이의 삶에는 모든 인상, 경험, 생각의 구조 아래에 한 장면이 있었다.

그것은 오래전, 너무나 오래전이라 때때로 그 구역에 들어선 기억은 더듬더듬 헤매다 모든 것을 뒤덮은 깃털 같은 안개의 주름 사이에서 길을 잃었고, 그 안개 속에서는 마치 비싸고 깨지기 쉬운 장난감의 윤곽처럼—여러 겹의 솜처럼 여러 물체가 속한 어떤 다른 세상의 관련 없는 파편이 나타나곤 했다.

그 당시에 어린 판은 여기저기 구멍 난 알록달록한 누더기 옷을 입고 난징의 어느 좁고 더러운 거리에서 도랑에 댐을 세우는 놀이에 열중하고 있다가 거리를 달려가는 아버지를 보았다. 맨발에 여윈 인력거꾼이 두 개의 가느다란 막대에 몸을 묶고 터덜터덜 달려 울퉁불퉁한 거리 위로 힘겹게 수레를 끌고 있었으며 수레에는 하얀 옷을 입고 그 옷만큼 하얀 얼굴을 한 신사가 앉아 있었다. 인력거꾼의 맨발 발뒤꿈치가 한 번, 또 한 번 허공에 어른거렸고 힘을 쓰느라 긴장한 여윈 얼굴에 땀이 가늘고 비자연적인 빗줄기가 되어 흘러내렸다.

판창퀘이는 그때 처음으로 백인 신사의 부어오른 듯 넓적하고 믿을 수 없이 하얀 얼굴에 충격을 받았다. 열린 눈꺼풀 아래 눈이 이상하게 튀어나왔고 차분하고 위엄 있고 자기만족적인 분위기가 그 둥그런 얼굴에 깃들어 있었다.

그때로부터 수많은 길고 힘겨운 낮과 짧고 부드러운 밤이 지나갔고 그 장면은 닳고 바래어 솜처럼 폭신한 안개의 주름 사이 어딘가 뒤쪽에 구겨져 박혔다. 시큼하고 희미한 뒷맛만이 남아서 비물질적인 덮개로 세상과 만물을 영원히 덮어버렸다.

볼이 부풀어 오른 하얗고 넓적한 얼굴, 늘어진 눈꺼풀과 부자연스럽게 부어오른 눈은 구체적인 육체성을 잃어버리고 하나의 상징, 증오라는 강력한 산酸을 모든 모공에서 뿜어내는 원천이 되었다.

3년 뒤, 타오르는 더위에 숨이 막힐 듯한 6월 어느 날 친절한 이웃들이 시내에서 이미 눈이 흐려지고 움직이지 않는 인력거꾼 아버지를 데려와 바닥에 눕혔는데, 아버지는 어딘가의 교차로에서 갑자기 피를 토하며 쓰러졌다고 했다. 어린 판은 울지도 않고 중단했던 일을 계속하러 서둘러 떠나는 이웃들의 다리를 붙잡지도 않았다. 그저 주의 깊게, 호기심 어린 눈으로 아버지의 까맣게 벌어진 입을 관찰했다―이해할 수 없는 비밀의 동굴 안에 빨간 종유석이 매달려 있었고 여위고 뼈가 튀어나온 다리 끝에 달린 거대한 발은 오래 신은 슬리퍼처럼 닳아 있었다. 판은 전날 짐꾼 파오창이 자신을 속인 가게 주인 링호에게 했듯이 진지하게, 신중하게 어린 주먹을 들어 창문 쪽을 향해 누군가를 위협했다.

그런 뒤에 그는 바닥에 앉아 거리 어딘가에서 주워 온 망가진 부채를 부쳐 피 냄새를 맡고 와서 고인의 열린 입속으로 떼 지어 몰려드는 파리들을 쫓기 시작했다. 시신의 초점 없는 눈은 흐리게 번들거리며 멍하니 천장을 바라보고 있었고 그 눈에는 공포도 고통도 아닌 그저 무한하고 조용한 놀라움만 서려 있었다.

그리고 그때―어쩌면 시신이 견딜 수 없는 더위에 마르기 시작했을 수도 있고, 어쩌면 그저 안에서 어떤 림프샘이 터졌을 수도 있지만―고인의 오른쪽 눈에서 커다란 눈물방울이 흘러나와 주름진 노란 얼굴을 따라 천천히 아래로 흘러내렸다.

어린 판은 우는 망인을 한 번도 본 적이 없었고 이 희귀한 현상을 분석해봐야겠다는 생각도 머릿속에 떠오르지 않았다. 그저 갑작스러운 공포에 질려 벌떡 일어나 있는 힘껏 방에서 달려 나갔다. 눈길이 닿는 대로 그는 덜걱거리는 수레들 사이의 좁고 구불구불한 골목을 오랫동안 달렸다.

저녁에 강가에서 선원들이 쌀자루 사이에 앉아 있는 판을 발견하고 오랫동안 발길질해서 깨운 뒤에 타는 듯이 독한 고량주를 먹인 뒤 하룻밤 자라고 곡물 창고에 두고 갔다.

판창퀘이는 그때 일곱 살이었다.

배고픔에는 오래전에 익숙해졌다. 어머니는 모르고 자랐다. 그러나 이제는 온전히 자기 힘만으로 어떻게든 해나가야만 했다. 여름에는 강가에서 별을 보며 잤다. 장마철에는 남의 집 구석에서, 다락방에서, 곡물 창고에서. 그러다 들키면 그를 붙잡은 사람들은 오랫동안 즐거워하며 때렸다. 그는 비명을 지르지 않고 그보다는 깨무는 편이었다. 어느 귀족이 그의 땋은 머리채를 잡았을 때 손을 너무나 세게 깨물어서 그 귀족은 죽어라 비명을 질렀고 이웃들이 그 소리에 달려왔으며 마침 하필 그때 거리에 장례 행렬이 지나가고 있지만 않았다면 분명히 그는 맞아 죽었을 것이다.

식사는 되는 대로 먹었는데 얻어걸리는 것은 많지 않았다. 그는 개들에게서 뼈를 훔쳤다. 개들이 그의 누더기 옷을 갈기갈기 뜯었고 때로는 살도 깨물었다. 멀리서 그를 보면 적대적으로 이를 드러냈다. 그는 대체로 채식을 했다. 강가에서 짐을 실을 때 떨어진 쌀알을 주워 모았다. 요리를 할 부엌은 없었다. 생쌀인 채로 쌀알 하나하나를 오랫동안 맛나게 씹어 먹었다.

그러면서도 사람 많은 시장의 유혹, 상인들이 동전 몇 푼에 지나가는 사람들에게 맛있는 야채수프나 향기로운 쌀술을 팔고 가판마다 과일과 참기름에 튀긴 과자와 사탕수수 같은 맛 좋은 간식이 층층이 쌓여 있는 곳만은 애써 피해 다녔다. 그런 곳을 지나가다간 콧속을 간지르는 맵거나 달콤한 냄새를 결단코 참지 못하고 분명히 사탕수수를, 그것도 제일 굵은 놈으로 집어먹고 나서는—빨리 도망쳐라!—아무 데도 숨을 수가 없어 빽빽하게 둘러싼 가판대 사이에서 처형당하는 군인이 발사선에서 하듯이 헛되이 양손으로 몸을 가리고 성난 행상인들의 뭇매를 맞게 될 것이다. 그렇게 탈출한 뒤면 일주일은 등이 아팠고 돌과 흙의 단단한 침대는 특히나 불편하게 느껴졌다.

낮에 그는 다른 집 없는 아이들과 함께 놀기도 많이 놀았지만 그보다도 상업 지구를 돌아다니며 가게에 늘어진 가림막이나 간판에 예술적인 서체로 쓴 구불구불한 글자들을 구경하는 것을 가장 좋아했다. 글자들은 성냥을 쌓아 만든 집처럼 환상적으로 기이하게 흔들렸고 언제라도 무너질 것만 같았지만 알 수 없는 마법사 건축가가 지은 양 움직이지 않고 강하게 버텼다. 판은 몇 시간이나 이해할 수 없는 한자들 속에서 익숙한 윤곽을 찾으려 들여다보기를 좋아했다. 오, 저 글자는 장난스럽게 다리를 위로 쳐든 게 시장에서 본 발레리나 같군, 그리고 저 다른 글자는 누군가를 놀리듯이 '코'를 치켜들고 있어. 직선과 삐침선의 변화무쌍한 조합이 다른 사람들에게는 명확하고 익숙했지만 그에게는 무의미하고 야만적으로 보였으며 그 수수께끼가 궁금해서 그는 어린 머리를 쥐어짰다.

가끔 그는 기둥이 있는 하늘색 집에서 40명의 소년들이 시선을 비밀스러운 칠판에 고정하고 어색하게 몸을 흔들며 긴 가운을 입고 안경을 쓴 주름진 귤 같은 선생이 교단에서 선창하는 한 음절짜리 코맹맹이 소리를 고함치며 따라하는 모습을 옆에서 지켜보았다. 뒷간 뒤에 숨어서 판은 교실에서 튀어나오는 어지러운 목소리들에 탐욕스럽게 귀를 기울였다. 안경 쓴 귤 선생은 부유한 상인의 아이들에게 뒤엉킨 글자들의 숨은 의미를 몰래 알려주었다.

시간이 지나면서 판은 다른 곳들을 더 자주 바라보게 되었다. 시장에서 멀지 않은 거리에, 빛바랜 구멍투성이 양산 아래 나이 들고 머리가 허연 서예가가 가느다란 붓으로 길게 펼친 비단 두루마리에 여러 형태의 글자를 썼다. 어린 판은 벽에 바짝 붙어 완전히 열중한 눈으로 유연한 붓의 의도적인 움직임을 따라다녔다. 막대기들이 솟아나고 가지가 여러 개 갈라지고 신비로운 형태로 합쳐지고 글자가 다른 글자 아래 기어오르고 곡예사처럼 어깨 위로 들어 올려 잠시 후에는 편평하고 휘청거리는 삼각뿔이 위로 솟아올랐고 서예가는 두 손가락으로 마법의 붓을 쥐고 자랑스럽게 미소를 지었다.

서예가는 어린 판을 쫓아내지 않는 유일한 사람이었고, 소년이 애정과 호기심에 가득한 눈으로 열심히 바라보는 것을 보고는 친근하게 미소 지었다.

손님이 별로 없고 비단에 쓴 현자들의 성어가 바람에 목적 없이 나부끼며 어딘가 서둘러 가는 행인들을 붙잡으려 헛되이 애쓰는 날이면 서예가는 소년에게 땅에서 주운 망가진 두루마리와 작은 붓을 주어 처음으로 글자 쓰는 법을 가르쳤다. 신성하게 떨리는, 훈련되지 않은 아이의 손이 닿을 때마다 삐뚤빼뚤한 곡선이 생겨나 어렵게 균형을 유지하다가 조금 뒤에 뻣뻣한 직선 기둥 무더기 아래 파묻혀버렸다.

어쨌든 소년은 금방 글쓰기의 지혜를 깊이 익혔다. 보이지 않는 경첩으로 이은 막대기들은 단단히 버텼다. 한번 후 불어봐라! 여기 여섯 개의 기둥이 진짜 누각을 만들었지, 지붕도 있고 다 있구나, 잘 봐라, 그런데 가느다란 다리 하나로 버티면서도 이상적인 균형을 유지하지. 비밀스럽고 복잡하게 얽힌 선 대신 단어가 생겨났다. 이건 나무, 이건 땅, 그리고 이건 사람, 뛴다, 멈추지 않고, 저렇게 빠르게 다리를 움직여 있는 힘껏 달린다.

시간이 지나면서 단어도 사물도, 모든 것은 그저 겉보기일 뿐이라는 사실이 차츰 밝혀졌다. 사물의 핵심은 그 자체 안에 있는 게 아니라 선에 있다. 더 정확히는 붓 아래에 기어 나오는 그런 선이 아니라 다른, 비밀스럽고 아직 알려지지 않은 선이다. 나이 든 서예가는 길고 자유로운 시간에 성스러운 변화의 책인 《역경易經》*을 읽고 깨달은 진실을 설명해주었다. 거북이 등껍질에 새겨진 64개의 선, 즉 '괘' 안에 존재의 모든 수수께끼가 들어 있다고 했다. 그 비밀을 완전히 풀어내는 것은 가장 현명하신 복희씨도, 지혜를 깨우치신 공자님도, 오랜 세월 괘를 들여다보며 연구한 1450명의 학자들도 결국 할 수 없었다. 그러니 성스러운 '괘'의 모양을 포함해서 모든 선들의 조합을 전부 외우고 있는 불쌍한 서예가 하나가 어떻게 그 비밀을 풀 꿈이라도 꿀 수 있겠는가!

어린 판은 이 모든 얘기를 글자 그대로 하나도 이해하지 못했거

---

* 주역을 삼경의 하나로서 이르는 말.

나 아니면 자기 방식대로 이해했다. 교외로 뛰어나가 거북이를 잡아서 등껍질을 오랫동안 들여다보며 성스러운 선을 찾았다. 찾지 못하면 그 안에 비밀이 숨겨져 있지 않은지 보려고 돌로 등껍질을 깼다. 아무것도 찾지 못했다. 가장 현명하신 복희씨는 알고 보니 평범한 사기꾼이었다.

시내로 돌아온 뒤에도 판은 스승을 걱정시키고 싶지 않아서 자신의 깨달음을 말하지 않았다. 말없이 그저 머릿속으로 궁리했다. 스승이 계속해서 잘못 아는 채로 지내게 할 수는 없었다! 그는 오랫동안 활동의 방법을 여러 가지 생각해보다가 마침내 찾아냈다. 더위에 지친 스승이 제일 좋은 의자에 앉아 코를 골고 있을 때 판은 모든 오류의 원천인 성스러운 책《역경》을 조심스럽게 빼내 가지고 몰래 강가로 나갔다. 적당한 순간을 잡아서 아무도 모르게 강에 버렸다.

서예가는 잠에서 깨어 책을 찾지 못하자 큰 소리로 한탄했다. 구경꾼들이 그를 둘러쌌다. 그중에는 어린 판이 책을 옆구리에 끼고 시내로 달려가는 모습을 본 이웃 사람들도 있었다.

판은 붙잡혔다. 오랫동안 심하게 맞았다. 책을 누구에게 팔았는지 말하라고 요구받았다. 판은 아무 대답도 하지 않았고 반쯤 죽은 채 거리에 버려졌다.

그는 어리둥절한 채 멍든 자리를 어루만졌다. 좋다, 얻어맞았다 ―그런 일에는 익숙했다. 하지만 착한 서예가 아저씨가 바로 옆에서 보면서도 손 하나 까딱하지 않다니 대체 어떻게 된 일일까? 그러니까 스승님도 남들보다 나은 사람은 아니었단 말인가? 그러니까 스승의 잘못된 생각을 걱정할 필요가 없었고 책을 훔칠 필요도 없었던 것이다. 사람들과 친하게 지낼 가치가 없다. 그저 가장 볼품 없는 뼈 하나만 가져가려 해도 개처럼 깨물 것이다.

그러나 이 크고 사람 많은 도시에서 어떻게 사람을 피해서 지낸단 말인가? 도시에서는 모든 일이 수수께끼다. 대체 누가 설명해줄 것인가? 타협하는 수밖에 없다.

판은 동쪽 구역으로 헤매어 갔다. 여기는 길이 더 넓었다. 길 양옆에 석조 건물들이 상자처럼 대칭적으로 솟아올랐다. 철로 위에 유리 차가 다니고 허공에는 한순간도 잦아들지 않는 굉음이 울렸다. 집보다 신기하고 차보다 이상한 것은 철로도 말도 인력거꾼도 없이 거리를 달리는 믿을 수 없는 수레였는데, 움직일 때 땅에 닿지 않는, 이해할 수 없이 공중에 뜬 바퀴를 달고 있었다.

한번은 판이 어떤 가게 옆을 지날 때 보았는데, 색색의 상자가 꽉 찬 수레가 서 있고 그 수레 앞부분은 손잡이가 아니라 거대한 크랭크였다. 안 돌려볼 수는 없지 않은가? 판은 주위를 둘러보았다 —사람이 하나도 없었다. 그는 참지 못하고 크랭크로 달려가 있는 힘을 다해 돌렸다. 수레는 안에서 개들이 떼 지어 짖듯이 큰 소리로 으르렁거렸다.

가게 안에서 기름투성이 가죽 앞치마를 두른 사람이 나왔다. 판은 미리 반대편 보도로 뛰어갔다.

"네가 그랬냐, 꼬마야? 한번 타보고 싶어? 타, 드라이브 가자."

앞치마를 두르고 눈이 사시인 남자가 친근하게 웃음 지었다.

판은 긴장했다. '나 저거 알아! 사탕발림을 해서 가까이 오게 한 다음에 내년까지 기억할 만큼 두들겨 패려고 그러지!' 그러나 이런 생각에도 불구하고 그는 도망치지 않았다. 안전한 거리에서 그는 으르렁거리는 교통수단의 소유자를 관찰했다.

"뭐가 무섭냐, 꼬맹아? 타, 안 잡아먹어. 드라이브 가자니까."

어린 판이 장난 아니게 그 차를 타고 싶어 하는 모습은 눈에 보일 지경이었다. 그래서 판은 위험을 무릅쓰기로 작정했다. 남자가 때리면, 여섯 배로 물어뜯어준다. 멍 드는 것 정도는 큰일도 아니다. 그런데 정말로 태워주려는 건가? 판은 조심스럽게 수레에 다가갔다.

"여기로 타. 겁내지 말고. 빈자리에 앉아."

판은 탔다. 친절한 소유자가 바퀴를 건드렸다. 수레가 움직였다.

운전하면서 앞치마를 입은 남자는 쉴 새 없이 떠들었다. 이름은 차오린이라고 했다. 차오주 출신이다. 고향에 판 정도 나이의 아들이 있었는데 흉년이 들었을 때 차오린이 유럽에 가 있는 동안 죽었다. 아내도 그때 죽었다. 지금은 난징으로 와서 어느 커다란 무역상 운전수로 일한다.

남자는 수다스럽고 소박했다. 판에게 바나나를 주고 저녁까지 태우고 다니며 시내의 여러 가게에 색색의 상자를 배달했다. 판의 부모에 대해서 물었다. 불쌍해했다. 헤어지기 전에 손에 오렌지를 쥐어주고 이렇게 말했다.

"내일 가게 앞으로 와. 또 나가자."

이렇게 둘은 친해졌다. 아침마다 똑같은 모퉁이에서 판은 색색의 상자를 실은 커다란 차를 기다렸다가 민첩하게 좌석에 올라타서 자신을 위해 남자가 준비해둔 바나나 한 묶음을 받고 가끔은 사탕수수도 받았고 맛있게 씹으면서 높은 창문에서 행인들을 내려다보았다.

바나나보다, 심지어 사탕수수보다 맛있었던 것은 수다스러운 아저씨가 어렸을 때 가보았다는 멀리 바닷가에 있는 나라들에 대한 이야기였다. 사실 (최소한 사방에 다녀보았다는 아저씨 말에 따르면) 땅은 전혀 평평하지 않고 바다에서 끝나지도 않으며 공처럼 둥글다고 했다. 사람이 난징을 떠나 세상을 다 돌아다녀도 똑같은 자리에 다시 돌아올 수 있고 그래서 떠났다고 말했다. 이 모든 것이 판에게는 이상하고 믿을 수 없게만 느껴졌다. 그러나 아저씨는 정말이라고, 자기가 다 직접 보았으니 안 믿으면 안 된다고 맹세했다. 하얀 사람들은 벌써 예전부터 이런 걸 다 알아냈다는 얘기도 했다.

한번은 주머니에서 예쁘게 만든 수첩을 꺼냈는데 그 마지막 장에 작은 그림이 붙어 있었다—사실 그림이 아니라 세계 전체의 지도였다. 거북이 등껍질 같은 두 개의 둥그런 반구, 그리고 그 반구에는, 등껍질 위의 괘처럼 어지럽고 수많은 선들. 땅, 바다, 난징, 중국, 세상.

그렇다, 이것은 의심할 바 없이 똑같이 비밀에 찬 '괘'였다—멍청한 판이 믿을 수 없는 거북이 등껍질에서 헛되이 찾으려 했던 그 64개의 성스러운 선 말이다. 하얀 사람들은 가장 현명하신 복희씨의 수수께끼를 풀었던 것이다!

서예가 아저씨가 자신에게 그렇게 못되게 굴지만 않았어도 판은 당장 달려가서 이 눈부신 발견을 이야기했을 것이다. 그러나 멍과 두들겨 맞아 코에서 흘러나온 피를 떠올리고 판은 몸을 움츠렸다. 판은 억울함을 잊지 않았다.

반면 수수께끼의 하얀 사람들은 모두, 심지어 심성이 부드러운 서예가 아저씨도 싫어했지만 판의 머릿속에서 마법적이고 전지전

능한 존재의 모습으로 커졌다. 차오린은 그에게 수많은 유별난 이야기들을 들려주었다.

어딘가, 많고 많은 여러 '리' 떨어진 곳에 괴물처럼 거대한 도시들이 있는데 그곳에서 하얀 사람들은 여러 층짜리 상자 안에 살고 그 상자 안에는 계단 대신 위아래로 빠르게 움직이는 조그만 상자들이 있어서 그 안에 사는 사람들을 한순간에 가장 높은 층까지 올려 보낸다. 땅 밑에 길고 긴 관 속으로 번개처럼 빠르게 차가 다니는데 몇 분만에 사람들을 수십 '리'나 싣고 간다. 하얀 사람이 직접 힘써 일하지 않도록 낮이나 밤이나 커다란 공장에서 사람 대신 거대한 기계들이 일해서 준비된 물건을 단번에 내놓는다. 옷을 원하면—가져다 입는다. 수레를 원하면—타고 간다. 인력거도 말도 필요 없다. 모든 게 기계다. 이상하고 무거운 단어들이 아저씨의 입에서 달구어진 쇠처럼 터져 나왔다. 심지어 적을 죽이기 위해서도—한 명씩이 아니라 떼 지어—하얀 사람들은 특별한 기계를 만들어 냈다고 했다.

언젠가 판은 어리둥절해서 물었다.

"그런데 하얀 사람들은 자기 나라에서 그렇게 살기 편하면 왜 여기 우리 나라에 와서 우리 불편한 수레를 타고 다녀요?"

차오린은 웃음을 터뜨렸다.

"하얀 사람들은 돈을 좋아해. 돈을 벌려면 일을 해야 하지. 하얀 사람들은 일하는 걸 좋아하지 않아. 남이 일해서 벌어주는 걸 좋아하지. 저쪽, 자기들 나라에서는 기계하고, 그들하고 똑같은 백인 노동자들이 대신 일을 하지. 하지만 하얀 사람들은 언제나 돈이 모자라. 그래서 중국으로 와서 중국인들을 전부 굴레에 묶고 자기들을 위해 일하게 만든 거야. 하얀 사람들이 그렇게 할 수 있도록 황제와 귀족들이 돕고 있어. 바로 그 때문에 중국 사람들이 이렇게 가난하게 살고 귀족들을 위해서, 황제를 위해서, 그리고 무엇보다도 돈을 많이, 아주 많이 요구하는 하얀 사람들을 위해서 일해야만 하고 자기 자신을 위한 건 하나도 남지 않는 거야."

그러면 하얀 사람들과 싸워야 하나? 그러니까 그건 침략자들이다, 서예가 아저씨가 그렇게 말하곤 했다. 하지만 그들이 사물의 핵심을 발견하고 가장 현명하신 복희씨와 깨우침을 얻으신 공자님과 1450명의 학자들과 심지어 서예가 아저씨까지도 헛되이 머리만 싸매게 만들었던 '괘'의 비밀을 풀었는데 대체 어떻게 싸워야 한단 말인가? 그들은 모든 일을 해주는 기계와 살인하는 기계를 가지고 있는데? 대체 어떻게 그런 사람들과 싸울 수 있단 말인가?

여기에 차오린이 말했다. 당장은 어쩔 수 없다. 그들에게서 배워야만 한다. 중국 민족은 세계 어느 민족보다도 숫자가 많다. 하얀 사람들이 할 수 있는 일들을 전부 할 수 있다면 중국 민족은 세상에서 가장 강한 민족이 되어 하얀 사람들을 위해 일하지 않아도 될 것이다.

이런 얘기를 듣자 어린 판은 머리가 어지럽고 관자놀이가 울리기 시작했다. 밤이면 꿈속에 거대한 쇠로 지은 도시들과 엄청나게 크고 괴물 같은 기계들이 금속으로 된 입을 쩍 벌리고 나타났고 그 입속에서 완성된 옷, 모자, 양산, 수레, 집, 거리, 도시…들이 줄지어 튀어나왔다. 그리고 판은 밤중에 깨어나 생각했다. 어른이 되면 거기에 가야지—당연히 걸어서 갈 수는 없겠지만 말하자면 배 같은 걸 타면 되겠지—가서 훔쳐보고 따라다녀서 하얀 사람들의 비밀을 훔쳐가지고 중국으로 돌아와서 사방에 거대한 기계를 짓고 기계 앞에는(차오린은 기계 앞에도 반드시 노동자가 붙어서 일해야 한다고 말했다) 하얀 사람들, 그 일하기 싫어하는 사람들을 세워서 밤낮으로 일하게 만들고 학대당하고 지치고 굶주린 중국 사람들은 쉬게 해야지.

가끔 판과 차오린은 교외에 있는 여러 마을에 상자를 배달하러 나갔고 그럴 때면 차오린은 껄껄 웃으며 판의 손에 운전대를 쥐어주고 차 모는 법을 가르쳤다. 사실 알고 보니 운전은 어렵지 않았다. 떨리는 아이의 손과 발이 건드릴 때마다 수레는 차오린이 아니라 조그만 소년인 판이 운전해도 전혀 신경 쓰지 않는 듯 고분고분 달리고 방향을 꺾고 속도를 높이거나 늦추었다. 수레의 이름은 이해할 수 없게도 '자 동 차'라고 했다. 나중에 판은 이것이 이름이 아니라 성이라고 확신했다. 이름은 자동차마다 달랐다. 차오린은 차를 타고 시내를 다니면서 판에게 겉에 적힌 표시를 보고 서로 다른 자동차의 이름을 알아보는 법을 가르쳤다. 그 이름들은 이상했고 판은 힘겹게 하나씩 외웠다. 브라-지예, 파-나르, 다이-믈러, 나-피예르, 르-노.*

한번은 길에서 까맣고 반짝이는 차 옆을 지나쳤는데, 그 차는 마술 가마처럼 우아하고 호화로웠고 창문에는 커튼이 달리고 안에는 부드러운 회색 공단 쿠션이 놓여 있었다. 차의 이름은 더욱 이상했다—메르 세-데스. 차오린이 사랑에 빠진 눈으로 그 차의 뒷모습을

---

*　브라지에Brasier(1905~1931), 파나르Panhard(1887~2018), 다임러Daimler(1926~, 현재 메르세데스 벤츠), 네이피어Napier(1808~, 1942년 잉글리시일렉트릭에 인수), 르노Renault(1899~).

바라보았다.

"저런 차라면 온 세상을 타고 다닐 만하지!"

판은 호기심이 생겼다.

"저런 차를 타면 유럽에도 갈 수 있어요?"

"유럽에도 갈 수 있지."

판은 매혹되어 뒤를 돌아보았다. 그러나 차는 이미 없었다. 사라졌다.

그 시기에 판은 거의 차오린 아저씨가 주는 바나나를 먹고 살았지만 가끔은 직접 몇 푼을 벌어봐야겠다는 생각이 들었다. 거리를 헤매 다니다가 어떤 신사 앞에서 어렵지 않게 손을 벌리면 이득이 짭짤했다. 시키는 대로 편지를 받아들고 도시 반대편까지 달려갔다가 단번에 답장을 받아 돌아온다. 판은 보기 드물게 강하고 빠른 다리를 타고났다(분명히 달리기가 빠르기로 유명했던 아버지에게서 물려받은 것이다). 얼른 뛰어서 두세 구역을 가로질렀다가—빨리 달려서 돌아온다! 그렇게 번 돈이 주머니를 채웠다.

그날도 그랬다. 어떤 뚱뚱한 과자 상인이 동업자에게 주는 편지를 주어 보냈다. 답변을 받으면 2푼에 과자도 덤으로 준다고 했다. 판은 얼른 달리기 시작했다.

그곳은 멀었다. 교외로 나가니 예쁘고 깨끗한 거리가 있었다—나무가 우거져 있고 그 나무들 사이로 그림엽서에 그린 것 같은 하얀 상자 모양의 단독주택이 있었다. 그런 것은 한 번도 본 적이 없었다. 판은 서두르던 것도 잊어버리고 천천히 다가갔다. 그리고 못 박힌 듯 우뚝 섰다. 닫힌 철문 앞에 까맣게 빛나는 몸체에 조용히 코를 골며 서 있는 것은 바로 그것, 기적의 가마, 마법의 메르 세-

데스였다. 한 치도 틀림없이 판은 보자마자 알았다. 혼자 외롭게 서서 조용히 바퀴 아래 모래를 튀겨내고 있었다. 심지어 운전사도 어딘가 가고 없었다. 좌석에 뛰어들어 고분고분한 페달을 눌러 밟기만 하면—벌판의 바람을 가를 수 있다! 오른쪽으로, 왼쪽으로, 성스러운 거북의 등껍질에 새겨진 비밀의 '괘'처럼 갈라진 길 위로. 멀리 산 너머, 숲 너머 유-럽의 거대한 쇠 도시들이 있다. 너무 흥분해서 판은 편지를 흘렸다. 주위를 둘러보았다—아무도 없다. 귓가에 차오린의 목소리가 끈질기게 맴돌았다.

'저런 차라면 온 세상을 타고 다닐 만하지!'

판은 망설였다. 머릿속에서는 벌집처럼 생각이 떼 지어 붕붕거렸다.

아니, 참을 수 없다. 고양이처럼 몸을 숙이고 판은 한걸음에 뛰어서 운전석에 올라탔다. 열에 들뜬 듯 시동을 걸었다. 운전대를 돌렸다. 자동차는 부드럽게 굴러 나갔다. 속도를 높였다. 옆으로 단독주택과 나무들이 광란의 춤을 추며 지나갔고 나무 울타리가 획획 휘파람 소리를 내며 부채처럼 펼쳐졌다. 지름길로, 무한을 향해 뻗은 길고 좁은 도로. 사람들은 깨진 항아리를 철사로 묶듯이 지구를 도로로 감쌌다. 잘 있어라, 난징, 몰매도 발길질도 다 뜯지 못한 뼈도, 사악한 서예가도, 물결 속에 성스러운 책《역경》을 싣고 흘러간 양쯔강도, 차오린 아저씨도 모두 안녕!

갑자기 판은 깜짝 놀랐다. 어깨에 누군가의 무거운 손이 얹히는 것을 그는 분명하게 느꼈다. 뒤를 돌아보고 그대로 굳었다. 차 안에서 옆으로 밀어 연 내부 창문을 통해 하얗고 향수 냄새 나는 신사가 성난 얼굴로 앞 좌석으로 넘어오려 애쓰고 있었다. 강철 같은

102

양손이 진드기처럼 판의 멱살을 꽉 붙잡았다. 자동차는 길이 튀어 나온 곳을 부드럽게 뛰어넘으며 화살처럼 내달렸다. 하얀 신사는 마침내 앞 좌석으로 건너와서 판의 손에서 운전대를 빼앗고 자동 차를 멈춰 세우기 시작했다.

판은 처음 한순간 세상 누구나 그렇듯이 당황하고 돌연한 상황 에 겁을 먹어 운전대를 놓았다. 그러나 잠시 후에 조금씩 정신을 차리기 시작했다. 하얀 신사는 명백하게 계속 커튼이 쳐진 차 안 에 앉아서 아마 운전기사를 기다리고 있었던 것 같았다. 그런데 판 은 내부 창문으로 안을 둘러볼 생각조차 못 했다니! 이제는 다 틀 렸다. 아무렇지 않게 그를 죽일 것이다. 유일하게 살길은 이 신사의 손아귀에서 빠져나가 길가의 덤불숲으로 도망치는 것이다.

자동차가 섰다. 판은 온 힘을 다해 몸부림치며 몸을 빼려 애썼지 만 백인은 그의 멱살을 강하게 붙잡고 알아들을 수 없는 언어로 뭔 가 소리치며 아마도 욕을 하는 것 같았다. 판은 백인이 가끔씩 중 국어로 되풀이한 '도둑'이라는 단어만 알아들었다. 왼손으로 판의 목덜미를 잡아 누르고 백인은 오른손으로 차를 돌렸다. 두 사람은 도로 돌아가기 시작했다. 판은 자신을 붙잡은 손을 물어뜯으려 했 으나 그 대가로 단단한 주먹으로 턱만 한 대 얻어맞았다. 귀가 울 렸다.

둘은 말없이 달려갔다. 운명의 대문 앞에서 백인은 차를 세우고 누군가 큰 소리로 부르기 시작했다. 단독주택에서 사람들이 달려 나와 차를 에워쌌다. 백인은 계속해서 뭔가 알아들을 수 없는 말들 을 외쳤다. 절망적으로 몸부림치던 판은 붙잡혀서 집 안으로 끌려 들어갔고 그 과정에서 흠씬 얻어맞았다. 잠시 후에 넋이 나간 판은 계단 아래 어둡고 좁은 방 안에 있었다. 문은 등 뒤에서 잠겼다.

판은 씁쓸하게 아픈 턱을 문질렀다. 문을 흔들어보았다―세게 흔들어도 열리지 않았다. 문을 열 만한 도구조차 없었다. 망했다!

한 시간쯤 지나 사람들이 와서 그를 방에서 끌어내어 위층으로 데려갔다. 마룻바닥이 칠기 뚜껑처럼 반들거리는 커다랗고 화려한 방 안에 자동차에서 보았던 백인 신사와 또 다른 백인 몇 명, 그리고 아마도 귀족이나 상인인지 풍성하게 수놓은 비단 옷을 입은 배 나온 중국인이 앉아 있었다.

중국인이 곧바로 중국어로 취조를 시작했다.

"대체 차는 왜 훔쳤지? 누가 시켰나? 공범을 대면 너는 건드리지 않겠다. 공범을 대지 않으면 네 가죽을 벗겨서 이 탁자 위에 펼쳐놓겠다."

판은 침묵했다. 이 배불뚝이에게 거북이 등껍질과 쇠 도시들과 백인들의 가장 깊이 숨겨진 비밀에 대해 도대체 어떻게 설명한단 말인가?

하인들이 불려왔다. 중국인 두 명이 굵다란 대나무 막대기를 가져와서 판을 탁자 위에 엎드리게 하고는 대나무 막대기로 맨발의 발뒤꿈치를 때렸다. 판은 울부짖었다.

"공범을 대라!"

배불뚝이가 개구리처럼 탁자 주위를 뛰어다니며 소리쳤다.

"대지 않으면 가죽을 벗길 테다!"

판은 오랫동안, 중간중간 쉬면서 맞았다. 소리도 지르지 않고 이제는 피가 나오도록 이를 악물었다. 심지어 중국인들도 손사래를 쳤다. 그는 아무것도 말하지 않았다. 배불뚝이가 양손을 벌리더니 외국말로 백인들과 뭔가 지껄였다. 중국인 하인들이 판을 양쪽에서 들고 도로 계단 밑 방으로 데려갔다. 가는 길에 정성스럽게 판의 얼굴을 쓰다듬어주었다. 그리고 물었다. 많이 아팠어? 그리고 마치 변명하듯이 덧붙였다.

"백인 나으리가 때리라고 하면 달리 방법이 없다."

저녁에 하인들은 몰래 계단 밑 방으로 와서 판에게 밥 한 그릇과 만두 여러 개를 밀어 넣어주었다.

"먹어, 울지 마라. 잘 버텨."

판은 전부 다 먹고 만족스럽게 손가락도 빨았다. 구석에 쭈그리고 앉아 생각에 잠겼다. 또 두들겨 맞았다. 그러니 내일도 아마 똑같을 것이다. 백인들이 그러는 건 놀랄 일도 아니다―적이니까. 하지만 그 배불뚝이는? 옷차림을 보면 부자인 게 분명하다. 그러니까 그놈도 저 백인들과 한 패다. 백인들 앞에서 엎드려 기며 복종하는 것이다. 그러니까 그 중국인도 적이다. 차오린의 말은 사실이었다. 백인뿐만이 아니다. 중국인도 마찬가지다. 황제, 귀족들, 부자들―다 한통속이다. 쥐어짠다. 살 수가 없게 만든다. 다들 그런 불평을 했다… 저놈들, 백인들이 아마 사람 죽이는 기계도 고안해냈을 거다. 판은 자신이 자라면 그런 기계를 타고 돌아오겠다고 결심했다. 저런 수놓은 비단옷을 입은 놈들부터 제일 먼저 없애버릴 것이다.

주먹을 꼭 쥐고 그는 잠들었다.

다음 날 아침 그는 계단 밑 방에서 끌려 나가 또다시 위층으로 데려가졌다. 판은 저항하려 했다. 소용이 없었다. 방에는 또 그 배불뚝이가 버티고 있었다. 이번에는 위협하지 않았다. 거짓된 미소를 띠며 묻기 시작했다.

"아버지는 어디 계시니?"

"아버지는 없어요. 죽었어요."

"어머니는?"

"어머니도 없어요."

"친척은 있니?"

"없어요."

"누구 집에서 사니?"

"집에서 안 살아요."

배불뚝이는 외국말로 이 얘기를 백인들에게 전했다. 서로 오랫 동안 쑥덕거리며 고개를 끄덕였다. 판은 하인들 쪽을 의심스럽게 바라보며 혹시라도 어제의 그 대나무 막대기를 또 가져오지 않는 지 눈치를 보았다. 가져오지 않았다.

백인들과 실컷 수근거리고 나서 배불뚝이는 판에게 중국어로 말했다.

"법대로 하자면 너는 도둑이니까 경찰에 넘겨서 도둑질에 대한 벌로 목에 '칼'을 차게 해야 한다. 하지만 백인 나으리는 자비로우 신 나으리다. 백인 나으리는 고아를 불쌍하게 여기신다. 집 없는 중 국 고아 여러 명을 자선기관에 맡기셨다. 그래서 너를 용서하고 더 이상 벌을 주지 않을 뿐만 아니라 자비를 베푸셔서 그리스도교 전 도사들이 운영하는 고아원에 너를 맡겨 전도사들의 지도 아래 네 가 진정한 신앙을 찾고 위대하신 그리스도교의 신을 배워 도둑질 은 커다란 죄라는 사실을 깨닫게 되기를 바라신다. 가서 자비로우 신 나으리의 손에 입을 맞춰라."

이 장엄한 연설을 마치고 배불뚝이는 판의 멱살을 잡아끌고 나으리의 손 앞으로 데려갔으나 소년이 너무나 의미가 분명하게 이를 드러내자 백인 신사가 아마도 어제 물렸던 것을 기억했는지 서둘러 손을 거둬들였다.

그런 뒤에 판은 다시 방을 지나 밖으로 나가서 바로 그 불운한 자동차에 태워졌다. 그와 함께 배불뚝이 중국인과 누군가 낯선 신사 한 명이 함께 탔고 자동차는 알지 못하는 방향으로 달리기 시작했다.

반항하는 판은 자동차에서 끌려 나와 하얀 석조건물 안으로 들어왔고 그곳에는 길고 기묘한 가운을 입은 백인들이 수없이 돌아다녔다. 널찍한 방 안에서 판은 벽에 커다랗고 이상하고 납작한 나무가 걸려 있는 것을 보았는데 나무 끝은 세 방향으로 넓게 뻗어 있었고 그 위에 손이 못 박히고 고개를 한쪽으로 기울인 벌거벗고 여윈 사람이 걸려 있었다. 그러니까 백인들은 도둑을 저런 식으로 처벌하는 것이 분명하다! 조금 뒤에는 판에게도 저렇게 할 것이다. "어째서 자동차를 훔쳤지?" 배불뚝이가 분명히 말했다. 백인들의 신은 도둑질을 금지한다!

방의 거대한 창문은 정원으로 나 있었고 판은 정원에 또 그렇게 길게 끌리는 가운을 입은 백인들이 있는 것을 보았다.

배불뚝이 중국인과 모르는 신사가 기다란 가운을 입은 신사와 함께 창가에서 뭔가 이야기했다. 하얀 벽과 나무에 매달린 이상한 사람 때문에 판은 갑자기 얼음 같은 소름이 등줄기를 스치는 것을 느끼며 겁에 질렸다. 신사들은 이야기에 열중해서 그에게 등을 돌리고 있었다. 여섯 걸음 거리에 구원의 문이 까맣게 보였다. 판은 셋까지 센 뒤에 단걸음에 문을 향해 달렸다. 바로 그 순간 문이 활짝 열리고 판은 안으로 들어오던 다리가 긴 말라깽이에게 안겨버렸다. 말라깽이 사내는 판을 양손으로 붙잡고 절망적으로 몸부림치는 판을 하얗고 서늘한 복도로 끌고 나갔다.

그리고 판은 모든 것이 끝장이며 자신은 이제 하얗고 그늘진 지하실에 갇힐 것이며 거리를 달리는 수레도, 길고 유리처럼 빛나는 자동차도, 차오린 아저씨의 오색 상자들도, 소리 없는 통통한 바퀴를 단 마법의 가마도 앞으로 다시는 볼 수 없으리라는 것을 돌연히 선명하게 깨닫고 무기력한 절망 속에 처음으로 큰 소리로 어린아이다운 울음을 터뜨렸으며 그 울음소리가 오랫동안 좁고 하얀 복도를 울렸다.

그때 판창퀘이의 나이는 열 살이었다.

저녁 무렵까지 그는 상황을 좀 이해하게 되었다—그렇게까지 무시무시한 악마들은 아니었다… 어찌 됐든 그는 여기에 혼자가 아니었다. 침대가 두 줄로 놓인 기다란 방에 수십 명의 남자아이들이 있었다. 그러나 누군가와 이야기할 새가 없었다.

그는 목욕을 했다. 씻었다. 발꿈치까지 오는 기다란 저고리로 갈아입었다. 저녁에 자기 전에 다리 긴 말라깽이가 모두를 침대 앞에 무릎 꿇게 했고 전원이 한 목소리로 뭔가 의심스러운 주문 같은 것을 꽥꽥 외쳤다. 벽에는 위쪽이 셋으로 갈라진 나무에 못 박혀 매달린 바로 그 괴로워하는 벌거벗은 사람이 또 고통에 찬 찡그린 얼굴과 일그러진 입으로 판을 겁주었다.

판은 옆 침대 주인에게 모든 일을 세세하게 캐물었다. 많이 때리나? 옆 침대 소년이 대답했다. 별로 안 때린다. 그럼 뭘 하나? 외국

말과 여러 가지 다른 것을 배운다. 소년은 음식에 대해서 불평했다. 떡은 일주일에 한 번 일요일에만 준다. 대체로 지루하다.

긴 사제복을 입은 '아버지'가 들어왔다. 옆 침대 소년은 순식간에 자기 자리로 돌아가 베개를 베고 자는 척했고 그것도 너무나 능숙하게 연기하는 바람에 '아버지'가 둘러보기를 마치고 나가기도 전에 이미 진짜로 코를 골고 있었다. 나머지 질문들을 하려면 아침까지 기다리는 수밖에 없었다.

평생 처음으로 판은 깨끗한 진짜 침대 위에 몸을 뻗었다. 불편하게 느껴졌다. 베개가 왠지 머리에 맞지 않았다. 옆으로 밀어놓았다. 반면 이불은 아주 마음에 들었다—따뜻하다. 방은 조용했고 부드럽고 고른 숨소리만 가득해서 판은 여러 가지 생각을 하게 되었다.

어쩌겠는가, 사실 별로 무서울 건 없다. 옆 침대 꼬맹이가 거짓말을 한 게 아니라면 이건 그냥 학교인 모양이다. 외국 말과 또 여러 가지를 배운다. 공부하는 건 나쁘지 않다. 그런데 대체 백인들이 어쩌다가 중국 아이들을 가르칠 생각을 하게 되었을까? 분명히 무슨 사기일 것이다. 걱정할 필요는 없다, 백인들은 확실히 자기들 비밀을 잘 지키겠지. 어찌 됐든 잘 살펴봐야만 한다. 가장 중요한 건 외국말을 배우는 것이다. 그러면 백인들이 자기들끼리 무슨 말을 하는지 엿들을 수 있다. 틀림없이 비밀을 흘려버릴 것이다. 항상 정신 바짝 차리고 있어야 한다. 무엇 하나 그냥 지나쳐서는 안 된다. 알아낼 수 있는 건 전부 알아내야 한다.

그는 고슴도치처럼 몸을 말고 잠들었다—적대적인 수용소의 포로가 되어.

그리고—몇 날, 몇 주가 흘렀다. 수많은 이상한 것들과 기이한 이야기들. 알고 보니 나무에 못 박혀 매달린 사람은 전혀 도둑이 아니었고 사실 사람조차 아니고 진짜, 정말로 신이라고 했다. 통통한 프란체스코 신부님은 이 신이 모두를, 심지어 어린 판까지 포함해서 모든 사람을 위해 고통받으려고 일부러 사람의 모습으로 변했다고 말하곤 했다. 그리고 마찬가지로 꽤나 흠씬 얻어맞은 모양이었다. 판은 믿을 수가 없었다. 진짜 신이라 치더라도 대체 무슨 이유로 백인이 중국인들을 위해 고통받는단 말인가? 프란체스코 신부님은 그 신에 대해서 여러 가지 웃기는 이야기를 들려주었다. 예를 들어 사람들이 때리며 한쪽 뺨을 쳤을 때 그는 도망치지 않고 다른 쪽 뺨을 내밀었다고 했다. 옜다, 원하는 대로 마음껏 때려라! 하고. 이건 완전히 장터 서커스의 광대와 똑같다. 프란체스코 신부님은 양순함이 지대한 미덕이라고 말했다. 하지만 두들겨 맞는데 양순함이 무슨 소용이람? 자신을 보호하지 않으면 맞아 죽는다. 그 사람으로 변한 신도 그렇게 죽었다고 했다. 정말로 괴짜다.

그러나 또 알고 보면 겉보기처럼 그렇게 평범한 괴짜가 아니라 꾀바른 괴짜였다. 계속 그 양순함을 주장했다. 악에 맞서지 마라. 황제의 것은 황제에게, 신의 것은 신에게. 그런데 신에 대해서 말하자면 신은 별로 필요한 게 없다. 황제는 좀 다르다. 황제는 적이고, 그걸 모르는 사람은 아무도 없다. 바로 황제가 귀족과 백인을 도와 중국 인민을 뜯어먹게 해서 차오린 아저씨의 아이들이 굶어 죽었다. 정의롭고 올바른 신이라면 대체 어째서 중국인들더러 황제에게 맞서지 말라고 할 수 있단 말인가? 그러니까 신이 백인인 걸 한눈에 알 수 있다.

맞다, 예를 들면 프란체스코 신부님이 멀리 갈 것도 없이 바로 지난주에 이렇게 말했다. "낙타가 바늘귀로 들어가는 편이 부자가 하늘의 왕국에 들어가는 것보다 쉽다." 그러면서 자기는 일요일마다 백인 부자들에게서 여러 가지 수많은 선물, 포도주와 과일 같은 걸 받고 몇 시간이나 예의 바르게 그들과 수다를 떨고 그들이 떠날 때는 자동차까지 배웅해주고 그 부자들이 하늘의 왕국에 들어갈 수 없다는 건 전혀 아랑곳하지도 않는다. 부자들도 별로 걱정하지 않고 프란체스코 신부님 자신도 잘못됐다는 생각을 안 하는 모양인데 이걸 보면 누가 그 하늘의 왕국에 들어가는지 마는지 전혀 중요하지 않은 것이 분명하다. 그러면 그 하늘의 왕국으로 보내지는 건 가난뱅이들뿐이라는 것인데, 그러니까 거기 있어봤자 별수 없다는 것도 자명하다. 그렇다, 판은 이 양순한 신이 전혀 마음에 들지 않았다. 민중이 고분고분 말을 듣게 하려고 부자들과 황제가 이 신을 매수한 것이 틀림없다. 분명히 그러니까 민중에게 본보기를 보이려고 때리고 싶을 때 마음껏 때릴 수 있는 것이다. 애초에 진짜 신이면 아프지도 않을 것이다. 그리고 신이니까 마음 내키는 대로 몇 번이든 죽을 수도 있을 것이다. 아니, 그런 신을 믿을 수는 없다. 그런 신은 사기꾼이다.

그러나 판은 믿는 척했다. 열심히 성호를 긋고 긴 기도문도 다 외워서 읊었다. 다들 그를 칭찬했다. 심지어 음울하고 막대기처럼 건조한 세라핀 신부님도 한번씩 판의 손에 귤이나 과자를 쥐어주곤 했다. 이 판창퀘이는 보기 드물게 독실한 소년인 것이다!

판은 열심히 공부했다. 몇 시간이나 눈을 꼭 감고 기괴한 외국말 단어들을 철저하게 외웠다. 구구단 표는 2주 만에 정복했다. 시간이 갈수록 판은 점점 더 본보기가 되었다.

연말에는 라자로 수도회의 최고 연장자 가브리엘 신부님이 직접 찾아왔다. 그가 도착하기 이틀 전부터 고아원 전체를 전부 쓸고 닦았다. 도착한 가브리엘 신부님은 뚱뚱하게 몹시 살쪄서 계단도 간신히 올라갈 수 있었다. 수도승 두 명이 가브리엘 신부를 양옆에서 부축해 다니며 안을 보여주었다. 가브리엘 신부는 판과도 이야기했다. 이것저것 물었다. 관심을 보였다. 자세히 캐묻기 시작했다. 조금씩 교리문답도 했다. 판을 칭찬했다. 작별할 때는 손에 입 맞추게 하고 다정하게 머리를 쓰다듬었다.

판은 문 뒤에 숨어서 뚱뚱이 가브리엘 신부가 프란체스코 신부에게 하는 말을 엿들었다.

"아주, 아주 재능 있는 소년이야. 나이에 비해 발달도 빠르고. 직업학교에 보내기엔 아까워. 반드시 김나지움에 보내야 해. 내가 직접 도미니크 신부님과 얘기해보겠다."

이렇게 해서 판은 상하이에 있는 김나지움에 들어가게 되었다.

김나지움에는 중국인뿐 아니라 백인 소년들도 있었다. 알고 보니 백인들도 똑같은 걸 배웠다. 판은 더욱 모범적으로 공부하기 시작했다. 백인들은 사실 따로 무리를 지어 자기들끼리 다녔다. 중국인들을 경멸에 찬 눈으로 바라보았다. 그리고 놀려댔다. "어이 노란 놈! 변발은 어디서 땋았어?" 그러나 백인 아이들은 거리낌 없이 판의 숙제를 베꼈다. 책상 밑으로 커닝페이퍼도 친근하게 돌려보았다. 그러면서 쉬는 시간에는—"가까이 오지 마!" 숙제를 베끼고 커닝페이퍼를 쥐어주던 바로 그 아이가 오만하게 소리쳤다. "꺼져, 고아 자식아!"

한번은 판이 백인 아이들 이야기를 엿들은 적이 있었다. 쉬는 시간에 담임교사 일지의 성적을 고쳐 쓰기로 작당하고 있었다. 볼에 후추알처럼 주근깨가 박힌 아이가 교무실 열쇠를 훔쳤다. 아이들은 모든 성적을 다 고쳐 썼다. 선생님들이 알게 되었다. 조사가 시작되었다. 누가 했지?

주근깨 아이가 일어섰다.

"저희가 아니고 중국 애들이에요. 우리를 모함하려고 애들이 일부러 성적을 다 고쳤어요. 저 노란 애가 교무실 열쇠 훔치는 걸 제가 직접 봤어요."

그러면서 주근깨는 아무 죄도 없는 조그만 후를 가리켰다.

파프누치 신부님이 조그만 후의 멱살을 붙잡고 네모난 판자로 후의 손을 후려쳤다.

"나가!"

판은 참을 수 없었다. 주근깨에게 덤벼들어 낯짝을 주먹으로 갈겼다—먹어라! 여러 명이 달려와 힘겹게 두 사람을 떼어놓았다. 주근깨는 코에서 피가 흐르고 귀 밑에 자두만 한 멍이 들었다. 얼굴이 엉망이 된 채 주근깨는 엉금엉금 집으로 돌아갔다.

판은 귀를 붙잡혀 끌려가 빈 교실에 갇혔다.

점심시간이 지나고 주근깨의 아버지가 자동차를 타고 왔다.

잘생기고 좋은 향기가 나고 단춧구멍에 빨간 단추를 달고 있었다. 교무실의 도미니크 신부님 앞에서 주근깨 아버지는 고함치며 발을 굴렀다.

"당장 쫓아내세요!"

판은 벽을 통해 엿들었다. 도미니크 신부님이 사과했다. 성적을 고쳐 쓴 사람은 주근깨라는 사실이 드러났다. 주근깨 아버지는 목소리를 낮추었다.

"내 눈앞에서 벌을 주시오! 회초리 50대, 단 한 대도 덜어줄 수 없소!"

경비원이 불려왔다. 판은 교무실로 끌려갔다. 의자 위에 엎드렸다. 매질을 헤아리기 시작했다.

빨간 단추를 단 백인은 짜증난 듯 콧김을 뿜으며 반들반들한 구두를 신은 발로 매질에 맞춰 바닥을 두드렸다. 40대째에 회초리가 반으로 부러졌다. 빨간 단추의 백인 신사는 더 이상 고집부리지 않았다. 문을 쾅 닫고 집으로 돌아갔다. 파프누치 신부님은 매 맞은 판을 벽 쪽으로 꿇어앉혔다. 저녁까지 그렇게 두었다.

다음 날 아침 판은 공부를 열심히 했기 때문에 한 번만 용서해준다는 선고를 받았다. 만약에 이런 일이 한 번만 더 일어나면, "당장 쫓아낼 거다!"

그런 일은 일어나지 않았다. 판은 이를 악물었다. 백인 아이들이 휘파람을 불고 조롱해도 대답하지 않았다. 주근깨 옆으로 지나갈 때 쳐다보지도 않았다. 다만 더 이상 숙제를 베끼게 해주지 않았다. 커닝페이퍼도 받지 않았다. 사실 백인 아이들도 판을 건드리지 않았다. 멀리 피해 다녔다.

그렇게 1년이 지났다.

어느 날, 전혀 뜻밖에도 파프누치 신부님이 예배 시간에 이렇게 말했다. "중국 인민이 황제를 무너뜨렸다. 중국은 이제부터 공화국이다."

길거리 풍경은 마치 아무것도 변하지 않은 듯했다. 예전처럼 전차가 달리고 자동차들이 굉음을 내고 땀에 젖은 인력거꾼들이 발뒤꿈치를 번쩍이며 손잡이가 두 개 달린 수레에 살집 좋은 백인 신사들을 태우고 뛰어다녔다. 김나지움에서도 예전처럼 수업이 이어지고 라자로 수도회 신부님들이 일지에 성적을 기록하고 쉬는 시간에는 향기로운 진한 차를 마시고 샌드위치를 먹었다. 이 상황을 대체 어떻게 이해해야 하는가? 중국 인민이 황제를 무너뜨렸는데 모든 일이 예전과 똑같았다. 백인들도 중국에서 도망치지 않았을 뿐만 아니라 반대로 달이 갈수록 점점 더 많아지는 것 같았고 황제를 무너뜨린 일에 대해서 차분하게 긍정적으로, 마치 백인들에게 편하고 이득이 된다는 듯 이야기했다. 분명히 황제는 백인들과 아무 관련이 없었던 게 분명했다. 하지만 그렇다면 대체 누가 관련이 있단 말인가? 차오린은 귀족들이라고 했다. 판은 귀족들이 예전과 똑같이 남아 있는지 잘 알지 못했고 물어볼 사람도 없었으나 아마도 그대로 남아 있는 것 같았다. 어찌 됐든 부자들과 상인들은 여전히 화려하게 수놓은 가운을 입은 채 남아 있었다. 뭔가 잘못된 것이 분명했다. 분명히 황제를 퇴위시킨 것으로는 부족했고 수놓은 가운을 입은 사람들도 같이 무너뜨렸어야만 했는데 이 사람들 무너뜨리는 일은 잊어버린 것 같았다. 대체 어떻게 이렇게 될 수 있단 말인가?

판은 이 점을 알지 못했고 알 수도 없었으며 설명해줄 사람도 없었으나 그 설명이 없이는 삶 전체가 이해할 수 없고 무의미하게 변해버렸다.

그러든 말든 어린 판의 의심은 학교 공부에 영향을 미치지 않았다. 예전처럼 모든 과목을 열심히 배웠고 머릿속을 괴롭히는 수수께끼의 답을 어려운 수학 문제에서 찾는 듯 숙제도 빠짐없이 했다.

모든 것을 배우고 백인들이 아는 것은 전부 다 알아야만 모든 일이 단순하고 선명하고 이해하기 쉽게 될 것이었다.

그렇게 몇 달이 흘렀다.

그렇게 몇 년이 흘렀다. 길고 힘들고 괴로운 몇 년이었고 흘러가면서 기억 속에 아무것도 남기지 않는, 빈틈 같은 몇 년이었다ー그동안 소년 시절의 매일을 가득 채우는 사건들이 일어나지 않았기 때문이 아니라 단지 기억으로 가득 찬 자루에 구멍이 나서 안을 꽉 채웠던 내용물이 흘러나가버렸기 때문이었다. 사람이 자기 삶을 돌아보며 회상하기 시작하면 어떤 해는 거의 매일매일 가장 작은 일까지 떠올릴 수 있는데 그러다 갑자기 빈틈에 부닥치는 것이다. 1년, 2년, 3년ー샅샅이 찾고 뒤져도 아무것도 남아 있지 않았다. 대체적으로 그때쯤 학교에 다녔지, 그 무렵 공장에 다녔지, 이런 건 알고 있다. 이런 학교 아니면 저런 공장. 그게 끝이다. 빈 공간의 흐릿한 안개 속에서 어떤 일화, 하찮고 불필요한 사건이 흘러나온다. 잃어버린 동전 지갑, 지나가다 들은 단어, 장면들ー나무, 의자, 집ー그리고 연기처럼 사라져버린다. 그런 빈틈이 얼마나 많은지, 어디서 생겨나는지 대체 누가 짐작이나 할 수 있겠는가? 잊혀버린 기억들로 뒤죽박죽이 된 서랍 속 어딘가에서 이런 기이하고 반쯤 닳아버린 감정들이 빛나는 장식품처럼 튀어나와서는 단추를 열정적으로 가지고 놀며 온갖 꼴 보기 싫은 장난을 저지르는 조그만 주근깨투성이 꼬마와 성숙하고 안정되고 합리적인 신사가 같은 인물이며 출생증명서에 영구히 기록된 이름이라는 수상쩍은 접착제로 연결된 하나의 같은 사슬 속 두 개의 고리라고 고집스럽게 주장하는 것이야말로 수백 배나 더 이상한 일 아니겠는가?

김나지움에서 라자로 수도회 신부들은 4층에 있는 세 개의 기다란 방에 상당한 규모의 도서관을 차려두었다. 바닥에서 천장까지 단단한 나무 선반들이 벽을 채우고 거기에 가죽을 씌운 두꺼운 서적들이 가득 꽂혀 책등이 줄줄이 이어져 있었다. 그 방에 들어가기만 하면 책장들의 숲속에 길을 잃어 나갈 길을 헛되이 찾으며 헤매게 되었다. 그 안의 오솔길과 비밀의 도로를 아는 사람은 오직 단한 명, 사서인 이그나치 신부였다. 학생들은 6학년이 되어야만 이고립된 공간에 들어갈 허락을 얻을 수 있었고 도서관 안에 실제로 들어가는 학생의 숫자는 한 손으로 쉽게 셀 수 있을 정도였다. 대부분의 아이들은 안에 빽빽하게 꽂혀 있는 끝없는 책들을 보기만 해도 겁을 먹었다.

판은 이 도서관에 처음 들어섰을 때(그때 막 16살이 되었다) 입을 떡 벌렸다. 책이 얼마나 많은지—게다가 다 읽어야만 하는 것이다! 이걸 다 읽을 시간이 있을까? 그러나 그는 곧 안심했다. 처음에는 너무 많아서 감당할 방법이 없어 보이지만 시간이 지나면서 읽을 책이 차츰 줄어든다. 어쨌든 그렇게 다른 사람들도 해낸 것이다. 판이 못 할 이유가 무엇인가? 무엇보다 중요한 건 시간을 낭비하지 않는 것이다. 운이 좀 따른다면 잠을 덜 자도 된다. 하루에 여섯 시간이면 충분하다. 그러면 벌써 두 시간씩 벌게 된다. 판은 가장자리에서 시작해서 체계적으로 모든 선반을 훑기로 마음먹었다. 그러나 금방 계획을 바꾸었다. 예수에 대한 이야기는 전부 안 읽고 넘겨도 된다. 이렇게 차츰 선반 수가 줄어들었다. 논문 사이에서, 교황들에 대한 논의 사이에서, 다른 책들보다 훨씬 더 그의 관심을 끈 책 한 권을 발견했다. 신앙심 깊은 '신부님'은 그 책에서 어떤 현대적 이단 사상을 폭로했는데 그 이름은 바로 사회주의였다.

판은 주의 깊게 읽었고, 책을 끝까지 다 읽은 뒤에 처음부터 다시 읽었다.

모든 것을 노동이라는 기준으로 측정하고 싶어 하는 사람들, 그런 분파가 있었다. 성 바오로와 같은 원칙이다. "일하지 않는 자는 먹지도 말라." 모든 부자들에게서 재산을 가져다 보편적 소유물로 만든다. 사유재산을 철폐하고 모두에게 각자의 노동에 따라 분배한다.

판은 오랫동안 여기에 대해 생각했다. 그런 뒤에 더 자세한 정보를 열심히 찾기 시작했다. 도서관 전체를 뒤졌다. 아무것도 찾지 못했다. 그러다 우연히, 어떤 헐어빠진 책의 주석에서 다시 한번 이 비밀스러운 분파에 대한 언급을 마주쳤다. 책의 저자는 이 해로운 이단 사상의 창시자이자 주동자임이 명백한 사람이 썼다는 어떤 저작의 일부를 인용했다. 그 이름은 마르크스였다.

판은 무슨 수를 써서든 이 인용된 책을 찾아야겠다고 결심했다. 자기 손으로 장서 목록을 전부 뒤졌다. 인용된 저자는 없었다. 판은 사서 신부님에게 물어봐야 할지 오랫동안 망설였다. 마침내 판은 용기를 냈다. 물었다. 이그나치 신부님은 손사래를 쳤다.

"그런 책에 대해 묻는 건 죄악이다! 전부 사탄의 유혹이야. 기도를 더 하고 금식도 잊지 마라!"

판이 알아낸 건 이게 전부였다.

판은 서점에 가서 물어보기로 작정했다. 그러나 작정이 실행보다 훨씬 더 쉬웠다. 판은 돈이 없었다. 돈을 어디 가서 벌어야 할지 알 수 없었다. 팔 만한 물건도 없었다—자기 소유물은 하나도 갖고 있지 않았다. 어떻게 시작해야 하지? 오랫동안 생각했으나 아무런 답도 얻을 수 없었다. 그러다가 판은 일어나 이그나치 신부님조차도 전혀 들여다보지 않는 구석의 먼지투성이 서가로 갔다. 서가에는 곰팡이에 찌든 오래되고 두꺼운 책들이 무질서하게 쌓여 있었다. 판은 가장자리에서 제일 처음 보이는 고대 중국어로 된 책을 뽑아 손에 들고 무게를 재어보았다. 혼자 미소를 지었다. 도둑질? 농담을 좋아하는 로마인들은 적의 나라에서 이러는 것을 "식량 획득"이라고 말했다. 이 책이 어떻게 해서 이 도서관에 들어오게 됐는지 역사를 알 수 있다면 흥미로울 것이다. 어쩌면 완전히 그리스도적 방식은 아니었을지도 모른다. 판은 미소 지으며 책을 옆구리에 끼고 미끄러지듯 계단을 내려갔다.

멀리 떨어진 중국인 구역에 있는 반쯤 어둠에 덮인 헌책방에서는 오랜 세월의 곰팡이 냄새와 썩은 내가 풍겼고 배가 불룩한 도자기 화병에 쌓인 먼지는 먼지가 으레 그렇듯이 겹겹이 쌓여서 나무의 나이테처럼 먼지가 몇 겹인지 보고 몇 세기나 되었는지 화병의 계통을 짐작할 수 있었다. 안경 쓴 근시의 헌책방 주인은 마치 책장의 냄새로 책이 얼마나 오래되었는지 알아내려는 듯 책에 코를 박고 오랫동안 책을 살펴보았다. 그리고 3'타엘'을 내민 뒤 책을 자기 창고로 가지고 갔다.

판은 돈을 손에 쥐고 다시 유럽 책을 파는 서점으로 되돌아갔다. 그러나 어느 서점에도 그가 찾는 책은 없었다. 의심에 가득 차서 판은 다시 중국인 구역을 돌며 책을 찾기 시작했다. 유럽 출판물을 파는 어느 중국 서점에서 주인이 이렇게 말했다.

"재고는 없소. 유럽에서 주문할 수는 있지요. 하지만 언제 들어

올지는 말해줄 수가 없어요, 거기는 지금 전쟁 중이라서.”

아니, 신청해놓고 올지 말지 몇 달이나 기다리는 것을 판은 원치 않았다.

친절한 서점 주인이 그에게 충고했다.

“기다리기 싫어요? 여기 대학생 동아리가 하나 있어요. 내가 거기 몇 권 유통해줬지요. 거기 들러서 물어보세요, 누가 한 권쯤 물려줄지도 몰라요.”

그리고 서점 주인은 종잇조각에 주소를 적어주었다.

판은 새로운 희망을 가지고 달려갔다. 그곳은 멀지 않았다. 계단을 한 번에 두 단씩 뛰어올라 3층으로 갔다. 여위고 안경을 쓴 젊은 사람이 문을 열어주었다. 판은 그에게 찾아온 이유를 설명하고 서점 주인을 언급했다. 젊은 사람이 그를 안으로 초대했다.

소박한 가구가 놓인 조그만 방에 등불이 흐릿하게 빛났다. 방 주인은 예의 바르고 수다스러웠다. 이것저것 물었다. 어디서 공부하는지, 몇 학년인지, 학교 분위기는 어떤지, 중국인들이 탄압받지는 않는지, 백인들이 많은지? 두 사람은 즐겁게 이야기했다.

방 주인은 책장으로 가서 책 한 권을 꺼냈다.

“마르크스 읽기는 아직 일러요. 어려워요. 알아듣기 힘들 거예요. 우선 이 책부터 읽어봐요. 좀 더 쉬워요. 이 주제에 대해서 좀 더 잘 알게 될 거예요. 시간이 지나면 마르크스도 도전해볼 수 있겠죠.”

돈은 받으려 하지 않았다.

“파는 게 아니에요. 그냥 읽어보세요. 다 읽고 또 오면 다른 책도 줄게요.”

120

그리고 방 주인은 미소 지었다.

"이런 건 미션스쿨 신부님들이 가르쳐주지 않을 테니까."

판은 고마워했다. 소심한 감사의 마음을 담아 그의 손을 꼭 쥐고 악수했다. 여윈 남자가 판은 아주 마음에 들었다. 그때까지는 그 누구와도 이렇게 동등한 입장에서 마음 편하게 모든 일에 대해 이야기해본 적이 없었던 것이다. 그리고 화살처럼 빠르게 다시 학교에 숨어들어 갔다—책이 없어진 걸 신부님들이 부디 눈치채지 못하길!

대학생이 준 책을 그는 단번에 다 읽었다. 어렵고 낯선 경제학 용어들이 방해가 되었고 생선 가시처럼 목에 걸렸다. 책을 두 번째 읽어보았다. 이번에는 훨씬 더 이해하기 쉽게 느껴졌다.

책의 내용이 사실이라면 억압과 빈곤이 지배하는 곳은 중국만이 아니었다. 유럽에서도 수만 명의 똑같은 백인들이 수천만, 수억의 자기네 나라의 백인 노동자들과 농민들을 억압했고 돈과 자원을 도둑질했다. 중요한 건 피부색도 아니고 경도상에서 나라의 국경이 어디에 위치하는가도 아니고, 바로 서로 다른 언어와 관습에도 불구하고 공통의 이해관계와 목적으로 연결된 수평적인 계급 구분이다. 만국의 노동하고 착취당하는 사람들은 하나의 거대한 가족이다. 백인도 황인종도 모두 한 가지를 위해 고통받고 투쟁한다. 부르주아도 마찬가지다. 중국인 부자들이 언제나 백인 침략자들과 손에 손을 잡고 움직이는 데는 다 이유가 있다.

이 모든 것이 예상 밖이고 충격적이었으며 그 새로움에 판은 머리가 어지러워졌다. 터질 것 같은 머릿속에서 생각들이 달아오른 뺨에 불을 붙였다. 휘둥그렇게 뜬 눈은 마치 새 안경으로 무장한 듯 세상을 다른 방식으로 바라보고 드릴처럼 꿰뚫어 보았다.

판은 책 한 권을 앞표지부터 뒤표지까지 다 읽고 나면 여윈 남자에게 달려가 다른 책을 부탁했다. 두 사람은 판이 이미 읽은 책에 대해 이야기했다. 여윈 남자가 판이 이해하지 못한 단어들을 설명해주었다. 좀 더 어려운 부분들은 예를 들어 설명했다. 모르는 사이에 두 사람은 현재 상황에 대한 논의로 넘어갔다. 전쟁에 대하여. 제국주의 등등에 대하여. 어째서 독일이 전쟁에 이기면 중국에게 더 유리할까? 그래도 어찌 되든 제국주의자들의 식민주의적 욕심은 시간이 어느 정도 지나면 틀림없이 수그러들 것이다. 반면 다른 위험이 여전히 도사리고 있는데, 바로 일본인들의 침략이다. 일본인들이 사방에서 백인들을 밀어내고 있다. 자기들 앞발을 중국에 집어넣으려고 틈을 노린다. 백인보다 전혀 나을 게 없고 심지어 더 나쁘다. 공장들은 믿을 수 없는 방식으로 노동자를 착취해 이익을 내고 돈은 더 조금만, 영국인들보다 훨씬 더 적게 준다.

여윈 남자는 새로운 책을 내주고 판에게 더 자주 찾아오라고 부탁했다.

책은 하나둘씩 계속 바뀌었고 읽을수록 점점 이해하기 쉬워졌다. 판은 몰래 밤에 책을 읽었다―밤은 하얗고 밝았다. 아침에는 아직 다 못 읽은 책 위로 동이 텄다. 낮에 수업 시간에 지쳐서 눈꺼풀이 풀칠한 듯 서로 달라붙었다. 판은 학과 공부도 게을리하기 시작했다. 라자로회 신부들은 놀라서 그에게 건강이 어떤지 물었다. 그리고 의미심장하게 서로 고개를 끄덕였다.

책을 다 읽고 판은 마치 박차를 가한 말처럼 한시라도 빨리 여윈 남자에게 가려고 달려 나갔다. 여윈 남자의 방에서 다른 사람들도 만나게 되었다. 대학생들이었다. 스스로 공부하는 모임. 밤마다 이어지는 길고 열띤 토론. 수업, 강연, 회합. 판은 그들이 부러웠다. 한시라도 빨리 그 자신도 이 낯설고 매력적인 세상에 뛰어들고 싶었다.

그들은 몇 달에 걸쳐 판과 친해졌고 판이 어떤 사람인지 알아보고 눈에 띄게 판을 신뢰하기 시작했다. 어느 날 여윈 남자가 제안했다.

"그리스도교 전도사들이 미국-유럽 자본주의의 도구로서 식민지 민중의 우민화 과정에서 수행하는 역할에 대해 특강을 해보지 않을래? 네 삶에 가깝고 네가 잘 아는 주제야. 우리 동아리 다음번 모임에서 강연을 맡아줘."

판은 기뻐서 넋이 나갈 지경이었다. 발표문을 길고도 꼼꼼하게 준비했다. 불행히도 강연을 할 기회는 없었다. 파프누치 신부가 그가 비밀스럽게 외출하는 것을 눈여겨보았다. 뒤를 밟았다. 낮에 파프누치 신부는 현관 밑에 숨겨둔, 닳아 떨어지고 메모로 가득한 《공산당 선언》과 전도사에 대한 특강 발표문을 찾아냈다. 파프누치 신부의 얼굴이 시뻘겋게 달아올랐다. 그는 씩씩거리며 도미니크 신부에게 단걸음에 달려갔다.

판은 수업 중에 불려 나갔다. 교무실에서 도미니크 신부는 시뻘겋게 달아오르다 못해 시퍼래진 얼굴로 손에는 불운한 발표문을 쥐고 있었다. 너무 흥분해서 말도 제대로 하지 못하고 그저 불분명하게 숨을 몰아쉴 뿐이었다.

"꺼져라, 악한 양아!"

판은 차분하게 대답했다.

"제 책을 돌려주시죠! 몸싸움은 하지 않으시는 게 좋겠죠!"

"본때를 보여주마, 고아 자식아! 저놈 바지를 벗겨라!"

경비원 두 명이 판의 양팔을 잡아챘다. 세 번째 경비원이 순식간에 바지를 벗겼다. 벤치 위에 쓰러뜨렸다. 판은 경비원 한 명의 얼굴을 할퀴었다. 경비원들은 대장에게 도움을 청했다. 그 대가로 판은 회초리 두 개로 얻어맞았다. 도미니크 신부가 고함쳤다.

"내가 감사하는 마음을 가르쳐주마, 이 노란 악마야!"

매를 맞고 판은 바닥에 강제로 꿇어앉혀졌다.

"셔츠를 벗겨! 전부 다! 속옷도! 전부 우리 거다! 우리 은혜다! 속옷 바지도! 전부 벗겨라!"

경비원들이 벗겼다. 판은 바닥에 나체로 남겨졌다. 경비원 빈첸티가 어디서 났는지 모를 닳아빠진 중국옷을 던져주었다—누더기였다.

"자, 입어!"

판은 입었다. 마음속에서는 모든 것이 부글부글 끓고 있었다. 경비원들이 그의 팔을 붙잡아 일으켜 세웠다.

"나가!"

판은 뿌리쳤다. 때리고 싶었다. 비틀렸던 팔 관절에서 삐걱삐걱 소리가 났다. 무기력한 생각 속에서 판은 도미니크 신부의 낯짝에 침을 뱉어 상스러운 사제가 비명을 지르고 발을 구르게 만들었다. 도미니크 신부가 얼굴의 침을 닦아내고 사제복을 전부 찢어버리는 모습을 상상했다.

경비원들이 판을 끌고 계단을 내려와 정원을 가로질러 정문을 활짝 열고는 판을 힘껏 거리로 내던졌다. 판은 차로 한가운데 쓰러졌다. 정문이 큰 소리를 내며 닫혔다.

경찰이 다가왔다.

"여기서 뭐 하나?"

판은 일어서서 닳아 해진 옷 사이로 보이는 몸을 부끄러워하여 가리면서 작은 골목길만 골라 여윈 남자의 방으로 갔다.

여윈 남자는 수건 귀퉁이를 적셔 판의 피투성이 상처를 닦아주었다. 서랍장을 뒤져 속옷 한 벌과 구석에서 찾아낸 오래되고 낡은 옷을 꺼내주었다. 옷을 갈아입는 것도 도와주었다. 판이 자기 방에서 밤을 지내게 해주었다.

며칠 뒤에 판은 영국 방적공장에서 비숙련공으로 일하게 되었다. 아침 8시부터 저녁 8시까지. 임금은 일당 2'메이스'. 그 돈으로는 반찬 없이 밥만 먹어도 살아갈 수 없다. 그는 묵을 곳을 찾았다. 그다음부터는 알아서 살아가야 했다.

첫 출근길에 그는 열정에 차고 들떠 있었다. 일터에서 드디어 진짜 노동민중과, 근육을 사용하는 고귀한 노동과 얼굴을 마주하게 될 것이다. 그는 빈틈없이 단단한 이름 없는 인민 대중 안에 들어가 노력이라는 손도끼로 지하조직의 터널을 뚫을 것이다.

저녁 8시에 그는 얼이 빠지고 우울한 채로 공장을 나왔다. 목구멍 안에서 부풀어 오른 무의미한 비명이 터져 나오려 했다. 아니, 이런 건 상상조차 해본 적이 없었다. 이것 앞에서 책이, 잘 길든 가난과 굶주림이, 추상적인 통계표가 대체 뭐란 말인가? 여기서 그는 처음으로, 충격에 휘둥그렇게 뜬 눈으로 인간의 비참함과 수치의 심연 전체를, 순수한 인간 고통의 무한함을 가늠했다.

공장 안은 견딜 수 없이 더웠고 사람들은 반쯤 벗은 채 땀에 절어 일을 했다. 기계 사이로 백인 반장들이 손에 채찍을 들고 작업장 안을 느긋하게 돌아다녔고 채찍은 매 순간마다 휙 소리를 내며 부주의한 근로자의 굽은 등 위로 뱀처럼 솟아올랐다가 처량한 신음과 함께 떨어졌다. 숙인 등에 마치 일한 시간을 표시하듯 빨간 줄이 그어졌고 그런 자리에 흐른 땀은 붉은색을 띠었다. 노동자의 절반 이상은 여자와 아이였고 그중에는 열 살이 안 된 아이들도 많았으며 힘겹게 애쓰느라 굳어진 그 얼굴에는 눈물 같은, 매 맞은 짐승의 무기력하고 놀란 눈에서 이해하지 못하고 겁을 먹어 가끔 흐르는 눈물방울 같은 커다란 땀방울이 줄지어 흘러내렸다.

거대한 기계들은 머리가 두 개 달린 괴물 용과 비슷했고 석탄 증기처럼 더러운 회색 섬유 타래를 집어삼켰다가 잠시 후에 끈적하게 늘어진 침처럼 긴 면실을 뱉어냈고 면실은 회전하는 타래에 순식간에 감겼다. 그런 뒤에 쇠 손가락들이 수백 번째로 이 면실을 붙잡아 풀어서 무한히 가느다란 실을 만들며 잡아 늘렸고 이 가는 실이 견딜 수 없이 팽팽해져 공중에서 소리 내며 끊어지면 노동자의 재빠른 손가락이 공중에서 실의 끊어진 양끝을 붙잡아 순식간에 매듭지었다. 그동안 기계가 끈적한 아가리에서 침 뱉듯 거대한 바구니로 실타래를 뱉어내고 타래로 가득 찬 바구니는 가느다란 다리의 소년들의 등을 지나친 무게로 눌러 짓이기며 어딘가 안개 속으로 운반되었다.

저녁 무렵 기운이 빠지고 지쳐 둔해진 사람들의 움직임이 기름칠하지 않은 바퀴의 불균일한 회전처럼 느려지고 끊어질 때면 멸망의 징후 같은 빨간 연필이 늘어선 노동자들의 등에 연달아 줄을 그었고 그 모습은 마치 분노에 가득 찬 신화적인 검열관이 인간 존재의 무기력한 시를 담은 우주 보편의 책을 붙잡고 하나씩 빨간 선을 그어버리는 것 같았다.

공기 중에는 실 먼지가 안개처럼 떠다녔고 폐를 찌르는 연기 구름 같은 그 실 먼지 속에서 사람들의 벌거벗은 형체들이 컹컹 짖듯 기침을 하며 떨었고 그 모습은 교리문답을 묘사한 그림 속에서 저주받은 자들의 시체가 죽은 뒤에 경련을 일으키며 몸부림치는 것 같았다.

그렇다, 중세 화가들이 지옥을 바로 이렇게 상상했지만, 단지 그들의 지옥에는 아마도 아이들은 없었던 듯한데, 어쩌면 세련된 그리스도교의 신이 어른들만 고문하는 데 이미 진력이 나서 그 이후로 아이들을 위한 지옥을 새로 특별히 만들었고 성직자들이 그 교리를 신도들에게 숨겼던 것인지도 모른다.

판은 머릿속에는 아편이라도 피운 듯한 혼란을, 발에는 납처럼 무거운 피로를 달고 굴속 같은 자기 방으로 돌아왔다.

밤에 그는 꿈속에서 숨 막히는 연기 기둥 사이로 빨간 줄이 그어진 등, 고통에 일그러진 입, 충격과 비인간적인 슬픔에 크게 뜬 눈을 보았다. 그런 뒤에 연기를 뚫고 빨간 불길이 혀처럼 나타났고 모든 것이 눈부신 섬광 속에 폭발했으며 불길의 혀 사이로 건조실의 얼굴이 얽은 백인 반장이 양손에 채찍 두 개를 들고 뱀 춤을 추었다. 결국 이 모든 것은 빨간 칼날처럼 달아오른 뇌가 잠의 일정한 펌프로 퍼서 내보내는 혼란스럽고 무의미한 흐름이 되어 녹아버렸다.

한 달 뒤에 판은 버티면서 익숙해졌다. 매질과 짖어대는 듯한 기침, 따가운 실 먼지 안개에도 더 이상 머리가 어지러워지지 않았다.

그의 눈은 눈썹의 창살 뒤에서 차분하고 냉정하게 세상을 바라보았다. 그리고 그는 열정적으로 일에 뛰어들었다. 모임을 조직하는 일이었다. 그것은 어마어마하게 힘들었다. 낮에는 그 누구와도 말한마디 할 수가 없었다. 한 걸음 한 걸음이 다 측정되고 예측되었다. 저녁에 일 끝난 뒤에 지쳐 쓰러질 것 같은 노동자들은 무슨 말을 들어도 이해하지 못했다.

판은 휴일에 이야기해보려고 시도했다. 고참 노동자들은 두려운 듯 겁먹은 눈으로 그를 수상쩍게 바라보았다. 공장에서 사람들은 한숨을 크게 쉬는 것도 무서워했다. 말 한마디라도 잘못했다간 당장 쫓겨나는데 명백하게 저항하면 더 말할 필요도 없었다. 이런 조건에서 대체 어떻게 반대할 생각을 한단 말인가? 사람들은 그를 피했고 두려워하며 멀리서 관찰했다. '저놈은 틀림없이 무슨 문제를 일으킬 거다.'

이 모든 것에도 불구하고 두 달째가 지나갈 무렵 판은 조그만 젊은이들의 모임을 만드는 데 성공했다. 그 과정은 부드럽지 않았다. 젊은이들 대부분은 문맹이었다. 판은 기초 과정을 가르치는 야간 수업을 만들었다. 수업에 오는 사람은 많지 않았다. 12시간 동안 진을 빼며 일하고 나면 눈이 저절로 감겨 잠들었다. 피로가 안개처럼 꽉 들어찬 머릿속에 어려운 글자가 들어오지 않았다. 이런 사람들을 어떻게 가르친단 말인가? 판은 무기력감에 고개를 숙였다.

젊은이들 사이에 뜻밖에 부지런한 조력자가 나타났다. 실 감는 작업을 하는 열여섯 살의 첸이었다. 흔치 않게 똑똑한 소녀였다. 첸은 열심히 공부했다. 모든 사람보다 앞섰다. 여성 동료들을 열성적으로 선동했다. 모임에 열댓 명의 여성 노동자들을 끌어들였다.

판은 첸이 아주 마음에 들었다. 첸은 모든 일에 대해 세세하게 캐물었다. 있는 힘껏 전부 기억했다. 그녀의 질문들은 사실에 바탕을 두었고 잘 궁리하여 날카로웠으며 전혀 아이 같지 않았다. 가늘고 총명한 눈은 부드럽게 열린 채 세상을 바라보았다.

언젠가 공장에서 돌아오면서 첸은 자신의 이야기를 짧게 판에게 들려주었다. 첸은 시골 출신이었다. 집에 아이들이 열셋이나 되었고 땅은 2'무'*가 채 되지 않았다. 힘들었다. 열세 살이 되었을 때 아버지가 첸을 늙은이에게 팔았다. 첸은 도망쳤다. 걸어서 헤매다가 도시까지 들어왔다. 일본인 공장에서 일했는데 일당이 너무 적어서 살 수가 없었다. 지금은 여기서 실 감는 일을 한다. 힘들지만 모든 면에서 전보다 낫다.

판은 그때까지 여자를 만나본 적이 없었다. 라자로 수도회 고아원에서는 그럴 기회가 없었다. 그러나 자기도 모르게 여자를 경멸하는 데 익숙해졌다ー노예, 암컷, 그 이상 아무것도 아니라고. 여기에는 오랜 세월의 불이익과 세대를 물려온 인습이 반영되어 있었다. '여자'라는 말은 욕이었다.

이런 사고방식을 어린아이처럼 순진무구한 부드러움, 총명하고 전혀 어린아이 같지 않은 지성, 불타는 지식욕, 그 조그만 몸 어디서 나오는지 모를 의식적인 투쟁의 의지가 두들겨 부수었다.

저녁마다 두 사람은 노동의 피로도 잊은 채 오랫동안 이야기했다. 모임에서 헤어져 자기 방에 돌아오면 침상에 누워 판은 부드럽고 단순한 말과 호기심에 크게 뜬 눈을 떠올리며 마음속으로 되풀

---

*   1무畝는 200평방미터에 해당한다.

이했다. '내 소중한 사람!' 그리고 그런 자신의 모습을 깨달았다. 이건 대체 뭐지? 사랑하나? 그게 대체 무슨 웃기는 소리야! 도대체 사랑이 뭔데? 육체관계와 자식들? 아니, 그건 절대 아니다. 뭔가 다른 것이다. 그냥 친한, 좋은 동료다. 하지만 좋은 느낌 정도―아니, 그것도 아니다! 그리고 판은 생각하지 않으려고 애쓰다가 금방 잠들었다.

한번은 저녁에 일을 마치고 나서(판은 그날 저녁에 비번이었다) 여성 노동자들 출구 앞에 서 있었다. 마지막 노동자들이 나와서 흩어졌다. 분명히 못 보고 지나쳤으리라. 첸은 아마 바쁜 모양이다. 지금은 여성 노동자 몇 명을 가르치고 있었다. 판은 천천히 집으로 돌아갔다. 혼자 일해야겠다. 그는 밤 시간을 허비하지 않았다.

그날 공장에서는 첸이 나오는데 좁은 복도에서 얼굴이 얽고 어깨가 딱 벌어진 반장이 길을 막았다. 반장은 이미 오래전부터 첸에게 들러붙어 괴롭혀댔다. 지금 첸이 미처 비명을 지르기도 전에 반장이 넙적한 털북숭이 손으로 첸의 입을 막았다. 몸부림치는 첸을 반장은 자기 사무실로 끌고 갔다. 첸은 무기력한 절망 속에 반장의 코를 물었다. 반장은 첸의 미간을 주먹으로 때려 말을 기절시키듯 쓰러뜨렸다. 그리고 마룻바닥에 쓰러뜨리고 기절한 첸을 강간했다.

반장은 첸에게 물린 코를 손수건으로 닦으며 밖으로 나왔다.

며칠 뒤 판은 모임에서 첸을 다시 만났다. 첸의 변한 모습에 그는 놀랐다. 원래 체격이 작았지만 이제는 더욱 작아져서 마치 누군가 그녀를 지탱하던 끈을 몸 안에서 잡아당긴 것 같았다. 눈은 학대당한 아이처럼 놀란 듯 크게 뜨고 있었고 이전에는 개방적이고 대담했지만 지금은 겁먹은 듯 판의 시선을 피했다.

회의가 끝나고 판은 첸에게 다가가 무슨 일인지, 혹시 병이 났는지 물었다. 첸은 슬프게 웃음을 띠었다. 웃음 띤 것인지 금방이라도 울음을 터뜨리려는 것인지 확실히 말하기 어려웠다. 첸은 머리가 아프다고 중얼거렸다.

판은 불안해졌다. 첸은 많이 지쳤다. 그건 당연히 안다. 이렇게 지옥 같은 노동을 이런 어린아이가 대체 어떻게 감당한단 말인가?

그때부터 두 사람은 거의 만나지 않았다. 오로지 모임에서만 마주쳤다. 첸은 전처럼 열심히 공부했다. 그러나 그녀의 마음속에서 무언가 망가진 것이 겉으로도 보였다. 판은 무슨 일인지 알아보려 시도했다. 첸은 겁먹은 듯 소심하게 말했다. 지쳤다. 그리고 서둘러야 한다. 이제 첸은 작은 여성 노동자 모임을 직접 이끌고 있었다. 늦으면 안 된다—다들 무척 지쳐 있다. 그 외에는 첸에게서 아무것도 알아낼 수 없었다.

그러다 돌연히 아무도 예상하지 못한 엄청난 기쁜 소식이 찾아왔다. 신문이 가장 먼저 알렸다. 러시아에서 노동자혁명이 일어났다. 권력은 위원회의 손에 넘어갔다. 위원회 임원들은 공산주의자였다. 그들이 잘 버텨주기만 한다면! 이웃에 사회주의 노동자 국가가 있다니 이 얼마나 강력한 동맹인가! 이런 생각을 하면 일을 하기도, 모욕과 불의와 으깨는 듯한 비인간적인 탄압을 견디기도 쉬웠다.

몇 달이 지났다.

공장에서 모임 조직 작업은 빠르게 진행되었다. 고참 노동자들이 참여하는 모임이 벌써 세 개나 만들어졌다. 판은 그 누구의 도움도 받지 않았다. 모든 일을 혼자서 했다. 힘겹게 앞으로 나아갔다. 자신이 하고 싶은 공부는 당분간 미뤄야 했다.

그러나 이 모든 것에도 불구하고 밤에 혼자 있을 때면 그는 첸과 이전에 나누었던 대화, 그녀의 맑고 신뢰에 찬 눈, 목소리의 부드러운 성조를 혼자 몰래 그리워했다.

어느 날 저녁—눈치채지 못하는 사이에 벌써 몇 달이 흘렀다—판은 공장에서 나오다가 마당에 노동자들이 모여 있는 것을 보았다. 다가가서 무슨 일인지 물었다.

"실 감는 여자가 빠져 죽었어… 우물에…"

판은 몸을 떨었다. 호기심 많은 군중을 헤치고 가까이 다가갔다. 심장이 쿵 하고 떨어졌다. 멀리서도 알아볼 수 있었다. 푸르스름하게 부풀어 오른 작은 얼굴의 조그만 몸이 누워 있었다. 반쯤 열린 눈에는 어린아이 같은 공포가 서려 있었다.

판은 마음속 깊이 충격을 받고 밤늦게까지 거리를 헤매며 소름 끼치는 수수께끼를 풀려고 헛되이 애썼다. 무슨 일이 있었던 것일까? 도대체 어떻게 해서 자신은 아무것도 눈치채지 못하고 그녀를 돌보지 못하고 막지 못했던 것일까?

밤늦게 그는 혼란에 빠진 채 자기 방으로 돌아왔다. 방의 책상 위에 편지가 있었다. 그는 떨리는 손으로 편지를 펼쳤다.

'내 소중한 사람! 날 원망하지 마세요. 얼굴이 얽은 백인 악마가 나를 겁탈했어요. 나쁜 병을 옮겼어요. 어떻게 이렇게 살 수 있겠어요? 당신에게 솔직하게 말했다면 당신이 그를 죽였겠죠. 하지만 이렇게 되면 그놈이 처벌을 피할 수 없을 거예요. 경찰에게 그놈 탓에 이렇게 되었다고 편지를 썼어요. 난 죽는 게 너무 무서워요! 내 하나뿐인 소중한 사람! 사랑해요…'

판의 가슴이 끓어올랐다. 문을 향해 달려갔다. 문턱에서 멈추어 섰다. 어디로? 얼굴이 얽은 백인을 죽이러? 어찌 되든 아침까지 기다려야 한다. 그는 옷도 갈아입지 않고 문간의 자루 위에 쭈그려 앉았다. 생각이 연달아 폭발했다. 그리고 마음속에서 물리적인, 살을 뜯는 고통을 느꼈다.

혼란 속에서 차츰 정제된, 올바른 생각들이 떠올랐다.

얼굴이 얽은 백인이 여기서 대체 무슨 의미인가? 그저 꼭두각시다. 거대한 기계의 톱니 하나다. 그 하나를 죽인다고? 쓸데없는 짓이다! 참나무가 해를 가린다 해서 도토리 하나를 따는 게 도움이 되겠는가? 줄기를 잘라야 한다. 뿌리를 파내야 한다. 나무가 쓰러지면 도토리는 전부 땅에 떨어진다. 계속 끈질기게 파나가야 한다! 조직화를 멈춰서는 안 된다. 자기 자신이 도끼가 되어야 한다. 분노를 도끼날처럼 갈고 무뎌지지 않게 돌보아야 한다!

첸에 대한 생각이 달아오른 바늘처럼 고통스럽게 되돌아왔다. 불쌍한 아이! 그토록 생각이 깊었는데! 그녀는 모든 것을 알고 싶어했지만 단 한 가지 단순한 사실을 알지 못했다—바로 중국인일 경우에만 자살 교사자를 처벌한다는 것이었다. 중국 법은 백인을 건드리지 못했다. 백인들은 중국 법을 비웃었다. 그러니 조그만 중국 여자 하나를 죽인 살인범을 처벌하겠다고 대체 누가 생각이나 하겠는가?

아침까지 판은 웅크리고 앉아 있었다.

아침에 그는 뻣뻣하고 바짝 마른 채 언제나 그렇듯 일하러 갔다. 저녁에 모임 회합 자리에서 짜증스럽게 강의하고 질문에 사무적으로 대답하고 자신을 지켜보는 열 쌍의 눈길을 느끼며 단호하게 마침표를 찍었다.

"압제자들에게 죽음을!"

가을 무렵 그는 공장에서 첫 투쟁을 조직하는 데 성공했다. 노동자들이 공장 운영진에게 대표단을 보냈다. 임금 인상. 체벌 철폐. 어린이와 여성에게도 동일 노동에 동일 임금.

대표단은 두들겨 맞고 공장에서 쫓겨났다. 노동자들은 파업으로 대답했다. 사측은 이성을 잃었다. 군대가 불려왔다. 군부대는 공장을 포위했다. 경찰이 진입해서 주동자들을 체포하기 시작했다. 판창퀘이와 다른 노동자들 몇 명이 체포되어 경찰서로 연행되었다. 체포된 사람들은 신발이 벗겨지고 정신을 잃을 때까지 대나무 회초리로 발바닥을 맞았다. 기절한 판은 독방에 갇혔다.

그는 도망쳤다. 얻어맞는 데는 어린 시절부터 이골이 나 있었다. 전혀 무섭지 않았다. 땅으로 내던져진 고양이처럼 판은 자기 발로 착지하는 법을 이미 익혔다. 지금도 비슷했다. 높은 담을 넘어서 옷을 한번 털고는 마치 아무 일도 없었다는 듯 지역위원회로 척척 걸어갔다.

그런 다음에는—얼굴들, 공장들, 도시들… 필름을 빨리 돌린 듯 장면 뒤로 장면이 연달아 이어진다. 전부 다 기억하기는 불가능하다. 모임, 집회, 파업, 시위, 감옥. 발뒤꿈치 살은 너무 맞아서 뼈가 드러났다. 두 달 동안 누워 있어야 했다. 두 번의 사형선고. 두 번의 탈주.

그는 쑨원孫文의 정당에 입당했다. 주위를 둘러보았다. 국민당은 민족주의 성향에 한참 기운 부르주아들로 들끓고 있었다. 외국인들의 특권을 빼앗고 불리한 조약 조항을 수정하게 한다. 그 외에는 전부 옛날 그대로였다. 대체 판이 이들과 무슨 공통점이 있겠는가? 당장은 한 가지였다—공통의 적, 제국주의자들. 그들에게 맞서려면 누구든 이용할 수 있는 자는 다 이용해야 했다. 당분간은 동맹이다. 그 뒤에는 두고 볼 일이다. 외국인들을 쫓아내고 나면 부르주아를 처리하는 일도 시작할 수 있을 것이다. 가장 중요한 것은 노동 민중과 직접 접촉을 강화하는 일이다. 판은 쉬지 않고 일했다.

공부는 포기해야 했다. 단 하나의 사치는 신문이었다. 즐거운 소식은 드물었다. 그보다는 신문을 읽고 불안해지는 일이 더 많았다. 서구의 상황은 왠지 복잡하게 꼬여가고 있었다. 삼국협상*이 독일을 이겼다. 노동자혁명은 내부에서 '사회주의자'들이 진압했다. 이 또한 일종의 독일식 국민당이었다. 승전국들은 양도받은 땅에서 의기양양하게 큰 소리로 승리의 나팔을 불었다. 이제 잘 봐라, 저들이 또다시 흩어져 영원히 만족을 모르는 새로운 금 사냥꾼들의 사나운 무리가 싸우지도 않고 무너진 중국을 뒤덮을 것이다.

그들은 몰려왔다. 더욱 뻔뻔하고 더욱 오만하고 더욱 피에 굶주렸다. 지친 중국은 조그맣고 처량한 신음으로 그들을 맞이했다. 그러나 아래쪽은 이미 끓어오르고 있었다. 첫 번째 소심한 폭발은 다가오는 태풍의 멀고도 둔중한 천둥소리였다.

중국 안은 점점 더 좁아졌다. 백인과 황인종 밀정들이 그레이하운드처럼 서로 뒤꿈치를 쫓으며 경주했다. 판은 어린 시절 한때 밤

---

* Triple Entente(1907~1917). 영국, 프랑스, 러시아의 비공식적인 연합체. 이에 대항하여 독일, 오스트리아, 이탈리아, 불가리아가 동맹을 맺었다. 유럽이 두 파로 분열되어 1914년 제1차 세계대전이 일어나는 원인 중 하나로 기능했다. 제1차 세계대전은 1919년 독일이 패배하면서 끝났다.

을 지내기 위해 눈에 띄지 않는 구멍을 찾아다녔듯이 밤에 어둠을 틈타 몰래 구석과 모퉁이로 숨어 다녀야 했다. 일하기가 점점 더 어려워졌다. 피로와 수면 부족으로 눈이 저절로 감기고 얻어맞은 발뒤꿈치가 땅에 끌렸다.

도움의 손길은 예상하지 못한 곳에서 찾아왔다. 그의 친구들이 도와주었다. 국민당이 대학생들과 함께 판을 공식적으로 유럽에 유학 보내주었다.

숨 막히게 더운 어느 저녁, 거대하고 다루기 힘든 옷장이 그 무게 때문에 구부린 짐꾼의 등 위에서 흔들리듯 승객을 가득 태운 배가 거품을 흘리며 굽이굽이 몰아치는 파도 위에서 무겁게 흔들릴 때, 판창퀘이는 갑판에 서서 멀어지는 조국의 윤곽을 마지막으로 돌아보았다. 목구멍으로 안타까움이 치솟아 올랐다. 중국은 보이지 않는 노를 규칙적으로 저으며 먼 곳을 향해 항해하는 거대한 노예선처럼 어둠 속으로 떠내려갔다. 저녁의 고요 속에서 당장이라도 노 젓는 중국인 노예들의 길고도 억눌린 외침과 쇠사슬 쩔렁거리는 소리, 백인 감독의 채찍이 날아다니는 휙휙 소리가 들려올 것만 같았다. 동쪽에 새까만 밤이 내려앉았다. 판은 생각에 잠겨 난간에 몸을 기댔다. 저 불운한 나라는 대체 어디로 흘러가는가? 앞으로도 오랫동안 저렇게 어둠 속을 흘러가야 하는 걸까? 언젠가는 자유롭고 햇빛 밝은 넓은 공간으로 흘러 나갈까, 아니면 바짝 여윈 여성 노동자들이 밤마다 고통 속에 국민당의 하얀 깃발에 불규칙한 공 모양으로 수놓는 그 그리운 태양을 절대로 바라볼 수 없는 운명인 걸까?

그는 어린 시절 언젠가 아주 위험한 개들의 개집에서 뼈를 훔치기 위해 기어들어 가던 때처럼 한껏 민감하게 경계하며 유럽에 도착했다. 그는 자신이 지금 적들이 가장 열심히 지키는 가장 값진 뼈, 즉 지식을 가져가기 위해 적의 소굴로 기어들어 간다고 느꼈다. 적들은 그의 고향 사람들보다 훨씬 더 악하고 위험했다. 거기에 비하면 자신의 살찐 고용주는 언제나 자기 몸에 어색하게 달라붙은, 그냥 떼내어 던져버리면 그만인 거머리 같았다. 이미 중국에서도 판은 피부 전체에 수천 개의 다른 빨판들이 달라붙어 있음을 느끼며 엄청난 역겨움에 휩싸였다. 이런 빨판은 그냥 떼어낼 수가 없었다. 그들에게서 뻗어 나온 촉수가 무한한 연결망을 이루는 통신선이 되어 지구 절반을 감싸고 어딘가 낯선 대륙의 탐험되지 않은 바위 정글 속으로 사라졌기 때문이다. 어린 시절 몇 년이나 꿈꾸었던 마법의 바다 메르 세-데스가 그를 마침내 비밀의 은신처로 실어 갔다.

의식의 필름을 새로운 도시라는 시약 속에 연달아 담그며 판창 퀘이는, 감염병에 걸리고 싶지 않아 예방주사를 맞은 사람이 부풀어 오른 열띤 세균이 동맥 속을 달리고 겁먹은 신체조직이 빠른 속도로 가동된 기계처럼 수천 개의 준비된 항체를 연달아 예상대로 내보내는 것을 느낄 때 어떤 기분이 되는지 경험할 수 있었다.

어쨌든 한때 유럽 문화라는 전리품은 그의 어린 마음속에 번쩍거리며 빛났으나 이제 그의 눈은 세상에 익숙해지고 의심이 많아졌으며 모든 것을 주의 깊고 엄격하게 바라보고 무엇이 본질적이고 실제적인지 평가하며 쓸모없는 것은 눈썹이라는 붓을 단 한 번 움직여 그어버렸으므로 더 이상 쉽게 그 번쩍임에 눈멀지 않았다.

라자로 신부들의 도서관에서 책을 차례차례 전부 다 읽겠다고 결심했던 어린 소년은 이제 성장한 판의 마음속에 꺼지지 않는 갈망을 남겼다. 모든 것을 전부 다 알아내고 타국 문화라는 이 기계의 구조를 바닥까지 전부 꿰뚫겠다는 열망이었다.

그는 책을 빨아 마시듯 읽으며 열심히 공부했다. 다 읽은 책은 껍질을 버리듯 던져버렸다. 미치광이가 6층 건물의 처마 돌림띠를 따라 달리듯 유럽 모든 대학교의 그늘진 복도를 이제는 몰래 드나드는 것이 아니라 당당하게 걸어 지나갔다.

저녁에는 시끄러운 대로를 피해 드문드문한 등잔 불빛으로 희미하게 불이 켜진, 멀리 떨어진 노동자 구역을 찾아가기를 즐겼다. 흐릿하고 닳은 군중 속에 잠겨 그는 가난 때문에 누렇게 뜨고 움푹 파인 볼 위로 광대뼈가 튀어나온 여위고 앙상한 얼굴들을 들여다보았다.

마부의 망가진 회색 얼굴 속에 지금도 상하이의 무더운 골목길 어딘가를 달리고 있을 나이 든 인력거꾼의 손잡이와 맨발의 발꿈치가 어른거렸다. 무거운 자루가 내리누르는 무게 아래 등이 굽은 짐꾼이 가난한 중국 노동자의 노란 땀을 뚝뚝 흘렸다. 부어올라 게으르게 보이는 눈꺼풀을 한 여자들이 누더기로 감싼 갓난아기를 안고 힘겨워 비틀거렸고 그들의 눈은 거의 감은 것처럼, 실 같은 금처럼 보였다.

판창퀘이는 자신이 읽었던 책에서 저자들이 폭넓고도 현명하게 논의했던 것, 즉 황해로 얼굴을 향한 그의 고국 중국 외에 또 다른 중국들, 국제적인 중국들이 어디에나 있고 그곳에서도 노동자는 등이 굽고 힘겹게 애쓰며 이를 악물고 증오에 찬 가느다란 눈이 빛나고, 뚱뚱하게 살찐 웅장한 고용주가 그 위에 군림하고 있다는 사실을 처음으로 자기 눈으로 보았다.

지나온 도시들에서 그는 사절로서 앞에 나아가 현지 노동자단체 집회에서 파도처럼 넘실거리는 머리들의 바다 위로 이들을 사로잡는 올가미 밧줄이 되어 국제 연대에의 호소를 던졌다.

멀리, 수천 킬로미터 너머 반짝거리는 모스크바의 불씨 속에서 레닌의 달아오른 말들이 세상 위로 빨갛게 튀어나왔고 그 꺼져가는 불티가 정복자 군대의 발에 차이고 밟힌 억압받는 대중과 인민의 계급의식 표면에 내려앉았다. 그 표면 안쪽의 폭발, 갑작스러운 산사태와 바깥으로 솟아 나오려는 그 의식들로 인해 땅이 발밑에서 흔들렸다. 겁먹은 새떼가 동쪽에서 날아오며 다가오는 돌풍을 불안하게 예고하듯이 중국 소식은 불명확하게 가끔씩만 들려왔다.

그리고 마침내 그 일이 일어났다. 하얗게 달아오른 솥이 뒤흔들린 의회들과 전보의 처량한 한탄 아래 마침내 터졌다. 솥에서 성난 용암이 되어 마주치는 모든 것을 삼켜버리며 수많은 노란 행진이 층층이 쌓인 우주 보편적 밀물의 걷잡을 수 없는 파도가 되어 넘쳐 나왔다. 국민당의 빨간 태양과 낫과 망치와 꼭지가 다섯 개 달린 별. 북쪽으로 승리의 진격. 전신선을 따라, 전건을 누를 새도 없이 날개 달린 단어가 날아다녔다―승리!

강력한 폭발에서 튀어나온 파편이 세계 전체로 튀어 곧 유럽으로도 날아왔다. 짐 가방을 든 조그만 백인들. 눈에는 아직 소화하지 못한 두려움과 놀람이 서려 있다. 그들은 겁에 질려 대륙 전체를 뛰어다녔다. 대로 위에 빛을 받은 신문에서 패닉에 빠져 도망치는 거대하고 번쩍이는 글자들을 전보의 돌풍이 단번에 휘감아 올려 하나의 거칠고 뾰족한 단어로 정리했다. '개입.'

판창퀘이는 혁명의 첫 소식에 몸을 떨고 읽다 만 책을 덮고 기차역으로 달려나가려 했다. 금지당했다. 당은 그에게 자리를 지키고 공부를 중단하고 현지 노동자단체와 접촉을 강화하고 제국주의자들의 무장 개입에 대한 유럽 프롤레타리아의 저항을 조직하라고 명령했다.

그는 복종했다. 투쟁의 무게중심은 중국이 아니라 이곳 유럽에 있다는 사실을 그는 이해했다. 런던에, 파리에. 담배 연기 자욱한 포린 오피스* 사무실에, 케도르세 살롱**에. 그곳에서 적들의 군대 본부까지 가느다란 실이 이어져 있다. 프랑크, 파운드, 지령, 쇠로 만들어진 떠다니는 건물들—탱크들. 적의 등을 내리쳐 런던과 파리 사이에 뻗은 가느다란 전신 케이블로 이어진 척추를 한 방에 끊고, 전 세계 억압받는 자들의 연대라는 빛나는 이름 아래 중국혁명을 지킨다는 기치를 내걸고 조직한 유럽 본래의 백인 노동 인민들이 압박하여 그 등뼈를 부러뜨리는 것이다!

조용한 도서관과 서늘한 실험실 대신 또다시 사람이 꽉 찬 답답한 강연실, 집회, 대회, 시위, 공책에서 찢어낸 종잇조각에 쓴 불타는 기사들, 흔들리는 추운 기차, 아파트, 숙소, 걱정스럽게 살피는 경찰의 눈. 그는 런던에서 이동하라는 명령을 받았다. 파리에서, 계단에서, 트램에서, 카페에서, 관찰하는, 살피는 듯한 시선들. 그는 죽을 만큼 지쳤다. 지하철에서, 입구, 출구, 통로 사이의 전통적인 술래잡기. 그는 흔적을 지웠다. 그렇게 여러 주, 여러 달, 1년이 지

* 영국 외무부.
** 케도르세Quai d'Orsay 37번가에 프랑스 외무부가 있다.

났다. 마침내 휴식. 그는 중국으로 돌아가도 좋다는 허락을 받았다.

연사가 열정에 찬 군중 위로 파도타기 하듯이, 또다시 배가 파도의 근육질 어깨에 얹혀 흔들렸다. 중국 해안에서 장갑으로 무장한 음울한 탑이 기다란 망원경으로 해안 활동을 관찰하며 판의 앞길을 막았다. 햇빛 밝은 5월의 낮이 우울한 그늘에 덮여 어두워졌다. 그러나 해안은 햇살 속에 녹아들어 있었고 해변에는 빽빽이 모여 선 건물들의 피라미드 위로 높이 솟은 국민당 깃발이 선명하게 펄럭이고 있었다. 그 모습을 보고 판은 밝아졌다.

상하이에서 그를 맞이한 것은 화재, 절박한 북소리, 알코올에 젖어 비틀거리는 군중, 사이렌의 한탄하는 소리, 비명과 중얼거리는 소리였다. 집에서 뛰쳐나온, 충격에 넋이 나간 사람들이 맨발에 속옷 차림으로 유령처럼 횃불 사이를 뛰어 잠시 후에 군중의 끓어오르는 노란 흐름 사이로 비명도 없이 사라졌다. 축제 복장을 한 인력거꾼들이 부러진 인력거 손잡이에 어제의 승객들 머리를 꽂아 의기양양하게 들고 다녔다.

그는 사절단 회합에 나갔다. 가장 독한 쌀술보다도 더욱 취하게 하는 승리의 기운으로 논의는 생기에 넘쳤다. 대부분이 좌파 국민당원과 공산주의자들이었다. 노동자를 무장시킨다. 좌파 임시정부를 형성한다. 모든 권력은 사절단에게! 민족주의자 사절들은 노동자단체의 무장을 반대하며 항의한다. 분노하며 그들은 나갔다. 잘됐다! 걷지 말고 뛰어 나가라지!

상하이 뒤에는 난징. 산둥 군대는 패닉에 빠져 퇴각한다. 거리에는 끝이 보이지 않는 축제의 군중이 넘치고 흐르고 밀려 나온다. 해가 지글지글 타올랐고 갑자기 왁자지껄하며 아이스크림이 나타났다. 조금만 있으면 전기를 꽂은 듯 활기찬 군중이 갑자기 땅에서 떠올라 집, 궁전, 탑 들 위로 끝없이 줄지어 흘러서 서로 부딪치고 구르며 열린 공간으로—승리를 향해 서둘러 날아갈 것만 같다. 태양은 펼쳐진 깃발 위에, 기쁨에 활짝 열린 동공 속에, 봄의 소심한 녹색 나무들 속에, 취한 듯 지껄이는 새들의 지저귐 속에 빛나고 건물 표면들에, 얼굴들에 햇살의 황금빛 그을음이 남아 있다.

그때…

둔한 굉음. 무슨 일이지? 다가오는 봄 소나기의 첫 천둥소리? 어리둥절한 군중 위로 큰 소리를 내며 포탄이 터졌다. 절박하게 우왕좌왕하는 사람들, 비명. 쌓이고 걸리는 몸들, 갑작스럽고 공포에 질린 썰물. 강이 막히고 부풀어 오른 물살이 도로 분기점으로 넘친다. 공중에는 연기를 뿜는 포탄이 날아다닌다. 도시를 폭격한다! 누가? 산둥 군대가? 아니, 산둥이 아니다. 넋 나간 첫 번째 소식통이 달려왔다.

"군함! 상륙! 미국과 프랑스 군대가 해안에 들어온다!"

모든 것이 끓어올랐다. 포탄이 쉭쉭 소리 내며 유성처럼 도시 위를 날아다녔다. 오른쪽, 왼쪽에서 무너지는 건물들의 굉음과 빨간 불꽃의 분수. 무방비한 군중은 불타는 마구간 안의 눈먼 가축 떼처럼 무너지는 벽들 사이에서 뛰어다닌다.

흐트러진 차림의 목쉰 사람들이 판을 붙잡았다.

"모두 무기고로 간다, 무장해!"

판창퀘이는 이성을 잃지 않았다. 해안에서 처음 마주친 어리둥절한 군인의 손에서 소총을 빼앗아 수십 명의 선두에 서서 항구 쪽으로 달렸다. 가는 길에 사방에서 이미 무장한 노동자들의 무리와 그들을 뒤쫓으며 사격하는 군인들이 뒤엉켰다. 항구에서는 백병전이 벌어졌다. 그들은 제때 도착해서 지원할 수 있었다. 여기저기 몰린 사람들. 엉켜 뒹군다. 판은 느슨한 푸른색 무리에 전속력으로 뛰어들었다. 소총 사격 소리가 울렸다. 영국 선원이 총검을 판에게 겨누었다. 판은 굴러서 피했다. 선원의 면도한 턱을 주먹으로 갈겼다. 선원의 피투성이 얼굴이 소총의 노리쇠에 걸렸다. 판은 총을 빼앗았다. 노리쇠에 붉은 덩어리가 짓이겨져 붙어 있다. 그는 총구를 쥐었다. 개머리판을 휘둘러 풀을 빳빳이 먹인 하얀 선원 모자를 때렸다. 나무꾼처럼 자기 주변을 두들겨 넓은 공터를 만들었다. 노동자들이 판을 도우러 달려왔다. 백인 선원들은 해안의 돌계단 위로 흩어졌다. 그러나 뒤편에서 또 새로운 군함들이 들어왔다. 대로에서 새로운 백병전이 벌어졌다. 쓰러진 사람들을 뛰어넘으며 판은 그쪽으로 서둘러 달려갔다. 갑자기 발이 걸려 넘어졌다. 납작하고 빨간 소용돌이가 눈앞을 번쩍 뒤덮었다.

그는 비명도 없이 꼿꼿이 선 채 가볍고 유연하게, 마치 곡예사가 공중그네에서 아래에 펼쳐진 안전그물로 떨어지듯 해안의 돌 바닥에 쓰러졌다.

판은 3주 후 요오드포름과 군인들의 땀 냄새가 진동하는 더러운 야전병원에서 눈을 떴다. 가슴에 달아오른 바늘을 꽂은 것 같았다.

의사가 그를 위로했다.

"다시는 일어나지 못하실 줄 알았습니다. 심장 아래 바로 1센티미터였어요."

판은 바깥 소식을 물었다. 한 대 얻어맞은 듯 충격을 받았다. 국민당 내의 분열과 배신. 우파가 제국주의자들 밑으로 기어들어 갔다. 반역자 장제스가 그 무렵 상하이와 광둥에서 노동자조직과 전투를 벌여 피투성이 해체 작업을 시작했다. 공산주의와 싸운다는 기치였다. 사방에서 대량 총격과 학살이 벌어졌다. 난징은 당장은 어떻게든 버티고 있지만 새로운 국민당에서 논란이 벌어졌다. 좌파 국민당원들이 공산주의자에 반대하여 음모를 꾸미고 있다. 조금만 기다리면 반혁명파에 노골적으로 가담할 것이다. 기타 등등. 즐겁지 않은 사건들, 더러운 이름과 날짜들의 길고 긴 탄식.

판은 지쳐서 눈을 감았다. 어쩌겠는가, 이런 일이 벌어지는 때도 결국 올 것이라고 미리 알지 않았던가? 그러나 이렇게까지 빨리 닥칠 줄은 상상하지 못했다. 차라리 이 편이 나은지도 모른다. 그는 패를 전부 꺼내놓는 편을 선호했다.

곧 그는 퇴원했다. 여전히 다리가 휘청거렸지만 그는 소용돌이에 뛰어들듯 일에 뛰어들었다. 이제는 농촌이다. 새로운 지령이 내려왔다. 농민조직을 장악한다. 기존 농업조직 발전을 지원한다. 청년들을 조직에 끌어들인다. '민단' 해체를 위해 움직인다. '붉은 삽' 조직과 더 긴밀한 접촉을 형성한다. 노선은 농업혁명이다. 후베이. 후난. 진흙 초가집. 물속. 축축하고 끝이 없는 길. 수레바퀴 자국을 따라 마치 도로 표지처럼 이어진, 엄청나게 많은 쓰디쓴 날짜들. 우한. 난징. 광둥에서 진압당한 노동자 봉기. 일제사격. 처형. 끈끈하고 죄 없는 피.

단 하나의 기쁨은 농민 혁명민중이 계속 더 세게 끓어오르고 규모가 파도처럼 커진다는 것이었다. 멈추지만 않기를! 참을성 있는 두더지가 흙을 파듯이 나아가야 한다. 끓어넘쳐 모든 것을 쓸어버리리라. 그때가 오면 모두 되갚아준다.

또 한 가지 생각이 그를 지탱해주었다. 북쪽에는 거대한 소비에 트연방이 펼쳐져 세상의 6분의 1을 차지하고 있다. 서방의 군사개 입, 봉쇄, 몇 년간의 굶주림과 혼란을 견뎌냈다. 제국주의자들의 포위망 안에서 혼자 자기 힘으로 뿌리를 내리고 자라나 한 층씩 한 층씩 위로 솟아오른다. 부정할 수 없는 통계 숫자와 함께 비판하고 상기시키고 호소한다. "버텨라! 물러서지 마라! 일어서라! 불의와 탄압—이 모든 것은 한시적이다! 우리 앞에 승리가, 자유가 있다! 기운을 잃지 마라!"

힘겹고 불편하고 빈곤한 생활에 그의 머릿속에 안개가 끼기 시작했다. 오래된 상처들이 다시 존재를 알렸다. 그는 기진맥진했다. 다시 중앙으로 불려갔다. 또다시 병원에 입원했다. 오래되어 잊어버렸던 총알을 빼냈다. 그는 금방 건강을 회복했다. 퇴원하기 전날 그에게 명령이 내려왔다. 각 유럽 노동조건을 잘 아니 공산당이 그를 비밀 정보원 자격으로 유럽에 파견하여 현지 반혁명 세력을 폭로하도록 했다.

그는 내키지 않아 하며 출발했지만 항의는 하지 않았다. 가명을 써서 파리에 도착했다. 금방 정체를 들켰다. 또다시 밤의 어둠을 틈타 숨어 다녀야 했다. 팡테옹 광장의 조그만 호텔 방 안에 들어앉아 판창퀘이는 매일의 일과를 이어나갔다. 낮에는 자고 저녁 늦은 시간이 되어 전등의 노르스름한 불빛이 인종을 드러내는 피부 빛을 쓸어버리는 때에야 넓은 모자 챙 아래로 가느다란 눈의 긴 눈꼬리를 감추고 시내에 나갔다.

파리의 라틴 구역에는 국수주의 성향의 대학생들이 가득했다. 그는 눈에 띄지 않게 그 사이로 숨어들었다. 판은 말수가 적고 진지했다. 조금씩 그는 모두의 소중한 신뢰를 얻기 시작했다. 봄이 올 때쯤에는 이미 모든 운동의 중심이 되어 있었다. '독재자'라는 장난 스러운 별명도 얻었다.

흑사병 발발에 대해서는 호텔의 어린 심부름꾼 소년 입에서 처음 소식을 들었다. 본능적으로 그는 기뻐했다. 감염병은 예상하지 못했던 동맹이다. 그 어떤 개입보다도 훌륭한 가림막이 펼쳐졌다. 유럽은 몇 달 동안 편안하게 마개가 막혀버릴 것이다—군함도 군대도 돈을 가득 채운 여행 가방도 들어오지 못한다. 우리 편이 아군과 적군을 깔끔하게 다 처리할 때까지 조금 더 오래 버틸 수만 있다면!

호텔 심부름꾼은 불길한 소식의 예고를 우연히 전하고 시선을 들었다가 황인종 신사의 돌 같은 얼굴이 잘 익은 과일처럼 처음으로 환한 웃음으로 터져나가는 것을 보고 놀랐다. 겁먹은 호텔 심부름꾼 소년 위로 몸을 숙인 판창퀘이에게는 갑자기 소년의 휘둥그렇게 뜬 눈 속에서 다른 눈, 가늘고 길게 찢어진 눈이 보이는 것 같았고 소년의 얼굴 윤곽 안에 마치 베일 속을 보듯 다른, 동양인의 얼굴, 활짝 웃는 흑사병의 낯짝을 본 것만 같았다.

그리고 호텔 심부름꾼 소년은 흑사병의 첫 번째 감염자 중 하나가 되어 그날 밤 사망했다.

†

조그만 중국 음식점에서 테이블 위에 몸을 숙이고 빗자루 같은 턱수염을 기른 나이 든 신사는 안경 너머로 끈질기게 판창퀘이를 관찰하며 얼굴을 붉히고 고집스러운, 약간은 떨리는 목소리로 말했다.

"방해해서 죄송합니다. 선생님께 긴히 드릴 말씀이 있습니다…."

판창퀘이는 국그릇에서 시선을 들어 놀란 눈으로 이 낯선 신사를 바라보며 이 얼굴을 언젠가 본 적이 있는지 기억해내려 애썼다.

"당연히 절 기억 못 하시겠지요." 나이 든 신사가 그에게서 눈을 떼지 않고 말했다. "유럽인들의 얼굴을 구분하기에 선생은 너무 중국인이시니까요. 게다가 사실상 엄밀히 말하자면 선생과 저는 서로 알고 지낸 적도 없다고 할 수 있습니다. 소르본대학교에서 저에게 세균학과 생리화학 수업을 들으셨지요, 대략 7년 정도 전인 듯합니다. 저는 그 수업의 교수였습니다. 꼭 기억해야 할 만한 관계는 아니었지요. 제 입장에서는 좀 다릅니다만. 저는 항상 당신을 관심 있게 지켜보았습니다.

우리에게 어느 날 아침 찾아와 그대로 차에 앉은 채 발을 우리 땅에 디디기도 전에 다이빙대에서 수영장에 뛰어들듯 우리 지식의 수영장에 머리부터 곧장 뛰어들어 최대한 빨리 헤엄쳐 건너가려고 열심이었지요, 마치 반대편에 뭔가 당신 혼자만 아는 마법의 보상이 기다리기라도 하는 듯 말입니다. 낯선 유럽식 사고방식 안에 그와 전혀 다른 방식의, 아귀가 맞지 않는 자신의 지성을 당신 나라의 여성들이 전족한 발을 조그만 신발의 꽉 끼는 공간에 집어넣을 때와 똑같은 열정을 가지고 집어넣었습니다. 만약에 어느 날 다리가 더 긴 사람이 사물을 더 잘 알 수 있다는 걸 깨달으면 당신은 한순간도 망설이지 않고 자기 다리를 잘라내고 더 긴 의족을 달 사람처럼 보였습니다.

당신들은 우리의 가장 우수하고 가장 열정적인 학생이면서 동시에 가장 고마움을 모르는 제자입니다. 우리 지식의 700만 군화로 무장했다가 그것을 자기 집 문 앞에 마치 슬리퍼처럼 벗어두고 맨발로 당신들 본연의 미신이 깔개처럼 깔린 전통의 마룻바닥을 걸어갑니다.

당신은 저의 가장 훌륭하고 가장 열심히 공부하는 학생이었습니다. 물론 그렇다고 해서 이렇게 많은 세월이 지났는데 이렇게 심하게 변해버린 환경에서 다시 친분관계를 이어가야 한다는 뜻은 아닙니다.

수많은 당신의 동족들이 하듯이 당신도 어느 날 갑자기 눈앞에서 사라져버려서 저는 이제 앞으로 우리의 앞길이 다시 만나는 일은 없을 것이라고 생각했습니다. 길에서 우연히 부딪친 행인에게 습관적으로 모자를 들어 사과함과 동시에 얼굴을 잊어버리듯이 저도 그렇게 선생에 대해 잊어버렸습니다. 불행하게도 상황은 다르게 흘러갔습니다. 우리는 다시 한번 마주쳤고 여기서부터는 우리의 앞길을 그 어떤 것도 갈라놓지 못할 겁니다, 아주… 아주 과격한 절단 수술 정도가 아니라면 말입니다….”

판창쿼이는 점점 더 놀라며 나이 든 신사를 들여다보았다. 그리고 부드럽게 말했다.

“죄송합니다만 교수님께서 저를 누구 다른 사람과 착각하신 듯합니다. 제가 설령 소르본에서 실제로 교수님 지도하에 세균학과 생리화학을 공부한 적이 있다 하더라도—그건 실제로 일어났던 일 같습니다만—저는 그 외에는 평생에 한 번도 교수님을 뵌 적이 없다고 확실히 말씀드릴 수 있습니다.”

"확실히 말씀하실 필요는 없습니다." 흰머리의 교수가 안경 너머로 판을 바라보며 대답했다. "저야말로 확실하게 압니다. 당신은 실제로 그 이후로 저를 한 번도 보신 적이 없지요. 제가 당신을 보았습니다. 1927년에 난징에서 뵀지요. 잘 생각해보시면 그해에 중국의 몇몇 지역에서 아시아형 콜레라 감염이 대규모로 일어났습니다. 세균학 학회는 현지에서 적절한 세균학 연구를 진행할 목적으로 저를 그곳에 파견했습니다. 제 외아들이 그 당시에 상륙작전에 자원해서 그 애가 속한 부대 군함이 마침 중국 해안에 도착했던 때라 저는 아들을 만날 생각에 기꺼이 중국으로 떠났습니다.

내전이 일어나 제가 연구하던 지역이 휩쓸리는 바람에 저는 난징에 피난할 수밖에 없었습니다. 아들이 탄 군함이 난징의 항구 입구에 정박해 있었으니 아들과 정말 확실히 만날 수 있게 되었지요. 그러나 제가 도착한 지 이틀 뒤에 도시에서 소요가 일어났습니다. 그때 당신을 두 번째로 보았습니다. 흥분한 폭도들 선두에 서서 양도받은 땅을 지키려는 상륙 부대를 공격하고 있었지요. 사실 그 순간에 소르본에서 보았던 조용하고 공부 열심히 하는 학생을 떠올리기는 힘들었습니다만 그래도 어쨌든 저는 알아보았습니다.

제가 피난해 있던 영국령은 퇴각하는 중국 군인들에게 약탈당했고 저희는 한밤중에 깨어나 속옷 차림으로 군부대의 호위를 받으며 부두에서 기다리던 영국 순양함으로 서둘러 대피했습니다. 저희를 호위해준 그 부대 장교 중에 바로 제 아들도 있었지요. 아들은 긴장한 채 갑판에서 망원경으로 주의 깊게 해안에서 전개되는 전투의 과정을 지켜보았습니다. 중국 도시 골목골목에서 짐승 같은 무리가 뛰쳐나와 해안 전체를 뒤덮는 모습을 보았습니다. 그 무리 선두에 당신이 있었습니다. 야만적인 폭도들의 압박에 우리 쪽 군인들은 후퇴하기 시작했습니다. 그때 저는 제 아들을 보았습니다. 손에는 권총을 들고, 도망치는 군인들을 붙잡아 도로 데려오고 있었지요. 성난 무리가 아들을 향해 덤벼들었습니다. 그리고 그때 보았습니다. 제 눈으로 직접 보았어요. 당신이 가장 처음 아들에게 달려들어 소총 개머리판으로 아들의 머리를 짓이기는 모습을요. 저는 정신을 잃었고 사람들이 선실로 저를 옮겨주었습니다. 그때부터 저는 완전히 혼자가 되었습니다. 한 번의 타격으로 당신은 저에게서 모든 것을 빼앗아갔습니다. 학문이 그때까지 저의 유일한 휴식처였지만 그때부터 증오스러워졌습니다. 몇 번이나 앉아서 일에 집중하려 했지만 그때마다 눈앞에 아들의 모습이 떠올라 단한 글자도 쓸 수가 없었습니다….

그때까지 제가 학문에 공헌한 바를 고려하여 저는 병든 노인으로서 은퇴하게 되었고 학교 측의 은혜로 교수 연금은 남았습니다. 저는 아무에게도 필요하지 않고, 제 자신이 오랫동안 해온 연구의 찌꺼기를 들쥐처럼 주워 먹고 삽니다. 몇 년 동안 혼자 어두운 방에 두더지처럼 앉아서 당신에 대해 많이, 자주 생각했습니다. 밤이면 오랫동안 연결점을 찾으려 애썼습니다—소르본의 그 공부 열심히 하던 학생, 우리의 오래된 문화와 지식에 대한 불타는 외경심과 거의 탐욕스러운 사랑으로 그 지식의 제단에 열정의 말린 장미꽃을 바치던 젊은이와 야만적인 증오의 광란 속에 얼마 전까지의 스승과 자신을 머무르게 해준 집주인 들을 학살하는 짐승 같은 동양인을 연결하는 지점 말입니다. 저녁마다 거리를 헤매다 모퉁이에서서 손에 공책을 들고 소르본을 나오는 황인종 학생들을 지켜보면서 그들의 얼굴에서 그 증오의 비밀을 읽어내려 애썼습니다. 하지만 그들의 얼굴은 미소 짓는 채로 가면처럼 굳어 있었습니다.

어느 날 저녁 저는 동료였던 소르본 학장을 만나 오랫동안 이야기를 하면서, 아시아의 토양에 주입된 유럽 문화는 다른 환경에 옮겨진 세균과 같아서 유럽에 치명적으로 변한다고 그를 설득하려 애썼습니다. 유럽이 아무 생각 없이 아시아를 계몽하면서 그 과정에서 자신의 파멸을 준비하게 된다고 말입니다. 그러니 하루라도 빨리 유럽 대학에 아시아 학생들이 입학하지 못하도록 막아야 한다는 걸 저는 논증했습니다. 동료는 저를 미치광이처럼 보더니 다른 이야기로 말을 돌리고는 걱정스러워 하며 저를 집까지 데려다주었습니다.

시간이 지나면서 당신의 구체적인 모습은 기억에서 점점 사라졌고 저는 몇 시간씩 눈을 감고 앉아서 헛되이 그 모습을 되살리려 애썼습니다. 당신의 얼굴은 기억의 체를 통해 어디론가 흘러나가 버렸고 남은 것은 오로지 뱀처럼 가느다랗게 찢어진 눈과 튀어나온 광대뼈뿐, 나머지는 제가 직접 채워야만 하는 미완성의 그림과도 같았습니다.

그러다 한 번, 거리에서 당신과 얼굴을 바라보며 마주쳤습니다. 저는 단번에 당신을 알아보았습니다. 당신은 서둘러 걸어가느라 내가 자기 앞에 우뚝 서서 길을 막고 있는 걸 신경조차 쓰지 않았어요.

나는 밤새 여러 가지 복수의 방법을 궁리하고 스스로 포기하길 반복했습니다. 새벽이 되자 낮이 될 때까지 기다릴 수 없어 경찰에 찾아가 당신을 체포하라고 말했습니다. 경관들은 대답을 피하더군요. 증거가 부족하다는 걸 지적하더니 수사를 시작하겠다고 약속했습니다. 이미 여러 사람이 저를 미치광이라 생각하고 있으니 법적 절차를 시작해봤자 무의미하겠다고 나는 느꼈습니다.

그때 나는 한 가지 방법밖에 남지 않았다는 걸 깨달았습니다. 당신을 죽이는 것입니다. 집에 돌아가는 길에 6발짜리 권총을 사서 나는 당신을 찾으러 나섰습니다.

중국 음식점에 드나들며 꼭 당신을 만나기를 희망했습니다. 내 예측은 틀리지 않았습니다. 2주 전에 실제로 드디어 당신을 바로이 작은 음식점에서 보았습니다. 그러나 그 저녁에 나는 사람을 죽이는 일이 생각처럼 그리 쉬운 게 아니라는 사실을 확인해야만 했지요. 그런 일에도 분명히 태생적인 능력이나 아니면 최소한 연습이라도 필요한 모양입니다. 그런데 나는 능력도 경험도 없습니다.

2주 전부터 당신을 걸음걸음 따라다니며 저녁에는 당신이 묵는호텔 앞에서 기다리고 바로 이 음식점에서 당신과 함께 저녁을 먹고 그림자처럼 당신 곁에 함께 하고 있습니다. 그러나 나는 당신을 죽일 능력이 없습니다.

다른 사람들은 그냥 어쩌다가, 우연히 살인을 합니다. 어쩌면 깊이 생각하지 않아야만 저절로, 반사적으로 이루어지는 모양입니다. 그런데 나는 그 생각을 멈추어본 적이 없습니다. 당신을 집까지 따라가면서 내일은 꼭 해내겠다고 혼자 맹세합니다. 그러나 '내일'도 '오늘'과 똑같이 끝나버립니다.

이런 상황에 처해보기는 평생 처음입니다. 나는 그 누구도 단 한 번도 죽여본 적이 없습니다. 어쩐 일인지 처음부터 그렇게 되었습니다. 심지어 나는 전쟁에도 나가본 적이 없습니다. 과거에 신문에서 수십 건의 살인 사건 기사를 읽으면서도 그게 그렇게 어려운 일이라고는 상상조차 해보지 않았습니다. 새벽에 당신을 호텔까지 데려다준 뒤(나는 당신의 생활 방식에 적응했습니다), 집에 돌아와서 나는 구석에서 오래된 신문을 끄집어내 수많은 갖가지 살인 사건에 대한 묘사를 주의 깊게 읽습니다. 모든 일에는 어느 정도 기본적인 예비 학습이 필요하다고 여겼습니다. 하지만 이 경우에는 공부해도 별로 소용이 없는 듯합니다. 미술의 이론을 안다고 해서 그림을 그릴 수 있다는 뜻은 전혀 아닌 것과 마찬가지로 세상이 생겨난 이래 일어난 모든 살인 사건의 역사를 아는 것만으로는 자기 손으로 한 사람을 실제 살해하는 법을 아무에게도 가르칠 수 없습니다.

2주가 지나고 나는 언젠가는 당신을 죽일 수 있으리라는 희망을 거의 잃어버렸습니다.

흑사병이 터졌을 때 처음에 나는 뜻밖에도 쉽게 상황을 해결할 방법이라 여기고 기뻐했습니다. 감염병이 나를 도와줄 것이라고, 다음번에 또 당신을 죽이겠다는 매일의 결심과 함께 저녁에 당신의 호텔 앞을 지나갈 때, 그때는 분명히 들것에 실려나가는 당신의 시체를 마주치게 될 것이라고 확신했습니다. 나는 매일 저녁 정확히 시체 수거차가 오는 시간에 당신의 호텔에 찾아갑니다.

그러나 흑사병은 당신을 건드리지 않았습니다. 처음에는 당신의 뒤를 쫓아다니는 것이 즐거웠고 당신이 텅 빈 밤의 거리를 덫에 걸린 시궁쥐처럼 목적 없이 헤매 다니는 모습을 관찰했습니다. 어찌 됐든 조만간 당신도 감염병으로 죽을 수밖에 없다는 확실성이 내 무익한 매일의 순회에서 유일한 위안이었습니다. 그러나 시간은 갑니다. 오늘이 아니면 내일 나 자신이 죽을 수도 있습니다.

내가 당신보다 쉽게 더 먼저 죽을 수도 있습니다. 마찬가지로 나는 죽고 당신은 살아남을 수도 있습니다. 나는 그렇게 내버려둘 수가 없습니다. 오늘 나는 발뺌하지 않고 당신을 죽이고야 말겠다고 스스로 맹세했습니다. 당신이 항상 앉는 자리 바로 뒷자리를 잡으려고 일부러 여기 일찍 왔습니다. 당신을 뒤에서 쏘아 죽이는 것은 좀 더 쉬울 것이라고 생각했습니다. 한편 당신은 마침 오늘 늦게 왔고 처음으로 바로 내 앞에 앉았습니다. 또다시 당신을 못 죽일 것 같은 느낌이 듭니다.

나는 마지막 방법을 시도해보기로 했습니다. 당신이 아무것도 모른다는 걸 내가 아는 한은 당신을 죽일 수 없을 것 같습니다. 당신이 자신에게 닥친 위험을 알고 자신을 방어할 수 있다고 내가 확신하면 일이 좀 더 쉬워질 거라고 생각합니다. 그래서 당신에게 전부 밝히기로 결정했습니다. 조심하시오! 자신을 방어하시오! 오늘 이 음식점을 나갈 때 당신을 죽이겠소!"

교수는 안경 위로 그 회색 눈을 판창퀘이에게 고정한 채 명백하게 흥분한 상태로 말을 마쳤다. 판창퀘이는 흥미롭다는 듯 교수를 잠시 바라보았다.

"그럼 지금 같이 나가실까요?" 판이 냅킨으로 입술을 닦으며 물었다.

"원하는 대로 하시지요." 교수가 교양 있게 대답했다.

판창퀘이는 침묵 속에 음식 값을 계산하고 자리에서 일어섰다. 문가에서 교수에게 길을 양보했다. 짧은 순간 두 남자는 누가 먼저 나갈지 의례적으로 서로 양보하겠다고 다투었다. 마침내 교수가 먼저 나갔다.

거리에 나와서 두 사람은 한동안 말없이 나란히 걸었다. 5분쯤 말없이 걷다가 두 사람이 걷고 있던 조그만 골목이 갑자기 끊기고 머리를 벽에 박듯이 강가의 돌 난간이 나타났다. 가로등 불빛 아래에서 센강이 반짝였다.

판창퀘이와 교수는 망설이다 멈추어 섰다.

"한 가지만 말씀해주시지요." 교수가 마침내 땀이 뭔 안경알을 손수건으로 닦으며 입을 열었다. "부탁이니 한 가지만 말씀해주시오… 난 이해할 수 없습니다. 대체 당신들은 어째서 우리를 그토록 타협의 여지 없이 증오하는 거요? 우리에게 그토록 은혜를 입었고 끊임없이 우리에게 빚지고 있는데 말이오. 끊임없이 생각해보아도 나는 이 질문에 대답할 수가 없습니다. 당신을 죽이면 그 답을 영원히 알 수 없을 것이오. 그러니 괜찮으시다면 이걸 나에게 좀 설명해주시오…."

여성스럽게 구부러진 다리의 아치 아래 반짝이는 검은 물이 수백만의 기도하는 입처럼 중얼거리며 흘러갔다.

돌 난간에 기대어 판창퀘이는 감정 없이 고른 목소리로 말했다.

"아시아-유럽의 반목에 대해서 당신네 학자들이 책을 수십 권이나 쓰며 그 원천을 인종적이고 종교적인 계층화의 역사에서 찾지만 그 문제는 일상적인 경제학과 계급투쟁의 표면에서 단번에 해결됩니다. 당신들의 학문은 당신들이 그토록 자랑스러워하고 우리도 공부하기 위해 여기까지 찾아오지만 인간이 자연을 정복하기 위한 도구의 체계가 아니라 유럽이 비유럽을 지배하는 도구의 체계이고 더 약한 대륙들을 착취하는 도구의 체계입니다. 그렇기 때문에 우리는 당신의 유럽을 증오하고 그렇기 때문에 우리가 그렇게 열심히 당신들을 공부하기 위해 찾아오는 것입니다. 오로지 당신들의 학문의 성과를 정복해야만 우리는 당신들이 씌운 굴레를 벗어던질 수 있게 될 것입니다. 당신들의 부르주아 유럽은 자신의 문화적 자기 충족성을 길게 논의하지만 그저 아시아의 거대한 몸에서 서쪽 옆구리에 붙어 그 체액을 빠는 조그만 기생충일 뿐입니다. 바로 우리, 모를 심고 면과 차를 키우는 우리가 당신들 나라의 프롤레타리아와 함께, 당신들 문화의 간접적이지만 진짜 창조자입니다. 세계 전체에 당신들의 노동자와 농민의 땀 냄새를 문질러 바르는 그 유럽 문화의 복잡한 냄새 속에 중국 빈민 노동자의 땀 냄새가 섞여 있습니다.

하지만 오늘날 우리의 역할은 바뀌고 있습니다. 당신들의 게걸스러운 유럽은 마지막 장애물 앞에서 다리가 부러진 암말처럼 죽어가고 있습니다. 지나친 욕심 때문에 너무 많이 삼켜 목이 막혀서 입안에 든 것을 미처 다 씹지도 못하고 죽어갑니다. 그 마지막 목숨을 끊는 감염병이 우리 아시아의 오래된 친구인 흑사병인 것은 우연이 아닙니다. 아시아를 유럽 자본주의의 위장이 소화할 수 없는 것입니다.

적의 등 뒤에서 몰래 그 집에 숨어들어 가 그 죽음을 지켜보며 그 공포에 질려 크게 벌어진 눈동자 속에서 조그마한 자기 얼굴의 반영을 보는 것은 달콤한 일입니다. 나는 당신들 감염 환자를 본 적이 있습니다. 위생요원들이 집에서 들고 나갈 때 보니까 거의 푸르스름하더군요. 다른 사람들과 함께 차에 태우려 하자 환자는 이렇게 외쳤습니다. '날 저기 넣지 마요! 저기엔 흑사병 환자들이 있다고요!' 환자를 강제로 집어넣어야 했습니다. 위생요원들이 마침내 그를 차 안에 밀어 넣고 문을 닫을 때 몸부림치고 발버둥치고 물어뜯다가 갑자기 더욱 창백해지더니 굳어졌습니다. 죽음에 대한 공포가 지나치게 천천히 다가오던 죽음을 앞당긴 것입니다.

나는 치명적인 두려움으로 크게 열린 그 눈을 바라보았고 그 공포가 바로 당신들의 거대한 문화 전체의 동력이고 톱니바퀴라는 사실을 깨달았습니다. 그 두려움, 죽음의 논리적인 필연성에도 불구하고 무슨 수를 써서든 살고자 하는 그 충동이 당신들을 초인간적인 노력으로 내몰아 모든 것을 삼켜버리는 시간의 강이 씻어내지 못할 만큼 높은 곳에 자신들의 얼굴을 새기게 만든 것입니다. 그리고 또 나는, 우리 아시아를 불교라는 무화과나무 아래 수천 년의 잠에서 깨우는 유일한 방법은 유럽 문화라는 약을 주입하는 것밖에 없다고 생각했습니다. 이제까지 유럽은 우리에게 자기들 상인과 자기들 전도사만을 보냈습니다. 그리스도교는 한때 아시아가 유럽에 주입한 독이었고 풍부한 로마 문화를 파괴하고 유럽을 야만의 어둠 속에 오랜 시간 담가두었던 독이었습니다. 그러나 유럽은 심지어 그 무기력의 독마저 복제하고 합성해서 자신에게 독이 되지 않게 만드는 데 성공했고, 오히려 타자를 압박하는 도구로 만들었습니다. 오늘날 유럽은 뒤늦은 복수로 그 독을 우리에게 도로 수출하고 있습니다. 우리를 자기들의 직접적인 식민지로 만들 수 없으니 바티칸의 영토로 만들려 합니다. 그리스도는 떠돌이 판매원이고 착취자들에게 고용된 밀정입니다. 그러나 어차피 오늘날 그는 우리를 해치지 못합니다. 유럽은 마지막 경련의 발작 속에 죽어가고 있습니다. 그 어떤 의료 경계선도 유럽을 살릴 수 없습니다. 파리에서 시작된 흑사병이 필연적으로 대륙 전체로 퍼질 것입니다. 솔직히 말하면 우리의 이 오랜 다툼에 감염병이 개입해야 할 필요가 전혀 없었습니다. 이 개입의 부조리함만으로도 나에게 당신들 신의 존재를 확신시키기에 충분하겠습니다만, 성스러운 책의 저자에 따르면 당신들의 신이 쓰는 술수는 지나치게 교묘했던 적이 없다는 모양입니다. 당신들의 제국주의 유럽에 미래는 어쨌든 얼마 남지 않았고 이런 꼼수를 써서 그 끝을 앞당길 필요는 없었습니다.

2년 뒤에는 당신들, 탐욕스러운 착취자들의 유럽이 묻힌 버려지고 이름 없는 무덤 위에 새로운 유럽, 노동자들의 유럽이 자라날 것이고 그 유럽은 노동이라는 국제적인 언어를 통해 아시아와 쉽게 서로 이해할 것입니다.

너무나 무의미한 자연재해의 초대받지 않은 개입은 오늘이라도 단번에 두 개의 유럽, 죽어가는 유럽과 아직 태어나지 않은 유럽을 모두 죽음으로 몰아넣을 수 있습니다.

유럽이라는 늙은 고리대금업자는 유언장을 제대로 작성할 시간조차 없었습니다. 그러나 그 유언장은 기록되지 않았지만 존재합니다. 유럽의 상속자는 바로 당신들의 백인 노동자와 함께 하는 우리들입니다. 운명이 우리를 유럽의 이 대도시에 던져놓은 이유는 우리가 그 뼈만 남은 손아귀에서 열쇠를 받아가도록 하기 위함입니다."

판창퀘이는 입을 다물었다. 잠시 동안 들려오는 것은 아래쪽에서 교각에 부딪쳐 부서지는 강물 소리뿐이었다.

"당신은 잘못 알고 있소." 마침내 교수가 말했다. "그 유산을 받아 어깨에 지고 가기에 당신들은 너무 약합니다. 유럽이 죽는다면,

그 지성이 죽는다면 그와 함께 문화와 기술의 성과도 함께 죽을 것이오. 그러면 당신들은 유일한 자극이 사라질 테니 도로 그 오래된 잠 속에 빠져들겠지. 설마하니 그 역할을 우매한 우리 민중이 맡아 할 수 있다고, 그들과의 동맹으로 우리 문화의 보물을 소유하고 누릴 수 있다고 진지하게 믿는 거요? 하지만 저급한 본능에 좌우되는 무지한 서민들이 무의미한 파괴 외에 대체 무슨 능력이 있단 말이오? 당신이 말하는 '노동민중'은 밥 주는 주인이 없으면 몰이꾼을 빼앗긴 가축 떼와 똑같은 상황에 처할 뿐이오. 그들은 무기력하고 처량하게 도로 야만의 어둠 속에 떨어질 거요. 창의적인 노력을 할 능력 자체가 없으니 그들은 유럽 도시 중에서 파리 하나만이라도 이어받아 자기들 힘만으로 파멸을 막아낼 수가 없을 거요."

"하지만 가까운 시일 안에 바로 그렇게 될 겁니다, 확실히 말씀드리지요. 교수님이 직접 보고 확인하실 기회가 있을 겁니다."

"말도 안 돼. 절대 아니라고 내기 걸어도 좋소."

"내기를 걸지요."

"내기가 너무 추상적이라 우리 둘 중 한쪽이라도 이길 확률이 없소."

"그러면 쉽게 구체화할 수 있습니다. 현재와 같은 감염병 확산 상황에서 파리가 한 달 뒤에 우리 손에 들어오지 않으면 제가 패배를 인정하겠습니다."

"받아들이겠소. 한 가지 조건이 있소. 패배한 순간 당신은 내 도움 없이 스스로 머리에 총알을 박아 넣어야 하오."

"동의합니다."

"우리 내기가 끝을 보기 전에 내가 먼저 죽을 수도 있지. 그렇다

해도 아무것도 변하지 않소. 내가 죽어도 내기의 조건은 그대로 유지되오."

"조건은 그대로 유지됩니다."

"당신이 이기면 스스로 내 머리에 총을 쏘겠다고 맹세하지."

"전혀 그러실 필요 없습니다." 판창퀘이가 웃으며 대답했다. "제가 이기면 교수님은 학문 연구로 돌아가 성실한 연구자로서 우리 프롤레타리아 파리에서 흑사병과 투쟁하셔야 합니다."

"좋소. 기한은 한 달이오. 우리 내기의 조건을 지킬 수 없게 만드는 어떤 문제가 생길 경우를 대비해서 오늘 당장 이 권총을 드릴 테니 받아주시오. 일종의 부적이라고 생각해주시오."

판창퀘이는 웃으며 권총을 받아 주머니에 넣었다.

"책임감 있는 채무자로서 그 빚을 갚을 수 없게 되는 걸 원치 않으신다면 지금 이 순간부터 교수님은 병들거나 죽지 않도록 정성스럽게 자신을 돌보고 모든 수단을 다해 조심하셔야 합니다. 그리고 만일을 대비해서 교수님 주소가 적힌 명함을 받을 수 있다면 적절한 순간에 찾아뵙고 우리 내기에 대해 상기시켜드리겠습니다."

교수는 수첩에서 찢어낸 종이에 연필로 자기 주소를 썼다.

여성스럽게 구부러진 다리의 아치 아래 반짝이는 검은 물이 수백만의 기도하는 입처럼 중얼거리며 흘러갔다.

†

사크레쾨르 성당에서 종이 울렸다—끊임없이, 흐느끼듯, 무기력하게.

거대한 도시 안에 흩어진 채 갇혀버린 사람들은 모든 것을 밀어
버리는 죽음의 충격을 마주하자 발작적으로, 어마어마한 원심 분
리의 힘으로 자기 신앙의 모든 요소에 매달렸고 자석에 달라붙는
쇳가루처럼 자기 종교의 사원 주위에 모여들었다. 가톨릭 성당, 정
교 성당, 이슬람 사원의 탑들은 피뢰침처럼 하늘을 향해 솟아올라
매 순간마다 신앙의 자석과도 같은 힘으로 흩어져 있던 사람 무리
를 인종과 종교에 따라 자발적으로 구분된 무리로 모았다.

첫 번째 폭발은 피부 색깔 때문에 가장 내몰려 고립되고 자신들
고유의 피뢰침인 사원을 갖지 못한 사람들 사이에서 일어났다.

7월 30일 라디오방송이 믿을 수 없는 소식을 전했다. 7월 29일
에서 30일로 넘어가는 밤에 라틴 구역의 황인종 거주자들이 조직
적인 쿠데타를 시행했다. 모든 백인 거주자들을 센강 오른쪽 강변
으로 밀어낸 뒤 라틴 구역은 자주권을 가진 황인종공화국으로 선
포했다.

같은 날 저녁 인적 없는 라틴 구역 담벽에 첫 번째 기다란 한자
현수막이 내걸렸다. 중국어로 된 포고문이었다.

임시정부는 파리의 황인종 거주자들에게, 유럽인들의 감염병에
맞서 자기방어를 위하여 옛 라틴 구역 영토에 독립된 황인종공화
국이 설립되었음을 선포했다. 임시정부는 황인종공화국 안에서 체
포된 모든 백인이 흑사병 보균자로서 모든 권리를 빼앗길 것이라
공고했다. 또한 임시정부는 황인종 거주자들에게 공화국 경계선
바깥으로 나가는 것을 금지하며 이를 어길 시 사형에 처한다고 경
고했다. 감염된 도시에서 스스로 철저하게 격리하기 위해 황인종
공화국은 새로운 만리장성으로 둘러싸였다.

거주자들에게 보내는 짧은 추신에서 임시정부는 공화국 영토 안에 위치하는 귀중한 도서관 장서들의 보호를 주민에게 맡기며 유럽 문화의 이 조그만 성과물을 결코 건드려서는 안 되는 보물로서 보존하여 미래 세대에 전해주어야 한다고 지시했다.

임시정부의 이름으로 포고문에 서명한 사람은 판창퀘이였다.

III

대양의 그늘지고 깊은 곳, 물결도 소용돌이도 파도의 물살도 닿지 못하는 움직임 없는 녹색 물, 수조 속처럼 죽은 물속, 거대한 해초들의 숲에 솟아난 태고의 덩굴식물과 봉인목 사이에 도다리가 산다.

수백 미터 위 어딘가, 지치지 않는 추격 속에 영원히 달리는 하얀 버섯 같은 파도 속, 고통스러운 대양의 표면을 거대한 증기선 선체가 검은 칼날이 되어 몇 미터나 깊이 자르고 흐린 젤리 같은 물속에서 물렁물렁한 문어가 흐늘거리며, 물고기의 칼날처럼 길고 날카로운 몸이 단검이 되어 탐조등의 차가운 섬광처럼 깊은 물속을 가르고 불안하게 헤엄쳐 나간다.

아래쪽에는 고요, 차갑고 단단한 모래, 그리고 비행기에서 내려다본 구름처럼 하얀, 열매 맺지 못하는 나무들의 정원이 있다. 대양의 바다는 하늘처럼, 대양의 측정할 수 없이 커다란 둥글게 부푼 물방울에 비친 하늘처럼, 움직이는 바다의 별과 휘어진 꼬리가 달린 유성들의 우주가 들어 있는—지치고 넋 나간 방랑자들이 죽은 뒤에 쉬는 차가운 휴식처이다.

그 바닥에 도다리가 산다. 누군가 이 도다리를 잡아 등뼈를 따라 반으로 갈라서 절반을 모래에 놓았다. 도다리는 한쪽밖에 없다ㅡ 오른쪽이다. 몸의 왼쪽은 땅이고 바닥이다.

몸의 조직을 사용하지 않으면 그 조직은 쇠퇴한다. 도다리 몸 왼쪽, 존재하지 않는 쪽의 모든 조직은 오른쪽으로 옮겨 갔다. 그리고 오른쪽에 한 쌍의 조그맣고 감정 없는 눈이 나란히 붙은 채 언제나 위를 쳐다보고 있다.

눈은 둘 다 한쪽에 붙은 채 괴물처럼 이상하고 믿을 수 없는 모습으로 언제나 위를 쳐다보고, 몸의 왼쪽은 아예 없다.

파리라는 거대 도시에, 파베 거리에 있는 주근깨 덮인 빨간 지붕 건물에 랍비 엘레아자르 벤 츠비가 산다. 파베 거리는 파리의 조그만 유대인 구역인 오텔드빌 구역 한중간에 있다. 국제적인 도시 한가운데, 프랑스 중심의 동쪽 어딘가, 우크라이나의 비옥한 벌판과 갈리치아의 웅덩이투성이 마을에서 이주해온 유대인들의 정착지가 진흙을 뒤집어쓴 채 수십 년 세월 동안 성장하여 전통 없는 현대식의 영구적이고 정돈되지 않은 고립된 게토가 되었다.

커다란 다언어 도시에서는 수백 개의 언어들, 수십 가지 민족과 인종 들이 마주치고 프랑스의 차가운 진흙에 새롭고 결실 있는 요소들의 비료를 넣어 기름지게 한다. 폴란드와 러시아 유대인들은 그들 특유의 동화되지 않는 능력을 가진 채 도시에 쏟아져 들어와 언제나 표면에 한 가지 색의 기름이 되어 떠 있다.

파리에서 민중이 끓어오르고 봉기하고 정권이 무너지고 사건들이 머리가 어지러울 정도의 속도로 서로 부딪치고 튀어나온다. 여

163

기에는 고요, 검고 번쩍이는 아스팔트, 베르디추프* 지역 진흙처럼 번들거리는 예시바**와 시너고그, 금요일부터 금요일까지 이어지는 일주일, 그리고 매주 금요일마다 창가 테이블에 놓인 조그만 난쟁이 나무에 오렌지색 촛불의 꽃이 핀다.

여기선 이 구역만의 사건이 벌어진다. 제빵사 헤르셸에게 미국에 사는 아들이 빨간 차를 타고 찾아왔는데 자동차는 프레보스트 거리 좁은 입구로 들어올 수가 없었다. 야시***에서 학살을 피해 도망쳐 나온 새로운 유대인들이 구역에 도착했다. 잡화점 주인 멘델의 딸은 작년에 리볼리 거리 카페의 재즈밴드 흑인 연주자와 함께 시내로 도망쳤다가 한 달 뒤에 아버지에게 돌아왔는데 이번에 조그만 흑인 아이를 낳았고 늙은 멘델은 이웃들에게 부끄러워 현관에 목을 매었다. 좁고 불규칙한 거리에서 젤리 같은 탁한 공기가 움직이지 않은 채 투명하게 식어가고 저녁이면 그 안에서 부서지는 가로등 그림자가 거대한 해초처럼 느긋하게 흔들린다.

랍비 엘레아자르 벤 츠비는 눈이 얼굴 가운데 몰려 있고 그 조그만 쌍둥이 같은 두 눈이 언제나 감정 없이 하늘을 향해 위를 보고 있어 오로지 그 눈으로만 볼 수 있는 뭔가를 보고 있는 듯했다. 몸의 조직을 사용하지 않으면 그 조직은 쇠퇴한다. 랍비 엘레아자르 벤 츠비는 인간의 시각으로 포착할 수 없는 많은 것을 보았으나 가장 단순한 것들은 보지 못했다. 그는 오로지 한쪽, 즉 하늘을 향해 있는 방향만을 알고, 땅을 향한 쪽은 아예 없다.

---

* 현재 우크라이나 지토미르주 베르디치우.
** 랍비가 교육하는, 유대교의 교육기관.
*** Iași. 루마니아 북동부의 도시.

164

오텔드빌 주민들이 기억할 수 있는 한 아주 오래전부터 랍비 엘레아자르 벤 츠비는 시너고그 옆에 있는 집에서 계속 살면서 한 번도 떠난 적이 없었다. 집에서 시너고그로 곧장 갈 수 있는 입구가 있어서 랍비 엘레아자르 벤 츠비는 '마리프'*를 읊기 위해 길을 건널 필요가 없다. 거리는 랍비 엘레아자르를 알지 못한다. 그를 아는 것은 조언을 구하는 사람들뿐이며 즉 오텔드빌 전체가 그를 안다는 뜻인데, 왜냐하면 모든 기적의 실행자 랍비들 중에서 가장 현명하며 파리의 반대편에서도 상인들이 판단을 구하러 특별히 차를 타고 찾아오는 랍비 엘레아자르 벤 츠비의 조언을 구하지 않은 사람은 한 명도 없기 때문이다.

랍비 엘레아자르 벤 츠비는 파리에 가본 적이 한 번도 없었다. 50여 년 전에 작은 고향 마을에서 여기로 와서 바로 시너고그 옆에 있는 집에 살기 시작했다. 그러나 상인들의 복잡하게 얽힌 다툼을 해결하는 그의 현명함은 파리 상인들이 입을 모아 칭찬할 정도다.

랍비 엘레아자르 벤 츠비에게는 오래된 샤메스**가 있는데, 그 한 사람만이 랍비의 성스러운 삶에 대해 이야기할 수 있을 것이다. 그러나 샤메스는 이야기하기를 꺼리며 낮에는 물론 저녁까지 랍비 곁에서만 지낸다. 샤메스의 말에 따르면 랍비는 아주 몸이 약하고, 사안이 중대하고 상담자를 직접 둘이서만 만나야 한다고 결정하기 전에는 길거리의 아무 멍청이나 직접 다가오게 하지 않는다. 한 가지는 확실한데, 랍비 엘레아자르가 손수건에 싼 크시바***를 준 사람

---

* Maariv. 유대교에서 해가 지고 나서 올리는 기도문.

** 시너고그에서 랍비를 돕는 사람.

*** ksyba. 본래 결혼 증명서를 말하나 여기서는 종이에 쓴 해결책을 뜻한다.

은 신이 주신 최악의 고통을 경험했더라도 걱정 없이 새처럼 즐겁게 집으로 돌아간다는 것이다. 랍비의 집 문은 닫혀 있는 일이 드물고 나이 든 샤메스가 금요일에 장을 보러 갈 때면 닳아빠진 공단 지갑에 돈이 모자라는 일은 결단코 없다.

랍비 엘레아자르 벤 츠비는 조그만 두 눈이 얼굴 가운데 몰려 있고 두 눈 다 하늘을 향해 있다. 샤메스는 나이든 헤르셸에게만 비밀스럽게, 랍비가 자주 신과 이야기한다고 말했다. 오래, 몇 시간이나, 신과 랍비는 수다를 떤다. 그리고 유대인들은 알고 있다. 랍비는 언제든 원할 때 신과 이야기할 수 있는 것이다. 마치 신에게 연결되는 영구 직통전화를 가진 것 같다. 평범한 유대인은 평생 신에게 전화를 걸어도 한 번도 통화가 되지 않는다. 너무 많은 사람이 한꺼번에 신에게 전화하기 때문이다. 가끔, 평생에 한 번, 아주 잠깐 유대인이 신과 통화에 성공하는 일이 일어나고 그러면 다른 누군가 끼어들기 전에 최대한 서둘러 하고 싶은 부탁을 해야 한다.

랍비 엘레아자르에 대해 말하자면 자기만 쓰는 특별 연결선을 가지고 있어서 신과 언제든지, 누가 끼어들어 끊어질 수 있다는 걱정 없이 이야기할 수 있다. 어쨌든 모든 유대인들이 그렇듯이 랍비 엘레아자르도 신은 바쁠 때 누가 붙잡고 길게 말하는 걸 좋아하지 않는다는 것을 알고 어느 시간대에 신과 가장 편하게 이야기할 수 있는지 알고 있는 것이다. 그리고 신도 말하자면 랍비 엘레아자르에게 약해서 이제까지 거절하는 경우는 한 번도 없었다.

이렇게 많은, 수많은 세월이 지났다. 얼마나? 그건 나이 든 샤메스마저도 정확히 기억하지 못했다.

그해에 랍비 엘레아자르 벤 츠비는 몸이 아주 안 좋았고 샤메스와 자주 죽음에 대해 이야기했으며 상담 손님은 아주 예외적인 경우에만 받았다.

어느 날 저녁 샤메스가 시내에서 평소보다 늦게 돌아왔고 그 때문에 랍비의 저녁 식사가 늦어질 뻔했다. 샤메스는 무척 겁에 질려 있었다. 시내에서 파리를 덮친 뭔가 무시무시한 전염병에 대한 이야기를 들었다고 했다. 신기료장수 레비의 아이들은 아이들답게 프랑스 휴일에 춤추러 갔는데—몇 시간 뒤에 돌아오는 길에 엄청나게 고통스러워하며 죽었다. 바로 그날 밤에 갖바치 심하의 아내와 다른 유대인 여자 셋이 아파서 죽었다. 아침부터 다 합쳐 유대인 12명이 죽었다. 거대한 애도가 도시를 지배했다. 샤메스는 즈메린카*의 콜레라를 기억했으므로 신문에서 이 새로운 감염병을 다른 이름으로 지칭했지만 이야기를 들으면서 명백한 콜레라 증상들을 알아보았다. 유대인들은 무척 걱정하며 떼를 지어 랍비에게 조언을 청하려 몰려들었다.

랍비 엘레아자르 벤 츠비는 샤메스의 보고를 다 들으면서 한마디도 하지 않았으나 이 일을 얼마나 심각하게 받아들였는지는 저녁 식사를 먹다 만 것만 보아도 알 수 있었다.

랍비는 손을 씻은 뒤 탈리스를 가져오라 하고 시너고그로 건너갔다.

시너고그에는 이미 탄식과 통곡이 흐르고 있었다. 저녁에 또 유대인 30명이 죽었다. 그 이름들이 입에서 입으로 전해졌다.

랍비 엘레아자르는 강단 위에 몸을 숙인 채 오랫동안 기도했다.

---

*　Zhmerynka. 현재 우크라이나 중부의 빈니차주에 있는 도시.

'세페르'*를 덮은 뒤 신자들에게 몸을 돌렸을 때 그의 얼굴은 평온하고 밝게 빛났다. 랍비는 바로 다음 날 공동묘지에서 결혼식을 거행하라고 명했는데, 그것이 감염병 시기의 관습이기 때문이었다. 그 자리에서 사람들이 신랑과 신부를 찾아냈다. 포목상인 시야와 모자 장인 센데르가 결혼식을 올리기로 동의했다.

결혼식은 다음 날 바그뇌 공동묘지에서 오텔드빌의 유대인 전체가 모인 가운데 거행되었다. 결혼식이 끝난 뒤 사람들이 신혼부부를 집까지 배웅했다.

바로 그날 밤 신부가 감염병 증상을 나타내며 죽었다. 샤메스는 겁에 질린 유대인들이 몰려와 이 소식을 이야기했을 때 랍비에게 말해야 할지 오랫동안 고민했다. 마침내 랍비가 직접 이 사실을 시너고그에서 알게 될까 두려워 샤메스는 대단히 조심스럽게 랍비에게 무슨 일이 일어났는지 알렸다. 랍비 엘레아자르는 아무 말도 하지 않았지만 턱수염의 우윳빛과 같은 색이었던 그의 얼굴이 더욱 창백해져서 샤메스는 이 불길한 징조가 랍비에게 커다란 영향을 미쳤음을 알았다.

시너고그에는 어제보다 더욱 커다란 탄식이 흘러넘쳤다. 하루 동안 또다시 유대인 60명이 죽었다. 그중 어제 시신을 씻었던 여자들 전원도 포함되었다. 게다가 장례협회에 속한 유대인 12명도 죽었는데 이들은 고인의 가족을 찾아가 함께 7일의 애도를 했던 사람들이었다.** 파리에서도 이와 비슷하게 사람들이 길거리에서 수천

---

* Sefer. 토라 등 유대교의 성스러운 경전을 통칭하는 말.
** 교파와 지역에 따라 차이가 있으나 유대교에서는 교인이 죽으면 최대한 빨리, 가능하면 사망한 당일에 장례를 치른다. 장례를 치르기 위해 시신을 주로 여성들이 모여서 함께 씻고

명씩 쓰러져 죽었다.

밤새 시너고그에서 예배가 계속되었으나 점점 퍼져가는 죽음의 새로운 소식이 들어올 때마다 중단되었다. 기도하던 사람들 중 누군가 바로 자기 집에서 감염자가 발생한 것을 알고 절망하여 시너고그에서 뛰쳐나가는 일이 끊임없이 벌어졌다.

동틀 때까지 랍비 엘레아자르는 기도책 위에 몸을 숙이고 열정적으로 기도했다. 새벽이 되었을 때는 서 있기도 힘겨울 정도가 되어 가베*와 샤메스가 양옆에서 부축하여 위층으로 데려가야 했다.

다음 날 하루종일 랍비 엘레아자르 벤 츠비는 자기 방에 틀어박힌 채 샤메스에게 아무도 들여보내지 말라고 당부했다. 계단에 흐느끼는 사람들이 가득 모였다. 창백한 샤메스는 입에 손가락을 대고 문 앞을 지키며 서 있었다. 랍비가 지금 신과 이야기하고 있으므로 방해해서는 안 된다는 사실을 샤메스는 잘 알고 있었다.

저녁 늦게 랍비가 샤메스를 자기 방으로 불러 소식을 전해달라고 말했다. 상황은 참혹했다. 하루 동안 유대인이 또 130명 죽었다. 시신은 씻지도 않은 채 집에 그대로 있었는데, 시신 씻는 여자들이 감염되어 전부 죽었기 때문이었다. 고인의 가족들은 본래 와주어야 할 장례협회 사람들이 전부 죽었기 때문에 굶주린 채 7일의 애도를 하고 있었다. 고인의 가족들도 손님맞이를 하다가 차례로 죽어갔다. 원래 10명이었던 갓바치 심하의 가족 중 아내가 첫날 밤에

수의를 입힌다. 매장 후에 고인의 가족은 7일간 집 밖으로 나가지 않고 조문객을 맞이한다. 폴란드 유대인들의 경우 조문하는 사람이 고인의 가족이 먹을 음식을 가져다주는 관습이 있다.

* 시너고그의 재무관리를 담당하는 사람. 가베gabe 혹은 가바이gabaj라고 한다.

먼저 죽고 그 뒤로 8명이 더 죽어서 이제 애도를 하는 사람은 아버지 한 명뿐이었다.

랍비는 샤메스의 끔찍한 보고를 들으며 말없이 고개를 끄덕였다. 그러고는 탈리스를 달라고 하더니 시너고그로 내려갔다. 샤메스가 의무감과 호기심에 뒤따라 달려갔다.

랍비 엘레아자르가 시너고그에 들어섰을 때 사방이 완전히 조용해졌다. 랍비가 하루종일 신과 이야기했다는 사실과 뭔가 중요한 이야기를 하기 위해 왔다는 사실을 모두 알고 있었다. 모든 눈이 랍비를 향했다.

높은 제단 위에 서서 랍비 엘레아자르 벤 츠비는 모인 사람들을 향해 규범을 만드는 자의 장엄한 목소리로 말하기 시작했다.

"신께서 나의 눈을 여시어 당신의 분노의 책 속에서 베키야흐 네이페슈*를 읽도록 허락하셨다. 감염병의 기간 동안 내내 유대인들은 망자에 대한 7일의 애도와 관습에 걸맞은 장례 절차에서 해방될 것이다. 감염병 기간 중에 시신은 별도의 의례 없이 천에 감싸 공동묘지로 실어낸다. 신이 우리에게 힘겨운 시련을 내리셨으니 오로지 기도를 통해서만 용서를 구할 수 있을 것이다. 죽음의 천사 말라흐 하마웨트가 유대인들의 집에 내려왔으나 우리의 문을 메주자**가 지켜주지 않는다. 죽음의 천사가 건드린 집은 40일간 부정할 것이니 정화가 필요하다. 기도하고 자비를 구하라."

---

* bekiyakh neyfesh. 야시엔스키가 지어낸 경전 이름으로 보인다. 이디시어로 '가능한 혹은 어떤 일을 할 수 있는 영혼'이라는 뜻이다.

** mezuzah. 유대교 경전 토라의 일부를 적은 양피지. 유대인들에게는 이를 특별한 액자에 끼워 문에 거는 관습이 있다.

랍비 엘레아자르는 창백하고 기운이 빠져 휘청거리는 채 제단에서 내려와 샤메스의 부축을 받으며 시너고그를 나갔다. 그가 나간 뒤에 수천 명의 열띤 목소리가 시너고그에 울려 퍼졌다.

그 뒤로 이어진 기간의 감염 사례를 보면 신이 용서할 의향이 있다고는 판단할 수 없다. 랍비가 선언한 '베키야흐 네이페슈'의 결과 이후 며칠간 사망자 숫자가 조금 줄었으나 매일 희생자 100명 이하로는 내려가지 않았다. 그와 동시에 병에 감염되지 않은 집이 대단히 모자라게 되었다. 열흘째 되던 날 거주 공간의 위기가 무시무시한 규모로 확대되었다.

랍비 엘레아자르 벤 츠비는 그 열흘 동안 심지어 시너고그에도 모습을 보이지 않고 아무도 들여보내지 않고 모든 일을 샤메스에게 맡긴 채 집에만 틀어박혀 있었다. 사람들에게 시달린 샤메스가 유일하게 할 수 있었던 말은 랍비가 사람은 전혀 만나지 않으시고 내내 자기 방에서 신과 큰 소리로 이야기하고 있다는 것뿐이었다.

열흘째 되던 날, 오텔드빌 전체에 감염병이 찾아오지 않은 집이 더 이상 단 한 곳도 없게 되자 열 명의 가장 나이 많은 유대인들이 대표단이 되어 랍비를 찾아갔다. 매수당한 샤메스는 발끝으로 살금살금 걸어 랍비의 방 앞에 가서 이들이 찾아온 사실을 보고했다.

오랜 시간이 지나 랍비가 직접 이들을 만나러 나왔다. 얼굴은 평소보다 더욱 투명해서 그의 목숨이 절체절명의 위험에 처해 있다고 생각하기가 겁날 정도였다.

샤메스가 의자를 가져오자 오텔드빌 전체에서 가장 돈이 많은 나이 든 메헬이 먼저 입을 열었다.

"랍비님." 메헬은 대단히 근심 가득한 목소리로 말했다. "랍비님,

저희는 랍비님이 말씀하신 대로 다 했습니다. 신의 분노의 책에서 랍비님이 베키야흐 네이페슈를 읽으셨고 그때부터 유대인들은 가족의 죽음에도 7일의 애도를 하지 않고 유대인의 시신은 의식을 거치지 않고 그대로 천에 싸서 공동묘지로 보내고 있습니다. 감염병이 찾아든 집은 이후 40일간 부정하여 정화해야 한다 하셨기에 저희는 랍비님 말씀을 들었으나 감염병은 계속되고 그로 인해 유대인 수십 가족이 고통받지 않는 날이 없습니다. 우리 집들은 이제 가득 찼습니다. 이제 곧 죽음의 병이 휘젓지 않은 집은 하나도 없게 될 것입니다. 오텔드빌 전체에 이제 더 이상 집이 없습니다. 감염자 가족들은 거리에서 잠을 잡니다. 어떻게 해야 합니까, 랍비님?"

랍비 엘레아자르 벤 츠비는 선한 미소를 지었고 두 눈의 시선은 메헬을 보지 않고 마치 그가 투명하다는 듯 그를 통과하여 어딘가 먼 곳을 보며 빛나고 있었고 그렇게 미소 띤 채 랍비는 생각에 잠겨 말했다.

"유대인 구역에 아직도 집이 많이 있으니 손만 뻗으면 됩니다."

나이 든 유대인들은 서로 쳐다보았다. 랍비가 중요한 일을 얘기할 때 랍비의 눈에 보이는 것은 평범한 이성으로는 이해할 수 없었다. 잠시 침묵이 흘렀다. 마침내 메헬이 용기를 내어 물었다.

"랍비님, 저희의 머리로는 랍비님의 지성을 따라갈 수 없습니다. 랍비님 말씀은 저희가 잘 이해할 수 없습니다. 손만 뻗으면 된다니 어느 집을 염두에 두고 말씀하시는지요?"

랍비 엘레아자르는 잠시 침묵하다가 깊은 생각에 잠긴 채 마치 혼잣말하듯 입을 열었다.

"유대인 구역 안에 메주자가 문을 지켜주지 않는 집이 많이 있습니다. 그 문을 통해 우리에게 말라흐 하마웨트가 찾아왔습니다."

긴 침묵이 깔렸다. 그런 뒤 랍비는 생각을 이어가듯 큰 소리로 말을 이었다.

"현자 중 가장 현명하신 랍비 힐렐이 말씀하시길 랍비 에즈라의 시대에 유대 민족이 절망하고 주위에 그리스도교의 감염병이 미쳐 날뛸 때 그로부터 우리를 보호하고 우리의 믿음을 지키기 위해 여러 도시에서 유대인들이 높은 담을 쌓아 마을을 둘러쌌는데 현대의 사람들은 이런 도시들을 유대 언어로 '게토'라 이름 붙였습니다. 허나 유대인이 자기 아버지들의 언어를 부담스럽게 여기고 수치스럽게도 자신의 믿음을 타인들 사이로 가지고 나가기를 원하는 시기가 왔습니다. 그리하여 마을을 둘러싼 담을 부수었으며 그때부터 재앙은 유대인의 재난이 되었고 신의 분노가 유대인에게 향하였습니다. 유대인이 아닌 모든 것을 막아낼 수 있는 담을 새롭게 지어 올리지 않는다면 질병이 유대인들을 잡아먹을 것이며 죽음의 천사가 그들의 문턱을 떠나지 않을 것입니다."

여기서 랍비 엘레아자르 벤 츠비는 대화가 끝났다고 여김을 표하고 샤메스에게 손님들을 문까지 배웅하라 지시하는 손짓을 했다.

†

7월 30일 오후 5시에 거리에 호외가 나돌았다. 호외에는 새로운 분리주의적 시도에 대한 공고가 실려 있었다. 오텔드빌 구역 유대 민족이 시청을 점거하고 아리아족 전체를 구역 경계에서 밀어냈다. 무관심한 그리스도교인들은 전혀 저항하지 않았다. 유일하게 유대인들에게 단호하게 저항한 것은 생폴 구역에 거주하는 빈궁한 폴란드인들이었다. 반유대주의로 인해 폴란드인들은 손에 무기를 들고 저항하는 방식으로 대응했다. 유혈 충돌이 벌어져 유대인과 폴란드인 양측에서 사상자가 발생했으며 충돌은 숫자가 우세한 유대인들의 승리로 끝났다.

호외에는 오텔드빌 담벼락마다 붙은, 파리의 유대인 전체에게 알리는 유대인 자치구역 공고문이 언급되었다. 이에 따르면 공고문은 아리아인들의 감염병에서 스스로 자신을 보호하기 위해 바리케이드로 담을 쌓아 도시의 나머지 부분과 격리한 독립적인 유대인 자치구역을 입헌제화한다고 선포했다. 또한 공고문은 파리의 모든 유대인에게 이 자치구역으로 이주할 것을 독려하며, 최대한 철저한 격리를 유지하기만 한다면 아리아족의 유럽이 긴 세월 유대 민족을 탄압한 대가로 찾아온 이 새로운 감염병에서 유대 민족은 이번에도 살아남을 것이라 확언했다.

이 소식은 도시에 커다란 충격을 불러왔다. 저녁에 서쪽과 북쪽 구역들에서 오텔드빌을 향해 짐 가방을 가득 채운 긴 자동차 행렬이 이어졌다. 아무도 이들을 막지 않았다. 오텔드빌 구역 입구에서 민족경찰과 하쇼메르주의자*들이 언젠가는 닥쳐올 방어 작전을 위해 열심히 바리케이드를 쌓고 있었다.

그러나 사실 아무도 그들을 공격할 생각은 없었다.

---

* 1911년 폴란드 동부를 중심으로 시작된 시온주의 운동을 따르는 사람.

✝

파베 거리에 있는, 붉은 지붕을 얹고 주근깨가 박힌 집에서 나이들고 등이 굽은 샤메스가 발소리를 죽여 조용히 걸어 다니고 소리죽여 문간에 다가가 엿듣는다.

랍비 엘레아자르 벤 츠비는 벌써 사흘째 자기 방에서 나오지 않고 식사도 전혀 하지 않고 기도하며 신과 이야기하고 있다. 샤메스는 단조롭게 떨리는 목소리를 듣는다. 랍비 엘레아자르는 손때 묻은 커다란 책 위에 몸을 굽히고, 거미 같은 그의 투명한 몸은 신이 호흡을 불어넣을 때마다 갈대처럼 흔들린다. 랍비 엘레아자르 벤 츠비는 처음으로 의심한다.

그리고 대체 어떻게 의심하지 않겠는가? 그는 인간의 힘을 넘어서는 짐을 어깨에 지고 있었다. 신의 분노의 책에서 '베키야흐 네이페슈'를 읽어냈고 그 뒤로 유대인들은 가족이 죽어도 7일의 애도도 하지 않고 유대인들의 시신은 정해진 절차도 거치지 않고 죽음의 뱃속으로 보내지고 있다. 이 모든 것이 헛되었다.

어색한 모양의 까만 글자들이 그 글자를 훑어보는 랍비 엘레아자르의 눈앞에서 마치 달리는 기차 창문에서 손수건을 흔드는 여행객들처럼 지나갔다.

"그러나 야훼는 이스라엘 백성의 가축을 이집트인들의 가축과 구별하여 이스라엘 백성의 것은 하나도 죽지 않게 할 것이다…"*

랍비 엘레아자르 벤 츠비는 몸을 더욱 숙이고 부채꼴을 그리듯

* 출애굽기 9장 4절.

175

머리를 숙였다 들었다 하며 책 위에서 흔들거린다. 그는 신이 명한 대로 뚫을 수 없는 담을 세워 이스라엘의 가축을 구별했으나 그 뒤에도 감염병은 이전처럼 유대인들 사이에서 퍼지고 이를 고칠 약도 없다.

까만 글자들은 마치 순교자의 핏방울처럼 랍비 엘레아자르의 고통스럽게 찡그린 얼굴과 비뚤어진 입술에서 책 위로 방울방울 떨어진다.

"이집트 전국에 걸쳐 사람을 비롯하여 가축이며 들에 있는 풀들이 모두 우박을 맞았고 나무들도 우박을 맞아 모조리 부러졌다. 이스라엘 백성이 사는 고센 땅에만은 우박이 내리지 않았다."*

랍비 엘레아자르는 의심한다. 그는 무시무시한 책임을 스스로 어깨에 짊어졌다. 심지어 자신들의 공동묘지조차 포기하고 유대인의 도시를 담으로 둘러쌌고 집 안에서는 유대인의 시체들이 썩기 시작했다.

그리고 랍비 엘레아자르는 유대인들에게 '베키야흐 네이페슈'를 열어 보였고 유대인들의 역사에 전례 없이 시신이 땅속에서 안식을 찾을 수 없으니 불에 맡겨야 한다고 명했다. 그럼에도 감염병이 유대인들의 도시 담 안을 떠나지 않았다.

그런데도 신은 말했다.

"그리고 그 피를 받아, 그것을 먹을 집의 좌우 문설주와 문 상인방에 바르라고 하여라. 집에 피가 묻어 있으면, 그것이 너희가 있는 집이라는 표가 되리라. 나는 이집트 땅을 칠 때에 그 피를 보고 너

***

* 출애굽기 9장 25~26절.

희를 쳐 죽이지 않고 넘어가겠다…"*

랍비 엘레아자르 벤 츠비는 평생 처음으로 의심하고, 나뭇가지가 새의 무게에 구부러지듯 그 무게 아래 굽어진다. 양피지처럼 얇고 마른 입술이 중얼거린다.

"신이시여, 어찌하여 저에게 이런 짐을 지우십니까? 저는 늙었고 저의 어깨는 약합니다."

손때 묻은 오래된 책은 마치 귀중한 광물로 가득한 체처럼, 까만 글자-물방울을 랍비 엘레아자르의 영혼 속 갈증에 탄 모래 위에 빗물같이 떨어뜨린다.

"다시 말씀하셨다. '나는 네 선조들의 하느님이다. 아브라함의 하느님, 이사악의 하느님, 야곱의 하느님이다.' 모세는 하느님 뵙기가 무서워 얼굴을 가렸다.

야훼께서 계속 말씀하셨다. '나는 내 백성이 이집트에서 고생하는 것을 똑똑히 보았고 억압을 받으며 괴로워 울부짖는 소리를 들었다. 그들이 얼마나 고생하는지 나는 잘 알고 있다.

나 이제 내려가서 그들을 이집트인들의 손아귀에서 빼내어 그 땅에서 이끌어서, 젖과 꿀이 흐르는 아름답고 넓은 … 땅으로 데려가고자 한다…

…내가 이제 너를 파라오에게 보낼 터이니 너는 가서 내 백성 이스라엘 자손을 이집트에서 건져내어라.'

모세가 하느님께 아뢰었다. '제가 무엇인데 감히 파라오에게 가

★   출애굽기 12장 7절, 13절.

177

서 이스라엘 백성을 이집트에서 건져내겠습니까?'*

  …모세가 야훼께 '주여, 죄송합니다. 저는 도무지 말재간이 없
는 사람입니다. 어제도 그제도 그러했고 당신께서 종에게 말씀하
신 오늘도 마찬가지입니다. 저는 워낙 입이 둔하고 혀가 굳은 사람
입니다.' 하고 아뢰자,

  야훼께서 그를 꾸짖으셨다. '누가 사람에게 입을 주었느냐?…

  …어서 가거라. 네가 입을 열 때 내가 도와 네가 무슨 말을 해야
할지 가르쳐주리라.'

  모세가 다시 '주여, 죄송합니다. 보내실 만한 사람이 따로 있을
줄 압니다. 그런 사람을 보내십시오.' 하고 사양하자,

  야훼께서 모세에게 크게 화를 내시며 말씀하셨다….**

  …모세와 아론은 야훼께서 분부하신 대로 하였다. 그들이 파라
오에게 말할 때, 모세는 팔십 세, 아론은 팔십삼 세였다…" ***

  랍비 엘레아자르 벤 츠비는 더 이상 중얼거리지 않는다. 그는 안
다. 신의 선고는 설명할 수 없다. 그분이 손가락으로 가리키시는 사
람은 자신의 운명에서 벗어나려 해봤자 소용 없다. 아니, 랍비 엘레
아자르는 모세처럼 우는소리를 하지 않을 것이다. "주여, 죄송합니
다. 보내실 만한 사람이 따로 있을 줄 압니다. 그런 사람을 보내십
시오." 이미 너무 오래전부터 신의 명령을 듣는 데 익숙해졌다. 확
신에 찬 손으로 랍비는 책을 덮는다. 일어선다. 몸을 곧게 편다. 샤
메스를 부른다.

＊　출애굽기 3장 6∼8절, 10∼11절.

＊＊　출애굽기 4장 10∼14절.

＊＊＊　출애굽기 7장 6∼7절.

겁에 질린 샤메스는 뭔가 중요한 일, 대단히 중요한 일이 일어났다는 것을 깨닫는다. 희생양을 태우는 불의 하얀 연기 기둥처럼 겹겹이 두꺼운 하얀 턱수염 위로 가느다랗고 창백한 랍비의 얼굴이 환하게 밝다. 눈은 내면의 빛으로 타오르고 앞을 바라보지만 아무것도 보지 않는다.

랍비 엘레아자르는 장로들을 불러 모으라 지시한다. 가느다랗고 어두운 거리에 거대한 해초 같은 가로등 그림자가 기도하듯 흔들리고 그 아래 가운을 휘날리며 샤메스가 달려가 구불구불한 계단을 올라가 문틈 사이로 급히 속삭여 전한다. 랍비 엘레아자르가 보낸 소식이다.

†

"여보세요! 그랜드 호텔입니까? 미스터 데이비드 링슬레이 방으로 연결 부탁드립니다. 여보세요! 여보세요-오-오! 미스터 데이비드 링슬레이입니까? 여기는 영미연합령 최고이사회 서기관입니다. 오전 11시에 열리는 최고이사회 비밀회의에 참석해주시기를 정중히 부탁드립니다. 예 그렇습니다, 한 시간 뒤입니다. 오실 수 있겠습니까…?"

미스터 데이비드 링슬레이는 반대편으로 돌아누웠다. 블라인드 사이로 새어 들어오는 빛이 그의 눈을 찔렀고 그는 얼굴을 찡그리며 원래 자세로 다시 돌아누워야 했다. 아주 잘 자고 있었는데 이 망할 전화벨 소리에 깼다. 한 시간 뒤, 장소는 '아메리칸익스프레스'다. 발언 내용을 생각해봐야만 한다.

미스터 데이비드 링슬레이는 편안한 4인용 침대에 누운 채 한 번 더 기지개를 켰다. 그리고 갑자기 벌떡 일어나 침대 모서리에 앉았다. 이불을 젖힌 뒤에 실크 파자마 위로 배를 조심스럽게 문지르고 그런 뒤에 팔을 한쪽씩 들어 겨드랑이 림프샘도 문질렀다. 이렇게 꼼꼼하게 자기 몸을 살핀 뒤 그는 다시 한번 기지개를 켰다.

　매일같이 그는 언젠가는 아침에 짐승 같은 공포와 함께 아랫배에 잡아뜯는 듯한 고통 때문에 잠이 깰 것이라는 이런 본능적인 공포를 건강한 근육질 몸에 느끼며 일어났다. 이 불운한 사실이 일어날 가능성은 기본적으로 100분의 99였지만 미스터 데이비드 링슬레이는 낮에는 이런 일에 대해 생각하지 않으려 애썼고 암탉이 알에서 깬 병아리를 품듯이 마음속 어딘가에 소심하게 형성한 100분의 1의 생존 확률에 대한 희망을 품고 있었다.

　그러나 매일 아침, 잠에 빠져 있었던 몸이 갑자기 잠에서 현실로 옮겨 오면서 아직 비현실적인 허공에서 흔들릴 때, 느슨해진 의지의 기어가 다시 한 단 한 단 옮겨 들어가기 전에—마치 용수철이 튕겨 오르듯 공포가 그의 목구멍을 휘감았고 그 공포는 주먹으로 때려서 다시 안으로 욱여넣어야 다음 날 아침까지 그렇게 마음 밑바닥에 꽉 눌러놓을 수 있었다.

　이런 짧은 순간에 미스터 데이비드 링슬레이는 저쪽, 나이트 테이블 서랍 안에—손을 뻗기만 하면 된다—그 운명의 아침을 조급하게 고대하는 조그만 금속 물체가 안쪽에, 떨리는 시곗바늘 속에 링슬레이 혼자만 알 수 있는 치명적인 시간을 숨긴 테이블 위 배불뚝이 시계의 들리지 않는 맥박을 헤아리며 보이지 않게 웅크린 채 기다리고 있다는 사실을 떠올리곤 했다. 그는 이미 시곗바늘의 회전을 몇 번이나 몇 번이나 정확하게 세웠고 무관심한 태도를 가장하여 열띤 조급함을 숨기며 매일 그 시계태엽을 다시 감았다.

이런 순간이면 미스터 데이비드 링슬레이는 물건들의 세계 전체에 대한 너무나 강렬한 증오를 느껴서 천성적인 자제력과 냉정함이 아니었다면 청소 직원이 아침마다 그의 방이 완전히 파괴된 모습을 발견했을 것이다.

오만하고 차가운 거울은 하인처럼 양순하게 뺨을 때리듯 자신에게 던지는 모든 몸짓을 받아들이고, 옷장과 책상은 전부 무관심하게 그 흔들리지 않는 수학적인 확신으로 주위를 압도하여 미스터 데이비드 링슬레이가 사라져 흔적조차 남지 않더라도 그대로 서서 그 나무 피부의 반짝이는 표면에 다른 몸짓과 얼굴과 표정을 비출 것이며, 그래서 그 차분함과 거만한 고상함으로 링슬레이를 미치게 만들었다. 링슬레이는 이 가구들을 두들겨 부수고 발로 밟고 조각내어 그 흔들리지 않는 우월함이 거짓임을 폭로하고 무기력한 파편들을 시선으로 공격하고 싶은 억누를 수 없는 열망을 느끼곤 했다.

이런 순간에 미스터 데이비드 링슬레이는 그저 비누 거품을 잔뜩 바른 면도기를 더 세게 움켜쥐었고 그 면도기의 입맞춤 아래에서, 마치 비너스가 바다의 거품 속에서 태어나듯 말쑥한 피부의 눈부신 나체를 드러내며 그의 얼굴이 거품 밖으로 드러났다.

둔한 증오심을 느끼며 그는 조끼 주머니에 회중시계를, 바지 뒷주머니에 조그만 금속 소지품을 집어넣고 방에 있는 시간을 최소화하려 애쓰며 서둘러 시내로 나왔다.

미스터 데이비드 링슬레이, 미국 금속 신탁회사의 왕이자 뉴욕,

보스턴, 필라델피아에 열네 개의 신문사를 소유한 그는 오랜 습관에 따라 여름을 보내려 비아리츠*로 가는 길에 파리에 들렀다. 며칠 머무르는 그 기간 동안 파리에 흑사병이 퍼졌다.

감염병이 덮친 도시에서 빠져나가려는 모든 시도는 헛수고로 끝났다. 잘 알려진 이름의 무게도, 엄청난 인맥도, 천문학적인 재산도 도움이 되지 않았다. 감염에 대한 두려움이 사회적인 경계선을 지우고 끊을 수 없는 거미줄처럼 연결된 가장 확실한 연줄을 찢고 파리를 하룻밤 사이에 솟아난, 뚫을 수 없이 단단한 벽으로 둘러싸 버렸다.

2주 동안 성과 없이 시도한 끝에 미스터 데이비드 링슬레이는 감염병이 이겼다고 받아들일 수밖에 없었다.

주식판의 모든 노름꾼과 마찬가지로 미스터 데이비드 링슬레이도 운명론자였고 모든 노력이 무익하다는 사실을 확신하고 나서 호화로운 호텔 방에 자기 혼자 남아서 그는 자신의 패배를 솔직하게 인정했다. 그때까지 그의 인생에서 모든 것은 대단히 성공적이었다. 몇 번이나, 재정적인 사다리를 한 칸 더 올라가서 아래를 내려다보고 그는 자신의 카드에서 언젠가 지는 패를 뽑을 수도 있다는 생각에 한순간 머리가 어지러워지곤 했다.

이번에는 탈출구가 없다는 사실을 확인하고 미스터 데이비드 링슬레이는 젠틀맨답게 유언장을 작성하여 전신으로 뉴욕에 보낸 뒤 가장 중요한 사안을 정리한 폴더를 책상 서랍에 넣어놓고 기다렸다.

---

*　Biarritz. 프랑스 남서부의 해안 도시.

흑사병은 명백히 그를 살려놓고 가지고 놀고 있었다. 사흘째가 되자마자 그의 개인 비서가 무시무시한 고통 속에 죽었다. 미스터 데이비드 링슬레이는 자기 차례를 기다렸다. 며칠이 지났다. 일주일 뒤에 까만 차가 와서 옆방에서 타자수의 시신을 실어 갔다. 이웃한 방들이 점점 비어갔다. 2주째가 끝날 무렵 2층 전체에 미스터 데이비드 링슬레이 혼자만 남았다. 엘리베이터 승강로에 떨어진 돌멩이처럼 순식간에 소리 없이 엘리베이터 보이도 호텔 종업원도 접수 직원도 사라졌다. 그들의 자리에 새로운 사람들이 들어왔다. 미스터 데이비드 링슬레이는 저녁에 짐꾼에게 지시를 내린 뒤 다음 날 아침이면 다른 짐꾼을 마주쳤고 아무것도 묻지 않고 지시를 다시 말했고 이 별것 아닌 일화에 너무 신경을 쓰지 않으려 애쓰며 뜨거운 아침 커피를 조금씩 마시고 애인을 만나러 갔다.

미스터 데이비드 링슬레이는 한 2년쯤 전부터 파리에 애인을 두고 선물로 눈이 부시게 빛나는 보석 세트와 함께 샹젤리제에 아주 촌스럽지는 않은 조그만 성을 사주었던 것이다.

그 애인을 미스터 데이비드 링슬레이는 1년에 두 번 찾아갔는데 절대로 그 집에서 묵지는 않고 독신남답게 그랑 오텔*에서 지냈다. 사업관계상 그렇게 할 수밖에 없었는데, 젠틀맨이자 유부남으로서 그는 사적인 관계를 자랑하고 다니는 것을 좋아하지 않았기 때문이다.

게다가 그는 파리에 매번 올 때마다 사업 때문에 처리할 일이

＊ '그랜드 호텔'을 프랑스어 발음으로 읽은 것. 앞에서는 영국-미국 관련 단체 직원이 전화했기 때문에 영어식으로 Grand Hotel로 표기한 것으로 보인다. 이 부분은 원문에 프랑스식으로 Grand-Hôtel로 표기되어 있다.

너무 많아서 보통은 기차의 객실에 앉아 애인이 매번 기차역으로 보내는 신간 소설 꾸러미를 심부름꾼의 손에서 받아든 뒤에야 파리에서 있는 동안 애인과 함께 보낸 시간은 다 해봤자 6시간이 채 안되었다는 사실을 깨닫고 다음번에, 그러니까 반년 뒤에 오면 다 보충하겠다고 혼자 엄숙하게 맹세하곤 했다.

뉴욕에 유언장을 보낸 뒤에 미스터 데이비드 링슬레이는 그 흔한 '휴가'라는 단어의 내용을 처음으로 깨닫고 이렇게 짧다는 사실을 아쉬워했다. 앞으로 어찌 되든 그는 평생 처음으로 그 휴가를 사랑하는 데 바칠 작정이었다. 이것은 바로 그의 삶에서 단 한 번도 시간이 충분하지 않았고 언제나 전화기 두 대의 벨이 울리는 가운데 서둘러 해결해야 했고 언제나 운때가 맞지 않았던 분야였다.

몇 년이나 전에, 신혼의 전통적인 첫날밤에 그는 이번에야말로 최소한 관습과 권리가 보장하는 12시간은 사랑을 위해 보낼 수 있겠다고 생각했을 때 오래전부터 성사시키려 애써왔던, 대단히 수익이 좋은데 거래가 복잡한 제안을 거의 마지막 순간에 받았고 신혼 첫날밤 내내 젠틀맨답게 사회가 그에게 지워준 의무를 성실히 수행하면서, 정신이 다른 데 팔린 채 젊은 신부의 변덕스러운 질문들에 대답하면서 머릿속에서 엄청난 자릿수의 숫자들을 굴리고 그 숫자들을 가지고 내일 아침에 일어나자마자(늦잠 자면 안 된다!) 전화로 전달할 답변을 작성했다. 그 결과 지난 세월 동안 몇 번이나 다른 사람들의 관습에 따라 미스터 데이비드 링슬레이는 신혼 첫날밤을 떠올리려 애썼으나 기억의 표면에 떠오르는 것은 오로지 그 기다란 숫자들의 행렬뿐이었고 나머지는 잘못 현상한 사진의 배경처럼 어딘가로 흩어져 사라져버렸다.

평생 처음으로, 어쩌면 죽기 전 마지막 주간에 미스터 데이비드 링슬레이는 다른 데 신경쓰지 않고 완전히 사랑에만 모든 것을 바칠 수 있었으며 그에게는 매일이 진정한 신혼이었다.

그가 파리에 두고 있는 애인은 두 대의 롤스로이스나 '마제스티크' 호텔에 상시로 쓰는 스위트룸처럼 속물근성으로 인해 저녁에 극장에 함께 가고 그 뒤에 '시로스' 식당에서 같이 저녁을 먹을 사람이 필요했기 때문이었고 보기 드문 미모를 갖춘 애인을 바라보는 다른 남자들의 질투 어린 시선을 즐기기 위해서였는데, 링슬레이 자신은 애인이 예쁜지 직접 자세히 볼 시간이 한 번도 없었기 때문에 그저 남들이 하는 말을 믿을 뿐이었으나—이 애인은 진실로 기적과 같은 존재이며 다 섭렵할 수 없을 정도의 달콤함을 간직한 다정하고 마술 같은 도구였다.

미스터 링슬레이는 이제 애인과 하루 종일, 저녁과 밤까지 함께 있었고 인생을 40년이나 살고 나서야 자기 내면에서 따뜻하고 부드러운 연인의 자질을 발견했다.

마치 쾌락주의자가 다음 요리의 맛을 한껏 즐기기 위해 이전 요리를 자제하듯이 미스터 링슬레이는 애인의 집으로 완전히 거처를 옮기지 않고 그랑 오텔에 머무르는 방은 그대로 두었는데, 몇 시간 잠시 떨어져 있다가 더욱 그리워하며, 처음으로 홀딱 사랑에 빠져 다시 애인에게 돌아가기 위해서였다.

사랑은 자유 시간의 문제다. 우리 주변에서 돌아다니는 뚱뚱하게 살찐 배불뚝이 사업가들, 자기 시계의 시곗바늘에 보이지 않는 쇠사슬로 발이 묶인 이 역설적인 노예들의 몸속에 어떤 불타는 연인의 무덤이 숨어 있을지 그 누가 짐작하겠는가.

어찌 됐든 미스터 데이비드 링슬레이는 이번에도 사용하지 못한 자기 관능의 보물을 전부 펼쳐내지는 못할 운명이었다. 흑사병에 걸린 파리의 심리적인 껍질을 곧 흔들어버릴, 빠르게 퍼져나가는 격심한 진동이 이번에도 그의 앞을 막았다.

7월 30일, 거의 동시에, 파리라는 단일 조직에서 무장 분리주의 시도를 통해, 아리아인들의 감염병에 희생되지 않기 위한 자발적인 자기방어 반응으로 라틴 구역과 오텔드빌, 두 개의 구역이 떨어져 나가 옛 파리 지도에 두 개의 독립적인 작은 국가, 즉 작은 중국과 작은 유대국이 생겨났다. 인종적 분리 뒤에 사회적 분리가 뒤따랐다. 8월 4일 벨빌과 메닐몽탕 구역의 노동민중이 자신들의 손에서 점점 빠져나가는 목숨과 소박한 살림을 스스로 주관하겠다는 갑작스럽고도 저항할 수 없는 충동에 봉기하여 자신들의 구역에 독립적인 소비에트공화국을 선포했다. 군대도 봉기 노동자들의 편으로 넘어갔다.

같은 날 저녁, '카믈로 뒤 루아'*들이 저항하여 일어나 생제르맹 교외 가톨릭교도들의 지지 속에 센강 왼편 강둑의 레쟁발리드부터 샹드마르스까지 점령하고 왕정복고를 선포했다.

사건들이 순식간에 일어나는 속도에 놀라고 재산의 위협을 느낀 중심 구역의 영미인종은 이에 대해 명확한 입장을 표명하고 경계 대책을 세워야만 한다고 느꼈다. 상황을 논의할 목적으로 9월 8일 오페라 건물에서 사상 첫 번째 젠틀맨 미팅이 소집되었다.

＊ Camelots du Roi. '왕의 카믈로'는 1908년부터 1936년까지 프랑스에 있었던 극우 청년단체이다. 가톨릭 신앙을 바탕으로 한 군사적 왕정주의를 주장했다.

이 미팅에서 파리의 공산주의화된 구역에 대한 자기방어를 위해 감염병 기간 동안 앵글로색슨 인종이 거주하는 구역들에 자주적인 영미연합령을 선포하기로 만장일치로 결정되었다. 청년들로 구성된 무장 자경단이 새로운 연합령을 빙 둘러 바리케이드를 높이 쌓는 임무와 봉기자들 구역에서 공격이 들어올 경우에 방어하는 임무를 맡게 되었다.

열띤 토론의 주제가 된 것은 새로운 연합령 영토에 원래부터 거주하던 프랑스인들의 거취 문제였다. 젠틀맨 일부는 비非앵글로색슨 분자들이 이주해 나가야 한다고 강경하게 주장했다. 그러나 투표에서 다수를 차지한 것은 미스터 램지 말링턴의 합리적인 제안이었는데, 이에 따라 연합령의 프랑스인 거주자들은 철저하게 무장해제한 후 서비스업 분야 유지를 위해 호텔 업종과 개인 서비스의 필수 인력으로 고용하기로 결정되었다. 다만 미스터 말링턴의 계획에 따르면 공공업소 운영자로서 상점 주인과 비스트로 주인, 그리고 연 10만 프랑 이상의 수입이 있는 프랑스인들은 서비스 분야 고용에서 제외하기로 했다.

미스터 램지 말링턴의 결정은 실행에 옮겨졌다. 중심 구역에 거주하는 프랑스인들은 오래전부터 영미권 관광객들이 주는 팁으로 살아가는 데 익숙해져서 미스터 말링턴의 계획을 도입했을 때 저항하지 않았고 새로운 역할에도 썩 잘 적응했기 때문에 연합령 정부는 예측 불가능한 여러 문제를 미리 피할 수 있었다.

연합령 행정 운영을 위해 첫 회의에서 6명의 영국인과 6명의 미국인, 도합 12명의 저명한 금융인들로 구성된 이사회가 결성되었다. 임시정부는 '아메리칸익스프레스컴퍼니' 건물에 자리 잡았다.

연합령 이사회 선출 투표 결과 미국인 이사 6명 중에 미스터 데이비드 링슬레이도 선출되었다. 저명한 이름과 사회적 위상 때문에 그는 국가적이고 행정적인 임무가 현재 사업관계나 활동들과 정면으로 충돌하는데도 이 영광을 거절하지 못했고 그래서 최소한의 시간과 노력만 기울이기로 작정했다.

앞서 말한 날, 사랑은 그 날카롭고 뾰족한 번갯불로 만족을 모르는 탐식가의 내면을 한층 한층 점점 더 깊이 파고들었고 미스터 링슬레이는 그렇게 더없이 황홀한 사랑의 메아리에 가득한 채 새벽 5시에 호텔로 돌아왔다가 사회적 의무의 벨소리에 때 이르게 잠에서 깨어 그 어느 때보다도 현실 상황의 무게를 무겁게 체감하며 음울하다는 말로는 다 표현할 수 없는 기분으로 세련된 정장을 천천히 입기 시작했다.

거울 앞에서 막 면도를 끝냈을 때 문 두드리는 소리에 이어 방 안으로 언제나 미소 띤 날렵한 사환이 들어왔는데 그는 한때 커다란 보험회사 사무관이었지만 새로운 현실 상황에서 보험은 존재 의미를 완전히 잃었으므로 이제는 호텔 심부름꾼이 되어 신사 두 분이 중요한 일로 미스터 데이비드 링슬레이를 직접 만나 뵙기를 청한다고 보고했다.

다른 때라면 미스터 링슬레이는 뭔가 지루한 사업 얘기의 예감을 느끼고 자신이 방에 없더라고 전해달라 부탁했을 것이다. 그러나 오늘은 사회적 의무의 쓴 잔을 끝까지 다 들이켤 작정이었으므로 체념한 몸짓으로 손님들을 응접실로 안내하라고 대답했다.

미스터 데이비드 링슬레이가 긴 시간 동안 넥타이를 고쳐 맨 뒤에 드디어 응접실에 모습을 나타냈을 때 그를 맞이하여 소파에서 일어선 사람은 랍비 엘레아자르 벤 츠비와 미제 안경을 쓴 나이 들고 살집이 좋은 또 한 명의 신사였다.

IV

사크레쾨르 성당에서 종이 울렸다.

생피에르 성당, 생클로틸드 성당, 생루이 성당, 그리고 생제르맹 구역에 흩어져 있는 조그만 교회들에서도 가톨릭을 믿는 파리의 종소리에 흐느끼는 듯한 메아리로 답했다.

도시 위에서 둔탁하고 눈물 어린 종들이 납 주먹으로 움푹 파인 청동 가슴을 때렸고 교회들 안에서 경련하듯 꽉 움켜쥔 손의 아우성과 기도문을 외우는 비탄에 찬 중얼거림이 여기에 답했다. 미사와 성찬례가 끊임없이 계속되었고 밀랍처럼 창백한 사제들이 지쳐서 휘청거리며 예식을 집전했다.

파시 구역의 러시아정교 교회에서 황금 영대를 걸친 총주교가 굵고 완벽한 저음으로 복음서를 읽었고 교회의 모든 종들이 부활절처럼 한꺼번에 울렸다.

파리는 언젠가 하얀 실 같은 다리들로 서둘러 이어 붙인 센강의 넓은 솔기를 따라 또다시 찢어지고 있었다.

파시 다리 양쪽 끝 가로등 기둥에 두 개의 깃발이 펄럭인다. 러시아제국의 흰색, 푸른색, 빨간색 삼색 깃발과 하얀 바탕에 금빛 백합이 수놓인 부르봉왕가 깃발―두 군주국의 임시 국경이다.

인적 없는 다리 위에서 어깨에 소총을 멘 청년 네 명이 발소리를 크게 울리며 일정한 걸음으로 가운데까지 걸어왔다가 다시 돌아간다—두 명은 다리 한쪽 끝으로, 두 명은 반대쪽으로.

러시아식 녹색 '루바슈카'를 입은 청년들의 군모에 어딘가 오래된 먼지 구덩이에서 꺼내 와서 분필을 묻혀 크고 하얗게 만든 황제의 독수리 문양이 번쩍이며 반대편 '카믈로 뒤 루아' 청년들의 까맣게 변한 소박한 백합 문양을 거만하게 내려다본다.

바실리 크레스토브니코프는 어깨의 소총을 짜증스럽게 고쳐 멘다. 소총이 무거워서 어깨가 아프다. 내려놓으면 안 되나? 안 돼, 폼이 나지 않는다. 그래서 바실리는 활기찬 걸음으로 발소리를 크게 울리며, 혈색 좋은 통통한 얼굴에 확고하게 장엄한 표정을 띠고 다리 위를 순찰한다.

그래도 어쨌든 소총은 내려놔야겠다. 그냥 다리 한가운데까지만 가면 거기서는 체면 상할 걱정 없이 개머리판을 땅에 내려놓고 총구에 기댈 수 있다. 그렇게 하면 진지해 보이고 심지어 더욱 상징적으로 보이기 때문이다. 보초 서는 군인들이 그런 자세를 취하고 있는 그림을 몇 번이나 보았다.

그리고 바실리는 태평하게 무관심한 태도로 그림같이 총구에 기대서 사모바르처럼 번쩍번쩍 광을 낸 군화를 신은 오른쪽 발을 무심코 앞으로 내밀었다.

그러나 반대편에 있는 남색 제복의 보초병과 몇 번이나 눈을 마주칠 때마다 바실리는 도저히 참지 못하고 진지함을 가장한 가면 아래에서 짓궂은 미소를 띠곤 했다. 얼마나 재미있는 상황인가? 어제까지는 동급생이었고 선생님들 몰래 같이 카드놀이를 하거나 수업 끝나고 테니스를 쳤는데 오늘은 군인이 되어 다리 양쪽에 펼쳐진 독립국가들을 지키며 보초를 서고 있는 것이다. 물론 이 두 국가는 서로 적대적이지 않고 어느 정도까지는 우방이라고도 할 수 있지만 그래도 어찌 됐든 서로 독립적이라는 사실은 변함이 없다.

바실리의 본보기를 따라 반대편의 남색 제복을 잘 차려입은 카플로 군인도 소총을 내리고 무관심한 듯 총구에 기대선다. 담배라도 한 대 피워 물면 딱 좋겠지만 그럴 수는 없다—초병 근무 중이니까!

그리고 이 두 명의 열여섯 살 소년은 소총에 기댄 채 다리 난간에 등을 돌리고 허공을 진중하게 바라본다—두 명의 장난감 군인이 마분지 다리 위에 서 있고 그 뒤에는 어른들이 상상하는 파리를 연상시키는 섬세하게 잘 만든 종이 장식이 펼쳐진 듯한 모양이다.

"어제 너네 소란 벌어지고 총소리 난 거 뭐였냐?"

군인다운 짧은 대화를 꺼리지 않는 남색 제복의 카플로 소년이 몸을 돌리며 질문을 던진다.

"어, 그냥 별거 아냐." 바실리가 말할 가치조차 없다는 걸 강조하는 말투로 프랑스어로 대답한다. "유대인들 좀 쫓아내느라고. 아까운 빵을 먹는 데다 감염병도 옮기잖아."

바실리는 혹시 누가 보고 있지는 않은지 둘러본 뒤에 주머니에 손을 넣어 커다란 금 담배갑을 꺼낸다. 친구 앞에서 어떻게 자랑하지 않을 수 있겠는가?

"그 유대인 한 놈에게서 빼앗았는데 괜찮지 않냐? 분명히 그놈도 러시아에서 훔쳐가지고 왔을 거야, 공산당 비밀경찰 놈. 담배 스무 개비가 들어가."

그리고 동료의 입가에 경멸에 찬 미소가 떠오르는 것을 눈치채고 바실리는 서둘러 덧붙인다. "그놈들 얼마나 저열한지 넌 상상도 못 해. 어제 엄마가 어떤 유대인 여자 목에 엄마 목걸이를 하고 있는 걸 봤대. 모스크바에서 살 때 금고에 있던 걸 훔쳐간 거야. 러시아에선 그걸 '압수한다'고 했어. 엄마는 그런 식으로 패물을 전부 '압수'당했어. 결혼반지밖에 안 남았어."

카를로 소년은 가벼운 경멸의 눈으로 바라본다. 상대방이 아무리 유대인이더라도 귀중품을 빼앗아서는 안 된다는 것, 그것은 도둑질이라는 것을 카를로 소년은 안다. 그리고 또 한 가지를 안다. 저 러시아아인들은 야만족이다. 그래서 카를로 군인 데스카르빌*의 입술이 심술궂게 깔보는 미소를 띠며 일그러진다.

그때 프랑스왕국 쪽 다리 입구에서 군인 몇 명이 회색 옷을 입은 어떤 사람을 둘러싸고 데리고 온다. 카를로 군인 데스카르빌은 어깨에 소총을 메고 일정한 발걸음으로 서두르지 않고 그쪽으로 가버린다. 바실리는 호기심에 차서 바라본다. 카를로 군인들이 데스카르빌과 함께 다리 중앙부로 다가온다.

바실리도 이제 잿빛 해군 제복을 입고 명백한 유대족의 코를 가진 마른 청년을 분명하게 볼 수 있다. 데스카르빌이 설명한다. 어젯밤에 이 남자가 너희 쪽에서 우리 영토로 도망쳐 왔다. 순찰대가 시내에서 붙잡아서 이제 다시 너희 쪽에 넘겨주는 거다.

바실리는 너무 기뻐서 눈을 가늘게 떴다. 유대인! 경비병을 속이고 도망쳤다!

"이리 줘, 내가 대장님께 데리고 간다."

---

* D'Escarville. 프랑스인 이름의 성 앞에 de 혹은 d'가 붙으면 귀족이라는 뜻이다.

카믈로 군인들은 경례하고 떠나갔다. 바실리는 동료에게 남아서 보초를 서라고 말한다. 그가 탈주범을 데려갈 것이다.

마르고 키 큰 유대인은 바실리보다 많아야 한 살 정도 위로 보였는데 아무 말도 없이 그저 등을 한껏 구부리고 겁먹은 새처럼 고개를 움츠리고 있었고 바실리 뒤에서 닥스훈트처럼 불안한 눈길로 두리번거렸다.

바실리는 어깨에서 소총을 내려 안전장치를 풀었다.

"앞으로 전진! 도망치려고 해봐라, 얼굴에 총알이다!"

유대인은 도망치려 하지 않는다. 고분고분 앞으로 나아간다. 다만 고개를 어깨 사이로 더욱 깊이 움츠리고 대단히 긴 두 팔이 마치 꺾인 날개처럼 무기력하게 그의 옆구리를 두드린다.

한편 바실리는 꿈에 부풀어 있다. 직접 데려가서 솔로민 대장 앞에서 자기 손으로 감옥에 넣는다. 대장이 보고는 채찍으로 장화 옆구리를 치며 말한다. '자알 했다!' 바실리는 자랑스럽고 만족스러운 기분에 가슴을 활짝 편다. 솔로민 대장의 명령이라면 불 속이라도 뛰어들 수 있다. 청년들 모두 그를 숭배한다. 유능한 장교다. 브란겔*의 부대에서 볼셰비키들을 무찔렀다. 솔로민을 아는 사람들은 그가 '악마처럼 대담하다'고 말했다. 게다가 총은 얼마나 잘 쏘는지! 날아가는 제비도 떨어뜨린다. 바실리가 바로 어제 자기 눈으로 보았다. 대장이 뤼드라퐁프에 있는 카페 베란다 테이블에 앉아서 도망치려던 유대인들을 500걸음까지 도망치게 하더니 오리 사냥

---

* 표트르 니콜라예비치 브란겔Пётр Николаевич Врангель(1878~1928)은 러시아제국 시대의 군인이다. 제국에서 중장까지 지냈으며 혁명 이후 벨기에로 이주하여 백계 러시아의 가장 중요한 활동가가 되었다.

을 하듯 모신나강 권총으로 쏘아 한 번도 빗맞히지 않았다! 그러니까 재미있어질 거다! 이제 오른쪽으로 돌아서 모퉁이만 지나면…

바실리에게는 이미 저기 멀리 보인다. 본부 건너편 비스트로 베란다에 솔로민 대장이 장교 네 명과 함께 앉아 있다. 어제 저녁부터 마셔대는 중이다.

바실리는 활기찬 걸음으로 광장을 지나 베란다 앞에 멈춰 선다.

"각하, 감히 보고드립니다, 탈주자를 검거했습니다. 어젯밤 경비병들의 눈을 속여 센강 저편으로 도망쳤습니다. 시내에서 붙잡혀 우리 쪽 검문소로 넘겨졌습니다."

"자아알 했다!" 솔로민 대장은 눈을 들며 말하고 그 시선 앞에서 바실리는 팽팽하게 당긴 줄처럼 빳빳한 차렷 자세를 취한다.

"가까이 데려와!"

장교들은 재미있는 일이 벌어지리라는 것을 느낀다. 대장은 쇼맨십이 있어서 한판 벌이는 법을 안다. 장교들은 호기심에 가까이 다가온다.

마르고 주근깨가 박힌 젊은 유대인은 나뭇잎처럼 벌벌 떤다.

"더 가까이." 솔로민이 냉담하게 다시 말한다. "간단명료하게 대답해라. 넌 어느 교파냐?"

유대인은 침묵한다. 말해 무엇 하겠는가? 이미 이렇게 다 끝나 버렸다.

"모세파인가?"

장교들은 인상적인 장면이 펼쳐질 것을 예감하고 웃음을 터뜨린다.

"이건 뭐야, 말을 못 하는 거야, 뭐야? 완곡하게 말해서 못 알아듣는 건가? 그러니까 이런 뜻이다, 너 유대인이냐?"

"아니오…" 청년이 창백해진 입술로 웅얼거린다.

청년의 말에 장교들이 즐거워하며 폭소를 터뜨린다.

"아아니, 장교 여러부운, 대체 웃을 일이 뭐가 있습니까아?" 솔로민 대장이 일부러 단어를 길게 늘여 말한다. "코 모양은 아무런 증거도 되지 않지. 가끔은 엄마가 한눈을 팔기도 하고. 자기가 아니라면 아닌 거겠지."

장교들은 배를 잡고 웃으며 사랑에 빠진 눈으로 솔로민 대장을 바라본다.

"성호를 그어봐." 솔로민이 내뱉는다.

청년은 경련하듯 뒤틀린 손가락으로 십자 모양을 그리려 애쓴다. 떨리는 손이 어깨에 이르지 못하고 방향을 잘못 잡아 허공에 뭔가 이상한 곡선을 그린다.

이어서 흥분한 장교들의 커다란 웃음소리가 또 울려 퍼진다.

"그건 십자 모양이 아닌데." 솔로민 대장은 전혀 흔들리지 않는 차분한 목소리로 말한다. "그럴 때도 있지. 연습 부족이야… 다시 한번, 천천히 정확하게."

청년은 한 손을 대략 올바른 지그재그 모양으로 움직여 십자를 긋는다.

"그래, 이번엔 훨씬 낫군. 그러니까 내가 말하지 않았나? 코 모양만으로는 아무런 증거도 되지 않는다고. 딱 보면 정교 신자 아닌가. 이 분들이 더 이상 의심할 여지가 없도록 제군들이 가서 저자의 바지를 내려보게!"

청년은 수치스러워하는 온순한 몸짓으로 민감한 부위를 움켜쥔다. 바실리와 다른 사병 두 명이 그에게 덤벼들어 강제로 바지를 벗긴다. 청년은 무기력하게 몸부림친다. 주위에서 모두 웃음을 터뜨리는 가운데 강제로 뜯어진 바지가 형체 없는 누더기가 되어 땅에 흘러내린다.

"아니, 이럴 수가?" 솔로민이 분개한 척하며 외친다. "내가 여기서 말하자면 몸을 던져서 자네를 덮어주고 자네가 하는 말을 그대로 믿었는데, 형제여, 자네가 나한테 거짓말을 해? 세례받지 않은 손으로 성호를 그어 더럽혔단 말이야? 자네 본래의 신앙을 배반하고? 자네가 설마 그럴 줄은 몰랐네."

청년은 쓸모없게 된, 말을 듣지 않는 바지를 주워 올려 입고 앞섶을 여민다. 오랫동안 단추를 제대로 잠그지 못한다.

"저놈 주머니를 뒤져!" 솔로민 대장이 말한다.

탐욕스러운 손 세 쌍이 청년의 가슴을 누르고 주머니들을 흔들고 세련된 옷의 솔기를 뜯어 의기양양하게 어떤 수첩을 끄집어내서—소비에트연방 여권이다—솔로민에게 건넨다.

"그래애애애…" 솔로민 대장은 길게 말을 끈다. "처음부터 곧바로 그렇게 말했어야지. 벨빌 구역으로 넘어갈 통행증을 달라고 부탁했어야지. 왜 안 했어? 이렇게 밤을 틈타 도망칠 줄이야, 게다가 여권은 솔기 사이에 넣고 꿰맸을 줄이야 누가 알았겠어. 아, 흉하군! 부디 이번이 마지막이면 좋겠는데!"

솔로민 대장은 여권을 돌려준다.

"다시 주머니에 넣어줘라! 그럼 이젠—가!"

청년은 이해하지 못하고 멍하니 휘둥그렇게 뜬 눈으로 솔로민을 바라본다.

"도망가라고! 여기 다신 얼씬도 하지 마!"

유대인은 불확실하게 한 걸음 앞으로 나아가 마치 솔로민의 발 앞에 무릎이라도 꿇을 듯한 자세로 멈추어 서서 장교들의 웃음 띤 얼굴을 쳐다보고 몸을 돌려 벽을 따라 뛰기 시작하여 처음에는 천천히, 그러다 점점 빨리 달린다. 거의 모퉁이까지 달려갔다.

"잠깐!" 솔로민 대장이 그의 등에 대고 외친다.

청년은 멈추어 서서 겁에 질린 채 망설이며 돌아선다.

"기다려 봐, 여권에 도장 찍어주는 걸 잊었군." 솔로민이 말하고 나강 권총을 들어 청년의 등에 쏜다.

유대인은 어색하게 양팔을 활짝 펼치고 하늘을 바라보는 자세로 쓰러진다.

바실리는 물정을 알기 때문에 이 순간을 놓치지 않는다. 소총을 어깨에 휙 걸치고 청년이 쓰러져 있는 모퉁이로 달려가 몸을 숙이고 청년의 가슴에서 어떤 물체를 끄집어내 공중에 흔들고는 다시 장교들이 있는 곳으로 달려온다.

"명중!" 바실리는 달려오면서 이렇게 외치며 조그만 빨간 여권을 흔든다.

닳아빠진 소련 여권은 한가운데 총알 구멍이 나고 그 둘레에 피가 도장처럼 빨갛게 묻어 있다.

장교들은 감탄의 수런거림과 함께 그 조그맣고 빨간 여권을 서로서로 돌려 본다.

"그럼 이제 잘 시간이군." 솔로민 대장이 의자를 밀어내고는 채찍 끝으로 장화 옆을 두드리며 말한다. "두 시간 뒤에 나는 부르봉 왕궁에 가야 한다. 푹 자둬야 할 때도 가끔은 있는 법이야. 잘들 쉬고 저녁에 보지."

†

안락한 단층의 작은 궁전 문은 당번병이 열어주었고 안은 블라인드를 내려 어둠침침하고 짙은 서늘함이 깔려 있었다. 솔로민은 부드러운 긴 의자에 몸을 펴고 누웠고 당번병이 명령에 따라 그의 장화를 벗겨주었다. 당번병은 수선스럽게 돌아다니며 쿠션을 가져왔고 소리 없이 문을 닫고 미끄러지듯 방을 나갔다.

솔로민은 소파 쿠션만큼이나 푹신하고 부드러운 은총과도 같은 고요 속에 몸을 담갔다. 그가 자신에게 주어진 안락함과 편리함을 즐기기 시작한 지는 얼마 되지 않았고 매번 그 분위기에 몸을 담글 때마다 전쟁 전의 진한 러시아 차 안에서 각설탕이 녹듯이 몸이 녹아내리는 것을 느꼈다.

우윳빛 달 같은 수정 천장등 아래 높은 긴 의자의 푹신한 쿠션 속에 녹아들고 있노라면 오래 고생했던 세월이 마치 담배 연기 가득한 삼류 극장에서 보았던 저급한 독일 영화처럼 느껴졌다. 그런 영화들의 줄거리는 단순하고 진부하며 그 진부함이 싸구려 잎담배처럼 거슬린다. 교외의 싸구려 극장 수십 군데에서 상영하는 그런 영화들을 보면서 감상적인 재봉사들이 눈물을 짜낸다.

고위 장교의 아들. 외가에서 물려받은 모스크바 교외의 별장. 어린 시절은(보통 프롤로그 삼아 보여준다) 비싼 장난감과 여러 가정교사. 소년 시절은 인문 고등학교, 책들, 좋은 성적. 여름이면 시골에서 오리 사냥. 첫사랑의 기쁨. 대부분 경험 많은 집사의 지도 아래

198

만난 시골 여자애들. 그리고 격에 맞게 이루어진 다른 모든 일.

대학. "모스크바의 밤". 관능 분야 교육의 부족함을 메우는 작업. 그리고 갑자기, 말하자면 가장 자극적인 순간에—전시 동원. 장교 훈련 학교. 최전방. 부상. 후방의 병원. 수녀 간호사들. 자원봉사 간호사의 소박한 제복 아래 심연처럼 펼쳐진 관능의 광기. 다시 최전방. 후방. 약탈당한 마을에서 보낸 지루한 시간. 독주와 카드놀이. 환락에 굶주린 순간에는—유대인 여자들. 최후방의 외딴 시골 마을들. 혁명. 위원회와 '동무들'. 휴가. 모스크바. 제복의 매력과 그에 따라오는 향락. 그리고 또다시 충격—10월.

거처를 옮기며 도망치는 날들. 은신처. 회색 군복 외투와 재를 묻힌 양손—손톱 정리는 생략하지만 지문 채취는 필수. 총살당한 아버지. 소비에트로 넘어간 재산. 땅은 남김없이 재분배되었다. 행복했던 어린 시절의 추억이 남은 별장은 학교가 되어 지저분한 시골 아이들로 가득 찼다.

도주. 신분증 위조. 크림반도. 브란겔. 공격. '겁탈당한 러시아'를 위한 복수. 탈환한 마을들. 방첩 활동. 볼셰비키들에 대한 단죄. 총살. 공산당원들과 공산청년당원들. 교육을 받지 않는 시간에는—유대인들. 유대인 여자들—총구를 관자놀이에 대고 '줄 서서 타라!' 끈적하고 비린내 나는 피.

대피, 다급하고 모욕적인, 도주에 가까운 대피. 도시들과 사람들. 콘스탄티노플.* 소피아.** 프라하.*** 군인 수당 지급불능. 굶주림.

---

* 튀르키예의 도시. 현재의 이스탄불.

** 불가리아의 수도.

*** 현재 체코공화국의 수도.

파리에서 백군* 장교는 장쮀린**의 군대에 들어갈 수 있다는 소식을 들었다. 파리. 헛소리, 그런 건 없다! 생계를 이을 방법이 없는 날들. 이민자위원회들을 돌아다닌다. 군인연금은 취소되었다. 짐 가방을 움직여 북부 기차역으로. 르노 공장에서 청소부로 일했다. 인원 감축. 또다시 길거리로. 다리 아래에서 지낸 밤들. 일회성 빈민 수당. 운전 자격시험. 그리고 오랜 세월 방황의 끝을 장식한—불멸의 정석적인 택시 운전.

운전만으로 먹고살기는 충분했다. 정말로 견디기 힘든 것은 모욕감이었다. 파리는 아는 사람들, 아버지와 솔로민 자신의 지인들로 가득했다. 그들 모두가 맨손으로 도망쳐 온 것은 아니었다. 심지어 이것저것 좀 더 굵직하게 챙겨가지고 나온 사람들도 몇몇 있었다. 그들은 파리에서 돈 때문에 고생하지 않는다. 사업을 시작하고 수익을 낸다. 자기 차를 갖고 있는 사람도 여럿이다. 다른 사람들은 밤낮으로 몸이 부서져라 택시를 몬다. 수치스럽고 몹시 껄끄러운 마주침. 지인을 승객으로 태우고 팁을 받으려 손을 벌릴 때면 그는 고개를 다른 쪽으로 돌렸다. 수첩에는 모든 매춘굴과 음란업소 주소들이 적혀 있었다.

아는 남자만이 아니라 아는 여자도 자주 마주쳤다. 저녁이면 '플로리다' 비스트로 앞에서 술에 취한 여자들이 추근덕거리는 프랑스 남자들과 함께 택시를 잡아 호텔로 갔다. 어떤 여자들은 호텔

---

*　레닌은 공산혁명 당시 러시아제국 군대를 '흰 군대', 공산혁명군을 '붉은 군대'라 지칭하였다. 본래 이런 색깔 구분은 프랑스혁명 당시 시민혁명군이 붉은 깃발을 들었고, 프랑스왕가의 깃발은 하얀 바탕에 금빛 장미가 수놓아져 있었던 데서 비롯되었다.

**　장쮀린張作霖(1875~1928)은 중화민국 국민정부의 군인이자 정치인이었다.

까지 가기도 전에 그냥 택시 안에서 했다. 좌석은 부드럽고 필요한 것은 택시 안에 모두 갖추어져 있었다. 운전대 위에서 반짝이는 거울 속에 저녁마다 '르샤바네'*가 온갖 체위로 펼쳐졌다. 택시는 음란업소처럼 1킬로미터마다 정액을 휘날린다…. 여자들은 모스크바에서 사립 고등학교 학생이었다. 땋은 머리, 들리는 곳에서 저속한 표현을 쓰면 불쾌해하고, 아빠는 황실 직속 자문위원, 약혼자, 모든 것이 격에 맞게. 여기서는 택시에 타자마자 다리를 벌린다—파리 여자! 도시 전체가 거대한 매음굴이다. 100프랑 보여주면 죽도록 핥아줄 수도 있다. 그는 비난하지 않았다. 어쩌겠는가, 정말로 살아갈 방도가 없을지도 모르는데? 각자 할 수 있는 방법으로 버는 것이다…. 그러다 어느 날 진실로 가장 모욕적인 만남을 겪을 때까지.

솔로민은 모스크바에 약혼녀가 있었다. 아흐마토프 장군의 딸 타티야나. 눈이 하늘처럼 푸른색이었다. 아주 영적이었다. 언제나 발몬트와 세베랴닌**을 읽었다. 예술가처럼 피아노를 연주했다. 두 사람은 혁명 전에 약혼했다. 솔로민이 전방으로 떠날 때 약혼녀는 그의 입술에 입 맞추었고 그의 눈에서 뜨거운 눈물 두 줄기가 뺨으로 흘러내려 심장의 조그만 구석 어딘가에 영원히 남았다.

약혼녀는 혁명이 일어나자마자 가족과 함께 러시아에서 도망쳤다. 파리 어딘가에 있다는 불확실한 소문이 들렸다. 앞날을 예견한 장군이 외국은행에 돈을 넣어두었다던가. 파리에서는 주식을 해서

---

*   Le Chabanais. 1878년부터 1946년까지 파리에서 영업했던 유명한 매음굴.
**   러시아의 시인 콘스탄틴 발몬트Константин Бальмонт(1867~1942)와 이고르 세베랴닌Игорь Северянин(1887~1941)을 가리킨다.

재산을 두 배로 불렸다고.

여름에 파리에 도착해서 솔로민은 그들의 주소를 알아냈다. 찾아갔을 때 사람들은 그에게 말했다. 나으리 가족은 니스에 갔고 언제 돌아올지는 모른다고.

그런데 바로 어느 날, 여자 승객을 잘 아는 음란업소 앞에 내려줄 때 그는 보았다. 대문에서 나오는 사람은 바로 그녀였다. 그는 자기 눈을 믿을 수 없었다. 약혼녀는 그의 택시에 타고는 가야 할 주소를 아무렇게나 내뱉었다.

운전하면서 그는 머릿속으로 계획을 세웠다. 아무 말도 하지 말고, 그저 요금을 받으면서 모자를 들어 얼굴을 알아보게 하자. 그러나 그녀가 말한 집 앞에서 그는 더 이상 참지 못했다. 차를 세우고 몸을 돌려 모자를 벗고 분명하게 말했다.

"이렇게 해서 돈을 많이 버십니까, 타티야나 니콜라예브나?"

그녀는 처음에는 겁먹었다가 곧 울기 시작했다. 폭포수처럼 말을 쏟아냈다. 아빠가 구두쇠라 한 푼을 아낀다. 구멍 난 스타킹을 신고 돌아다니기는 힘들다. 가족 모두 너무 많은 일을 겪었다….

"어디서 그런 일을 겪으셨는지 여쭤봐도 될까요? 니스입니까?"

그녀는 눈살을 찌푸렸다. 택시 문을 쾅 닫았다. 자기 일을 고작 아무 운전수한테나 털어놓을 의무는 없다(글자 그대로 '아무 운전수한테나'라고 말했다—솔로민은 잘 기억했다). 그녀는 그의 손에 10프랑을 쥐여주고 대문 안으로 사라졌다.

그는 그녀를 쫓아 안으로 달려가 얼굴에 10프랑을 내던지고 속이 시원하도록 화내고 싶었다. 문턱에서 그는 빳빳하게 풀 먹인 새하얀 셔츠를 입은 하인을 보았다. 갑자기 자신의 운전사 제복이 부끄럽고 우스꽝스러운 상황이 부끄럽게 느껴졌다. 그는 떠났다. 돈은 나중에 우편으로 돌려주려고 마음먹었다.

그러나 그 돈으로 솔로민은 같은 날 저녁 러시아인 택시 기사들이 모이는 술집에서 삐걱거리는 '볼가' 축음기 음악 소리 아래 수치와 불명예의 쓰디쓴 밑바닥을 파고들려고("진흙탕 속에서 짓밟혔다") 전부 마셔버렸다.

그러나 모욕만은 잊지 않았다. 수천 번의 모욕 중에서도 그 한 번만은 영원히 기억하고 마치 조그맣고 닳아빠진 목도리처럼 목에 걸고 다니며 분노하기 위해, 잊지 않기 위해 때때로 풀어서 들여다보았다. 그리고 긴 저녁이면 그는 마음속으로 복잡하고 환상적인 복수의 계획을 짰다.

저녁이면 하루 종일 번 돈을 털어 아브뉘와그람에서 삼류 여자를 샀는데 무조건 러시아 여자여야 했고 할 일을 한 뒤 20프랑을 던져주고 온갖 욕설을 퍼부으며 여자의 얼굴을 때렸다. 곧 와그람의 그 어떤 여자도 돈을 아무리 준다 해도 그를 따라나서지 않게 되었다.

몇 달, 그리고 몇 년이 흘렀다. 손에 무기를 들고 어떤 상상 속의 백군 부대 선두에 서서 러시아로 돌아가는 것을 그는 매일의 모욕에 대한 해독제 삼아 저녁마다 꿈꾸며 그 희망을 소중히 간직했지만 현실의 가능성은 점점 사라졌다. 사실상 그는 그런 가능성을 믿지 않게 되었다. 오로지 이민자 신문만이 더욱 고집스러운 확신을 가지고 그런 이야기를 되풀이했다. 그는 이해했다. 편집자들도 어떻게든 먹고살아야 하는 것이다. 그는 신문 읽는 것도 그만두었다.

저들, 볼셰비키들은 정착해서 영원히, 항구적으로 권력을 잡았고 요란하게 10주년을 축하했으며 100주년까지 버티려 준비하고 있었다. 그들에 대항해서 손에 무기를 들고 덤빌 생각은 아무도 하지 않았다. 귀환은 떠나온 지 2년, 3년, 4년까지는 현실성이 있었지만 10년이 지나고 나니 모든 가능성의 실마리마저 사라져버렸다.

사실 어떤 사람들은 영사관에 구걸해서 소비에트 여권을 얻어 돌아갔다. 심지어 장교들도 돌아갔다. 새로운 배신자에 대한 소식을 들을 때마다 솔로민은 그저 이를 악물고 침을 뱉었다. 그런 방식으로 러시아로 돌아갈 생각을 그는 하지 않았다. 굳은살이 박인 온몸의 모든 부분으로 그는 공산주의자들을 증오했다. 그들이 그의 인생을 망쳤다. 아버지를 살해했다. 재산을 압수했다. 청춘, 사랑—모든 것을 낭비하게 만들었다. 약혼녀를 매춘부로 만들었다 (약혼녀 가족의 문제와 택시에서 당한 모욕도 그들의 탓으로 돌릴 수 있었다). 몇 달이나 굶주림에 시달리고 잘 차려입은 매춘부들을 태우고 부아드불로뉴 공원을 오가며 팁을 줄지 안 줄지 힐끔거리게 만들었다. 하찮은 운전수가 되게 하다니, 그를, 솔로민 대령의 아들 솔로민 대장을! 게다가 그 볼셰비키들이 대체 누구란 말인가? 지저분한 유대인들과 멍청한 가난뱅이 떼거리다. 아니, 절대로 잊을 수 없다! 돌아간다고? 제국을 배신하고 소련 장군이 된 반역자의 당번병이 되어 농사일이나 거들란 말인가? 아니, 여기서 평생 제 발로 거리에 나가 몸 파는 여자들을 태우고 다니고 기름기 흐르는 프랑스인 아저씨들을 매음굴 앞에 내려주는 편이 백배 낫다. 품위를 버려서는 안 된다. 그리고 장교의 명예가 그를 더욱 강하게 했다.

삶은 점점 더 무의미해졌다. 좋다, 임시로 택시 기사를 할 수는 있다, 1년, 2년, 10년 정도. 어느 때까지뿐이라는 걸 알고 있으면 된다. 그러나 영원히 택시 기사로 평생 남아서 이것이 내 인생이고 다른 삶은 없으리라고 생각하면—솔로민 대장은 어떻게 해도 머릿속에 이것을 받아들일 수가 없었다. 뭔가 닥쳐야 한다고—폭발, 참화, 대재앙—판을 뒤엎어야 한다고 그는 분명하게 느꼈다. 이렇게 계속 살 수는 없었다.

그리고 아침마다 자명종 소리에 깨어나 기름투성이 운전사 제복을 입으면서 솔로민 대장은 씁쓸하게 생각했다. '아직도 아니군.'

감염병이 터졌을 때 그는 오래전부터 기다려왔던, 단번에 판을 엎을 대재앙이라 여기고 기뻐했다. 택시는 사흘째에 환자 수송을 위해 징발당했다. 삶이 어쩐지 조금 더 탁 트이게 되었다. 파리는 화합물에 누군가 강한 시약을 넣었을 때처럼 눈앞에서 개개의 구성 요소들로 나누어지기 시작했다.

차례차례 소공화국들이 생겨나면서, 나라 없는 러시아 이주민들은 밖으로 밀려나서 다른 민족들의 본보기를 따라 파시 구역에 발을 굳게 디디고 이 구역이 백계 러시아 영토라 선언했다. 황급히 구성된 새 러시아제국령 정부는 국경을 보호하기 위해 백위군*을 부활시켰다.

사흘 뒤 솔로민 대장은 번쩍이는 긴 장화를 신고 어깨에 견장을, 군모에 백군 문장을 달고 방금 보급된 당번병을 데리고 백계 러시아 소제국이 징발한 궁전에 들어서서 파시 영토에서 비러시아인 분자들을 숙청하는 사안에 대해 전화로 간명한 지시를 내리기 시작했다.

✱ 러시아 공산혁명 당시 러시아제국을 부활시키려 조직된 반혁명군.

그러나 이 영광의 시간은 오래 지속되기에는 너무 완벽했다. 창문 아래 적십자 깃발을 달고 오가는 자동차에서 장난스럽게 손을 흔드는 흑사병이 이 사실을 명확히 일깨워주었다. 솔로민 대장은 깨달았다. 할 수 있을 때 인생을 살아야 하고 마음에 품고 있던 원한을 나중으로 미루지 말고 삶을 원하는 방향으로 몰고 가야 했다.

　　불행히도 그가 가장 깊은 원한을 품은 자들은 손 닿을 수도 없고 붙잡을 수도 없는 방역경계선 너머 수백 마일 거리에 있었다. 대체재로 만족해야 했다. 그리고 솔로민 대장은 즉시 머리에 떠올렸다. 그르넬 거리에 있는 소련 대사관에 '대표자들' 전체가 남아 있지 않은가? 실제로 별로 많지는 않지만 어쨌든 진실로, 정말 진실로 '책임 있는' 자들이다. 그 무뢰한들이 파리에 아무나 보내지는 않는다.

　　상황이 불운하게 전개된 결과 그르넬 거리 인근 지역은 안에 있는 모든 건물과 함께 임시로 재건된 부르봉왕국 영토에 속했다. 소문에 따르면 소련 외교사절단 전체가 지금 이 순간에도 생제르맹 교외의, 서둘러 감옥으로 용도 변경된 어느 건물에 평온하고 안락하게 머무르며 프랑스인 경비대의 경호 아래 바로 이웃해 있는 파시 구역에 창립된 정통 러시아 정권을 노골적으로 비웃고 있었다.

　　솔로민 대장이 앞장서서, 소련인은 러시아에 속하며 이들의 운명을 결정한 권한을 가진 것은 러시아 소제국 법정뿐이므로 소련인 죄수들을 무조건적으로 백위군 손에 넘기라고 부르봉왕국에 요청하는 공문을 제안했다.

　　솔로민 대장의 제안은 장성들의 열띤 박수와 군대의 만장일치 지지를 얻었다. 즉시 특별위원회가 꾸려졌고 다른 누구보다도 당연히 최초 제안자 또한 위원회에 참여하였다. 이 위원회는 생제르맹의 군주제 정부와 즉각 협상을 시작하게 되었다.

프랑스인들은 조건을 걸었다. 원칙적으로 볼셰비키들을 넘겨주는 데 아무도 반대하지 않았지만, 파시 구역에 거주하는 프랑스 시민 중에서 유대인처럼 보이는 외모 때문에 최근 대학살에서 해를 입은 거주자들에게 러시아 정부가 높은 보상금을 지급해야만 한다고 주장했다. 협상이 자꾸 길어졌다.

그럼에도 불구하고—어쨌든 드디어 끝이 보이는 것 같았다. 어제 회의에서 러시아 정부는 마침내 양보해서 물러서지 않는 프랑스인들이 고집하는 조건을 받아들이기로 했다. 최종 합의문 서명은 오늘 아침 10시에 프랑스 영토에 있는, 이전에 하원 건물이었지만 도로 부르봉왕궁으로 이름이 바뀐 건물에서 진행하기로 예정되어 있었다.

†

정확히 오전 10시에 푹신한 6인승의 이태리제 피아트 자동차가 적절한 통과증을 제시한 뒤 이에나 다리를 건너 부르봉왕궁으로 향했다. 당직 행정 직원이 이미 익숙해진 서늘한 로비를 지나 러시아 사절단을 조그만 대기실로 안내했고 그곳에는 서류 뭉치가 쌓여 있는 책상 앞에 머리가 허옇게 세고 검은 정장을 입은 신사 네 명이 앉아 있었다. 곧바로 구체적인 사안에 대한 논의가 시작되었다. 프랑스인들은 추가적인 조항들을 내밀며 향후 보상금을 지급한다는 방안에 동의하지 않고 당장 현금으로 상황을 정리하기를 요구했다. 회의가 무한히 길어졌다.

솔로민 대장은 논쟁에 적극적으로 참여하지 않고 점잖게 침묵을 지키며 눈에 띄지 않게 손바닥에 대고 하품을 하고 지루한 눈길로 천장을 훑어보았다.

협의가 드디어 성공적으로 결론을 향해가는 듯 보이던 순간에 코가 가늘고 기다란 흰머리 신사가 주머니에서 시계를 꺼내더니 아침 식사를 위한 회의 중단을 선언했다.

러시아 사절단 대표가 이 새로운 장애물에 신경이 곤두서서, 최종 협의를 마치는 순간까지 최대 30분 정도밖에 남지 않았고 협의를 더 이상 미루는 것은 적절하지 못하며 결정을 마친 뒤에 모두 자유롭게 아침 식사를 하러 가면 된다고 주장하며 항의하려 했다. 부르봉왕가의 코를 가진 신사들은 그의 말을 듣지 않는 것 같았고 마치 명령이라도 받은 듯 일제히 일어섰고 그러자 흰머리 신사가 흔들림 없는 목소리로 이후 협의는 오후 2시에 재개하겠다고 선언했다. 러시아 사절단은 입술을 깨물고 의자를 밀어젖히고 일어나 협의가 다시 시작되기를 기다리며 산책이라도 나가는 수밖에 달리 방법이 없었다.

화장실을 찾다가 솔로민 대장은 끝이 없는 복도에서 길을 잘못 들어 오랫동안 헤매며 잃어버린 회의실을 찾으려 헛되이 애썼다. 마침내 계단을 내려가 거리에 나왔을 때 궁전 앞에는 이미 동료들이 없었다. 그를 기다리다 지쳐서 다들 먼저 시내로 가버린 것이 분명했다.

솔로민 대장은 산책하듯 느긋한 걸음으로 아스팔트가 유리처럼 반들거리는 조용한 거리로 나섰다. 그는 이 구역을 잘 알았다. 바로 얼마 전까지 이곳에서 아직도 단춧구멍에서 레종도뇌르 훈장*을 떼지 못한 나이 들고 부유한 신사들을 여러 극장 앞에 내려주곤 했다. 최악의 승객들이다! 언제나 잔꾀를 쓴다. 손아귀 가득한 잔돈을 뿌려서 아침까지 세도 다 셀 수가 없는데 요금을 다 세보면 팁은 겨우 5수밖에 안된다.

솔로민 대장은 강제적인 직업 생활 동안 프랑스인들이 '관대한 러시아적 천성'의 정반대편에 있는 모든 특성의 현현이라 여겨 대단히 경멸하게 되었다.

여러 해에 걸친 습관으로 솔로민은 운전사 제복을 기병장교 제복으로 바꿔 입었으나 지금도 사람의 가치를 그 사람이 주는 팁의 액수에 비례하여 판단하기를 멈추지 않았다. 그것은 솔로민의 입장에서 그가 머물렀던 빈곤 계층에 대한 연대의 표현이 절대로 아니었고 그보다는 습관에 의해 사고방식에 새겨진 주름과도 같아서 눈물이 주름진 얼굴에 파인 고랑을 따라 흐르듯이 생각도 그 주름을 따라 자동적으로 흘러가는 것에 불과했다.

그는 처음으로 다른 사람들과 동등한 권리를 가진 자유로운 보행자로서 이 구역의 보도를 걸으며 지나가는 사람들을 높은 황금 견장 너머로 내려다보았다. 솔로민은 말하자면 장교 제복을 입으면서 눈에도 이제까지와 다른 안경을 끼게 되었고 처음으로 그 안경을 통해 보도에서 바라본 도시는 운전대 위에 몸을 숙인 채 그토록 싫어했던 그곳과는 달리 다정하고 매력적이고 그 나름의 아름

<hr />

* 레종도뇌르Légion d'honneur는 1802년 제정된 프랑스 최고의 훈장인데, 제1차 세계대전 기간인 1914년부터 1918년 사이에 특히 남발되어 약 5만 5000명에게 수여되었다.

다움을 가지고 있는 모습으로 보였다.

그는 생각에 잠긴 채 커다란 레스토랑 통유리창 앞에 멈추어 섰다. 레스토랑 안은 거울 터널처럼 안쪽으로 계속 도망치는 듯 보였고 이국적이고 기괴한 온실 같은 그늘진 내부에 눈송이처럼 하얗게 테이블마다 깔린 테이블보 위로 날렵한 부채 모양의 야자수가 흔들리고 있었다.

이전에 그는 이런 화려한 장소들을 재빨리 지나쳤고 그 유리 터널 앞에 연미복을 차려입은 손님들을 몇 번이나 내려주면서도 유리 안쪽은 그저 질투에 찬 성난 눈으로 흘끗 훔쳐볼 뿐이었다. 그것은 전혀 다른, 닫혀 있고 영원히 닿을 수 없는 세계, 두꺼운 유리판으로 나머지 세상을 가로막은, 볼 수는 있지만 뚫고 들어갈 수는 없는 도시 안의 도시였다. 안에 들어가는 방법은 단 하나, 바닷속 깊이 들어가려면 잠수복을 입듯이 미리 연미복을 갖추어 입는 것뿐이었다.

유리창 앞에 굳은 듯이 서 있던 솔로민 대장의 머리의 갑자기 굉장한 생각이 번득였다. 현실적으로 지금 이 순간에 그가 원해서 저 안으로 들어간다면 막을 사람이 누구이며, 얼음처럼 하얀 테이블보 위로 훈련받은 물개처럼 솟아나 무심하게 아무거나 주문하는 저 윤이 나는 정장을 차려입은 검은 옷 신사들 사이 이국적인 야자수 그늘에 앉아 역시나 연미복을 차려입은 잘난 체하는 급사가 얼굴에 알랑거리는 미소를 단단히 붙인 채 주위를 돌아다니며 시중 들게 한다면 방해할 사람이 누구란 말인가?

그 생각이 너무나 갑자기 번득여서 솔로민 대장은 자기 자신 앞에서 평온함을 가장하느라 꽤나 힘겹게 조그만 내면의 코미디를 연출해야 했다.

마치 도시 전체가 그를 관찰하기라도 하는 듯(거리는 완전히 비어 있었다) 솔로민 대장은 내키지 않는 몸짓으로 주머니에서 커다란 금시계를 꺼내, 마침 식사 시간이라는 사실을 지금에야 깨달았다는 듯, 바로 앞에 레스토랑이 있으니 안에 들어가서 아침을 먹어도 괜찮겠다고 누군가에게 설득이라도 하는 양 의미불명하지만 단호한 몸짓을 하고는, 세상 물정을 잘 아는 사람의 지루하다는 듯 냉정한 표정을 하고 레스토랑의 거대한 거울 문을 밀고 들어갔다.

풀 먹인 테이블보의 쾌적한 서늘함, 분수가 뿜어내는 수분으로 촉촉한 공기, 숨 막힐 듯한 호화로움의 국제적인 냄새가 그를 감쌌다. 조그만 제단 같은 테이블마다 예배하듯 몸을 숙인 사람들이, 피콜로처럼 날씬한 급사들이 성유를 부은 쇠고기와 양고기 커틀릿 성찬을 받들며 접시와 식기 소리로 기도하고 있었다.

눈에 띄는 자리를 싫어하고 자기만의 평온한 구석을 선호하는 오래된 단골의 무심한 얼굴을 하고 솔로민 대장은 모퉁이 기둥 뒤에서 극장의 박스석처럼 홀 전체를 둘러볼 수 있는 조용한 테이블을 찾아 편안하게 앉아서 메뉴를 들여다보기 시작했다.

이국적인 제복을 입은 손님의 등장은 사람들의 이목을 끌었고 솔로민 대장은 여러 눈길이 자신을 향하는 것을 느끼며, 뜨내기와 진짜 단골을 쉽게 구분하게 해주는 살인적인 무관심과 냉정함으로 고개를 끄덕여 종업원을 불러 길고 복잡한 식사 메뉴를 주문하고 애호가의 얼굴을 한 채 와인 종류를 자세하게 묻기 시작했다. 가장 훌륭하고 사치스러운 이름의 음식들을 줄줄이 선택하고 나서 그는 느긋하게 그림 같은 자세로 안락의자 등에 몸을 기대고 무감정한

211

시선으로 홀 안을 둘러보았다.

이 시간에 홀은 거의 비어 있었고 고작 몇몇 테이블에만 띄엄띄엄 앉아 있는 신사들은 벌써 오래전에 이국적인 손님에게 흥미를 잃고 음식과 대화에만 완전히 열중했다.

기둥으로 가려진 옆 테이블에 잘 면도한 신사 세 명이 블랙커피를 마시며 목소리를 낮추어 열띤 대화를 나누고 있었다. 기둥 하나만 사이에 두고 솔로민 대장은 본의 아니게 그들 대화의 증인이 되어 눈치채이지 않게 그들을 관찰할 수 있었다.

안경 쓴 신사가 대화를 주도했다.

"여러분도 인정하지 않으실 수는 없을 겁니다." 안경 쓴 신사가 슬픔과 비통함으로 가득한 어조로 말했다. "우리가 지금 경험하고 있는 상황에 진정한 민주주의자라면 비참해할 수밖에 없다는 것 말입니다. 갑작스럽고도 예상하지 못한 권력 균형의 이동이 우리 눈앞에서 벌어져 프랑스 민주주의는 '캉티테 네글리자블'*이 되었습니다. 우리는 얼마 전까지만 해도 실현 가능성도 없고 말도 안 되었던 왕정복고 같은 사건의 목격자이며 게다가 더 나쁜 건 그런 일이 총 한 발 쏘지 않고, 우리 폭넓은 부르주아 계층의 눈에 띄는 저항조차 없이 이루어졌다는 것을 인정해야만 한다는 현실입니다. 이것은 대단히 수치스러운 현상이라는 데 여러분도 동의하시겠지요."

"저는 선생님의 비관주의에 동의하지 않습니다." 다른 점잖은 신사가 대답했는데, 이상적으로 벗겨진 대머리 때문에 나이를 짐작할 수가 없었다. "우리가 지금 전반적으로 불안한 시기를 경험하

---

*   quantité négligeable. '하찮은 가치'라는 뜻.

고 있어 파편적이고 예외적인 상황들을 과장해서 보편화하는 경향이 생기는 것입니다. 파리는 감염되는 열병으로 인해 망상과 괴이한 발작의 시기를 겪고 있지만 파리 바깥에는 아직도 순수하게 민주적이고 부르주아적인 프랑스 전체가 존재한다는 걸 우리가 잊고 있습니다. 파리에서 감염병이 수그러들기만 하면 그와 함께 열병의 환각처럼 부르봉왕국도 소비에트공화국들도 사라질 겁니다. 프랑스공화국 정부 군대가 파리에 첫발을 디디기만 하면 이전의 질서가 이전과 같은 규모로 되돌아올 겁니다."

안경 쓴 신사가 흥분한 어조로 반대했다. "죄송합니다만 선생님의 논리는 순수한 형이상학 분야에 속한다고 해야 할 것 같습니다. 이제까지 통계 수치로 미루어 볼 때 파리 현재 거주자 중에서 누군가 살아남아 선생님이 말씀하시는 순간까지 기다릴 거라 단정하는 건 무리입니다. 그보다는 모든 면에서 지금 이 현실이 우리에게 주어진 단 하나의 현실이고 앞으로도 그럴 것이라고 봐야 합니다. 흑사병에 휩싸인 도시의 시민인 우리 파리 사람들에게 프랑스 국경은 파리시 경계선으로 쪼그라들었습니다. 그 경계선 너머에서 우리가 죽도록 내버려두거나 혹은 죽음만을 허용하는 무슨 프랑스, 무슨 유럽, 무슨 세계의 존재를 말하는 것은 지금 이 순간 우리에게 있어서는 사후 세계가 존재한다고 말하는 것이나 같습니다.

선생님 말씀은, 프랑스와 유럽이 우리가 바로 이 순간 우리의 오감으로 그 존재를 확인할 수 없어도 실제로 존재하며 어찌 됐든 얼마 전에 우리 눈으로 보았고 거기서 무선 연락도 받고 있다는 것이지요? 하지만 신비주의자들도 우리에게 전생의 기원을 그저 단순히 기억하기만 하면 알 수 있다고 말하며 강령술사들도 귀신들의 세계에서 어찌 됐든 똑같이 확실한 통신을 받지 않습니까? 그러나 사후 세계는 믿음의 문제로 남아 있을 뿐이고 만약에 사회학자가 사회학적 개념으로서 사후 세계를 사실로 입증하려 한다면 우리는 잘해야 그를 신비주의자라 칭할 수 있을 뿐이며, 마찬가지로 정치인이 사후 세계에서 지원이 올 것이라는 희망을 바탕으로 자기 국가의 정책을 구축한다면 그냥 정신병원에 입원시켜야 할 것입니다. 선생님이 말씀하시는, 파리에 진입해서 이전의 질서를 되돌릴 것이라는 공화국 군대를 기다리는 것이 사후 세계에서 올 원조를 기다리는 것과 대체 무엇이 다릅니까?

다시 말씀드리지만 우리에게 세계, 유럽, 프랑스는 그저 쓸모없는 푹 젖은 천 조각과 같고 우리의 세계는 파리시 경계선 주변으로 쪼그라들었습니다. 사회생활과 정치 문화의 수수께끼는 이전과 똑같이 남아 있고 그저 규모만 변한 것이므로 그 수수께끼도 지금부터는 더 축소된, 다른 규모에서 풀어내야 합니다. 그리고 그 축소된 규모를 적용한다면 우리가 프랑스의 공식적인 분리를 목격하고 있으며 그러한 분리 상황 앞에서 프랑스 민주주의는 도덕적인 의미에서 보았을 때 0과 같습니다. 프랑스 민주주의는 이제까지 그저 관성의 힘으로 조종간을 잡고 버텨왔을 뿐이며 도덕적 자산은 이미 오래전에 낭비해버렸습니다. 이제 갈갈이 찢어진 경제를 재구축해야만 하니 신의 뜻으로 공산주의와 군주제 사이에서 경매에 부치는 순간에 민주주의는 위대한 프랑스혁명 시기부터 차지하고 있던 자리를 원가보다도 싼 값에 의도도 저항도 없이 가장 저열하고 노골적인 반동의 손에 넘겨주고 그저 연금만 건드리지 않고 틀림없이 받을 수 있다면 그걸로 만족하는 겁니다."

대머리 신사는 누가 듣지나 않는지 겁먹은 눈으로 주위를 둘러보고 경고하듯 손가락 하나를 들어 입술에 대었다. 뭔가 다시 반박을 하려 했는지는 모르지만 신사들 중에서 이제까지 말이 없었던 세 번째가 먼저 입을 열었는데, 숱 많은 머리카락을 호두처럼 정확히 가운데에서 흠잡을 데 없이 가르마를 타서 빈틈없이 빗어 넘긴 남자였다.

"의심할 바 없이 현명하신 말씀입니다." 가르마 신사는 천성적인 국회의원의 권위와 차분함을 담아 단어를 고르며 말했다. "그러나 저도 선생님의 비관주의에는 동의하지 않습니다. 확실히 파리 인구가 지금 같은 속도로 사망한다면 감염병을 진압하는 데 성공하기 전에 완전히 다 사망할 가능성도 있습니다. 그러나 그것도 결국은 하나의 가설일 뿐이고, 그 반대의 가설과 실현 가능성은 똑같습니다. 염두에 두기는 해야겠으나 확실히 그런 결말이 될 것이라고 우리가 받들어 믿어서는 안 됩니다. 수십, 수백 명의 학자와 의사들이 방역경계선 바깥에서 이 치명적인 감염병과 싸우기 위해 쉬지 않고 일하고 있으니 오늘이 아니면 내일이라도 성공할지 못 할지 아무도 장담할 수 없는 것입니다.

그러나 어찌 됐든 우리가 현재 목격하는 상황들이 모든 면에서 상징적이며 교훈적이라는 점은 받아들일 수밖에 없습니다. 선생님께서 사용하신 표현을 제가 써도 된다면 그 축소된 규모에서 새롭게 민주주의를 꾸려나가려 시도하면서 우리가 실질적으로 그 시험을 통과하지 못했다는 사실은 인정해야만 합니다. 그러나 그렇다고 해서 너무 논리적으로 멀리 비약한 결론을 내려서도 안 됩니다. 기득권층이 그들에게 권력을 가져다준 혁명 자본을 갉아먹는 속도에 비례하여 늙어가고 있다는 사실은 모두가 다 압니다. 프랑스 부르주아 계층도 이런 법칙에서 예외가 아니며 예외일 수도 없습니다. 그러나 프랑스 부르주아가 이미 역사적인 역할을 다 수행했고 이제 무대에서 내려가야 한다는 결론은 성급합니다. 과학이 개인을 회춘시키는 비밀을 밝히는 데 가까워진 오늘날 계층 전체를 회춘시키는 시도를 해보지 못할 이유가 없습니다. 주목할 점은 계층 회춘의 과정은 훨씬 간단하다는 겁니다. 지배층이 그저 자신들의 특권을 포기하고 어느 기간 동안 피지배층이 되는 것으로 충분합니다. 저항 세력이 되는 것만큼 계층을 젊어지게 하는 것은 없습니다. 이건 의회정치 실행의 과정에서 잘 알려진 사실입니다.

프랑스 부르주아 계층은 프랑스혁명 시기에 축적한 도덕적 자본을 이미 오래전에 탕진해버렸고 대중에게 남은 신용조차 잃어버렸으니 그 어느 다른 민족의 그 어느 다른 계층보다도 이 시술이 더욱 필요합니다. 프랑스 부르주아가 지도 계층의 지위를 계속 유지하기 위해서라도 이미 오래전에 어떤 계층 전복 시도, 왕정복고 시도를 해서 부르주아 계층이 특정 기간 동안 또다시 해방자로서의 역할을 수행하게 만들었어야 합니다. 그런 상황이 저절로 생겨났으니 우리는 그저 기뻐할 수 있을 뿐입니다.

사실 지금 저는 회고록을 쓰고 있는데, 감염병이 수그러들면 리옹에 있는 정부에 제출할 생각입니다. 그 회고록에서 저는 파리의 군주정을 즉각 근절한다면 그것은 용서할 수 없는 실책이 될 것이라 주장했습니다. 반대로 정부와 민주주의는 모든 수단을 다 동원해서 군주제를 프랑스 전체에 확산시켜 절대 협상 불가능한 우리 공동의 적인 공산주의를 군주제가 물리치도록 도와야 합니다. 그런 뒤 부르주아가 다른 계층의 도움 없이, 그리고 물론 피 흘리는 일 없이 미리 계획한 혁명을 적절한 시기에 능숙하게 시행하면 민중에게 다시 혁명의 도덕적 신용을 얻고 권위를 드높이고 공산주의의 위험을 막는 새로운 무장으로 부르주아를 보호할 수 있을 것입니다⋯."

여기에 대머리 신사와 안경 신사가 대답을 했는지, 뭐라고 대답했는지 솔로민 대장은 끝까지 듣지 않았다. 갑자기 한없이 지겨워졌다. 모스크바에서 케렌스키를 지지하는 구호가 띠에 적혀 있던 집회들이 생각났고, 그때도 '민주주의'라는 단어는 지금보다 적지 않게 되풀이되었으며 단지 강한 러시아 색채를 띠고 있었을 뿐이었다. 공산주의에 대한 언급 때문에 솔로민은 편안한 프랑스 감옥에서 매일 밤 푹 쉬고 있을("우리 쪽에서 밀린 잠을 푹 잘 겁니다!") 저 소련 외교관들을 떠올렸다.

그는 시계를 보았다. 2시다. 또 시간 가는 줄 몰랐다! 그는 그토록 신경 써서 주문한 식사를 다 먹지도 못하고 상당한 음식 값을 치르고 텅 빈, 갑자기 매력이 모두 사라진 거리를 걸어 부르봉왕궁 쪽으로 향했다.

이번에는 논의가 좀 더 유쾌했고 한 시간도 지나지 않아 솔로민 대장은 문단과 조항으로 까맣게 가득 찬 종잇장에 서명을 휘갈겨 쓴 뒤 속으로 웃음 지었다—드디어!

마지막 걸림돌은 기한이다. 프랑스 쪽에서는 죄수들을 내일 넘겨주기를 원했다. 러시아 사절단 대표는 오늘을 원했다. 불가능하다—절차가 기타 등등. (여기서 대체 무슨 빌어먹을 절차가 더 있다는 것인가?) 결국 내일 넘겨받는 데 동의해야 했다. 러시아인들이 포로 이송을 위해 장교 두 명을 보내겠다고 했다. 프랑스인들은 반대했다. 자기들이 직접 다리 위로 데려가서 경비병들에게 확인받고 넘겨주겠다고 한다.

"뭐, 그럼 그렇게 합시다. 그러면 내일 아침 11시입니다."

양쪽 대표단은 말없이 서로 악수를 나누었다. 검은 6인승 피아트가 그늘진 반원 모양 강둑을 따라 이에나 다리 쪽으로 부드럽게 달려갔다.

V

"동지들! 이렇게는 안 됩니다! 발언 신청을 하십시오. 어떻게든 질서가 있어야 하지 않습니까!"

"그러면 그 질서는 동지가 지키시오! 그건 당신 할 일이오. 그러라고 대표로 뽑은 거요. 신청 받으시오. 단지 모두 다 할 말을 전부 할 수 있게 하시오. 네 의견은 이렇고 내 의견은 이렇다고. 자본주의 의회처럼 종을 흔들어서 그 누구의 말도 안 들리게 하면 그게 대체 무슨 질서란 말이오?"

"동지들! 제발 조용히 해주십시오! 레르비에 동지가 발언합니다."

"동지들, 오래 끌지 않겠습니다. 보급위원장으로서 저는 진실을 빙빙 돌려 말할 이유가 없습니다. 공화국의 보급 상황은 참담합니다. 최근 결행한 것처럼 빵을 4분의 1조각씩만 배급한다 해도 최대 사흘밖에 버틸 수 없습니다. 그것도 그사이에 인구 수가 적절한 비율로 줄어든다는 가정하에 그렇습니다. 어제 마지막 남은 감자 한 자루를 배급했습니다. 동지들, 사흘 뒤에는 우리 모두 입에 넣을 음식이 한 조각도 남지 않을 겁니다. 공화국은 굶어 죽을 위기에 처했습니다."

"그럼 해결책은? 대체 해결책은 뭐요?"

"제 생각에 해결책은 단 한 가지입니다, 동지들. 미국 영토를 공격하고 그쪽 창고를 점령하는 겁니다. 동지들, 제 생각에 영국과 미국 제국주의자들은 아직 단 한 명도 굶어 죽지 않았습니다. 분명히 식량 재고를 충분히 쌓아놓고 있을 것입니다. 물론 그쪽의 강력한 저항에 대비해야 합니다. 영국 자경단은 머리부터 발끝까지 무장하고 있으니 그들 영토에 침입하려면 두 겹의 바리케이드를 뚫고 젠틀맨 2000명 정도를 몰아내야 합니다. 그러나 다른 방법은 없습니다. 민중은 파리에서 영국인들을 쫓아내는 일이라는 걸 알면 기꺼이 함께 나설 것입니다. 문제의 근본적인 해결은 아니지만 미국인들의 보급품이 남아 있는 한 최소한 얼마 동안 시간은 벌 수 있습니다. 동지들 중에서 더 나은 해결책을 아시는 분은 말씀하십시오. 제가 하려던 말씀은 이게 전부입니다, 동지들. 이상입니다."

"조용히! 조용히 해주십시오! 라발 동지가 발언합니다."

"동지들, 저는 방금 발언하신 동지의 의견에 절대로 찬성할 수 없습니다. 영국 자본주의자 2000명 정도를 몰아내고 파리 중심가를 정리하는 것은 분명 두말할 나위도 없이 긍정적인 일입니다. 하지만 지금은 그럴 때가 아닙니다. 어쨌든 그 작업은 우리보다도 흑사병이 더 깔끔하고 완벽하게 해줄 것입니다. 겨우 며칠 더 벌기 위해 전쟁에 나설 가치는 없습니다. 그리고 무엇보다도 저는 레르비에 동지가 영미연합령에서 찾아낼 것이라 기대하는 그 보급품 재고를 믿지 않습니다. 영국인들이 대체 어디서 그런 걸 가져왔겠습니까? 돈이라면 또 다릅니다. 돈은 아마 무더기로 찾아낼 수 있을 것입니다. 하지만 동지들, 우리에게 지금 돈이 무슨 소용입니까? 빵은 돈 주고도 살 수 없습니다. 그러니 우리 프롤레타리아의 피를 흘릴 가치가 없습니다, 동지들. 식량은 만약 그쪽에 얼마간 있었다 하더라도 오래전에 자기들끼리 다 먹어 치웠을 것입니다. 그걸로는 우리가 살 수 없을 겁니다. 그리고 파리를 정화하기에도 아직 때가 너무 이릅니다. 흑사병이 알아서 정화해주지 않는 한 우리가 정화한다 해도 성과는 크지 않을 것입니다. 안 됩니다, 동지들, 파리에서 식량을 찾겠다는 것은 악마나 할 짓입니다. 바리케이드에서 프롤레타리아 절반을 잃게 될 텐데 우리는 지금도 매일같이 숫자가 줄고 있단 말입니다. 그랬다가 전염병이 끝나고 나면 대체 우리가 무슨 힘으로 파리를 다스리겠습니까? 동지들, 프롤레타리아의 피는 한 방울 한 방울 철저하게 아끼고 보호하고, 흑사병이 하는 일을 돕지는 말아야 합니다."

"흑사병을 우리가 돕지 않아도 굶주림이 도울 거요! 빵이 없이는 오래 버틸 수 없소!"

"압니다, 동지들, 빵이 없이는 오래 살 수 없습니다. 하지만 빵덩어리 하나만 가지고 멀리 갈 수도 없습니다. 그리고 그 빵 덩어리는 어딘가 다른 곳에서, 없는 걸 미리 알고 있는 곳이 아니라 빵이 있다는 걸 우리가 확실히 아는 곳에서 찾아야 합니다. 동지들, 우리는 방역경계선 바깥에서 빵을 찾아야 합니다."

"동지, 방역경계선 너머에서 어떻게 하자는 거요? 경계선 바깥으로는 손 한쪽도 내밀 수 없소. 다들 알다시피 경계선을 뚫고 나가는 건 불가능해요."

"잠시만요, 동지들, 제 말 좀 끝까지 들어주십시오. 계획이 있습니다. 제국주의 프랑스 정부가 우리에게 식량을 보급하도록 강제하기 위해 방역경계선을 뚫을 필요가 전혀 없습니다. 제 생각에는 대표위원회가 정부에 무전 하나를 보내기만 하면 됩니다. 이틀 안에 방역경계선 안으로 밀가루, 감자, 그리고 또 이것저것을 화물차로 이만큼 저만큼 우리에게 실어 보내고 앞으로도 계속 실어 보내든지 아니면 우리가 들고 일어나 당신들 경계선을 뚫고 나간다, 우리 쪽에서 경계선을 뚫지 못하더라도 어찌 됐든 우리와 충돌하는 과정에서 그쪽 군대가 감염될 것이고 그 군대가 숨을 쉬면 감염병이 공기를 타고 느긋하게 프랑스 전체로 퍼져나갈 거다, 정확히 이틀 기다릴 테니 알아서 해라, 이렇게 말입니다."

"저들이 답변 안 할 거요!"

"제 생각에는 답변이 올 겁니다, 그것도 번개같이 말입니다. 전염병에 대한 두려움만큼 효과적인 위협은 없습니다. 우리가 잃을 게 하나도 없다는 사실을 저들도 가늠할 겁니다. 그러면 겁먹을 겁니다. 위험을 무릅쓰고 싶지 않겠지요. 그리고 만약에 우리가 정말로 경계선을 뚫고 나가 저들의 군대와 충돌한다면요? 저들은 바로 그걸 가장 두려워하지 않습니까. 화물차 몇 대 분량의 식량을 아끼려고 프랑스 전체를 감염병에 노출시키고 싶진 않을 겁니다. 그리고 또 다른 무전을 방역경계선 바깥에 있는 프랑스 프롤레타리아에게 보내는 게 좋을 겁니다. 굶주림에 죽어가는 파리의 프롤레타리아 계층이 프랑스와 전 세계 프롤레타리아에게 호소한다, 프랑

221

스 정부를 압박하여 굶주린 자들에게 식량 지원을 보내게 하라고 말입니다. 이쪽에서는 흑사병, 저쪽에서는 총파업입니다. 이틀 기다릴 필요도 없이 우아하게 방역경계선 안으로 식량을 보낼 겁니다. 제 생각은 이렇습니다, 동지들. 이상입니다."

수십 명의 목소리가 동시에 수런거렸다.

라발 동지의 제안에 다수표가 몰린 결과 저녁 늦게 벨빌의 노동자와 군인 소비에트공화국 대표위원회는 두 개의 무전을 쳤다.

대답은 오지 않았다.

†

이틀 뒤 다시 열린 회의에서 대표위원회는 레르비에 동지의 제안을 받아들여 군사위원회에 영미연합령을 무력으로 점령하기 위한 구체적인 계획을 세울 것을 지시했다.

회의에서 나오면서 라발 동지는 심하게 흥분할 때면 언제나 하듯이 이마에 모자를 깊이 눌러쓰고 가로등이 흐릿하게 밝혀진 구불구불한 골목으로 걸어갔다. 가느다랗게 비가 뿌렸다.

그저께 내놓은 제안의 대실패에 라발은 깊이 타격을 입고 이를 개인적인 모욕으로 받아들였으며 타오르는 분노로 가득 찼다.

"망할 놈들! 우리 협박을 깔봤어! 우리를 굶겨 죽이려고 하다니!" 그는 악문 이 사이로 웅얼거렸다.

그는 잘 알고 있었다. 제국주의자들. 그들과 대체 무슨 협상을 할 수 있단 말인가? 죽어가는 프롤레타리아의 운명에 눈 하나 깜짝할 놈들이 아니다. 하지만 감염병만은 두려워할 것이라고 그는 믿었다. 위험을 무릅쓰지는 않을 것이라고 말이다. 아니, 두려워하지 않았다. 자기들의 방역경계선을 아주 굳게 믿는 것이 분명해 보인다. 우리를 개처럼 두들겨 쫓아낼 것이다. 1킬로미터도 안으로 들이지 않을 것이다. 라발 동지의 심장에 묵중하고도 무기력한 분노가 끓어올랐다.

그는 제국주의자 일당을 털 한오라기까지 증오했고 생각만 해도 목구멍에 고통스러운 경련이 일어났다. 저들은 이미 한 번 군홧발로 파리 코뮌*을 짓밟았다. 이제는 우리가 전부 굶주림과 감염병으로 돼지기만 차분하게 기다리다가 소독한 파리를 또다시 점령하고 경찰로 뒤덮고 의회 내각주의에 대한 텅 빈 지껄임의 수문을 열어 민주주의를 익사시키고 범죄자들을 함정 삼아 곳곳에 세워놓고 쇠 곤봉으로 때려죽일 것이다. 그러면 밭에서 쫓겨난 까맣고 불운한 사람들이 다시 공장으로 흘러들고, 그러면 일에 지친 손으로 저들을 위해 평화와 잉여 재산과 나태함을 만들어 바쳐야 할 것이다. 또다시 모든 일이 예정처럼 흘러갈 것이고 바로 한두 달 전까지 파리에 공동체가, 노동자와 군인의 정부가, 대표자위원회가, 진실한 노동자들의 서사시가 있었다는 사실을 아무도 알지도 못하게 될 것이다.

이런 생각을 하면서 라발 동지는 점점 더 이를 세게 악물어 마침내 턱에서 경고하는 삐걱 소리가 들려왔다. 무거운 군화처럼, 감

---

* 1871년 3월 18일부터 5월 28일까지 파리에서 있었던 노동자와 군인 들의 진보적인 혁명 정권. 1870~1871년 프랑스-프로이센 전쟁에서 프랑스가 패하면서 전쟁 중 파리를 수호하던 국가방위군을 중심으로 형성되었다. 두 달간 독립적인 공화국 설립과 자치권을 주장한 끝에 프랑스 정부군에 함락당했다.

염병의 무거운 굴레처럼 무기력감이 그를 짓눌렀다.

　자크 라발 동지는 현재 벨빌 소비에트공화국 적위군 대위이며 혁명 전 시대, 그러니까 4주 전까지는 순양함 '승리'호 선원이었다. 당에 가입한 것은 8년 전인데, 그러니까 스무 살의 혈기왕성한 농촌 청년으로 콩브 제재소에서 일하다가 징집위원회가 그를 해군에 배정하여 바다에 떠다니는 새까만 감옥에 던져져 입을 딱 벌린 보일러 화구에 삽으로 무거운 석탄 덩어리를 퍼 넣으며 굳은살 박인 손가락으로 벌거벗은 근육질 몸통의 덴 상처를 처음 살피기 시작했던 때였다. 20년 삶의 경험이 전부 물구나무를 서고, 성난 돌풍이 불 때 발밑에서 갑판이 흔들리듯 강력하게 뿌리내렸던 질서정연한 세상이 그의 머릿속에서 흔들리게 되었다.

　당의 연단 위에서 모든 것이 갑자기 유리처럼 투명해졌고 주위를 돌아보자 라발 동지는 갑자기 여러 가지를 이해하게 되었다. 늙은 콩브는 자기 차를 타고 일주일에 한 번 제재소에 와서 모든 일이 제대로 돌아가는지 확인했다. 그런데 늙은 프로스트는 밀리미터 단위를 측정하다가 시력을 잃었는데 작업반장이 경찰을 불러 "작업 부적격"이라며 끌어냈다. 군함에는 대포와 장갑으로 무장한 총탑이 있었다―군사주의다. 교활한 장교와 늙은 콩브는 똑같았고, 얼굴만 다르지 몸통은 하나였다―보수 우파다. 그리고 총을 25도 각도에 맞추면서 라발 일병은 꿈꾸곤 했다. 전 세계의 저 보수 부르주아 형제단을 자동차와 함께, 견장을 단 채로, 사제복을 입은 채로 넓은 곳에 한 군데 모아서―탕! 그럴 때면 라발 동지의 얼굴에는 환한 웃음이 피어났다.

　라발 동지는 휴가를 얻어 파리에 왔고 흑사병 때문에 파리에 갇했다. 감염병의 영향으로 도시에서 처음 폭동이 일어나고 서로 다른 계층 간 갑판의 이음새가 갈라지며 땅이 흔들리기 시작했을 때 라발 동지는 옛날같이 개처럼 죽을 수는 없다고 느꼈다. 제국주의자들이 방역경계선 바깥에 있고 파리로 접근하지 못하도록 흑사병이 막아주는 동안 옛 잔해를 무너뜨리고 자유로운 소비에트공화국의 토대를 놓아야 했다.

그리고 베레모를 뒤통수로 당겨 쓰고 라발 동지는 확신에 찬 생기 있는 걸음으로 막사에 첫 번째로 걸어 들어가 한 시간 뒤에 어디서 나타났는지 모를, 미리 만들어진 빨간 깃발을 들고 하늘색 소대의 선두에 서서 걸어 나왔다.

그 뒤에 조직 작업의 날들이 이어졌다. 흑사병이 방해했다. 가장 뛰어난 동지들을 옆에서 쓰러뜨렸다. 그렇지 않았다면 라발 동지는 파리 남쪽 변두리 영토에서 노동자위원회를 조직하는 문제에 완전히 열중하여 흑사병은 거의 생각하지도 않았을 것이다. 물론 위생과 방역 조치에 신경 썼다. 나머지는 의사가 할 일이었다. 흑사병은 심지어 어느 정도는 유용하기도 했다. 중심부와 서쪽 지역에서 부르주아 분자들을 숙청해주었다. 그러는 동안은 감염병이 수그러드는 순간까지 변두리에 발을 디디고 부르주아들의 파리 전체가 포위되어 프롤레타리아들의 봉쇄에 완전히 갇힌 상태에서 눈을 뜨는 날까지 기다리기만 하면 되었다. 감염병에 지쳐버린 도시를 정복하는 것은 그때가 되면 아주 쉬운 일일 것이다.

그러나 흑사병은 수그러들지 않았고 적대적인 체계성을 가지고 프롤레타리아 인구를 10분의 1로 토막 내버렸다. 이런 조건에서 일한다는 것은 어렵다는 말로 다 표현할 수 없었다. 매일매일 새롭게 시작해야만 했다. 그리고 지금, 이 모든 것에 더하여—굶주림. 아직 어린, 막 형성되는 공동체는 굶어 죽을 운명에 처했다. 영미연합령의 바리케이드에서 빵 한 입을 얻기 위해 싸우며 이미 심각하게 줄어든 파리 프롤레타리아 나머지 사람들도 모두 스러질 것이다. 게다가 라발 동지는 연합령에 상당한 식량이 남아 있다는 전제 자체를 믿지 않았다.

모든 것이 눈앞에서 인정사정 없는 운명의 망치에 맞아 우르르 무너지고 있었다. 게다가 방역경계선 바깥에서 차분하게 자신들의 모든 것을 집어먹으며 파리의 마지막 인간이 굶주림과 감염병으로 마침내 뒈지는 순간만을 참을성 있게 기다리는 저들, 제국주의자들에게 보낸 마지막 위협조차 실패했다. 대체 무엇이 남았는가? 항복하여 손 놓고 죽음을 기다리거나, 스스로 죽음을 향하여 흑사병에 뒤덮인 영미연합령 바리케이드에 달려들 것인가?

라발 동지는 침묵 속에, 한때 삽으로 석탄을 펐듯 몇 톤이나 되는 고집스럽고 우울한 생각들을 퍼서 내버렸다.

†

자정이 한참 지난 때에 벨빌 소비에트공화국 군사령관인 르코크 동지 거처의 문을 누군가 두드렸다.

르코크 동지는 침대 옆에 있는 의자를 더듬어 안경을 찾아 어떻게든 코 위에 올려놓은 뒤 속옷 위에 군용 외투를 걸치고 문을 열러 가면서 가는 길에 전등을 켰다.

"라발 동지 맞소? 무슨 일이오?! 중요한 일이오?"

"사령관 동지, 제가 이렇게 찾아온 것은 일 때문입니다. 급한 일입니다만 제 개인적인 일이 아니고 우리 공동체 전체의 이익을 위한 일입니다. 아침까지 기다릴 수 없었습니다. 화내지 마십시오…." 라발 동지는 모자를 손에서 구겨 쥐며 말했다.

"무슨 말씀을, 무슨 말씀을!" 르코크 동지가 수선을 떨었다. "들어오시오. 당장 의논합시다. 중요한 일이면 모든 순간이 적당한 때이지요. 잠은 나중에도 잘 수 있소. 앉으시오. 담배 피우시겠소? 얘기해보시오. 대체 무슨 일입니까?"

"사령관 동무, 바로 그 공동체가 먹을 식량에 대한 일로 왔습니다. 남은 프롤레타리아 동지들을 영미연합 바리케이드로 보내는 건 있을 수 없는 일입니다. 그리고 그쪽에도 식량은 전혀 없습니다. 이건 자살행위입니다."

르코크 동지는 너무 놀라서 안경을 떨어뜨릴 뻔했다.

"그게 무슨 소리요, 동지? 벌써 대표위원회에서 그렇게 결정 나지 않았소. 그 얘기는 이미 동지도 회의에서 했소. 동지의 제안이 채택되었고. 아무 성과도 내지 못했소. 다른 제안을 받아들여야 했소. 그러니 지금은 이미 제안이 채택된 이상 동지의 제안으로 돌아가기에는 너무 늦었소. 그리고 시기도 완전히 부적절하오. 우리 모두가 이렇게 위원회 결정을 비판하고 취소하려 든다면 결국은 어떻게 될 것 같소? 게다가 동지 본인이 그런 결정이 어째서 채택되었는지 잘 알고 있을 거고 그때는 항의하지 않았소. 다른 방법이 없다는 걸 동지도 이해하지 않았소."

"다른 방법이 있습니다." 라발 동지가 음울하게 말했다. "그때는 몰랐지만 지금은 압니다. 그래서 밤을 틈타 찾아온 겁니다, 사령관 동무."

"갑자기 무슨 방법을 찾아냈다는 거요? 저들이 동지의 무전에 겁먹지 않았다는 건 동지도 알지 않소. 기한 안에 식량을 단 한 대도 보내지 않았소. 더 기다려서 무슨 소용이 있겠소. 대체 누가 우리에게 식량을 보내겠소?"

"바로 그 때문에 온 겁니다, 사령관 동지. 제가 받아 오겠습니다." 라발이 확신을 가지고 대답했다.

"동지가?"

르코크 동지는 놀라서 라발 쪽으로 몸을 숙였다.

"동지가 어떻게 하겠다는 거요? 식량을 대체 어디서 가져옵니까?"

"어디서 가져오는지는 제가 알아서 할 일입니다. 방역경계선 바깥에서 가져온다는 것만 알고 계십시오."

르코크 동지는 조급하게 기침을 했다.

"대체 뭐요, 동지, 농담하러 왔소? 방역경계선 바깥에서 가져온다니 무슨 뜻이오? 지금은 농담할 때가 아니오."

"사령관 동무, 저는 농담은 생각도 안 하고 있습니다. 내일 제가 식량을 가지고 돌아오겠다고 말씀드리러 온 겁니다. 그리고 밤에 온 이유는 제가 보기에 상황이 급박해서 미룰 수 없다고 판단했기 때문입니다."

르코크 동지는 손님을 찬찬히 살펴보고 한참이나 말이 없다가 마침내 대답했다.

"대체 어떤 방법으로 혼자 방역경계선 바깥에서 공동체로 식량을 가지고 오겠다는 것인지 물어봐도 되겠소?"

"당연히 방역경계선을 넘어갈 겁니다. 군대 전체와 싸워 이길 수는 없어도 군인 몇 명의 눈을 피해 빠져나가는 건 가능할 겁니다. 특히 물길을 타면 말입니다."

"그래서 동지가 빠져나갔다가 빵 한 자루를 지고 돌아온다고 치면 그 뒤는 어떻게 할 거요? 공동체를 그걸로 다 먹여 살릴 수 있다고 생각하시오? 공동체 전체를 먹여 살리려면 식량이 얼마나 필요한지 아시오? 화물차로 몇 대가 있어야 해요! 그걸 대체 어떻게 눈에 띄지 않게 들여온단 말이오? 등에 지고 올 거요, 어쩔 거요?"

"제가 등에 지고 올 수는 없습니다만 물길로 실어오기는 어렵지 않습니다."

"물길이라니 어떻게?"

"그냥 아주 평범하게 말입니다. 강 위에는 경계선이 없습니다. 강을 벽으로 막지는 않았으니까요."

"그래서 어쩌겠다는 거요? 놈들이 밤낮으로 지키고 있소. 물고기도 빠져나가지 못할 거요."

"사령관 동무, 저는 헛소리하러 온 게 아닙니다. 현장에서 전부 확인했습니다. 어떻게 하면 될지 제가 압니다. 강을 타고 건너갈 수 있습니다."

"그러니까 어떤 방법으로 말이오?"

"낮에는 안 됩니다만 밤에는 가능합니다."

"바로 그렇게 누가 강을 건너지 않을까 두려워서 놈들이 밤에 센강 전체에 탐조등을 비추는 걸 동지도 알지 않소."

"탐조등을 비추기는 합니다만 센강 전체는 아니고 고작 1킬로미터 거리입니다. 탐조등 두 개로 비춥니다. 하나는 한쪽 강둑, 다른 하나는 반대쪽 강둑입니다. 그 외에는 근처에 탐조등이 없습니다. 뭐 하러 더 설치하겠습니까? 대낮처럼 다 보이는데요."

"그걸 알면서 대체 무슨 수로 강을 타고 건너간다는 거요?"

"건너가는 건 어렵지 않습니다, 심지어 배 한 척이 아니라 필요한 만큼 여러 척도 가능합니다. 다만 탐조등 두 개를 전부 꺼야 합니다."

"그러면 그건 또 무슨 수로?"

"각 탐조등의 위치를 정확히 알면 방법은 사실 아주 간단합니다. 5인치 탄환으로 두 발 쏘면 끌 수 있습니다. 해군에 있을 때 그보다 더 어려운 곡예도 해보았습니다."

"탐조등을 둘 다 껐다고 쳐도 놈들이 30분 안에 수리할 거요."

"30분이면 벨빌 전체가 건너갈 수도 있습니다. 특히 지금은 말입니다. 밤이 칠흑같이 어두워서 눈앞도 보이지 않습니다."

"그렇다고 칩시다. 돌아올 땐 어떡할 거요?"

"돌아오는 길은 좀 더 어려울 것 같습니다. 그래도 해볼 수는 있습니다. 저희가 방향을 돌려 돌아오면 저들은 누가 어디로 가는지 단번에 알아채지 못할 겁니다. 그리고 첫 번째 경계선에서 저들이 알아챈다 해도 아마 총은 별로 안 쏠 겁니다. 방역경계선을 쳐놓은 이유는 근본적으로 아무도 파리에서 빠져나갈 수 없게 하기 위해서니까요. 누가 스스로 원해서 호랑이 입안으로 들어가겠다고 하면 그냥 잘 가라고 할 수밖에요. 그런 사람을 뭐 하러 쏘겠습니까? 겁주려고 두 번쯤 쏘고 그만둘 겁니다."

"지금까지는 전부 다 아주 좋소. 그런데 식량은 대체 어디서 얻어 올 생각이오?"

라발 동지는 몸을 더 가까이 기울였다.

"센강을 따라 파리에서 60킬로미터 정도 곧바로 가면 강둑 바로 위에 마을이 하나 있는데 이름은 탕소렐이라고 합니다. 제 고향 마을입니다. 돌멩이 하나까지 다 기억하고 있습니다. 강둑에서 1킬로미터 정도 가면 증기 방앗간이 있는데 아주 커서 지역 전체의 곡식을 거기서 빻습니다. 특히 이맘때 그 안에 밀가루가 화물차 열댓 대는 충분히 될 겁니다. 대략 화물선 한 척에 200자루씩 세 척은 가져올 수 있습니다. 그 이상은 예인선이 끌 수가 없습니다. 여기서부터 화물선을 끌고 가는 것도 생각했습니다만 그렇게 하지 않아도 되고 예인선 한 척만으로 저쪽으로 몰래 넘어가는 것이 더 쉽습니다. 화물선은 현장에서, 제재소 걸 가져오겠습니다. 거기 제재소가 있습니다. 목판을 화물선에 실어 파리로 보내곤 했습니다. 지금은 실어 보내지 않으니 화물선들이 제자리에 정박해 있을 겁니다. 화물선 세 대를 가득 채우겠습니다. 동트기 전에 돌아올 겁니다. 한 자루에 100킬로그램씩 600자루입니다. 대략 한 달은 공동체가 먹고사는 데 충분할 겁니다. 그 뒤는 두고 보지요. 어쩌면 감염병이 그때까지 수그러들 수도 있고, 또 어쩌면 후방의 프롤레타리아가 나서줄 수도 있지 않습니까? 기다릴 시간을 벌 겁니다."

르코크 동지는 곧바로 대답하지 않았다.

"동지의 계획은 전부 어째 낭만적으로 보입니다. 설령 동지가 그쪽에 도달하는 데 성공한다 쳐도 도로 돌아오게 놈들이 내버려둘 것 같지 않소. 동지를 물건과 함께 전부 물속에 가라앉힐 거요."

"시도해서 나쁠 건 없습니다. 놈들이 쏴 죽인다면 고작 열 명을 쏴 죽이는 겁니다. 열 명이 우리 공동체 전체는 아닙니다. 영미연합령도 창고도 그 자리에 그대로 있을 겁니다. 놈들이 우리를 물속에 가라앉히면 그때 영미연합령에 빵을 찾으러 가시면 됩니다. 시도는 해봐야 합니다."

르코크 동지는 말없이 담배를 빨아들였다.

"보시오, 동지, 문제의 핵심은 그게 아니오. 내가 보기에 가능성은 별로 없지만 예를 들어 동지가 방역경계선을 넘는 데 성공해서 식량을 가지고 돌아온다고 칩시다. 그렇게 한다고 치더라도, 동지, 우리 공동체 전체가 굶어 죽지 않게 살려내기 위해서라 하더라도, 방역경계선 바깥으로 감염병을 옮길 권리는 우리에게 없소. 협박과 실행은 전혀 다른 문제요. 동지의 계획이 성공한다 해도 식량을 찾기 위해 방역경계선을 넘어가서 강둑으로 올라가야만 하고 그쪽 거주민들과 접촉해야 하는데 그러면 결국은 그들에게 감염병을 옮길 거라고 예측할 수 있단 말이오. 우리 공동체 시민 1만 명을 죽음에서 구하기 위해 프랑스 전체의 프롤레타리아와 농민들을 감염병의 위협에 노출시킬 권리는 우리에게 없소, 동지. 그런 계획을 허가할 수는 없소."

"정당하신 말씀입니다, 사령관 동지. 하지만 제가 거기에 대해서도 미리 전부 생각해두었습니다. 강둑으로 아예 올라갈 필요가 없는 방법을 찾았습니다. 저희가 건너가서 강 한가운데 멈추어 식량을 받아 싣고 그대로 돌아오면 됩니다! 아시겠습니까, 그래서 심지어 우리 화물선도 안 가져간다는 겁니다―저들의 것을 쓰면 되니까요. 그냥 연결하고 떠나면 됩니다!"

"설마 동지는 그쪽에서 밀가루를 동지한테 가져다주고 자기들 화물선에 실어서 끌고 가라고 내밀어줄 거라고 생각하는 거요?"

"그 말씀이 맞습니다, 사령관 동지. 그들이 직접 실어 보내줄 겁니다. 제가 계획을 세워뒀으니 사령관 동지도 직접 확인하시게 될 겁니다. 단순하고 어렵지 않은 계획이니 제 말씀 좀 끝까지 들어주십시오."

라발 동지는 탁자 위의 연필을 집어들고 종잇조각 위에서 움직이며 구체적으로 자기 계획을 설명하기 시작했다.

†

르코크 동지가 방에 혼자 남았을 때 마당에는 이미 동이 트고 있었고 밤의 새까만 재로 덮였던 창 유리는 흐릿하고 창백한 스테인드글라스가 되어 거리의 조그만 우주를 새기기 시작했다.

르코크 동지는 외투를 벗어던지고 침대에 몸을 뻗고 누워 다시 잠을 자보려 했다. 그러나 한번 달아난 잠은 다시 돌아오지 않았다. 르코크는 서가에 손을 뻗어 책을 한 권 꺼냈다. 펼쳤다. 레닌의《프롤레타리아의 과업》. 읽어보려 했다.

생각은 조그만 벌레나 조개처럼 두뇌로 뚫고 들어가지 못하자 까만 글줄 사이로 파고들어 가 자리 잡았다. 르코크 동지는 책을 내려놓고 천장을 바라보았다.

어딘가 기억의 거울 속에서 마치 뒤늦은 반영처럼, 거무스름하고 바람에 시달린 얼굴이 떠올라 웃음 지었고 단순한 단어들이 메아리쳐 들려왔다. '놈들이 쏴 죽인다면 고작 열 명을 쏴 죽이는 겁니다. 열 명이 우리 공동체 전체는 아닙니다. 시도는 해봐야 합니다.'

르코크 동지는 미소 지었다. 야심? 젊음의 객기? 아니면 정말로 공동체에 대한 깊은 사랑인가?

그는 이런 사람들을 매일 만나며 오래전부터 얼굴을 맞대어왔다. 가난한 고등학교 교사의 아들로서 싸구려 학생 식당에서 달려나가 회의장에 가서 통계학의 검은 글자들을 현실의 예시에서 확인하려 했다. 그 사람들의 눈을 들여다보고 얼굴의 주름과 말투에서 그들이 경험한 깊고 구체적이고 아물지 않은 상처와 수치를 읽어내는 법을 배웠고 그들의 윤곽에서 무심한 듯 던져진 성스러운 단어, "프롤레타리아", "제국주의"의 의미를 발견하고 깎인 임금의 액수와 경험한 모욕의 규모를 짐작하는 법을 익혔다. 그런데 갑자기 여기서 맑고 푸른 눈, 미소와 죽음을 마주한 것이다. 낭만적인 책을 읽은 영향인가? 영웅주의?

책상 위에 놓인 전화기가 울렸다.

르코크 동지는 일어나서 전화로 보고를 들은 뒤 까만 수화기 안에 몇 가지 사항을 지시했다. 그리고 단단한 군용 침대 위에 다시 한번 몸을 눕힌 뒤 얼굴을 벽에 대고 잠들어보려고 눈을 감고 생각했다.

'놈들이 저 청년을 아무렇지 않게 으깨버릴 거야. 아쉬운 일이야. 흑사병은 지나가고 공동체를 다시 세울 날이 올 텐데, 그러면 저런 청년들이 누구보다도 더 필요해질 텐데.'

그리고 잠을 부르려는 듯 입술을 움직여 마치 매일 저녁 들어 외워버린 강연 내용을 되풀이하듯 중얼거렸다.

"하지만 그때는 이미 나도 없겠지…."

그러나 잠은 오지 않았다. 계속 몸을 뒤척이다가 르코크 동지는 담배에 불을 붙여 입에 물었다. 시계를 보았다. 4시. 담배를 다 피우고 일어나서 불을 켰다. 책상에 다가갔다. 책상 서랍에서 보고서 무더기 아래 깊이 숨겨둔, 기름종이로 표지를 씌운 두꺼운 공책을 꺼내 책상 위에 펼쳤다.

아무도 모르게 르코크 동지는 흑사병이 덮친 파리의 이야기를 글로 쓰고 있었다. 그가 한때 문학가였다는 사실을 아는 사람은 많지 않았다. 젊은 시절 그는 시를 썼다. 썩 잘 쓰기도 했다. 그러나 벌써 오래전에 그만두었다. 문학적 재능을 그는 자신의 학력이나 지식인 계급 출신이라는 사실과 마찬가지로 부끄럽게 여겼다. 그래서 살쾡이처럼 털을 곤두세우고 간명하고 거친 군인의 언어로 발톱을 세웠다.

흑사병이 끊임없이 퍼지면서 그는 파리가 방역경계선에 둘러싸인 채 말라 죽을 운명이며 그 안에서 단 한 사람도 살아남지 못할 것이라는 확신을 더욱 굳히게 되었다.

물론 공화국이 처음 생겨난 순간부터 공산당 중앙위원회의 명령으로 감염병과의 전쟁을 위해 대단히 적극적인 조치가 취해진 것은 사실이었다. 어지러운 부르주아 구역들의 혼란을 활용하여 벨빌공화국은 대담하게 나서서 파스퇴르 연구소를 점거하고 트럭을 이용하여 벨빌공화국 영토 안으로 연구소를 전부 옮겼다. 모범적으로 관리되는 실험실들 안에서 프롤레타리아를 위해 헌신하는 수십 명의 학자들이 초인적인 긴장 속에 치명적인 감염병을 무력화시키기 위해 밤낮으로 일했다. 새롭게 발견된 약제에 대한 시험이 매일같이 이루어졌으나 전의 모든 시도들과 마찬가지로 원하는 결과는 좀처럼 나오지 않았다.

한 달 동안 무익하게 투쟁한 끝에 르코크 동지는 성공적인 백신 개발의 가능성을 믿지 않게 되었다. 주위에서 연달아 일어나는 감염 사례들을 그는 죽어가는 세포를 관찰하는 과학자의 호기심을 가지고 바라보았다. 그는 이렇게 많은 실험 보고서가 절대로 인류의 성취가 되지 못한 채 헛되이 사라질 것이라는 사실을 견딜 수 없었다. 밤마다 그는 이런 생각에 괴로워했다.

모두 다 죽고 이 도시의 잊을 수 없는 기이하고도 비현실적인 이야기를 미래 세대를 위해 재구성해줄 사람은 아무도 남지 않을 것이다.

그래서 그는 자신이 직접, 남몰래, 수집한 자료와 구술 기록과 직접 목격한 기억을 바탕으로 도시의 연대기를 작성하기로 마음먹었다. 르코크 자신도 죽고 모두 다 사라지겠지만 원고는 남을 것이다. 흑사병이 수그러들고 새로운 사람들이 들어와 원고를 발견해서 먼지를 털어내면 값진 경험들이 풍성하게 들어 있는 역사의 한 조각, 이 소름끼치는 시기의 다시 반복되지 않을 모험들이 영원히 잊히지는 않을 것이다.

그래서 밤이면 비밀스럽게, 의무적인 작업에서 자유로운 시간에 그는 끊임없이 흘러 들어오는 서류와 사건들을 정리하고 보완하며 두꺼운 공책에 낮 동안 일어난 새 소식들을 기록했다.

공책에서 마지막으로 기록했던 곳을 펼치고 르코크 동지는 다시 한번 라발에 대해 생각했다. 이 얼마나 훌륭한 견본인가! 이런 사람들에 대해서라면 대서사시를 쓸 수 있다. 그러나 라발의 시도가 끝날 때까지 기다려야만 했다. 이 얼마나 비통한 챕터인가! 그는 생각에 잠겨 몇 장을 넘겼다. 그러다 가장 최근 기록에서 멈추었는데, 그 내용은 피갈 광장과 그 인근 거리를 영토로 하여 새로

이 성립된 흑인 자치공화국에 대한 것으로, 몽마르트르 흑인들(재즈밴드 음악가들과 도어맨들)이 중앙 구역을 통치하는 흑인 탄압적 미국 정권에 항의하는 의미로 수립한 것이다. 직접 목격한 사람들의 증언에 따르면 새로운 흑인 소공화국 영토에서 붙잡힌 백인들 전부 흑인들이 큐클럭스클랜*이 거행하는 모든 의식에 따라 참수한다고 했다.

르코크 동지는 새로 한 장을 넘기고 펜을 들어 그날 하루 동안 모아둔 자료를 머릿속으로 훑어보고 페이지 위쪽부터 고르고 작은 글자로 정성스럽게 새로운 챕터의 제목을 적어나갔다.

남빛 공화국에 대한 우화

길모퉁이에 갑자기 나타나는 조그만 남색 망토를 어깨에 두른 거만한 사람들이 어디서 왔는지 아무도 본 적이 없고 아무도 고민하지 않으며 이들은 마치 자연적이고도 필수적인 부속품처럼 거리에 수십 년 전부터 모습을 드러냈다. 그러나 자연에서 아무것도 사라지지 않는다는 것은 알려진 사실이다.

혼란에 빠지고 불필요해진 경찰은 차례차례 새로 생겨난 소공화국에서 전부 쫓겨나 습관의 힘으로 시테섬**에 있는 본부에 모였는데, 시테섬은 황인종, 유대인, 영미연합령, 이렇게 세 개의 독립된 소공화국으로 삼면이 둘러싸여 있었다.

시테섬은 센강의 품에 안겨 쉬는 모습을 하고 있으며 그 자연적

---

*   Ku Klux Klan. 미국의 백인 우월주의 극우 증오단체. 19세기 중반 미국 남부에서 시작되었으며 흑인 등 비서구인에 대한 테러를 저지른다.

** 시테Cité섬은 파리 중앙부, 센강에 있는 섬으로, 19세기부터 파리 경찰본부가 있다.

형태로 인해 고립되어 일종의 독립적인 자치 영토가 된 것처럼 보였다.

이날 시테섬은 일자리를 잃은 남색 제복의 사람들로 우글거리고 있었다.

자기들끼리만 남겨진 경찰은 처음으로 곤란한 지경에 처했다. 법치라는 나침반을 돌연히 잃자 새로 수립된 정부들 중에서 어느 것을 정통이라 인정해야 하는지 결정할 수 없었고 동시에 방역경계선 너머에 있는 그 어떤 정부도 허구적이라는 사실을 매우 잘 이해하고 있었으므로 실업자가 된 남색 제복 사람들은 하루하루가 흘러갈 때마다 자신들이 실존하는 존재라는 겉모습을 잃고 형이상학적인 허구, '경찰을 위한 경찰'이라는 개념 자체와 마찬가지로 내용이 없는 순수한 부조리가 되어간다는 사실을 곧 깨달았다.

사흘째 되던 날 시테섬에서 인류 역사상 처음으로 실업자가 된 경찰의 시위가 벌어졌다.

일자리를 잃은 남색 제복의 사람들이 섬 전체에 몰려들어 경찰본부 앞 광장에 흘러넘쳤다. 선두에 선 시위 참가자들은 이런 구호가 적힌 현수막을 들고 있었다. "공화국은 죽었다—공화국 만세!" "뭐가 됐든 정부를 요구한다!" "정부 없는 경찰은 전기 없는 전차다!" 기타 등등.

경찰본부 앞 광장에서 굉장한 집회가 벌어졌다. 오랜 논쟁 끝에 경찰의 존재 자체를 구조하기 위해 새롭게 수립된 소공화국 정부들에 개별적으로 차례차례 자신들의 서비스를 제안하며 호소해보자는 의견이 나왔다.

"피부 색깔도, 심지어 그 정부가 어느 국가에 속하는지도 중요하지 않습니다." 발언자가 선언했다. "경찰은 존재 이유를 되찾기 위해, 허구의 경계를 떠나 현실적인 제도로서의 지위를 되찾기 위해 최대한 빨리 뭐가 됐든 정부를, 하다못해 정부의 개념이라도 얻기 위해 애써야 합니다. 법치의 개념이 없다면 우리는 그림자입니다."

이 의견은 만장일치로 채택되었고 벨빌 소비에트 정부를 제외한 모든 정부에 제안서를 든 사절이 파견되었다.

모든 정부들이 자기 영토에 외부 요소를 도입하는 것을 두려워하여 거부하는 답변을 보냈고 그 이유로 식량 사정이 점점 악화되고 있음을 거론하며 새로운 이주민을 먹여 살릴 방법이 없다고 설명했다("우리 영토 안에 먹여 살려야 할 입도 이미 많습니다").

자기 보호 본능의 마지막 발현으로, 아무나 민간인을 하나 찾아내어 그가 시테섬의 독재자라고 강제로 선포하게 만들자는 어느 경찰관의 제안이 받아들여졌다. 즉각 수색이 시작되었다.

30분간의 무익한 노력 끝에 어느 골목 입구에서 순찰대가 신원을 알 수 없는 마비 상태의 노인을 끌고 나타났다. 노인은 명백하게 공포에 질린 모습이었다. 본부로 끌려가서 노인은 울기 시작했고 도망치려 했으나 당연히 아무 소용 없었다.

경찰총장 사무실에서 경찰관 대표단이 노인에게, 그는 이제 독재자이며 그러므로 사법 권력의 지위를 복귀시키기 위한 몇 가지 지시를 내려야만 한다고 선언했다. 노인은 안락의자에 무감각하게 앉아 자신에게 바쳐진 명예와 권력에 전혀 반응하지 않았다. 경찰관들은 노인에게 최대한 쉬운 표현으로 상황을 다시 설명하려 시도했다. 헛수고였다. 알고 보니 노인은 귀가 들리지 않았다.

마침내 그들은 힘겹게 노인과 필담으로 의사소통하는 데 성공했다. 행정실 직원들이 포고문을 편집했고 노인은 오랫동안 덜덜 떨다가 권총 총구의 위협 아래 마침내 서명하기로 결정했다.

한 시간 뒤 시테섬의 여러 담과 벽에 새로운 독재자의 첫 포고 문이 내걸렸다. 이 포고문에서 새로운 독재자는 자신이 시테섬을 지배하는 권력을 잡았으며 섬에 법치국가를 설립한다고 선언했다. 새로운 독재자의 권력에 감히 대항하는 모든 것은 범법 행위로 간주되어 엄격하게 진압될 것이다. 포고문 아래에 보이는 서명에는 '마튀랭 뒤퐁'이라는 이름이 적혀 있었다.

시테섬 전체가 그날 커다란 안도의 한숨을 쉬었다. 경찰이라는 제도 자체가 구원받은 것이다. 기쁨에 찬 경찰관들은 아스팔트에 구두 뒤꿈치가 부딪치는 소리를 울리며 도전적으로 걸어 다니면서 마치 자신들이 반박할 수 없이 실제로 존재한다는 사실을 확인하고 싶어 어쩔 줄 모르는 것 같았다.

그러나 포고문 선포에도 불구하고 실업률은 전혀 줄지 않았다. 새로운 독재자의 권력에 아무도 저항할 생각이 없었고 그 결과 범법이라는 관념은 새로운 국가 안에서는 순수한 이론의 영역에만 남아 있었다.

며칠이 흐르자 노인은 자신에게 아무도 해롭게 굴지 않는 것을 알고 좀 더 수다스러워졌고 심지어 국가 정책을 직접 살펴보라는 설득에도 동의했다.

새 독재자의 첫 번째 자발적인 명령은 경찰본부 앞 광장에서 대규모 훈련을 진행하라는 것이었다. 경찰관들은 자신들의 독재자가 적극성을 보이는 데 기뻐하며 열정적으로 활기차게 행진했다. 독재자는 높은 발코니에서 경례를 받고 즐거워하며 박수를 쳤다.

그러나 노인은 이 첫 번째 활력 징후를 보인 뒤 도로 이전의 무감각한 상태에 빠져들었다.

사흘째 되던 날 아침 회의에서, 통상적인 절차대로 국가 전체가 평안하며 법치 질서를 훼손하는 사건은 없었음을 알린 뒤 행정실은 독재자에게 범법의 개념을 새로 정립하고 단 몇 명이라도 범죄자를 지정할 필요가 있으며 그 이유는 경찰이 범죄자 없이는 자신의 진정한 현실성을 의심하기 시작하기 때문이라 보고했다.

이 보고에 대한 대답으로 노인은 뜻밖에 활기를 띠더니 처음으로 자기 스스로 펜과 종이를 요구했다.

30분 뒤 시테섬의 담과 벽에 조례가 나붙었는데 그 내용은 이 조용한 섬에 상당한 소란을 불러 일으켰다. 조례에 따르면 섬의 모든 금발 거주민은 국가의 적으로 규정되었으며 반면 갈색 머리 시민들은 올바른 생각을 가진 것으로 인정되었다. 법질서 유지 기관인 경찰은 최대한 빠른 시일 안에 수단 방법을 가리지 않고 새로운 범죄자들을 근절하라는 명령을 받았다.

바로 그날 저녁 시테섬은 가장 좋았던 시절을 되찾은 듯 보였다. 경찰본부 정문에서 무장한 진압경찰조가 줄줄이 나와서 차례로 어두운 거리로 사라졌다. 범죄자가 된 금발 시민들은 집 안에서 문을 바리케이드로 막고 버텼다. 체포 작전은 사흘간 지속되었고 곳곳에서 유혈 충돌이 벌어졌다. 사흘째 날이 저물 무렵 범죄자들은 체포되어 경찰에 의해 구금되었다. 시테섬에 다시 평화가 찾아왔다.

이 특별한 사건으로 기운을 소진해버린 독재자는 완전히 지쳐서 또다시 무감각한 상태에 빠져들어 아무리 강요해도 매일의 보고서조차 읽을 수 없게 되었다.

　상기한 사건들을 종합해볼 때 우리는 만약 이 무기력한 독재자에게 마찬가지로 무기력하지만 훨씬 일관성 있는 흑사병이 찾아왔더라면 이 용맹한 시테섬 자치국이 어쨌든 쓸모있는 것으로 여겨지는 경찰 제도를 구원할 수 있었을지 의심하지 않을 수 없다.

VI

　연구소의 서늘한 회의실에서, 녹색 천에 덮이고 서류 무더기가 가득 쌓인 거대한 책상 앞 위엄 있는 안락의자에 판창퀘이가 회색 장갑과 목을 빈틈없이 두른 목도리 차림으로 앉아 있었다(전염병 균이 떠도는 공기에 직접 닿는 피부 면적을 최소화하기 위한 방책이다).

　책상 양쪽 끝에는 두 명의 타자수가 앉아서 그가 불러주는 두 가지 통신문 내용을 동시에 받아 적고 있었다. 책상 위에 놓인 전화는 매 순간 날카로운 탄식처럼 벨을 울려 작업을 중단시키고 까만 수화기에서 소공화국 안 여러 곳의 보고를 내뱉었다.

　보고 내용은 대체로 유쾌하지 않았다. 특별 대책을 적용했음에도 흑사병은 새로운 소공화국 영토 안에 천천히, 그러나 끊임없이 퍼져가고 있었다. 판창퀘이는 여기에 동양식으로 대응하기로 했다.

　소공화국 수립 나흘째 날에 건물 벽들에 대단히 서늘한 조례가 나붙었다. 조례는 현재 확산하는 형태의 흑사병이 현실적으로 치료 불가능하고, 감염된 개인들은 인공적인 방식으로 생명을 유지하며 오로지 감염병을 계속해서 전파하는 매개체로서만 존재한다

242

고 확언한 뒤 그러므로 향후 감염자는 즉각 처형한다고 선언했다. 건강한 시민은 모든 감염 사례를 즉시 보고할 의무가 있다. 감염자를 은닉하는 자는 감염자와 함께 총살형에 처해질 것이다.

건조한 전화 보고가 매 순간 새로운 처형을 알렸다. 흑사병은 도전을 받아들였다. 책상에 덮인 녹색 천 위에 카드 대신 황급히 서명된 명령서가 날아와 사르락거리며 쌓이고, 위험한 도박이 펼쳐졌다. 높은 안락의자에 푹 파묻힌 채 판창퀘이는 마치 도박 테이블에 새롭게 트럼프 카드를 던지듯 타자수들이 서명받으려 내미는 조례에 이름을 휘갈겨 썼다. 딜러가 여기에 대한 답변으로 어딘가 멀리서 전화의 수화기를 통해 새로 집행된 처형 숫자를 알렸다.

통신문을 모두 구술한 뒤 판창퀘이는 손짓으로 타자수 두 명을 다 내보내고 천천히 어두워지는 회의실에 혼자 남았다. 잠들지 못하고 불리한 전투에 계속 긴장한 정신은 휴식을 요구했다. 전화벨 소리가 새로운 전사자 숫자를 뱉어냈다. 판창퀘이는 화를 내며 수화기 연결선을 빼 책상 위에 내던졌다. 수화기의 무기력한 입이 허공에 대고 독살스럽게 씩씩거렸다.

판창퀘이는 갑자기 바깥공기를 쐬고 싶어졌다. 사흘 전부터 안락의자에 발이 묶인 채 회의실을 떠나지 못했다. 그는 모자를 눌러 쓰고 회의실 문을 잠그고 넓은 돌계단을 내려가 그를 보고 차렷 자세를 취하는 아시아인 경비병들 옆을 지나 재빨리 거리로 나갔다.

거리는 텅 비어 있었다. 인적 없는 좁은 보도에 황인종 행인들이 한 명씩 드문드문 나타났다 사라졌다. 잘 아는 거리를 따라 판창퀘이는 뤽상부르 정원에 이르렀는데 그곳은 지금 아시아 소공화국의 국립 화장터로 변해 있었다. 어딘가 안쪽에서 건조한 사격 소리가 그를 맞이했다. 판창퀘이는 얼굴을 찌푸리며 더 빨리 걸었다.

생각이 기이한 방향으로 튀어 날아가 그는 갑자기 교수를 떠올렸고 그러자 그의 입술에 보기 드물게 미소가 번졌다.

혁명의 밤에 특별 명령에 따라 교수는 백인 중 유일하게 체포되어 라틴 구역의 작은 궁전 한 곳에 구금되어 엄격하게 격리되었다.

그 작은 궁전에는 완벽한 실험실이 설치되었으며 교수의 직접 지도하에 세균학 연구원과 열댓 명의 중국인 학생이 살인적인 균을 파괴할 구원의 주사약을 만들어내기 위해 하루 24시간 연구에 열중하고 있었다.

교수는 밤낮으로 숨 돌릴 새 없이 일하고 있으니 자기 약속을 양심적으로 지키고 있다고 인정할 수밖에 없다. 물러설 줄 모르는 감염병과 위험한 도박 같은 전투를 벌이는 동안 교수의 학자적인 본능이 되살아났고, 교수는 처음에는 내키지 않아 했지만 매번 새롭게 실패할 때마다 점점 더 열정을 불태우며 자신의 학자로서의 야심에 상처를 입히고 현대 과학 지식의 강력한 힘을 감히 의심하게 만든 이 사악한 미생물을 무슨 수를 써서든 정복하고야 말겠노라 스스로 맹세했다. 실험이 실패로 끝나는 일이 이어질 때마다 교수는 더욱 더 고집을 꺾지 않고 밀어붙였다. 그 결과 교수는 잠을 거의 전혀 안 자게 되었고 실험실을 한시도 떠나지 않았고 음식도 주위에서 힘겹게 강제로 먹여야 했다. 현미경과 시험관과 원심 분리 용기에 단단히 둘러싸인 채, 잠들지 못한 밤과 피로로 인해 바짝 마르고 노랗게 시들고 턱수염만 사납게 뻗쳐 교수는 그 어떤 실패에도 굴하지 않고 철학자의 돌을 찾으려는 광기에 휩싸인 중세의 연금술사처럼 보였다.

혁명 열흘째에 판창퀘이는 뭔가 필요한 것이 없는지 살피려고 교수의 새로운 거처에 직접 찾아갔다. 교수는 어떤 시험관들을 열띠게 움직이며 현미경 주위를 수선스럽게 돌아다니고 있었다.

　　"이 저주받을 세균을 죽이는 게 내 임무요." 교수는 불빛 아래 무슨 시험관을 흔들면서 외쳤다. "하지만 선생은 나한테 맹세해주시오, 내가 발견한 약을 선생 나라의 황인종들한테만 사용하지 않고 파리의 백인 구역에도 공급해주겠다고 말이오. 난 내 백인 형제들을 운명의 구렁텅이에 남겨두고 아시아인들만 죽음에서 구할 생각은 전혀 없소."

　　"거기에 대해서라면 교수님은 안심하셔도 좋습니다." 판창퀘이가 미소를 지으며 대답했다. "교수님의 약은 개발이 성공하는 대로, 사실 모든 백인 구역은 아니라도 그중 가장 인구가 많은 벨빌 노동자 구역에는 확실히 공급될 겁니다. 말이 나왔으니 말씀입니다만 교수님이 최근 소식을 아직 모르신다면 요즘 파리의 노동자 구역인 벨빌과 메닐몽탕이 인접한 지역들과 함께 도시에서 분리되어 독립적인 노동자 소비에트공화국을 수립했습니다. 현재 그쪽에서도 이미 우리 쪽 못지않은 실험실을 설립하고 교수님의 동료들이 공통의 적을 분쇄하기 위해 연구하는 중입니다. 제 생각에 그쪽의 연구 성과도 분명히 교수님이 흥미를 가지실 것이고 서로 실험 결과를 비교하는 것도 양쪽에게 도움이 될 것입니다. 제가 그쪽과—실제로 상당히 어렵게—전화 연락에 성공했습니다. 그 연락을 위해 우리 사이에 놓인 모든 구역에 전화선을 깔아야 했는데 독립적인 소국가들로 잘게 나누어진 현재의 파리에서 그것은 절대로 쉬운 일이 아니었습니다. 그 목적을 위해서 지하철 터널을 활용하자는 의견이 나왔습니다. 오늘 저녁에 벨빌공화국 실험실과 직접 통화할 수 있는 전화기를 교수님 실험실에 설치해드리겠습니다."

교수는 흥분을 감추지 못했다.

"그게 정말이오? 굉장한 생각 아니오! 정말로 어마어마하게 도움이 될 거요. 저쪽 사람들이 잘 갖추어진 실험실을 가지고 있다면 양쪽이 동시에 수많은 실험을 수행할 수 있을 거요. 내가 원하는 성과도 틀림없이 더 빨리 나오겠지. 그렇소, 진실로 훌륭한 생각이오."

"그 외에 또 뭔가 필요한 게 있으십니까?"

"물론이오. 여기 라디오를 치우라고 해주시오. 연구원들이 바깥 소식에 흥미가 있다면 다른 방에 가서 들으면 될 거요. 난 지금 그럴 여유가 없소. 일하는 데 방해됩니다."

"말씀대로 처리하겠습니다."

두 사람은 오랜 친구 사이처럼 굳세게 악수를 했다.

출구를 향해 계단을 내려가다가 판창퀘이는 연구원 한 명과 마주쳤는데, 작고 통통한 일본인이었다. 판창퀘이는 소르본에서 한때 이 연구원과 동료로 지냈다. 조그만 일본인은 외모를 언제나 신경 써서 다듬고 있어 옷에 먼지 한 톨 없이 깔끔했고 이 모습을 보면 판창퀘이는 언제나 세심하게 먼지를 털어낸 조그만 장식물을 떠올렸다.

일본인은 여기서 특별히 그를 기다린 것 같았다. 판창퀘이는 그의 창백하고 단호한 얼굴과 자신의 앞을 막아선 결단력에 깜짝 놀랐다.

"무슨 일입니까? 무슨 할 말이라도 있습니까?"

"감히 말씀드리자면 부탁드릴 일이 있습니다, 엄청난 부탁입니다…" 일본인이 속삭이는 소리로 가느다란, 어쩐지 단어의 박자에 이상하게 안 맞게 움직이는 듯한 입술로 말했고 그 입술이 갑자기 떨리더니 아래로 떨어져 뼈가 튀어나오고 굳은살이 박인 판창쿼이의 손에 달라붙었다.

판창쿼이는 깜짝 놀라 손을 뺐다.

"미쳤소? 무슨 일이오?"

"감히 말씀드리지만 부탁드릴 일이 있습니다, 엄청난 부탁입니다…" 연구원이 단어를 빠르게 씹어 하얗고 툭 튀어나온 이로 뱉으면서 반복해서 말했다. "저는 여기 완전히 격리되어 있습니다. 아무하고도 만날 수가 없습니다. 오늘 시내에서 전화가 왔습니다… 제 아내가 병에 걸렸습니다. 아프다고 합니다. 어쩌면 아예 흑사병이 아닐지도 모릅니다. 아마 확실히 아닐 거라고 생각합니다. 분명히 뭘 잘못 먹었을 겁니다. 이웃들이 밀고했습니다. 아내가 막사로 잡혀갔습니다. 오늘 저녁 8시에 총살당할 겁니다. 아시겠습니까? 오늘 저녁… 하다못해 내일까지만이라도 기다리게 해주십시오. 여기서 새로운 약을 시험하고 있습니다. 내일은 결과가 나올 겁니다. 내일은 흑사병 치료약이 나올지도 모릅니다. 아시겠습니까? 이런 상황에서 아내를 오늘 죽일 수는 없습니다. 게다가 아예 처음부터 흑사병이 아닐지도 모르는 겁니다. 첫 증상은 혼동하기 쉽습니다. 어쩌면 평범한 소화불량일지도 모릅니다. 좀 더 기다리면서 지켜봐야 합니다. 단 며칠만이라도 격리해서 말입니다. 격리하면 누구에게도 아무런 위협도 되지 않습니다. 그냥 처형 집행을 좀 미루면 됩니다. 전화로 지시해주시면… 아시겠습니까, 동지… 아내 이름

247

은…"

판창퀘이는 놀란 눈으로 연구원을 바라보았다.

"무슨 말인지 모르겠소, 동지. 아니, 이제 무슨 말인지 알 것 같소." 그는 거칠게 말했다. "그러니까 내가 잘못 들은 게 아니라면 특별 취급을 해달라는 거 아니오. 감염병과의 전쟁 중에 감염된 한 개인의 목숨을 며칠간 연장하기 위해 법을 어겨달라는 것인데 그 요구의 유일한 근거는 그 감염된 개인이 동지의 아내라는 것이오. 우리의 가장 뛰어난 노동자들이 매일같이 수십 명씩 죽어가고 오로지 감염자들을 처형하는 법을 적용함으로써 감염 사례를 50퍼센트 이상 줄이는 데 성공했다는 사실을 동지는 아마도 잊은 것 같소."

일본인은 빠르게 눈을 깜빡였다.

"… 새로운 약을 시험하고 있습니다… 내일 결과가 나옵니다… 내일이면 흑사병을 치료할 수 있을지도 모릅니다… 오늘 처형 전체를 연기해주십시오… 실험이 성공하지 않으면 내일 처형해도 됩니다. 하지만 어쩌면 그들을 살릴 수 있을지도 모르지 않습니까? 그리고 애초에 저는 아내가 흑사병에 걸린 게 아니라고 확신합니다… 평범한 소화불량입니다… 격리하기만 하면…."

판창퀘이는 건조하게 말을 막았다.

"동지가 하는 말은 모든 감염자들이 다 하는 얘기요. 동지의 아내가 설령 흑사병에 걸리지 않았다 하더라도 지금은 확실히 걸려 있을 거요. 감염자 막사에 들어간 사람은 아무도 나올 수 없소. 무엇보다도 예외를 두면서 감염병 확산자를 숨겨줄 수는 없소. 이제까지 그 어떤 약도 아무런 결과도 내지 못했소. 지금 실험하는 약이 더 나을 거라 상정할 근거가 전혀 없소. 그런 논리라면 처형을 하루하루씩 계속 미루며 감염자들을 점점 모아두어야 하고 그들을 전부 돌볼 만큼 위생요원 숫자가 충분하지 않으니 결국은 건강한 인구와 접촉하지 못하게 격리할 수 없게 될 거요. 달리 말하면 이전처럼 감염률을 50퍼센트 이상으로 올리자는 뜻밖에 되지 않소. 믿을 수가 없군, 동지."

조그만 일본인의 입술이 소리 없이 떨렸다.

판창퀘이는 계단을 달려 내려가 정문을 나갔다. 거리에서 다시 한번 눈앞에 깔끔하고 조그만 일본인이 잿빛 입술 끄트머리를 경련하며 길을 막고 섰다.

'여자 한 명을 구하기 위해 모두를 감염시키려 하다니!' 판창퀘이는 씁쓸하게 생각했다. '바로 그런 사람들이야말로 총살해야 하는데….'

그러나 잠시 후에 그는 이 모든 일에 대해 완전히 잊어버렸다.

2주가 흘렀다. 초소형 공화국 업무에 파묻혀 판창퀘이는 지난번에 만난 이후 교수에게 들르지 못했다. 사실 그는 나이 든 학자의 연구 상황에 대해 매일 상세한 전화 보고를 받고 있었는데, 교수의 끊임없는 노력에도 불구하고 긍정적인 결과는 끝끝내 나오지 않았다. 잠시 자유로운 시간을 활용하여 판창퀘이는 교수를 찾아가기로 했다. 회색으로 변해가는 조그만 골목들을 이리저리 돌아서 익숙해진 발걸음으로 그는 팡테옹 광장에 도달했다. 17번지 건물 4층 창문은 예전처럼 셔터가 닫혀 하얗게 빛나고 있었다.

갑자기 비가 내리기 시작했고 유리 구슬 같은 빗방울이 줄줄이 흘러 건물에 커튼을 드리웠다. 판창퀘이는 비가 그치기를 기다리며 열린 팡테옹* 안으로 들어갔다.

팡테옹은 텅 비어 있었고 높은 돔 천장과 그늘진 복도에서 냉기와 평온함이 뿜어져 나왔다. 아무도 없는 매표창구에 이전과 같이 불친절한 팻말이 걸려 있었다. '입장료 2프랑.' 돌바닥 위의 외로운 발걸음이 울리는 여러 겹의 메아리가 오랫동안 서로 부딪치며 비웃었다. 사방에서 익숙한 형체들이 눈동자 없는 하얀 눈으로 방문객을 가만히 바라보았다….

†

판창퀘이가 다시 팡테옹 문 앞에 섰을 때 비는 이미 오래전에 그쳐 있었다.

울타리 주위에는 그사이에 아시아인들이 모여서 열띤 함성으로 독재자에게 인사했다. 어색하게 고개를 숙여 인사를 받은 판창퀘이는 민망해하며 외투 깃을 세우고 구불구불한 골목 안으로 재빨리 사라졌다.

이미 어둠이 내렸고 어스름 속에 가라앉은 보도 위로 황인종 점등원들이 마치 베네치아의 환상적인 밤의 색색 장식품 같은 둥글고 정교한 종이 등을 서둘러 매달았다.

교수의 실험실은 온실처럼 숨 막히는 공기로 가득했고 거기 감싸인 모든 사물의 윤곽이 흔들리며 두 개로 갈라져 보였다. 두꺼운

＊ Panthéon. 프랑스 파리에 있는 역사적 건물. 본래 루이 15세가 성당으로 지었으나 완공 전에 프랑스혁명이 일어났고, 1790년 완공된 이후 뛰어난 공적을 세운 프랑스 시민들의 국립묘지로 사용되고 있다.

유리종 안의 파리처럼, 그 안에서 피로에 지친 졸린 연구원들이 느릿느릿 몸을 휘청거렸다.

교수는 머리가 산발이 된 채 이 실험 용기에서 저 실험 용기로 흐리고 하얀 액체를 옮겨 붓고 여러 시험관 안에 든 내용물을 그 안에 섞어 뭔가 반응을 유도했다. 판창퀘이의 질문에 교수는 이해할 수 없는 말을 웅얼거리고 조급하게 양손을 흔들어 쫓아내려 했다. 그에게서 제대로 된 말은 한마디도 끄집어낼 수 없었다. 너무 지쳐서 반쯤 정신을 잃은 연구원들은 판창퀘이가 던지는 질문을 알아듣지 못하는 것 같았고 한참 있다가 엉뚱한 대답을 했다.

실험실 안을 잠시 빙빙 돌다가 판창퀘이는 시계를 보았다. 7시, 저녁 보고를 들을 시간이다. 판창퀘이는 빠른 걸음으로 출구로 향했다. 그는 서둘러 나가려다 하얀 가운을 입은 조그만 연구원과 문에서 부딪쳤다. 유리가 깨졌다. 튀어나온 액체가 판창퀘이의 얼굴과 옷에 쏟아졌다. 조그만 연구원은 사과했다. 판창퀘이는 연구원의 손가락에 든 깨진 시험관 목 부분을 바라보고 시선을 들어 그의 눈앞에 하얀 얼룩처럼 떠오른 얼굴을 보았다. 얼굴이 왠지 낯익어 보였다. 그는 잠시 누군지 기억하려 애썼다. 가늘고 떨리는 입술. 조그맣고 깔끔한 일본인. 자기 아내를 특별 취급해달라고 부탁했지….

일본인은 사과의 말을 폭포수처럼 쏟아냈다. 판창퀘이는 그의 눈을 날카롭게 쳐다보고 상대방의 눈이 차갑고 끈질기게 자신을 가만히 보고 있는 것을 알았다. 한순간 그는 두 개의 떨리는 불꽃이 자신을 바라보는 것처럼 느꼈다. 판창퀘이는 말없이 돌아서서 실험실 안쪽으로 갔다. 약장에서 액체 염화수은*이 든 커다란 병

251

을 꺼내 옷 전체에 붓고 얼굴과 손을 오랫동안 꼼꼼하게 씻었다. 그런 뒤 여전히 계속해서 사과하는 연구원을 쳐다보지도 않고 재빨리 계단을 달려 내려갔다.

연구소로 돌아와서 판창퀘이는 보고를 듣고 내일 처리할 일들을 지시하는 데 열중했다. 명령을 내리고 마지막 배달부를 내보낸 뒤 독재자가 지나치게 밝은 샹들리에의 불빛을 조절했을 때 커다란 시계의 시곗바늘이 이미 12시를 가리키고 있었다.

회의실 구석 벽 아래에 사흘 전에 옮겨 와서 사흘 동안 건드리지 않은 좁다란 야전침대가 놓여 있었다. 판창퀘이가 직접 가져왔고 이제 처음으로 그 앞에서 옷을 벗기 시작했다. 완전히 나체가 된 뒤에 그는 어떤 투명한 액체로 몸 전체를 꼼꼼하게 문질렀다. 겨드랑이를 문지를 차례가 되자 잠시 멈추고 팔을 들고 주의 깊게 살펴보았다. 겨드랑이 림프샘이 약간 부어오른 것처럼 보였다. 그는 손가락으로 그 부분을 오랫동안 만져보았다.

"자기암시…" 그는 무감정하게 중얼거린 후 셔츠를 입고 재빨리 이불 속으로 들어갔다. 그리고 즉시 잠들었다.

밤에 그는 깃발로 장식된 거리, 악단과 거리를 줄지어 행진하는 황인종 군대의 꿈을 꾸었다. 빨간 깃발이 장식된 팡테옹은 활짝 열려 있었고 그 울타리 주변에는 꽃에 파묻힌 트럭들이 줄지어 서서 기다리고 있었다. 입구 양쪽에 두 줄로 선 군인들이 뻣뻣한 동작으로 어깨총을 했다. 판창퀘이는 놀라서 경비병에게 이 행사의 이유

---

* 한때 소독 혹은 매독 치료에 사용되었으나, 수은중독 위험 때문에 지금은 더 이상 의료용으로 사용되지 않는다.

를 물었다.

"그들을 중국으로 데려갑니다." 군인이 답했다.

그때야 판창퀘이는 바로 그 일을 하려고 여기에 왔음을 깨닫고 복도를 달려 재빨리 지하 묘지로 내려갔다.

묘지는 열려 있었고 안에 축하하기 위해 잘 차려입은 군중이 모여 있었다. 안으로 헤치고 들어가서 판창퀘이는 거대한 쇠도끼로 루소*의 관을 파내는 군인 부대를 보았다. 관은 땅에 뿌리라도 내린 듯 꿈쩍도 하지 않았다.

"다시! 다 같이! 찍어어어!"

움직이지 않는다.

판창퀘이는 첫 줄에 선 군인을 밀어내고 온 힘을 다해 배로 쇠도끼를 덮쳤다.

"지금이다! 신호에 맞춰! 찍어어!"

움직이지 않는다.

"찍어어어!"

여전히 아무 성과도 없다.

"찍어어어!"

굵은 땀방울이 그의 이마에 맺혔다.

눈앞의 장면이 사라졌다. 판창퀘이는 무슨 일이 일어났는지, 자신이 어디에 있는지 의식하지 못하고 오랫동안 꿰뚫을 수 없는 어둠 속에 잠겨 있었다. 거울 같은 의식의 표면 위로 물고기처럼 가장 먼저 떠오른 감각은 아랫배의 강한 통증이었다. 가만… 무슨 일

＊ 장자크 루소Jean-Jacques Rousseau(1712-1778). 스위스 제네바 출신의 철학자, 작가, 작곡가.

이지? 아! 배를 쇠도끼에 대고 눌렀지. 그게 대체 언제 어디였지?

고통은 시간이 갈수록 견딜 수 없이 심해지며 현실 공간 속에 생각을 안정시키는 데 도움을 주었다. 어둠. 밤. 침대. 연구소 회의실. 통증. 설마⋯??

통증이 비인간적으로 심해졌다. 판창퀘이는 맨발로 차가운 바닥에 뛰어내려 손으로 스위치를 누르고 돌렸다. 불이 한꺼번에 켜지며 방안의 모습이 드러났다. 녹색 책상보 위에 서류가 가득 쌓인 책상과 높은 안락의자 등받이, 천장, 밤.

아랫배의 야만적인 통증은 수그러들지 않았다. 판창퀘이는 힘겹게 창문까지 기어가서 어젯밤 창가에 놓아둔 코냑 병을 열고 독한 내용물을 단번에 들이켰다. 코냑이 불타는 빗줄기가 되어 내장 속에 쏟아지며 잠시 통증을 가라앉혔다.

판창퀘이는 느리고 불확실한 걸음으로 침대로 돌아갔다. 생각들이 자꾸 끊어지는 옛날 필름처럼 지름길로 뛰어다니며 끝까지 이어지지 않았다. 아랫배의 날카로운 통증이 또다시 자신의 존재를 알렸다.

판창퀘이는 뻣뻣하게 몸을 펴고 한순간이라도 생각하지 않으려고 애썼다. 한꺼번에 들이켠 코냑이 그의 두개골 아래에서 일정하게 밀려드는 파도가 되어 따뜻한 물을 뿌렸다. 배는 고통으로 가득한 자루처럼 어딘가로 떨어져 마치 몸 전체가 비율이 맞지 않게 갑자기 길어지고 머리와 허벅다리 사이가 몇 미터나 되는 거리로 늘어난 것 같았다. 그곳에서 차가운 고통의 파도가 리드미컬하게 계속해서 밀려왔다. 지친 두뇌는 감긴 눈꺼풀 안쪽 화면에 흩어졌다가 힘겹게 다시 모이는 장면들을 비추었다. 잠시 그는 지쳐서 선잠

254

에 빠졌다.

선잠 속에서 사물의 진짜 윤곽이 천천히 흐릿해지고 퍼지며 똑같은 선들이 새롭게 조합되어 계속 달라지는 풍경을 만들어냈다. 조금 전에 수천 개의 촛불이 되어 샹들리에가 타오르던 곳에 지금은 거대하고 둥근 무거운 태양이 당장이라도 땅으로 빨갛게 달아오른 금속 물방울을 뚝뚝 떨구어 지면을 전부 태워버릴 듯했다. 조금 전까지 줄지어 늘어선 벤치였던 것이 이제는 흐릿한 유리 같은 물속에서 입을 벌린 수천 개의 구불구불한 논두렁이 되어 햇빛 속에 느긋하게 펼쳐진다. 무릎까지 물에 잠긴 조그맣고 주름진 노란 사람들이 누더기 차림으로 모를 심고 있다. 눈 닿는 곳 전부—아무것도 없이 그저 물, 논, 그리고 몸을 숙인 채 중노동의 영원한 굴레에 묶여 쪼그라든 사람들의 등이 당장이라도 불타는 방울을 뚝뚝 떨어뜨릴 듯한 태양 아래 늘어서 있다.

모든 것을 뒤덮는 사랑의 거대하고 고통스러운 물결이 아랫배에서 목구멍으로 따뜻하게 뭉친 눈물이 되어 치솟아 오른다. 판창퀘이는 지금이라도 논의 축축한 진흙에 얼굴을 묻고 열에 달아오른 쓰디쓴 입술로 땀에 젖어 노랗게 된 하얀 쌀알, 생명을 주는 쌀알에 입을 맞추고 몸을 숙인 시골 농민의 작고 주름지고 여성스러운 얼굴을 양손으로 부여잡고 울면서 품에 끌어안을 것만 같다.

갑자기 눈물 사이로 눈앞의 광경이 변하더니 희미하게 사라지기 시작한다. 전면에, 허공에 빠르게 움직이는, 괴물같이 거대한 한 쌍의 발과 그 뒤에서 달려오는 수레의 소용돌이처럼 돌아가는 바퀴살이 어른거린다.

잡아 뜯는 듯한 날카로운 통증과 어둠. 그래, 이건 흘러 떨어진 태양의 뜨거운 불 방울이다. 숨 막히는 회색 연기가 모든 것을 부드럽고도 사납게 쓰다듬으며 집어삼킨다. 연기 줄기 속에 마치 붓처럼, 하얗고 일그러진 사람 얼굴들이 흔들린다.

저 부어오른 여성스러운 얼굴과 어린아이처럼 겁에 질려 크게 뜬 눈은 누구의 것일까? 소중하고 친숙한 윤곽. 첸! 소중한 사람! 말소리는 들리지 않지만 떨리는 입술이 어딘가에서 들었던 문장을 분명하게 전달한다. "죽는 게 너무 무서워요!"

연기가 천천히 걷히고 빨간 건물 형체들이 드러난다.

난징!

불길이 중국인 구역을 집어 삼키고 마치 마술처럼 연합령의 하늘색 철문 앞에 멈춘다. 철문 너머에서 하얗고 퉁퉁한 백인 작업반장의 얽은 얼굴이 고통스럽게 찡그리며 연발하는 기관총의 화약 연기 위로 혀를 힘없이 내밀고 있다.

"나를 따르라!" 판창퀘이는 자기 뒤로 몰려오는 군중에게 외치고 날아가듯 광장을 지나 푸른 철문을 향해 돌진한다.

갑자기 그는 돌아본다. 광장은 텅 비었고 뒤에는 아무도 없다. 철문 뒤의 얽은 백인 얼굴이 조롱하는 폭소의 찡그림 속에 입을 크게 벌리고 기관단총 총구에서 흘러나오는 뱀 같은 희끄무레한 연기 위로 솟아오른다. 아랫배의 무시무시한 고통이 내장을 팽팽한 끈처럼 당겨 끊는 것 같다.

"배에 맞았다!" 판창퀘이가 일어나 달려나가려고 헛되이 애쓰며 속삭인다.

통증이 벌레처럼 내장 속을 돌아다닌다. 연기가 가셨다. 천장에서 샹들리에가 밝게 빛난다. 책상을 덮은 녹색 천.

전화기. 환하게 빛이 밝혀진 커다란 회의실 모퉁이에서 누군가의 신음 소리가 새어 나온다.

"대체 누가 여기서 신음하는 거지?"

판창퀘이는 침상 위에 일어나 앉는다. 신음하는 사람이 바로 자기 자신임을 깨닫는다. 아랫배를 쥐어뜯는 듯한 통증이 상처 입은 새처럼 퍼덕거린다.

"아, 그러니까 끝인가?"

판창퀘이는 이 말에서 아무런 의미도 찾을 수 없어 같은 말을 두 번 큰 소리로 되풀이한다. 기계적으로, 통증 때문에 씩씩거리며, 그는 옷을 입기 시작한다. 특히나 고통스러운 경련이 지나간 뒤에 숨을 돌리기 위해 중간중간에 멈추어 가며 오랫동안 옷을 입는다. 옷은 아직도 축축했다. 판창퀘이는 갑자기 움직임을 중간에 멈추었다. 선명한 생각이 마치 철사처럼 되감기며 흩어진 사실들의 구슬을 한 곳에 꿴다. 염화수은 용액 얼룩. 깨진 시험관. 조그만 일본인 연구원. 떨리는 두 개의 불꽃 같던 눈. 손에 닿았던 건조하고 떨리는 입술의 낯선 감촉….

판창퀘이는 겉옷 단추를 잠근다. 자동적으로 손에 회색 장갑을 끼고 목 주위에 목도리를 두른다(흑사병 균에 오염된 공기에 직접 닿는 피부 면적을 최소화하기 위한 방책이다).

몸단장을 마치고 판창퀘이는 힘겹게 몸을 끌고 책상으로 가서 종이와 펜을 찾아낸다. 통증이 식도를 따라 기어다니며 이제 입안을 가득 채웠고 이가 덜덜 떨리며 무기력하게 경고음을 울린다. 고르게 글을 쓰기 위해 그는 왼손으로 아래턱을 붙잡아야만 한다. 그는 두 통의 편지를 써서 조심스럽게 봉투에 넣고 주소를 적었다.

이 절차를 마친 뒤에야 그는 책상 서랍에서 난징의 공산주의자 시절 동지였던 커다란 권총을 꺼내 안락의자에 앉는다. 책상 위에서 전화가 울린다.

판창퀘이는 권총을 내려놓고 수화기를 든다. 수화기에서 공포에 질린 목소리를 처음 들은 순간 누가 말하는지 구분하지 못한다. 전화한 사람은 교수의 연구실을 관리하는 연구원이다.

"조금 전 밤에… 뜻밖에도… 증상도 없었습니다… 교수님이… 사망하셨습니다…. 저녁부터… 잠을 안 주무셨어요… 밤 근무하는 연구원들이… 발견해서…."

판창퀘이는 수화기를 내려놓았다. 이를 악문 창백한 입술에 힘겹게 가느다란 미소가 떠올랐다. 판창퀘이는 까만 권총을 도로 서랍 속에 넣고 다른 서랍에서 조그맣고 광이 나는 6발 리볼버를 꺼냈다. 계속 미소를 지으며 입에 총구를 밀어넣었다. 떨리는 치아가 차가운 쇠에 닿아 소리굽쇠처럼 울렸다. 치아 사이에 강하게 밀려 들어간 가늠자가 입안에서 딱 맞는 자리를 찾아냈다.

텅 비어 불이 환하게 밝혀진 연구소 회의실 안에서, 화려한 벽들이 놀라는 가운데 총소리가 둔중하고 낯설게 메아리쳤다.

†

판창퀘이는 군사 장례로, 음악 없이 군용 드럼 소리가 울리는 가운데 매장되었다. 마치 서커스 악단의 음악 소리가 잦아들고 무덤 같은 고요가 찾아왔을 때 곡예사가 치명적인 점프를 하는 순간 갑자기 울리는 경고의 북소리처럼, 33명의 드럼 연주자가 고독하고 불길한 솔로를 두드렸고 빠르게 어른거리는 드럼 채의 움직임으로 그의 앞에 긴 애도 행렬의 길을 열어주었다. 소공화국 정부의 긴급 특별 조례에 따라 그의 시신은 강제적인 화장의 예외로 간주되어 임시로 팡테옹에 안장되었다.

주 복도 가운데, 빨간 깃발로 덮인 양각 장식된 나무 관에 그를 홀로 남긴 채 철문이 닫혔다. 대리석 형상들의 눈동자 없는 하얀 눈이 마치 놀라서 휘둥그렇게 뜬 듯 이 기괴한 침입자를 내려다보았다.

소박한 나무 관 안의 소박한 삼베 쿠션 위에 누운 판창퀘이는 몸을 곧게 펴고 움직이지 않는 채 회색 장갑을 끼고 목에는 꼼꼼하게 목도리를 두르고 있어 흑사병에 오염된 자신의 피부가 생명을 주는 투명한 공기에 직접 닿는 면적을 최소화하려 애쓰는 것만 같았다.

VII

중국인 소공화국에 한정되지만은 않은 기이한 우연의 일치가 일어난 그날 아침은 평소보다 유달리 활기찼다. 서쪽으로 두 개 구역을 건너 센강 반대편의 파시 구역 러시아군주국은 그날 마침내 프랑스 정부가 넘겨줄 볼셰비키들을 인수할 준비를 하고 있었다. 트로카데로 광장에 나무판자로 서둘러 임시 법정이 마련되었다. 임시정부의 결정에 따라 인수받은 볼셰비키들에 대한 재판이 열린 하늘 아래에서 공개적으로 진행될 예정이었다. 검사 역할은 러시아 이주민 전체가 맡게 되었다. 여기저기 탁자와 벤치가 아무렇게나 놓였다.

대략 아침 8시부터 이에나 다리로 이어지는 도로에 흥분하여 조급해진 군중이 모여들기 시작했다. 여성이 대다수였다. 그날만은 아침 목욕도 잊어버린, 다이아몬드를 휘감은 통통한 숙녀들이 평소에는 오후 1시 이전에 낮의 햇빛을 받은 세상을 보는 데 익숙하지 않지만 오늘은 열띠게 서두르며 정해진 시간보다 세 시간이나 일찍 거리를 메웠다. 파우더를 발라 홍조를 가리며 숙녀들은 서로 수다를 떨면서 남는 시간을 때웠다.

대화의 주제는 대체로 한 가지였다─몇이나 데려올 것이며 어떤 사람들인가, 늙은이들인가 젊은이들인가? 수십 개의 이름이 입에서 입으로 떠돌았다. 그 이름들과 함께 이런저런 볼셰비키들의 환상적으로 피에 굶주린 잔인함과 짐승 같은 행적들이 풍성한 논평이 되어 오갔다. 소련 대사관의 제1서기관이 3000 가족을 자기 손으로 살해했다고 줄에서 40번째에 서 있는 숙녀가 이야기했다. 제1서기관은 자기 집 식탁에서 호화롭기 짝이 없는 음식을 차려놓고 취조를 했고 반항하는 죄수는 이쑤시개로 눈을 파냈다고 했다.

키 크고 턱수염 난 사제가 언제나 귀 기울이는 청중에게 성 미트로판 정교교회의 수치스러운 신성모독에 대해, 순교자의 성스러운 유해가 하수구에 던져지고 교회 안이 병원으로 바뀌어 볼셰비키 간호사들이 성스러운 예배당을 간음으로 더럽혔다는 이야기를 벌써 백 번째 되풀이했다.

모든 징발당한 가구들, 압수당한 귀중품, 오래 묵은 용서할 수 없는 원한들이 썩은 이 사이로 드러나고 이민 가방 밑바닥에서, 몇 년이나 묵은 겹겹의 나프탈렌 아래에서 끄집어내어져 새롭게 낮의 햇빛을 보게 되었고 세월에 찌들지 않은 양, 영원히 현재형인 양 복수를, 뜨겁게 끓는 피를 탐했다. 그리고 군중은 당장이라도 쥐가 뛰쳐나올 쥐구멍 앞의 고양이처럼 욕심 사나운 기대감에 입술을 핥았다.

11시가 지났지만 프랑스왕국 쪽에서는 차가 한 대도 보이지 않았다. 군중은 오래 입맛을 다시다 지쳐 초조해하기 시작했다.

오후 3시에 다리 저쪽에서 마침내 커다란 트럭이 오토바이 두 대의 뒤를 따라 모습을 드러냈다. 트럭은 천천히 다리로 올라와 가운데에 멈추어 섰다. 오토바이에서 두 명의 프랑스 장교들이 뛰어내려 기다리고 있는 러시아 장교들에게 다가갔다. 활기찬 대화가 오갔다. 군중은 불안하게 수런거렸다. 모든 눈이 다리 위의 트럭을 향하고 있었다. 안에 있는 사람들은 멀리서 구별할 수가 없었다.

다리 위의 대화는 계속 이어졌다. 장교들은 팔을 벌리고 활기차게 몸짓을 했다. 마침내 프랑스인들이 경례를 하고 다시 오토바이에 탔다. 트럭이 천천히 러시아 쪽을 향해 움직였다. 군중이 기대에 차서 몰려들었다.

트럭이 다리를 지나 강둑으로 내려오자 모든 입에서 무기력한 분노의 둔중한 함성이 터져 나왔다. 트럭 앞부분에 적십자 깃발이 펄럭이고 있었다.

군중이 트럭을 바짝 에워쌌다. 이제 전부 선명하게 보였다. 트럭 짐칸에 잿빛으로 일그러진 얼굴을 한 사람들이 열댓 명 줄지어 누워서 벌레처럼 몸부림치고 있었다. 흑사병 환자들이었다.

순식간에 사람들이 트럭 주위에서 멀어졌다. 군중은 패닉에 빠저 보도에 뛰어올랐다. 몇 분 뒤에, 마치 주연배우가 출연할 수 없는 탓에 오래 기대했던 공연이 취소되어 실망한 관객들처럼 군중은 손짓을 하고 욕하며 천천히 내키지 않는 듯 흩어져 각자 집으로 향했다.

텅 빈 광장에 홀로, 아무도 필요로 하지 않는 까만 트럭이 몸부림치는 사람들의 신음 소리로 가득한 채 서 있었다.

✝

솔로민 대장은 관중들에게 야유를 당한 테너 가수처럼 음울하게 집에 돌아왔다. 실망이 너무 커서 그냥 흘려버리고 일상으로 돌아갈 수가 없었다. 오랫동안 이 순간을 기다리면서 이 순간을 위해 모욕과 수치를 견뎌왔는데, 밤마다 이 순간을 꿈꾸었는데, 마지막 순간에 사악한 운명이 그에게 엿을 먹인 것이다.

그래서 잘생긴 솔로민 대장은 평소의 자세를 무너뜨리고 무기력한 분노 속에 말처럼 코를 킁킁 울렸다.

"망할 놈들!" 그가 악문 이 사이로 내뱉었다. 프랑스 쓰레기들! 일부러 하루하루 시간을 끌고 돈을 뜯어내면서 다 뒈질 때까지 기다린 것이다. 지금 그는 프랑스인들을 저들만큼이나 증오했다. 가장 아픈 곳을 찔러 그를 조롱했다. 단 한 번에 그가 그토록 힘겹게 벌었던 팁을 한 푼 두 푼 모은 잔돈까지 전부 쓸어갔다.

그리고 억눌린 분노가 끓어 넘치려는 우유처럼 모든 것을 하얗게 거품이 이는 용암으로 덮으며 심장 속에서 부글거렸다.

모든 것이 갑자기 의미와 가치를 잃고 불필요해졌다. 오랜 세월의 무시와 경멸, 낭비된 삶, 끊어져버린 커리어를 보상받기 위한 단하나의 희망이 꺼졌다. 아무것도 남지 않았다. 그는 어째서, 어디로 가는지 잘 알지 못하는 채 무거운 발걸음을 옮겼다.

텅 비고 어두운 방 안의 회색 덮개에 덮인 가구들은 병원 특유의 지루한 냄새를 풍겼고 가구들은 회색 옷을 입은 병자처럼, 환자복을 그대로 입혀 꿰매버린 환자처럼 질병에 대한, 죽음에 대한, 축축한 땅에 파낸 진흙 구덩이에 대한 불쾌한 생각을 자꾸 떠오르게 했다. 솔로민은 누군가에게 화풀이를 하고 싶었고, 하다 못해 저 환자복 입은 가구라도 좋으니 언젠가 붉은 군대에게서 고립시킨 야전병원에서 했듯이 녹슨 칼날로 안락의자의 툭 튀어나온 배를 갈라 내장처럼 배배 꼬인 용수철이라도 끄집어내고 싶었다.

당번병이 그의 팔 아래에서 쿠션을 빼내어 서둘러 살금살금 빠져나가다가 번쩍번쩍 광을 낸 군화를 배에 맞고 휘청거리며 뒷걸음질치다 문가에 멈추어 서서 겁에 질린 눈으로 번쩍이는 군화를 문질러 닦더니 소리 없이 문 뒤로 사라졌다.

안 된다, 집에 머무르다니—그럴 수는 없다!

그는 문을 쾅 닫고 거리로 나왔다. 오랫동안, 밤늦게까지 인적 없는, 버려진 골목을, 잔디밭을 목적 없이 헤매 다녔다. 무감각 상태에서 그를 깨운 것은 배고픔이었다. 그는 길모퉁이의 조그만 술집에 들어섰다. 문가에서부터 여러 사람이 떠드는 목소리가 그를 덮쳤다.

"솔로민!"

구석 테이블에 동료들이 있었다. 장교들이다. 번들거리는 벌건 얼굴들. 그를 껴안으려고 다들 몸을 내민다. 이 성대한 환영 인사의 이유를 말해주는 것은 대대 규모의 빈 술병들이다. 그는 테이블로 끌려가 앉았다. 누군가 술잔을 가득 채워 술을 따라주었다.

"마셔!"

그는 단번에 들이켜고 눈도 깜짝하지 않았다.

15분 뒤, 목쉰 '볼가' 축음기 음악 소리에 맞추어, 유리잔 부딪치는 소리와 보드카 따르는 꿀럭꿀럭 소리 속에서 그는 붉은 콧수염을 기른 중위의 어깨에, 튀어나온 견장에 기대어 무너져 울음을 터뜨렸고 중위의 군복 자켓 주름에 팬케이크처럼 축축하고 스펀지 같은 얼굴을 들이대고 눈물로 자켓을 적셨다.

붉은 머리 중위는 어머니처럼 다정하게 솔로민의 머리를 젖히고 입안으로 독주 한 잔을 들이부었다.

†

어떻게 해서 언제 거리로 나왔는지―그는 깨닫지 못했다. 밖은 완전히 어두웠다. 그는 힘겹게 균형을 잡으며 양손으로 담을 더듬어 짚으면서 앞으로 나아갔다. 가로등 아래에서 그는 주머니에 뭔가 튀어나와 있는 것을 느꼈다. 마시다 만 코냑 병이었다. 딸꾹질이 나서 힘들었다. 그는 코냑을 한 모금 마시고 병마개를 닫고 계속 앞으로 나아갔다. 길이 발아래에서 기괴한 모양으로 꼬였다.

마침내 광장으로 나왔을 때 그는 빽빽한 숲을 헤치고 벌판으로 나온 듯한 기분이었다. 휘청거리며, 불안하게 발을 디디며 그는 광장을 가로질러 나아갔다.

그러나 열댓 걸음 내디뎠을 때 그는 어떤 장애물에 맞닥뜨렸다.

그 장애물은 가까이서 보니 바퀴에 이중 타이어를 댄 트럭이었다.

솔로민은 뭔가 기억해내려고 애쓰며 그 자리에 섰다. 낚시꾼처럼 기억의 저수지 위에 몸을 굽히고 물속으로 낚싯대를 서투르게 던졌으나 기억은 은빛 비늘의 모샘치처럼 투명한 물속에서 헤엄칠 뿐이었다. 방금, 방금 흔들리던 찌가 사라졌지만, 그러다 번쩍이는 비늘로 물살을 가르며 조금 뒤에 다시 수면 가까이에서 헤엄쳤다.

갑자기 위쪽, 트럭 짐칸에서 억눌린 신음 소리가 새어 나왔다. 기억의 찌는 돌맹이처럼 물속으로 가라앉았고 마침내 낚싯줄에 거대하고 눈부신 물고기가 걸려 번쩍거렸다─그는 끌어낼 수 없었다. 그의 삶 전체가 납으로 된 추가 되어 그 기억에 매달려 있었다.

"아하, 공산주의자들…!" 솔로민이 중얼거렸다. "다들 아직 안 뒈졌나? 어쩌나, 보아하니 내 도움이 없으면 이 구렁텅이에서 나올 수 없는 운명인 듯 한데…."

술 취한 솔로민은 충혈되고 흐린 눈으로 더듬더듬 짐칸으로 올라가기 시작했다. 쉽지 않았다. 불확실한 발이 바퀴 축에서 미끄러지고 양손은 나무로 만든 것 같아서 무기력한 몸을 움직일 수가 없었다. 마침내 그는 반동을 이용해 난간 너머로 몸을 던져 뭔가 부드러운 것에 얼굴을 처박았다. 그리고 옆으로 조금 움직여 뭔가 편편한 무더기 위에 무겁게 주저앉았다.

구름 속에서 게으른 달이 모습을 드러냈다. 그 흐릿한 빛 속에 솔로민 대장은 트럭 짐칸 바닥을 뒤덮은 검고 뻣뻣한 몸들을 보았다. 어딘가 구석에서 신음 소리가 들려왔다.

솔로민 대장은 그쪽으로 몸을 돌리며 굳은살 박인 손가락으로 권총집에서 권총 자루를 잡아 끄집어냈다.

그곳에 트럭 짐칸 난간에 머리를 기댄 채 위를 쳐다보는 20대 남자가 누워 있었는데, 맑고 단정한 얼굴에 거무스름한 눈물처럼 땀이 흘러내렸다. 이마에는 헝클어지고 땀에 젖어 뭉친 금발이 아무렇게나 흩어져 있었다. 거무스름하게 변한 입술에서 진흙 판 틈 사이로 연기가 새어 나오듯 신음 소리가 새어 나왔다.

솔로민 대장은 누워 있는 사람을 향해 몸을 더 낮게 굽혀 남자의 멱살을 세게 잡고 몸을 일으켜 똑바로 앉혔다.

"하! 무슨 노래를 조잘조잘 부르고 있군, 형제여. 아직 죽지 마라. 내가 놀러 왔으니까. 얘기 좀 하자."

인형처럼 무기력하게 똑바로 앉혀진 남자는 의식 없는 눈을 뜨고 갈라진 목소리로 속삭였다.

"물!"

"물 마시고 싶어?" 솔로민이 조롱했다. "어쩌지, 자, 이거라도 빨아!" 이렇게 말하고 그는 병자의 입에 권총 총구를 들이밀었다. 병자는 바짝 마른 입술에 차가운 총구가 닿자 탐욕스럽게 빨기 시작했다.

"좋아?" 솔로민 대장이 째지는 소리로 말했다. "맛있어? 조심해라, 그러다 총알 삼킨다. 목이 막히겠군."

정신 나간 손가락이 어둠 속에서 방아쇠를 찾아 헤맸다.

"목이 막히게 해주고야 말겠다!"

손가락이 방아쇠를 찾아냈으나 의도적으로 멈추었다. 솔로민은 병자의 입에서 총구를 빼내고 권총을 도로 총집에 꽂아 넣었다.

"아니, 형제여! 그렇게 쉽게 해줄 수는 없지! 넌 너무 똑똑해. 누구든 이런 상황이면 죽기는 바라겠지. 끝장을 내? 그래서 뭐? 넌 느

266

끼지도 못할 텐데. 나한테 고마워하게 만들어주지. 바보인 척 하지 마라. 잠깐, 먼저 깨워야겠군. 얘기 좀 하자. 목이 마르다고? 안 될 건 뭔가? 여기 마실 걸 주지. 내가 얼마나 마음 착한 사람인데. 이걸 마시면 당장 두 발로 일어설 거다."

솔로민 대장은 군복 주머니에서 코냑 병을 꺼내 마개를 열고 병자의 입에 술병을 가져다 댔다.

"마시게, 친구, 원하는 만큼 실컷. 마셔보면 알겠지! 이건 너네 소비에트 밀주가 아니야. 마르텔! 별 세 개짜리라고! 황홀하지, 어때?"

병자는 탐욕스럽게 병 속의 독한 액체를 꿀꺽꿀꺽 들이마셨다.

"잘 마시는군. 그래, 조금만 더. 체면 차리지 말고. 곧 본론으로 들어갈 테니까."

솔로민은 술병을 더욱 기울였다. 액체가 병자의 입에서 넘치고 병자는 사레가 들려 발작적으로 기침을 했다. 오랫동안 기침하며 숨을 제대로 쉬지 못했다. 마침내 진정되었을 때 상대방은 솔로민에게 커다랗게 뜬 눈을 돌렸고 그 시선에는 선명한 의식이 번득였다. 병자는 거칠고 빠르게 숨 쉬었다. 솔로민 대장은 서두르지 않고 병마개를 닫아 도로 주머니에 쑤셔 넣고 이번에는 권총을 꺼냈다.

"그래. 이젠 최소한 사람처럼 보이는군. 얘기를 좀 할 수 있겠어."

솔로민 대장은 엎드려 있는 사람의 등과 비슷하게 느껴지는 뭔가에 좀 더 편안하게 고쳐 앉아 권총을 흔들거리며 취조하기 시작했다.

"이름이 뭐지?"

병자는 물가에 던져진 물고기가 공기를 빨아들이듯 계속 그를 게걸스럽게 쳐다보았다.

"여기가 어디지?" 마침내 병자가 힘겹게 내뱉었다.

"파리다, 친구, 여긴 파리야. 모스크바가 아니라고. 파리의 백군 나라에 있다. 러시아제국 군사 재판정 앞이다. 어딘지 이젠 알겠나?"

병자는 눈을 감고 생각을 정리하는 것 같았다. 길게 침묵한 뒤 죽을 듯이 피곤한 어조로 그가 조용히 물었다.

"나한테 원하는 게 뭐지? 난 흑사병에 걸렸다."

"그건 말이야, 형제여, 여기선 아무 상관이 없어. 자네가 흑사병에 걸렸다고 해서 정의 구현이나 처벌을 안 할 거라고 생각하나? 그럴 리가! 저 세상으로 가는 문을 열어주기 전에 우리하고 같이 춤 좀 춰야 할 걸. 질문에 대답하지 않으면 권총 자루가 네 이빨을 깨부술 거다. 으깨진 얼굴을 하고 레닌을 만나러 가고 싶지 않으면 제대로 예의 바르게 대답해. 알겠나?"

병자는 말없이 솔로민을 바라보았다.

"이름이 뭐지?"

"솔로민."

"농담을 좋아하는 모양이군, 형제! 안 될 이유는 없지, 장난 좀 쳐보게. 내가 진짜 농담이 뭔지 보여주지, 개새끼야! 내 이름은 어디서 알았나? 질문에 대답을 해! 날 어떻게 알지?"

"난 당신을 모르고 알고 싶지도 않아."

"내 성은 어떻게 알지?"

"당신 성 몰라."

"조금 전에 솔로민이라고 말했잖아."

"내 성이 솔로민이다."

솔로민 대장은 어리둥절해서 권총을 쥔 손을 내렸다.

"거짓말을 하는군, 네 성이 솔로민이라니 그게 무슨 소리지? 내 성이 솔로민이다."

병자가 눈살을 찌푸리더니 솔로민 대장의 얼굴을 주의 깊게 들여다보았다.

"당신 성이 솔로민이라고?"

눈썹이 놀란 새처럼 위로 솟아올랐다.

"이름이 뭐지?"

솔로민 대장은 잘 움직이지 않는 손을 들어 병자의 따귀를 세게 갈겼다.

"어디서 감히 개새끼가 나한테 질문을 해? 재판을 받는 쪽이 너냐, 나냐?"

병자가 한 손을 들어 얼굴을 가렸다.

"술에 너무 취해서 자기 성도 잊어버린 모양이군. 내 이름은 세르게이 알렉산드로비치 솔로민이다. 나는 소비에트 사회주의 연방 공화국 주 파리 대사관 2등 서기관이다. 누구와 인사하게 되었는지 알고 싶으시다고 했으니 이젠 알겠지. 그럼 쏴라. 더 이상은 한마디도 하지 않겠다."

그러나 솔로민 대장은 권총을 들지 않았다. 휘둥그렇게 뜬 눈으로 병자를 들여다보았다. 몸 전체의 술기운이 껍질처럼 갑자기 벗겨지고 솔로민은 맑은 정신으로 입을 벌린 채 앉아 있었으나 그 입 밖으로 단 한마디도 내놓을 수 없었다. 목구멍 깊은 곳에서 치솟아오른 이름이 표면으로 뚫고 나와 소리 내어 떨어졌다.

"세료자!"*

병자는 말없이 놀란 눈으로 그를 관찰했다.

"잠깐, 이럴 리가 없어…" 솔로민이 중얼거렸다. "이건 불가능해. 난 알렉산드르 바실리예비치 솔로민 대령의 아들 보리스 알렉산드로비치 솔로민이다."

두 명의 낯선 타인은 굳어진 채 오랫동안 서로 바라보았다.

"형…" 병자가 힘겹게 트럭 난간에 기대며 소리 없이 말했다.

긴 침묵이 흘렀다.

"형이 오래전에 죽은 줄 알았어." 마침내 병자가 말했다. "엄마가 형은 백군을 따라 도망쳤다고 했어. 이제까지 형 소식은 하나도 들리지 않았어. 형이 파리에 있을 거라고는 한 번도 상상해보지 못했어… 장교가 되어 이 연극 같은 백군에서 복무하다니…."

그리고 그는 지쳐서 입을 다물었다. 몸이 미끄러져 바닥으로 내려갔다.

솔로민 대장은 굳은살 박인 손을 어색하고도 기계적으로 움직여 마치 증발하는 나머지 술기운을 없애려는 듯 얼굴에서 땀을 닦아냈다.

"널 못 알아봤어…" 길게 침묵한 뒤에 솔로민이 말했다. "어떻게 널 알아볼 수 있었겠어. 내가 모스크바를 떠날 때 넌 아마 열세 살이었을 거다. 어쩐지 지금 생각해도 믿을 수가 없다… 네가 살아 있고 이미 어른이 됐고 볼셰비키들한테 넘어갔을 거라고는 생각도

* 세르게이의 애칭.

270

못 했다. 그럼 어머니는 어떻게 지내셔? 놈들이 죽이지 않았어?"

"어머니는 올해 돌아가셨어, 얼마 전에."

"그럼 율리야, 여동생은? 소식을 들은 것 같은데. 볼셰비키한테 시집갔다지. 아마 분명히 걔도 볼셰비키가 됐겠지. 너희들 전부 씨가 나쁜 거다, 틀림없이."

"율리야는 모범적인 노동자이고 그 애 남편도 훌륭한 노동자야, 최고 수준이지. 율리야는 고생도 많이 했지만 배운 것도 많아. 형은 백위군인데 말해서 뭐 하겠어. 어차피 이해 못 하겠지."

"물론이지, 압제자들을 위해 복무하다니 그런 위대한 철학은 몰라. 모든 사람이 이해할 수 있는 건 아니지. 놈들이 아버지를 어떻게 총살했는지 넌 기억 못 해. 너무 어렸으니까. 잊어버렸을 거야. 율리야도 분명히 잊어버렸겠지. 기억력이 좋지 않구나, 강아지들."

"기억하는 것도 많아. 그때 아빠 같은 사람들이 더 많이 총살당했다면 그 힘들었던 3년도 없었을 거야."

"놈들의 구호를 짖어대는구나, 집회의 선동가 같군. '더 이상은 우리의 피를 빨지 못한다!'도 해봐라. 자기 아버지를 스스로 비난하고. 불한당들에게 복무하러 네 발로 찾아갔지. 곡식 한 자루를, 배급품을 받겠다고 유대인의 손을 핥고. 다른 사람도 아니고 솔로민 가문의 남자가! 내 형제가 더러운 볼셰비키라니 생각조차 끔찍하다."

"난 형이 불쌍해." 세르게이가 조용히 말했다. "우린 서로 이해하지 못해. 서로 다른 언어로 말하는 거야. 파리로 올 때는 여기 이주민 집단에서 형을 만날 수 있을 거라는 생각은 전혀 못 했어. 분명히 그동안 택시를 몰아 매음굴에 손님들을 태워다주거나 어딘가에서 음식점 종업원을 하고 팁을 받아 살았겠지. 다들 그랬으니까. 남의 시중을 들면서 평생을 보냈어. '명예롭게', 장교답게 얼굴에 총알을 박을 용기조차도 형은 내지 못했던 거지. 에휴, 보리스 형!"

세르게이의 얼굴이 비인간적인 고통 때문에 돌연히 일그러지더니 완전히 잿빛으로 변했다. 세르게이는 신음했고 그의 몸이 갑자기 발작하며 시위가 한껏 당겨진 활처럼 뻣뻣하게 휘었다. 그의 입술에 거품이 나타났다. 솔로민 대장은 머리카락이 바늘처럼 날카롭게 곤두서고 심장은 손에 쥐고 짓이긴 잘 익은 오렌지처럼 갑작스러운 고통에 터져 손가락 사이로 흘러내리는 것 같았다. 그 고통의 원인을 그는 이해할 수 없었다. 커다랗게 뜬 눈으로 그는 경련하며 발작하는 남자를 쳐다보았고 비명을 지르고 싶었으나 그 비명은 지나치게 커다란 마개로 막은 듯 좁은 목구멍을 통해 입 밖으로 나오지 못했다.

힘이 풀린 손가락으로 솔로민은 죽어가는 동생의 어깨를 붙잡고 흔들며 중얼거렸다.

"세료자!"

그는 뭔가 따뜻한 말, 다정한 말을 해주고 싶었으나 단어 무더기를 열띠게 머릿속으로 뒤져보아도 적당한 것을 전혀 찾아낼 수 없었다. 그저 양손으로 건조하고 무기력한 동생의 어깨를 있는 힘껏 붙잡고 있을 뿐이었다.

갑자기 그는 뭔가 떠올리고 주머니에서 코냑 병을 꺼내 이로 마개를 물어 뽑고 죽어가는 동생의 머리를 한 손으로 조심스럽게 붙잡고 다른 손으로 입술에 술병을 가져다 댔다. 세르게이는 게걸스럽게 마지막 한 방울까지 마셨다. 그의 몸에 다시 생기가 돌았다.

잠시 후에 세르게이가 눈을 떴다.

솔로민 대장은 머릿속에 이상한 소음과 혼란을 느꼈고 자기 입술이 무기력하게 웅얼거리는 소리를 그저 어딘가 멀리서 나는 소리처럼 듣고 있었다.

"잠깐… 이렇게는 안 된다… 널 집으로 데려갈게… 의사를 부를 거야… 이렇게는 안 돼…."

세르게이의 입술이 창백한 미소를 띠며 일그러졌다.

"어쩌려고, 형? 볼셰비키를 구조하려고? 멋진 백위군이군. 하지만 이미 늦었어. 사흘째야. 난 곧 끝이야."

솔로민 대장은 몸을 숙여 그 얼굴, 갑자기 너무나 친숙해진 얼굴을 들여다보았다. 관자놀이가 울렸다. 어딘가 이성보다 높은 곳에서 섬광이 번득였다. '어머니와 이토록 닮았다니! 코도, 입술도, 턱의 윤곽도…' 그는 울부짖고 싶었다. 따뜻한 감정의 물결이 내장 속 어딘가에서 목구멍까지 솟아 올라왔다.

'피가 당겨, 피가…' 그는 마음속에서 알 수 없는 흐름이 되어 끓어오르는 것을 어떻게든 정당화하려 애쓰며 생각했다.

두뇌의 통제를 벗어난 손이 혼자서 트럭 난간에 기댄 창백한 머리를 향해 다가가 이마를 만지고 땀으로 범벅이 된 비단 같은 머리카락을 쓰다듬었다… 그 몸짓 안에 모든 것이 들어 있었다. 영원히 작별할 때 눈물에 젖어 있던 어머니의 얼굴, 따뜻한 말 한마디, 가까운 사람 하나 없이 보낸 쓰디쓰고 얼음장처럼 차가운 외로움의 세월, 그리고 아무도 어루만져주지 않은 다정함이 굳어버린, 뾰족하게 곤두서고 나이 들고 집 없는 몸.

죽어가는 세르게이가 눈을 떴고 그의 입술에 다시 웃음이 떠올

273

랐다.

"스물다섯 살에 죽는 게 무서울 거라고 생각하지, 형? 젊음이 아
깝다거나 기타 등등 그런 생각을 하겠지. 절대 아냐! 형 자신을 불
쌍하게 여겨. 우리 같은 사람들은 죽지 않아. 우린 이미 대중 속에,
계층 전체에 깊이 뿌리를 내렸으니까. 우리의 피와 살이 모두 그
안에서 자라났어. 그 첫 건설의 시간을 우리와 함께 경험하지 않은
사람들은 죽을 때 우리를 부러워하겠지…."

세르게이는 불안정한 손으로 솔로민 대장의 군복 목깃을 잡고
자기 쪽으로 당겨 그의 얼굴에 대고 높고도 격앙된 목소리로 속삭
였다. 그의 눈이 열띠게 번쩍였다.

"자기 손으로 진흙을 이겨서 자기 집을 만들 벽돌을 굽고 건물
의 토대를 닦고 땅 위로 한 층 한 층씩 쌓아 올린다는 게 무슨 뜻
인지 형은 알아? 새롭고 단단하고 더욱 완벽해진 삶을 건설한다는
것… 나 자신이 그 엄청난 인간 눈사태의 핵심이 되어 날아올라 미
래를 향해 간다고 느끼는 것… 그 눈사태는 내 위로 더욱 커져서
눈덩이가 뭉치듯 굵은 덩어리가 돼. 그리고 내가 그 심장인 거야…
내 몸이 그 피가 돼서 혈관에서 혈관으로 스며들어. 물리학의 법칙
따윈 비웃어버리지, 나에게 스며들 수도 있고 내가 스며들기도 하
지만 원래의 물질적인 형태는 잃지 않아… 오, 보리스 형! 형도 할
수 있었고 형에게도 이 시대에 태어나 살아간다는 희귀하고 이해
할 수 없는 행운이 주어졌는데 형이 버린 거야, 눈먼 두더지처럼
아둔하고 저열한 고집으로 형의 눈앞에서 자라나는 것만 파고들려
했지, 세상의 다른 모든 두더지들은 몇백만의 노력으로 땅 위로 올
라갔는데 형은 굴 속에서 연기에 쫓겨 억지로 끌려 나왔지…."

274

잠시 말을 끊었다가 세르게이는 지친 목소리로 불분명하게 속삭였다. "오, 보리스 형… 형은 집 없이 떠돌면서 얼마나 외롭고 자신이 불필요하다고 느끼겠어, 병들고 주인 없는 개처럼… 대체 형은 어떻게 죽어갈 생각이야, 보리스 형?"

세르게이는 완전히 지쳐서 트럭 바닥으로 미끄러졌고 그의 입에서 거품이 가느다랗게 한 줄기로 흘러나왔다. 거무스름하게 변한 가느다란 입술이 말발굽 모양으로 고통스럽게 휘어졌다. 얼굴은 고통에 굳어져 하얗게 변했고 거의 어린아이의 얼굴처럼 조그맣게 변했다.

솔로민은 거부할 수 없는 형제의 정이 강철 같은 손으로 자신을 붙잡아 그 얼굴에 가까이 끌고 가는 것을 느꼈다. 무엇부터 해야 하지? 어떻게 동생을 이렇게 혼자 죽게 할 수 있겠는가? 여기서 끌고 나가자! 집으로 데려가자! 언제나 함께 있는 거다! 절대로 놓아주지 않아! 그리고 창백한 입술이 저절로 움직여 소리 없이 되풀이했다.

"세료자! 이럴 순 없어! 이건 사실이 아니야! 내 목을 잡아라. 여기서 널 데리고 나갈게. 우리 집으로 가자. 의사를 부르자. 널 치료해줄게. 여기서 같이 떠나자. 같이 너의 나라로 가자. 널 혼자 보내지 않을 거다. 내가 같이 갈게. 들리니, 세료자? 같이 떠나자. 너하고 같이 일할게. 세료자!"

세르게이의 얼굴이 이상하게 노르스름한 색을 띠기 시작했다. 입술, 그의 입술만 움직였다.

"아냐, 형, 너무 늦었어. 이젠 끝이야… 형, 난 형이 불쌍해. 죽지 않는다면 형은 돌아가. 일해. 지난 세월을 보상하고 형 자신을 다시

지어 올려, 토대부터 새롭게. 자신을 새로 만들어, 내가 했듯이, 율리야가 했듯이… 잠깐… 난 권리가 없어… 하지만 형이 내 죄를 보상할 거야, 삶으로, 세월로, 노동으로… 여기 내 소비에트 여권이야… 형은 나랑 닮았으니까… 구분 못 할 거야… 이걸 가지고 모스크바로 가… 율리야한테 가… 훌륭한 동지야… 율리야가 도와줄 거야, 이해할 거야… 다만 돌아가신 어머니를 위해서라도 이 여권을 잘못 쓰지 않겠다고 맹세해….”

“맹세할게…” 보리스가 중얼거렸다.

“좋아… 그럼 이제 가… 나 만지지 마… 감염돼… 정말….”

갑작스러운 발작으로 세르게이의 몸이 위로 치솟더니 옆으로 굴렀다. 눈은 뜨고 있었지만 우윳빛 안개로 덮이기 시작했다. 솔로민 대장은 술병을 꺼냈다. 동생의 입술에 부어주려고 했다. 병은 비어 있었다.

누워 있는 세르게이의 입에서 세찬 거품에 피가 섞여 가느다랗게 흘러내렸다.

솔로민은 마음속에서 뭔가, 이제까지 존재한다는 걸 전혀 알지 못했던 어떤 줄이 갑자기 당겨졌다가 끊어져, 돌이킬 수 없이 끊어져버린 것을 느꼈다. 그의 몸속을 이제까지 채우고 있던 톱밥이 한꺼번에 쏟아져버린 것처럼 그는 갑자기 텅 비었다. 생각 없는 멍한 눈으로 그는 죽은 얼굴, 어머니의 코와 턱과 고통스러운 말발굽 모양의 입이 자신을 바라보는 동생의 얼굴을 들여다보았다. 기계적으로 몸을 숙여 그 입술에 입 맞추었다. 입술에서 찝찔한 피 맛이 느껴졌다. 그는 나무토막처럼 무기력하게, 인형처럼 뻣뻣하게 그저 앉아 있었다.

달이 모습을 드러냈다. 트럭 짐칸을 비추었다. 죽은 듯 축 처진 솔로민 대장의 두 팔을. 그 한쪽 손에는 단단하게 돌돌 말린 수첩이 쥐어 있다. 이게 뭐지? 아, 그렇지! 소비에트 여권. 세료자가 주었다….

솔로민은 여권을 가까이 들고 들여다보았다.

조그맣고 빨간 수첩. 어디서 본 적이 있었더라? 바로 얼마 전이었는데… 아하, 유대인. 빨간 도장… 내가 죽지 않으면 러시아로 돌아갈 것. 나 자신을 새로 만들 것. 세료자를 대신할 것. 안 돼. 너무 늦었다. 이 나이엔 이제 자신을 새롭게 바꿀 수는 없다. 나 같은 사람이 꼴 좋은 공산주의자가 되겠군! 무엇 때문에 세료자를 속이겠는가?

솔로민은 무릎을 꿇고 앉아 동생의 셔츠에서 가슴 부분 단추를 부드럽게 풀고 이미 차가워진 가슴에 조그맣고 빨간 여권을 올려놓았다.

변압기의 양철통처럼 텅 빈 내면에서 공허함이 울렸다.

그리고 한쪽 손이 충성스럽게 총집에서 튀어나와 있는 권총 자루를 문질렀다.

†

다음 날 아침 위생요원들이 까맣게 죽어버린 트럭을 화장터로 몰고 가서 시체들을 화로에 던져 넣다가 볼셰비키들의 시체 사이에서 제복을 입고 견장을 단 백군 장교의 유해를 발견했다. 본부에서 나온 장교가 솔로민 대장을 알아보았다.

조사 결과 그 비극적인 밤에 솔로민 대장이 만취한 상태로 음식점에서 나가 알 수 없는 방향으로 사라졌다는 정도만 알려졌다.

본부 명령에 따라 그의 시신은 군사 장례식 후 개별적으로 화장되었다.

VIII

미스터 데이비드 링슬레이의 호화로운 응접실에 블라인드는 아직도 내려져 있었고 흔들리는 어스름 속에 랍비 엘레아자르 벤 츠비와 미국제 안경을 쓴 살집 좋은 신사의 움직이지 않는 뻣뻣한 윤곽이 새빨간 벽지를 배경으로 누군지 모를 장난꾼이 밀랍 인형 박물관에서 살아 있는 채로 이곳으로 가져온 두 개의 밀랍 형체처럼 보였다.

"무슨 일로 오셨습니까?" 여전히 넥타이와 씨름하며 미스터 데이비드 링슬레이가 이 두 명의 이상한 손님들에게 물었다. "죄송합니다만 급한 회의가 있어서 지금 제가 10분 정도밖에 시간을 낼 수 없습니다."

등이 굽고 턱수염이 허옇게 세고 몸에 맞지 않는 닳아빠진 외투를 입은 남자가 뿔테 안경을 쓴 살집 좋은 신사에게 유대인 말로 뭔가 이야기했다.

미스터 데이비드 링슬레이는 외투를 입은 사람의 가부장적 얼굴과 섬세한 유대 혈통 윤곽을 호기심 어린 눈으로 들여다보았다.

안경을 쓴 둥그런 신사는 통역임이 분명했는데, 정확한 영어로

278

랍비의 말을 되풀이했다.

"저희 일은 선생님의 시간을 많이 잡아먹지 않습니다. 잠시 앉으셔서 저희 말씀을 좀 들어주시지요."

"말씀하시지요." 미스터 데이비드 링슬레이가 안락의자에 앉으며 대답했다.

두 손님은 서로 짧은 대화를 주고받은 뒤 안경 쓴 신사가 통역했다.

"짧게 말씀드리겠습니다. 선생님께서 동의하셔도 좋고 안 하셔도 됩니다—그건 선생님께 달려 있습니다. 그러나 본론을 말씀드리기 전에 여기서 나눈 대화는 이 네 개의 벽 바깥으로 한마디도 흘러 나가서는 안 된다고 미리 경고드리겠습니다."

"저는 비밀을 좋아하지 않고 특히 모르는 분들과 비밀을 만드는 걸 즐기지 않습니다." 미스터 링슬레이가 건조하게 대답했다. "그러나 두 분께서 그렇게 중요하게 생각하시니 우리 대화는 아무에게도 언급하지 않겠다고 젠틀맨으로서 약속드리겠습니다."

"글자 그대로 아무에게도 말씀하시면 안 됩니다." 안경 쓴 신사가 힘주어 말했다. "저희에게는 비밀 엄수가 아주 중요합니다. 심지어 선생님의 애인이신 뒤파엘 씨에게도 말씀하시면 안 됩니다."

미스터 데이비드 링슬레이는 눈쌀을 찌푸렸다.

"보아하니 저의 삶에 대해서 철저하게 사적인 측면까지 완벽하게 알고 계시는군요." 링슬레이가 얼음 같은 어조로 대답했다. "아무래도 협박처럼 보이기 시작합니다. 저는 선생님들 일에 전혀 관심이 없으니 여러분께서 저에게 굳이 말씀하지 마시고 가주시면 가장 좋을 것이라 생각합니다."

279

안경 쓴 신사는 전혀 당황한 것 같지 않았다.

"저희가 말씀드리려는 건 단순한 사안이고 저희뿐 아니라 선생님도 관심을 가지실 만한 일입니다. 선생님께서 파리를 떠나 미국으로 돌아가실 의향이 있는지 여쭤보려고 왔습니다."

미스터 데이비드 링슬레이는 놀란 눈으로 안경 신사를 바라보았다.

"그게 무슨 말씀입니까? 알아듣기 쉽게 설명해주십시오."

"그러니까 선생님께서 파리를 떠나 미국으로, 그것도 최대한 빠른 시간 안에 귀환하실 수 있도록 저희가 도와드릴 수 있다는 말씀입니다." 안경 쓴 신사가 되풀이해 말했다.

미스터 링슬레이는 믿을 수 없다는 듯 눈을 가늘게 떴다.

"대체 무슨 수로 그렇게 하실 수 있다고 생각하시는지 여쭤봐도 되겠습니까? 확실히 말씀드리건대 저희 연합령에 있는 모든 구성원들이 이미 그 목적으로 할 수 있는 수단과 방법을 모두 동원했지만 보시다시피 아무 효과가 없었습니다."

"그건 중요하지 않습니다." 안경 쓴 신사가 차분하게 대답했다. "그렇다, 혹은 아니다로 대답만 해주시면 좋겠습니다."

"대답은 명백하지요!" 미스터 링슬레이가 약간 부자연스럽게 웃음을 터뜨렸다. "얼마든 좋으니 원하시는 가격으로 이 거래에 참여하겠습니다. 다만 선생님들께서 그런 중요한 제안을 하필 저에게만 가져오셨는지는 모르겠습니다. 그런 제안이라면 200~300명의 젠틀맨들이 선생님들께 어떤 가격이라도 치를 것이라고 확실히 말씀드릴 수 있습니다. 아니면 혹시 정해진 가격에 부유한 사람들을 방역경계선 바깥으로 안내하는 어떤 새로운 대규모 사업을 제안하시는 건가요? 대단히 수익성 좋은 시도입니다! 저도 무조건 사업에 참여하겠습니다."

"방역경계선 밖으로 이동시켜 드리는 대가로 돈은 받지 않습니다. 반대로 선생님께서 필요하시다면 어떤 금액이든 선생님께 지불해드릴 의향이 있습니다. 하지만 선생님께 돈이 더 필요하지 않다는 건 저희도 잘 알고 있습니다."

"그렇다면 선생님들께서는 분명히 자선사업가이거나 아니면 저의 눈이 너무 아름다워서 그런 제안을 하시는 것이겠지요? 저는 이제까지 선생님들을 전혀 만나 뵐 기회가 없었으니까요."

"선생님의 아름다운 눈 때문에 이런 제안을 하는 건 아닙니다." 안경 쓴 신사가 전혀 흔들리지 않는 차분한 태도로 말을 이었다. "저희 서비스와 선생님의 서비스를 교환하자는 제안을 드리는 겁니다. 저희가 선생님을 파리 경계선 바깥으로 모셔서 미국으로 귀환하시도록 돕습니다. 선생님은 그 대가로 저희에게 다른 일을 해주시면 됩니다."

"점점 저의 호기심을 불러 일으키시는군요. 귀 기울여 듣고 있으니 말씀해주시지요."

안경 쓴 신사는 외투를 입은 턱수염이 허연 장로에게 몸을 돌렸고 두 명은 오랫동안 서로 유대인 말로 이야기했다. 미스터 링슬레이는 조급하게 귀를 기울였다.

잠시 후 안경 쓴 신사가 안락의자를 미스터 링슬레이의 의자 쪽으로 더 가깝게 밀고 링슬레이를 향해 몸을 기울이고 명확하게 말했다.

"저희는 유대인 구역에서 사절로서 여기에 왔습니다."

"대체 무슨 수로 영미연합 영토에 들어오셨습니까?" 미스터 링슬레이가 놀라서 외쳤다.

"그건 중요하지 않습니다. 부탁이니 저희 말씀을 잘 들어주십시오. 유대인 구역의 유대인들은 요즘 파리를 떠나고 있습니다."

"그건 대체 무슨 방법으로요?"

"방법에 대해서는 자세히 말씀드리지 않겠습니다. 경계선 한쪽의 군대를 매수했습니다. 군대가 유대인들을 방역경계선 밖으로 내보내주는데, 누구의 이목도 끌지 않기 위해 도시 경계선까지 지하 통로로 갑니다. 경계선 바깥에서 화물열차가 기다리고 있을 겁니다. 봉인된 화물열차 안에서 유대인들은 포장된 총탄 상자에 숨어 프랑스 북부의 르아브르 항구까지 갑니다."

"대단하십니다만 완전히 가능해 보이지는 않습니다. 대체 유대인 구역 인구가 얼마나 되는지 여쭤봐도 되겠습니까?"

"당연히 재력이 있는 사람들만 나갈 수 있습니다. 빈곤층은 전부 파리에 남습니다. 건강한 사람들만, 미리 화물열차에서 사흘간 격리된 뒤에 떠납니다. 전부 합하면 대략 3000명 정도 될 겁니다. 나머지는 이미 죽었거나 가까운 시일 내에 죽습니다. 최대한 빠른 시일 내에 떠나야 합니다. 파리에 머무는 것은 점점 더 위험해지고 있습니다. 흑사병으로 매일같이 100명이 넘는 유대인들이 죽어갈 뿐만 아니라 유대인 구역에 감염병보다도 더 전염성이 강한 또 하나의 재앙이 드리워져 있습니다. 유대인 구역은 벨빌 소비에트공화국과 직접 국경을 맞대고 있습니다. 벨빌공화국이 생겨난 순간부터 우리 하층민들 사이에서 위험한 성향이 끓어오르기 시작했습니다. 멀지도 않은 바로 어제 레퓌블리크 구역 전체가 유대인 구역에서 분리되어 볼셰비키에 합류했습니다. 1000명이 넘는 상인이 폭도의 피해자가 되고 재산을 약탈당했습니다. 유대인 구역의 불순분자들 모두 오로지 이런 일을 다시 일으키려고 알맞은 순간만을 기다리고 있습니다… 파리에서 더 이상 머무는 것은 불가능합니다."

"그러니까 선생님 말씀은 방역경계선으로 둘러싸인 파리에서 3000명의 사람들로 이루어진 군대가 걸어 나가는데 아무도 그걸 눈치채지 못한다는 말씀입니까?"

"그렇게 될 것입니다. 모든 일이 이미 준비되고 예측되었습니다."

"어쩐지 대단히 환상적인 이야기로 들립니다. 그러나 그 말씀이 사실이라고 가정해봅시다. 제가 잘못 알아들은 게 아니라면 선생님들은 저도 함께 데려가서 그 봉인된 화물열차 안에 저에게도 한 자리를 마련해 주신다는 뜻으로 압니다. 그렇습니까? 그러면 그 대가로 제가 어떤 일을 해드리기를 바라십니까?"

"단순하고 선생님께 개인적으로 어렵지 않은 일입니다. 이 정도 인원의 유대인들을 유럽 안 어딘가 가까운 곳에 그 누구의 주의도 끌지 않으면서 새롭게 정착시키는 것은 불가능한 일이라서 말씀드리는 것입니다. 그리고 흑사병이 조만간 분명히 방역경계선을 넘어 유럽 대륙 나머지 부분도 덮칠 것입니다. 유대인들이 어디 다른 데서 흑사병을 기다리려고 파리에서 도망쳐 나가고 그렇게 도망치기 위해 수백만 프랑이나 돈을 내는 건 아닙니다. 유대인들은 완전히 안전한 곳으로 옮겨가야 합니다. 미국으로 가야 합니다."

"허! 그러나 선생님도 아마 아시겠지만 미국은 감염병이 옮겨

올까 두려워 항구를 모두 닫았고 그 어떤 선박이라도 미국 해안에 접근하기만 하면 폭격하겠다고 선언했습니다."

"저희도 그 점은 선생님만큼이나 잘 알고 있습니다. 그래서 다름 아닌 선생님께 찾아온 것입니다. 선생님께서 엄청난 인맥을 가지고 계시니 그 연줄을 잘 움직이셔서 미국이 선박을 단 한 척만 받아들이게 해주십시오."

"말도 안 됩니다."

"들어보십시오. 그 선박이 파리에서, 아니 애초에 유럽에서 사람들을 실어 간다는 말씀이 절대로 아닙니다. 선생님은 그 선박이 카이로에서 출발한다고 말씀하시면 됩니다. 모든 증빙이 갖추어져 그런 사실을 뒷받침할 것입니다. 배는 이미 르아브르에서 기다리고 있습니다. 남의 이목을 끌지 않기 위해 르아브르에서 밤에 조명을 모두 끄고 출발합니다. 도중에 배 이름과 깃발을 바꿉니다. 그리고 뉴욕도 필라델피아도 아닌 어딘가 조그만 항구로 향할 겁니다. 정박해서 승객들을 내려주고 배는 밤에 떠납니다. 아무도 아무것도 알아내지 못할 겁니다. 선생님께서는 인맥을 활용하셔서 현지 당국자들이 한 시간만 눈을 감아주게 하시면 됩니다. 그게 전부입니다."

미스터 데이비드 링슬레이는 깊은 생각에 잠겼다.

"선생님들께서 요구하시는 것은 제가 인맥을 이용하여 미국으로 흑사병을 들여놓으라는 말씀에 다름이 아닙니다. 파리를 떠나는 3000명 중에 최소한 몇 명은 도중에 혹은 도착한 뒤에 감염의 징후를 나타낼 것이라는 데 의심의 여지가 없으니 말입니다. 거절하겠습니다."

"그렇게 바로 거절하실 일이 아닙니다. 시간을 두고 잘 생각해주십시오."

"이미 생각해보았습니다. 말씀하시는 것과 같은 책임을 저는 받아들일 수 없습니다. 어째서 하필 미국을 고르셨습니까? 아프리카나 아시아로 가십시오."

"유대인들은 아프리카나 아시아에서 할 수 있는 일이 없습니다. 미국은 모든 유대인 가족이 친척을 두고 있고 미국이 유럽에서 가장 잘 격리되어 있습니다. 또한 유대인들이 미국으로 가는 것은 선생님의 이해관계에 부합하는 일이기도 합니다. 저희가 아프리카나 아시아로 가려 했다면 선생님의 도움을 요청하지 않았을 것입니다."

"그리고 저를 함께 데려가주실 이유도 없었을 것이라는 말씀이군요. 잘 알겠습니다. 그러나 어찌 됐든 저에게 요구하시는 일은 받아들일 수 없습니다. 저는 파리에 남아 있겠습니다."

"그건 자살행위입니다. 선생님께서는 탈출구를 눈앞에 두고 죽는 길을 택하려 하십니다."

"미국으로 도망치면서 흑사병도 함께 데리고 가야 한다면 과연 탈출구인지 의심스럽습니다. 그건 탈출이 아니라 죽음의 순간을 뒤로 미루는 짓일 뿐입니다."

"선생님은 비관주의자이십니다. 탈출하는 유대인들 중에서 누군가는 반드시 병에 걸려 있을 것이라고 어디에 쓰여 있습니까? 모두 다 떠나기 전에 의사의 진찰을 받을 겁니다. 모두 다 사흘간 격리 과정을 거칩니다. 가는 도중 누군가 배에서 병의 증상을 나타내면 그냥 바다에 던져버릴 겁니다. 그리고 설령 최악의 경우를 상정해서 유대인 한두 명이 도착한 뒤에 증상을 나타낸다 해도 그 한두 명을 감염병 유행이라고 할 수는 없습니다. 유대인 두 명 때문에 미국 전체가 감염되지는 않을 겁니다."

"3000명 중에서 두 명이 아니라 300명이 증상을 나타낼 수도 있습니다."

"어째서 그렇게 곧바로 비관적으로 생각하십니까? 언제나 상황이 더 나아질 거라고 믿어야 합니다. 시간을 두고 생각해보십시오. 저희는 내일 답변을 들으러 오겠습니다."

"이미 생각해보았고 선생님들의 제안은 받아들일 수 없습니다."

"그게 선생님의 최종적인 답변입니까?"

"그렇습니다, 최종적입니다."

안경 쓴 신사는 외투 입은 장로와 잠시 이야기하더니 다시 미스터 링슬레이에게 말했다.

"선생님은 이상주의자입니다(미스터 링슬레이는 자기도 모르게 자랑스러워하며 미소를 지었다). 저희는 선생님이 실용적인 분이라고 생각했습니다. 선생님은 미국인 몇 명을 감염시킬까 두려워 스스로 죽음을 택하려 합니다. 자격이 있고 자본을 보유한 채 이곳에 갇혀 있는 다른 미국인 100, 200명을 저희 배에 함께 태워 데려갈 준비가 되어 있는데 그 미국인들도 선생님과 함께 살릴 수 있다는 생각은 하지 않으시는 듯합니다. 무엇보다도 선생님께서 그토록 인본주의적이시면 어째서 이곳에 남아 감염되어 죽을 수밖에 없는 그 3000명의 유대인들은 불쌍히 여기지 않으시는지요."

"그러면 제가 어째서 그 3000명의 유대인들은 불쌍히 여기면서 이곳 파리에 남아 파멸하는 운명을 짊어진 수백만 명의 다른 파리

주민들은 안타깝게 여기지 않아야 합니까?"

"모두를 다 불쌍하게 여길 수는 없습니다. 그러면 살아갈 수가 없습니다. 더 가까운 사람들을 불쌍히 여겨야 합니다."

미스터 데이비드 링슬레이는 얼굴을 찡그렸다.

"대체 어째서 유대인들이 저에게 더 가깝다고 생각하십니까?"

안경 쓴 신사는 외교적인 침묵으로 대답을 대신했다.

미스터 링슬레이는 담배를 꺼내 불을 붙이고 불안하게 한 모금 빨았다.

"선생님들께서 방문하신 진짜 이유를 이제야 이해할 것 같습니다. 저에 대한 종합적인 정보를 수집하시면서 저의 아버지가 유대인이라는 사실을 발견하고 이해관계로 저를 설득할 수 없다면 감정적으로 붙잡을 수 있다고 판단하신 것이군요. '마음은 유대인'이라고 서로들 말씀하시듯이 말입니다. 선생님들을 실망시킬 수밖에 없습니다. 저는 미국에서 자랐고 미국에서 재산을 벌었습니다. 저는 미국인입니다. 저는 유대 민족에게 아무것도 빚지지 않았고 우리 사이에는 그 어떤 접점도 없습니다. 우리의 혈통은 이전 세대에서는 교차하는 지점이 있었을지 몰라도 이제는 돌이킬 수 없이 서로 갈라졌습니다. 혈통의 문제는 오로지 행정 기록상의 문제일 뿐입니다. 유대 민족은 저에게 아무것도 기대할 이유가 없습니다."

안경 쓴 신사가 다급하게 반박했다.

"누가 혈통 이야기를 했습니까? 선생님 말씀에 답변을 드리자면 선생님은 그저 비합리적으로 행동하고 계십니다. 미국에서 언젠가 미국인 몇 명이 감염되어 죽을지도 모른다는 것은 어찌 됐든 단지 가정일 뿐입니다. 그러나 반면 여기에 남아 있으면 5일이나 6일 안에 선생님 자신도 사망하리라는 것은 전혀 의심할 여지가 없어 보입니다. 그것을 논리적인 사고라 부를 수 있습니까? 그리고 만약 그 3000명의 유대인 중 단 한 명도 병이 나지 않으면요? 그런 가능성도 존재하지 않습니까? 그렇다면 미국인 역시 한 명도 감염되지 않을 것입니다. 그런데 선생님은 그러한 가정에 기반하여 뭐든 시도를 하기보다는 일주일 뒤, 미국의 자기 집에서 가족과 친구들 사이에 있을 수도 있는데 멀리 감염된 유럽에서 여기에 누워, 그것도 땅에 묻히는 것도 아니고, 선생님은 사후 세계를 믿지 않으실 터이니 어디선가 흔한 잿더미가 되어버린다는 사실을 받아들이는 쪽을 택하시는 겁니다. 그리고 여기서 선생님의 존재가 바로 그렇게 끝날 것이라는 점은 아마 선생님도 의심하지 않으시겠지요."

미스터 데이비드 링슬레이는 시끄러운 소리를 내며 안락의자를 밀어내고 일어섰다.

"이 대화는 무익해 보입니다. 저는 이미 회의에 늦어 더 이상 시간을 낼 수 없으니 두 신사분께서 양해해주시기 바랍니다."

신사들 두 명 모두 일어서서 어색하게 서두르며 출구로 향했다. 문가에서 안경 쓴 신사가 멈춰 서더니 선한 웃음을 지으며 말했다.

"당장 결정하실 필요 없습니다. 선생님은 지금 바쁘시지요. 선생님 시간을 더 이상 잡아먹지 않겠습니다. 생각해보시고 혼자 조용히 살펴주십시오. 저희는 내일 아침 답변을 받으러 들르겠습니다."

미스터 데이비드 링슬레이는 반박하려 했고, 서로 더 이상 피곤해질 필요가 없으며 그의 결정은 더 이상 협상이 불가능하다고 단호하게 이 사람들에게 말하려 했으나 두 신사 모두 이미 떠나고 없었다.

미스터 링슬레이는 손가락 사이에 낀 담배를 구겨버리고 주머니를 문질러보고 회중시계를 잊어버렸음을 깨닫고 침실로 돌아가 불안하게 역겨운 기분으로 탁자 위에 놓여 있던 시계를 조끼 주머니에 넣고 조그만 금속 물체를 바지 주머니에 넣고 머리에 톱해트를 눌러쓰고 재빨리 계단을 내려갔다.

계단이 꺾어지는 곳에서 그는 두 명의 위생요원과 마주쳤는데, 그들은 위층에서 까맣게 덮은 들것을 들고 내려오고 있었다. 미스터 링슬레이는 서둘러 옆으로 피했다가 아침 커피도 잊어버리고 빠른 걸음으로 '아메리칸익스프레스' 건물 쪽을 향해 걷기 시작했다.

†

'아메리칸익스프레스' 입구에서 이미 엘리베이터 보이가 링슬레이를 기다리고 있었고, 보이는 그를 엘리베이터에 태워 3층으로 안내했다(비밀회의, 7호 회의실).

회의실의 푸르스름한 시가 연기 사이로 링슬레이는 편안한 안락의자에 파묻힌 미국인 동료 다섯 명의 모습을 첫눈에 알아보지 못했다. 영국인 동료들의 부재가 먼저 눈에 들어왔다.

미스터 링슬레이는 자신에게 지정된 안락의자에 앉아 친절하게 그에게 내밀어진 시가 상자에서 통통한 시가를 하나 집은 뒤 질문하는 듯한 침묵에 빠졌다.

마치 안개 같은 푸르스름한 연기 속에서 미스터 램지 말링턴의 위엄 있는 쉰 목소리가 날아왔다.

"신사 여러분, 이미 우리가 다 모였고 오늘 모임의 목적을 우리 모두가 잘 알고 있으니 시간 낭비하지 말고 곧바로 구체적인 사안을 논의할 수 있겠습니다. 그러나 그 전에 이 의제에 대해 대단히 존경하는 동료인 미스터 데이비드 링슬레이의 의견을 듣고자 합니다. 미스터 링슬레이의 의견이 앞으로 우리 논의의 초석이 되어줄 수도 있겠습니다."

"죄송합니다, 신사 여러분." 미스터 링슬레이는 안락의자에 깊숙이 앉아 서두르지 않고 말을 꺼냈다. 공단처럼 부드럽고 푸르스름한 방 안의 공기 때문에 그는 잠이 오기 시작했다. "먼저 말씀드리자면 저는 오늘 모임의 목적에 대해 전혀 들은 바가 없어서 무슨 말이든 하기 전에 회의 주제를 먼저 알아야만 하겠습니다."

전원이 신호라도 받은 듯 안락의자 안에서 한꺼번에 고개를 돌려 링슬레이를 바라보았다.

"그럴 리가?" 미스터 말링턴이 내뱉었고, 그의 목소리에는 놀란 기색이 서려 있었다. "설마 오늘 아침 유대인 구역 사절단의 방문을 받지 않으셨단 말이오?"

미스터 링슬레이의 안락의자가 용수철이 휘어지는 숨 막히는 비명을 질렀다.

미스터 말링턴은 마치 거대한 100킬로그램짜리 고대 그리스 신관처럼 시가 연기에 휘감겨 보이지 않는 채 차분하게 말을 이었다.

"방금 전에 확인한 바와 같이, 우리 다섯 명 모두 똑같은 시간에, 즉 대략 아침 9시경에, 유대인 구역에서 온 사절 두 명의 방문을 받고 똑같은 제안을 들었소. 사절들이 우리에게 알려준 바에 따르면 미스터 링슬레이가 이 사안에 있어 결정권을 가진 개인이기 때문에 두 명이 미스터 링슬레이에게 찾아갔다고 했소. 그들을 만나지 않으셨단 말이오?"

장난스러운 연기 줄기가 안락의자들 위에 다섯 개의 의문부호를 띄워 올렸다.

미스터 링슬레이의 안락의자에서 잘 다듬어진 무채색 목소리가 울려 나왔다.

"실제로 저에게 그런 사절들이 찾아왔습니다. 그러나 우리 연합령 정부의 나머지 미국인 구성원들 모두에게 비슷한 제안을 가지고 동시에 방문했다는 이야기는 전혀 하지 않았습니다. 그래서 저는 그것을 어느 정도 개인적인 제안이라 여겼고 그 사안이 바로 오늘 모임의 주제가 될 것이라고는 예상하지 못했습니다."

"아주 좋소." 미스터 말링턴이 자기 안락의자 속에서 뱉어냈다. "이제 그러면 이 일이 실제적으로 어떤 상태인지 확인했으니 나와 나의 동료들 모두 선생이 유대인 사절단에게 어떤 내용으로 답변했는지 알 수 있겠습니까?"

"물론입니다." 미스터 링슬레이가 냉담하게 대답했다. "저는 거절했습니다."

그러자 이제 다섯 개의 안락의자가 모두 불분명한 비명을 질렀다. 곧이어 침묵이 닥쳤다.

안락의자 한 곳에서 선량한 폭소가 들려왔다.

"선생이 농담을 좋아하시는군. 헤헤! 굉장한 농담이오!"

"잘못 아셨군요." 미스터 링슬레이가 건조하게 말을 잘랐다. "전혀 농담이 아닙니다. 유대인들이 우리에게 내놓은 제안에 붙어 있는 조건을 신사 여러분 모두 아시는지 모르겠습니다. 유대인 사절단이 저에게 말하기를 우리를 자신들과 함께 데려가는 조건으로 미국이 우리와 함께 흑사병 걸린 파리에서 도망치는 3000명의 유대인을 우리를 위해 받아들여주어야만 한다고 진술했습니다. 그것은 즉 달리 말하자면 미국에 흑사병을 들여놓으라는 뜻입니다. 저는 그런 책임을 짊어지는 것은 불가능하다고 생각했습니다."

"물론이지요." 미스터 말링턴이 긴 침묵 끝에 말했다. "미국에 3000명의 유대인을 이주시킨다는 것은 반박의 여지 없이 그 제안에서 가장 매력적이지 않은 측면입니다. 그러나 그 관점에서 어떤 식으로든 반대 의견을 내놓기는 어렵습니다. 현실적으로 우리가 유대인들을 미국으로 데려가는 것이 아니라 저들이 우리를 데려간다는 걸 잊어서는 안 됩니다. 이제까지 방역경계선 너머로 나가려던 모든 시도가 실패로 끝났음을 우리는 잘 알고 있습니다. 스스로 찾아온 기회를 저버린다는 것은 광기에 가까운 일입니다. 그리고 실상 방역경계선 바깥으로 나가기만 하면 우리의 역할은 완전히 변하게 됩니다. 미국 해안에 도착한 뒤에 어떤 의학위원회를 구실로 하여 유대인들이 전혀 배에서 내릴 수 없도록 하는 것은 아주 쉬운 일입니다. 미국 해안에 도착하기만 하면 우리는 당연히 소중한 우리 조국의 이익을 위해 적절하다고 여겨지는 방식으로 행동할 것입니다. 그렇지 않습니까, 신사 여러분?"

안락의자에 파묻힌 고개들이 동의한다는 신호로 말없이 끄덕거렸다.

미스터 말링턴은 독한 시가 연기를 두 덩어리 내뱉은 뒤 말을 이었다.

"불필요한 소란을 피하기 위해, 그리고 이 제안이 오로지 우리 미국인에게만 한정된 것이라는 전제에 기반하여 우리 영국인 동료들에게는 이 비밀을 알리지 않기로 결정했으며, 그래서 선생도 보시다시피 오늘 비밀회의에도 초대하지 않았소. 영국인 동료들은 스스로 자기 힘으로 자기들 섬으로 갈 길을 찾으면 되오. 어쨌든 미국보다 영국이 훨씬 가깝고 우리를 데려갈 리도 없으니 말이오. 여러분에게만 솔직히 말씀드리자면 지난 10년 동안 우리의 여러 국제적인 작전에 발을 걸기만 했던 사람들을 우리 등에 업고 여기서 데리고 나가야 할 이유를 모르겠소. 인종적인 유사성에 호소하는 것은 설득력이 없고 추상적이오. 내가 오래된 모토인 '미국을 위한 미국'이라는 사상에 의거하여 이 사안을 해결하자고 제안한다면 신사 여러분도 모두 같은 의견일 것이라 생각합니다."

안락의자들이 말없이 고개를 끄덕였다.

미스터 말링턴이 팔걸이 너머로 은밀하게 미스터 데이비드 링슬레이 쪽으로 몸을 기울였다.

"이런 관점에서는 우리 사이에 의견 차이가 없는 것으로 압니다. 사안은 이제 오롯이 선생에게 달려 있습니다, 미스터 링슬레이. 미합중국 해군 전체가 선생의 주머니에 들어 있지요. 선생이 짧은 전보 한 통만 보내면 미국 어느 해변을 순찰하던 순양함이라도 작전을 수행하러 올 겁니다. 선생이 이 사안을 모든 면에서 살펴보지 않고 유대인 사절단에게 너무 성급한 답변을 내놓으신 듯합니다. 여기 있는 우리 모두 열렬한 미국인 애국자들입니다. 그러나 감정적으로 애국자인 것만으로는 충분하지 않습니다. 이성적인 애국자여야만 하지요. 우리가 미국으로 귀환하면 우리 조국에 의심할 바 없이 이득이 되지만 반면에 여기서 우리가 무의미한 죽음을 맞이한다면 조국에 있어서는 헤아릴 수 없는 손해로 기록될 것입니다.

293

파리에서 함께 데리고 나갈 동료 미국인들을 선택할 때 이들을 미국의 품에 돌려보내기 위해서는 물론 양이 아니라 질적인 측면에 집중해야 할 것입니다. 우리와 함께 떠나는 것은 오로지 재산상으로 우리 위대한 조국에서 일류라고 여겨지며 그로 인해 조국의 사회질서를 유지하는 데 커다란 역할을 하는 사람들뿐일 것입니다. 제 비서가 저녁까지 적절한 명단을 작성할 것입니다. 이 사안의 처리는 어떤 이유로도 늦추어져서는 안 된다고 생각하므로 선생은 결정을 변경했음을 할 수 있는 최대한 빠르게 유대인 구역 정부에 알려야 할 것입니다."

미스터 데이비드 링슬레이는 시가를 내려놓고 일어섰다.

"신사 여러분께서 허락하신다면 24시간 여유를 두고 생각해보겠습니다. 충분히 고민하고 나서 내일 아침 여러분께 전화로 답변드리겠습니다. 여러분의 눈앞에서 결정을 내놓기에는 사안이 너무 중대합니다."

다섯 명의 신사들이 무겁게 안락의자에서 몸을 움직였다.

미스터 링슬레이는 작별 인사를 하고 서둘러 문 쪽으로 향했다.

"그리고 그 유대인 3000명이 미국으로 들어오는 것에 대해서는 선생이 걱정하지 마십시오." 미스터 말링턴이 시가 연기와 함께 링슬레이의 뒷모습에 대고 내뿜었다. "그런 조그만 걸림돌은 현장에서 쉽게 제거할 수 있소. 그런 건 나한테 맡겨두시오…"

그러나 미스터 링슬레이는 마지막 문단 첫 부분 절반밖에 듣지 못했다. 나머지 절반은 탕 소리를 내며 닫힌 엘리베이터 문이 끊어버렸다.

그가 나간 뒤 신사들은 서로 의미심장한 눈길을 나누었다.

"우리 존경하올 동료 링슬레이가 또 어떤 종류의 계획을 짜고 계실지 궁금하군요." 안락의자 하나가 지나가는 말처럼 이렇게 뱉었다.

"그리고 그로 인해 우리 돈은 얼마나 지불해야 할까요?" 다른 안락의자가 끼어들었다.

"혹시 링슬레이가 유대인들과 짜고 우리를 파리에 남겨두고 자기만 떠나는 건 아니겠지요? 유대인 사절단이 우리를 전부 찾아왔다는 걸 알았을 때 그가 난감해하는 걸 보셨습니까, 신사 여러분?"

"그래요, 제 생각에 링슬레이를 잘 지켜봐야 합니다. 의심할 바 없이 뭔가 숨기고 있어요. 링슬레이 본인도 유대인 혈통입니다. 우리가 멍청하게 속아서 이런 보기 드문 기회를 놓쳐버렸다는 사실이 갑자기 드러난다면 한없이 바보 같은 일일 것입니다."

"신사 여러분은 안심하셔도 좋습니다." 구석에서 미스터 램지 말링턴의 권위 있는 목소리가 울렸다. "미스터 링슬레이와 나는 오래 전부터 연관된 산업 분야에서 일하고 있어 제가 고용한 사설탐정이 익숙한 습관대로 그를 한 발자국도 놓치지 않고 따라다니고 있습니다. 그의 행동거지 하나하나를 우리가 세세하게 알게 될 것이고 결정적인 순간에 우리가 언제든 개입할 수 있을 것입니다. 그러니 지금은 우연한 사건에 놀랄 일이 생기지 않게 떠날 준비를 잘 하도록 합시다."

불행하게도 미스터 링슬레이는 이 흥미로운 대화를 듣지 못했다. 이미 거리에 나가 있었고, 줄줄이 이어진 자동차들 사이에서 자신의 롤스로이스를 발견하여 부드러운 쿠션 위에 올라앉아 언제나 하듯 내뱉었다.

"샹젤리제…!"

운전대 위에서 링슬레이를 향해 낯선 얼굴의 운전기사가 고개를 돌렸다.

미스터 데이비드 링슬레이는 한순간 자신이 실수로 남의 차에 잘못 탔다고 생각하고 쿠션에 새겨진 자기 이름 머리글자를 바라보고는 운전기사에게 누구냐고 물어보려 했으나 묻지 않았다. 광기에 찬 연주회의 독주자로서 그는 열혈 지휘자인 죽음이 주눅 든 단역들을 매일같이 끊임없이 교체하는 데 이미 익숙해져 있었다.

그는 건조한 금속성 목소리로 정확한 주소를 되풀이해 말했다.

운전기사는 말없이 고개를 숙여 보였다. 자동차가 움직였다.

저무는 하루는 마치 너무 천천히 죽어가는 병자가 사망할 때까지 기다릴 수 없는 장의사처럼 미스터 링슬레이의 얼굴에 죽은 자의 깁스 가면을 용접해놓았다. 미스터 링슬레이는 선잠에 녹아들듯 몸을 감싸줄 부드러운 비단 쿠션과 또 다른, 더욱 비단처럼 부드럽고 황홀한 것들에 대해 생각했다. 꿈꾸면서 그는 눈을 감았다.

눈을 다시 떴을 때 그는 자동차가 이미 매우 친숙한 화려한 건물 앞에 서 있는 것을 깨달았다. 창문의 커튼은 꼼꼼하게 닫혀 있었다.

'자는군.' 미스터 링슬레이는 다정하게 이렇게 생각하고 자기 생각에 스스로 미소 지었다.

그는 문가의 초인종을 두 번 울렸다. 긴 시간이 흘렀다. 아무도 문을 열어주지 않았다. 미스터 링슬레이는 다시 초인종을 눌렀다. 침묵이 답했다. 설마 하인조차 아무도 없는 것일까? 미스터 링슬레이는 초조하게 초인종 단추를 더 오래 눌렀다. 종소리가 경고음처럼 시끄러웠다. 다시 침묵이 몰려왔다.

이웃한, 마찬가지로 호화로운 집에서 나이 들고 흰 머리카락으로 덮인 남자의 머리가 튀어나왔다. 위협적이고 성난 머리다. 머리가 서투른 영어로 크게 말했다.

"아무도 없소. 아가씨는 오늘 오후에 죽었소. 화장터로 실려갔소. 하인들도 없소. 도망쳤소."

미스터 링슬레이는 초인종을 누르려다 그대로 굳어졌다. 그렇게 오랫동안 서 있었던 것이 분명한데, 왜냐하면 정신을 차렸을 때 가장 처음으로 그의 눈에 들어온 것은 놀라고 질문하는, 마치 가볍게 조롱하는 듯한 새 운전기사의 얼굴이었기 때문이다.

미스터 링슬레이는 무거운 걸음으로 계단을 내려와 자동차 좌석에 주저앉았다. 그에게 고개를 돌린 운전기사는 계속해서 질문하듯 쳐다보고 있었다.

"그냥 운전해 가주게… 조금만… 어디든…." 미스터 링슬레이가 천천히 말했다.

운전기사는 정중하게 고개를 숙여 보였다. 자동차가 움직였다.

†

저녁 늦게 그랑 오텔 정문 앞에 미스터 데이비드 링슬레이의 자동차가 멈추어 섰을 때 1층의 '카페드라페'에서는 이미 재즈 음악이 고함을 치고 죽음의 운명에 처한 휘둥그런 눈의 젠틀맨들이 거대한 모기처럼 둥근 테이블 주위에 둘러앉아 빨대로 칵테일의 붉은 피를 빨고 있었다.

방에 혼자 있게 되자 미스터 링슬레이는 기계적으로 시계태엽을 감아 나이트 테이블 위에 놓고 천천히 옷을 벗기 시작했다. 잠옷의 얇은 비단을 통해 느껴지는 서늘한 침구가 올바르게 기능하는 강한 몸의 의식을 무감각에서 깨워낸 첫 번째 자극이었고 그의 의식은 마치 시동이 켜진 자동차처럼 매일의 틀림없는 노선을 따라 움직이기 시작했다.

40세의 남자는 이불 주름 아래에서 처음으로, 지난밤에 입 맞추고 껴안고 관계를 가졌던 여자가 오늘 흑사병으로 죽었다는 사실을 명확하게 깨달았다.

그 생각이 너무나 날카롭고 차가워서 남자는 등줄기에 소름이 끼치는 것을 느꼈다.

어딘가 표면에서, 마치 화학적 혼합물을 담은 플라스크에 붙은 라벨처럼, 정해진 글자를 일정한 숫자로 써서 유리에 붙인 종잇조각처럼 '미스터 데이비드 링슬레이'라는 이름으로 알려진 40세 신사의 거짓된 사회적 '나'가 분개하려 애썼다—애인이 죽었다, 유일한, 대신할 수 없는 기타 등등, 그러한 애인이.

절망, 고함, 체념은 아직 이해할 수 있겠지만 이해할 수 없는 것은 저열한 이기주의, 공포다—나도 감염될지 모른다! 나도 죽는다! 그러나 라벨은 모든 라벨이 그렇듯 병 속의 화학적 내용물에 아무런 영향도 없고 영향을 미칠 수도 없으며(가끔은 부주의한 화학자가 실수로 라벨을 잘못 붙이기도 한다) 40세 남자의 몸은 전혀 부끄러워하지 않고 그 자신의 흔들리지 않는 논리를 따라 계속해서 생각을 이어간다.

첫 번째 생각 뒤로 두 번째가 와서 달라붙었다—그러니까 나도 감염되었다, 감염병이 이미 내 안에 있다. 잘해야 내일이면—죽는다. 어쩌면 바로 오늘 밤에.

40세 신사는 침대에서 벌떡 일어나 앉았다. 그 생각은 너무나 단순하고, 그 흠잡을 데 없는 논리가 너무나 반박 불가능하고, 너무나 투명하고 산소로 가득해서 방의 공기는 그에 비하면 순수한 이산화탄소처럼 느껴졌고 그래서 40세의 신사는 잠시 숨이 막혔다.

'사랑', '애인', 미스터 데이비드 링슬레이라는 어떤 사람이 한때 자기표현의 정도를 규정하는 데 사용했던 이런 분류들을 갑자기 외국어 단어처럼 이해할 수 없게 되었다. 낯설고 감염되고 죽어버린 여자만 남았다, 아니 심지어 여자도 아니고 1킬로그램의 재가 되어 이제는 오로지 그의 안에서만, 세균으로 그에게 공유한 감염병 안에서만 살아 있으며 감염병은 이 순간에도 피가 날 때까지 그의 몸을 뜯어 먹고 있을지 모른다.

40세의 남자는 서둘러 스위치를 눌러 불을 켰다. 맞은편의 반들거리는 옷장 표면에서 창백하고 익숙한 얼굴이 일그러진 채 그를 바라보았다.

"방법은 이제 없는 걸까? 정말 확실히 이제는 방법이 없을까? 차분히 생각해보자." 40세 신사의 몸이 논리적으로 말했다. "심지어 매독에 감염됐던 사람들도 관계 직후에 감염된 부위를 태워서 질병을 확산시키는 걸 막았던 사례가 있었단 말이다."

"너무 늦었어." 두뇌가 반박하려 했다.

"아냐, 지금이야말로 전혀 늦지 않았을지도 몰라. 아직 24시간이 완전히 지나지도 않았어. 서두르기만 하면…"

어쨌든 그의 몸은 모든 몸이 그러하듯 추상적인 논리를 구체적인 행동으로 번역했다. 40세 남자는 맨발로 침대에서 뛰어내려 미신적인 혐오감을 느끼며 잠옷을 벗어던졌다기보다 뜯어내고 알몸으로 화장실로 달려갔다. 그곳에 늘어선 병들 중에서 40세 신사의 손은 염화수은이 든 유리병을 집어 독한 화합물을 수돗물로 희석한 뒤 온몸에 붓고 성기부터 시작해서 얼굴과 귓바퀴까지 소름이 온통 돋은 털북숭이 몸이 시뻘겋게 되도록 문질러댔다.

팽이가 돌다가 멈추듯, 직접 행동의 충동이 진정되고 치솟았던 에너지가 가라앉자 미스터 링슬레이는 잠시 발언권을 되찾아 거울에 비친 40세 신사의 눈으로 빨갛게 된 털북숭이 몸을 보고 의견을 진술했다.

"난 우스꽝스러워."

그러나 이것은 소심한 논평이었고 40세 신사와 전혀 상관이 없는 양 어딘가 한옆으로 밀려나버렸다. 나체 상태에 익숙하지 않은 40세 남자는 냉기와 오한을 느꼈고 소파 위에 널브러진 파자마를 지나쳐 옷장으로 가서 깨끗한 목욕 가운을 꺼내 자신의 형체를 감쌌다.

다시 침대에 누울지 잠깐 고민하다가 그는 문득 생각했다―침대 시트를 갈자! 벨을 울려 '보이'를 부르려 했으나 그 지점에서 이렇게 유별난 시간대에 '보이'와 눈을 마주하는 것을 부끄럽게 생각한 미스터 데이비드 링슬레이가 개입했고 40세 남자가 져서 소파에 기어올라 아침까지 기다리기로 했다.

편하게 자리를 잡은 40세 신사는 배를 주의 깊게 문지르고 온 힘을 다해 눌렀고 다음으로 겨드랑이 림프샘도 똑같이 만져보았다. 그러나 이런 자가 검사에서 전혀 결과를 얻지 못했고 40세 신사는 기다리는 것 외에 아무 할 일도 없게 되었다.

그때 대기실 창문으로 또다시 미스터 데이비드 링슬레이가 밖을 내다보며 재빨리 자기 의견을 표명했다.

"난 겁쟁이다. 죽음이 두렵다. 얼마나 황당한가! 벌써 3주째 흑사병 환자들 사이에서 살면서 언제라도 죽을 수 있다는 걸 완벽하게 알고 있지 않았던가."

그러나 미스터 데이비드 링슬레이가 완벽하게 알고 있던 사실은 40세 신사에게는 완전히 아무 상관이 없었고 그는 소파 위에서 더욱 방어적으로 몸을 웅송그리고 이 소식을 받아들이기를 고집스럽게 거부했다.

"난 죽는다, 죽어야만 한다." 미스터 데이비드 링슬레이가 40세 신사를 설득하려 애썼다. "그게 뭐가 이상하지? 그냥 내가 있었다가 앞으로는 없다는 거다."

그러나 40세 신사는 이 단순한 사실을 무슨 수를 써도 상상할 수조차 없었고 점점 더 방어적으로 몸을 움츠릴 뿐이었다. 그리고 미스터 데이비드 링슬레이는 40세 남자가 비명을 지르려 하는 것을 느끼고 당황했다.

"그러면 안 돼! 사람들이 들어! 직원들이 달려올 거야! 망신이다!" 그가 열띠게 설득했다.

그러나 40세 신사는 이 순간에 직원들을 아랑곳하지 않았다. 뭔가 까맣고 미끄러운 것이 이미 사지에 달라붙는 것을 느끼며 짐승처럼 길게 부르짖었고 그래서 미스터 데이비드 링슬레이가 손으로 입을 막았다.

"밖에서 듣는다니까!"

잠시 미스터 데이비드 링슬레이는 귀를 기울였다. 그러나 바스락 소리 하나도 그의 귀에 들려오지 않았다. 그제야 그는 층 전체에 자신 외에 아무도 없다는 사실을 떠올렸다.

"진정해! 진정해!" 그는 부드럽게 40세 신사를 달랬다.

40세 남자는 수놓은 비단 목욕 가운을 알몸에 걸친 채 추위에 떨며 이를 딱딱 부딪치기 시작했다.

그 무기력한 순간을 이용하여 미스터 데이비드 링슬레이는 계속 논리적으로 이해시키려 애썼다.

경험 많은 비즈니스맨으로서 그는 어떤 사업체든 청산하기 전에 부채와 자산을 정리한 회계장부를 준비하는 데 익숙해져 있었다. 그리고 지금도 연단처럼 높은 소파 위에서 미스터 데이비드 링슬레이는 살아온 삶을 되돌아보고 대략적인 자신의 위치를 파악하려 했다. 뒤를 돌아보고 그는 어마어마한 숫자들이 떼를 지어 흘러오는 것을 보았고 숫자 떼는 사방에서 용암처럼 모든 것을 빈틈없이 뒤덮고 수백만 마리의 회색 쥐 떼처럼 그의 소파를 둘러쌌다. 겁에 질려 그는 자기도 모르게 떨리는 맨발을 들어 올려 몸 아래로 숨겼다.

숫자들의 회색 바다에서 유일한 녹색 섬처럼 빛나는 것은 지난 일주일간의 사랑이었고 미스터 데이비드 링슬레이는 나무판자를 붙잡는 조난자처럼 그 기억 위에 서서 그 좁은 공간 위에 균형을 잡으려 애썼다. 그러나 흑사병에 감염되어 죽어버린 여자를 증오하고 여자가 남긴 기억 위에 발 딛기를 두려워하는 40세 남자가 그 순간 그의 손을 잡아챘다.

그의 삶이 적자 기업이었다는 사실이 드러났고 미스터 데이비드 링슬레이는 아쉬움 없이 장부를 닫을 수 있다고 느꼈다. 길고 긴 20년 동안 밤낮으로 강제 노동하는 죄수처럼 수백만의 무거운 맷돌에 끈적하고 빨간 윤활유를 충분히 발라 열심히 돌려서 정산의 순간에 공들여 쌓아 올린 곡식 창고에 밀가루가 아니라 수억 마리의 쥐 같은 숫자들이 셀 수 없이 새끼를 까서 영원히 굶주린 군대가 되어 그 자신을 향해 날카로운 이를 드러내고, 그 숫자들이 도구이고 수단이라고 여겼으나 사실은 그 자신이 숫자들의 수수께끼 같은 목적을 이루기 위한 수단일 뿐이었음을 갑자기 알게 되었으니 이 모든 일이 과연 가치가 있단 말인가?

그리고 미스터 데이비드 링슬레이는 마치 시험문제에 답하듯 더듬거리지 않고 대답했다.

"아니, 가치가 없다."

"그러니까 난 죽는다, 나는 죽고 내가 있던 자리에는 아무것도 남지 않는다, 흔적조차도…."

이렇게 표현된 생각은 심지어 미스터 데이비드 링슬레이조차 받아들이기 힘들었고 고집스러운 딸꾹질이 되어 그의 목구멍으로 돌아왔다.

"잠깐… 냉정하게 생각해보자. 작가도 사상가도 예술가도 죽는다. 그들은 창조물 속에 영원히 남는다. 내 창조물은 대체 뭐지?"

그리고 미스터 데이비드 링슬레이가 대답했다.

"돈, 재산."

은혜를 모르는 이름 없는 창조물. 재산은 상속인들이 나눠 가질 것이다. 아무것도, 심지어 그의 이름조차 남지 않는다. 그의 이름을 세계 모든 은행들이 계좌의 '예금주'에서 열심히 삭제할 것이다. 대체 무엇이 남을까? 마치 무시무시한 전설처럼 그의 존재를 이제까지 알려왔던, 수백만 노동자의 묵중한 증오? 심지어 거기서도 그의 이름은 사라지고 새로운 이름으로 바뀔 것이다. 5년 뒤에 그에 대해서는 아무도 떠올리지 않을 것이다.

미스터 데이비드 링슬레이는 이제까지 그가 늙어가는 백만장자들의 자선 정신병이라 불렀던 것, 그 카네기들과 록펠러들이 어마어마한 액수를 자선 목적으로 쾌척하고 수백만 규모의 기금을 마련해 자기 이름을 붙이던 그 모든 것을 처음으로 이해했다. 갑자기 그는 자기 안에서 비명 지르는 무존재에 대한 노년의 두려움, 무언가에 의존해 계속 살고자 하는 욕구, 어떤 값을 치르든 뭔가에, 하다못해 자기 이름 몇 글자에라도 달라붙어 있으려는 충동을 느낀다. 처음으로 그는 이해하고 동정하고 다 알겠다는 미소로 죄를 사한다. 불쌍한 자들! 남의 이상에 돈을 대주면서 그들은 자기 명함을 그 이상의 옆구리에 붙였으니 수표의 숫자만큼이라도 공통점을 가지고 있으니까 그 안에서 자신이 영구히 존재할 수 있다는 환상에 스스로 속는 것이다.

여기서 40세 신사는 발밑에서 땅이 무너지는 것을 느끼며 불안해하기 시작했고 겁에 질린 손가락으로 허공을 헤집었다.

40세의 신사는 논리로 미스터 데이비드 링슬레이의 주장을 이길 수 없자 무의식적인 동물 같은 본능으로 마치 파도가 다가와 자신을 쓸어갈 것임을 느끼는 조개처럼 뭐든 단단하게 붙잡을 만한 것, 튀어나온 곳, 바위의 거칠거칠한 면을 열띠게 찾아 그곳에 달라붙어 살아남으려 한다.

의식의 허공 속을 더듬다가 40세 신사는 갑자기 그곳에 숨어 있던 친숙한 얼굴을 발견하고 얻어맞은 개처럼 몸을 움츠리며 털을 곤두세웠다….

미스터 데이비드 링슬레이는 자녀가 없는 사람이었다. 이 조그마한 걱정거리가 그의 마음속에서 벌레처럼 항상 굴러다녔지만 그는 이 사실을 심지어 자기 스스로도 인정하지 않았다. 서른여섯 살 되던 해에 아이를 갖지 못할 것임을 알고 미스터 링슬레이는 가족에 대해 생각했다. 한때는 형제가 있었지만 런던 교외의 어느 빈민가에서 굶어 죽었다는 소식을 오래전에 들었다. 미스터 링슬레이처럼 가족에 대한 감정이 전부 씻겨나간 사람에게 그 소식은 아무런 인상도 남기지 못했다. 가끔 그 생각이 나면 아주 가벼운 죄책감을 느끼기도 했다(그 뒤로 아버지의 유언장 한 군데를 조금 고쳐야만 했다…). 가족 일을 정리하다가 그는 운 나쁜 형제가 후손을 남기기는 했다는 사실을 깨달았다. 미스터 링슬레이는 그 후손을 찾아야겠다고 생각했다. 오랫동안 찾아 헤맨 끝에 후손 중에서 남은 사람은 스무 살의 남자아이 하나뿐이라는 사실을 알게 되었는데 이름은 아치볼드였고 런던에서 일하며 살고 있었다.

조카에게 미국으로 오는 1등 선실 표와 유럽의 생활을 청산할 돈 몇천 달러를 보내라고 지시한 뒤 미스터 링슬레이는 조카에게 뉴욕으로 옮겨 와서 대학에 다니라고 제안하는 간단한 편지를 썼다. 찾아온 사람은 마르고 키가 큰 남자였는데 갈색 눈은 선했고 얼굴은 마르고 지쳤고 때 이른 주름이 잡혀 나이 들어 보였으며 갈색 머리카락이 현명하고 높은 이마에 흩어져 있었다. 조카는 링슬레이의 궁궐 같은 집 왼편에 살게 되었다.

미스터 링슬레이는 조카의 솔직한 얼굴이 마음에 들어서 훈련을 좀 시킨 뒤에 자기 오른팔로 쓰려고 했다.

그러나 일은 단번에 틀어졌다. 조카는 자신이 공산주의자라 선언하고 누더기 짐을 다 풀지도 않고 삼촌의 공장에서 선동을 시작했다. 미스터 링슬레이는 그의 수하 공장장들이 너그럽게 미소 지으며 올리는 걱정스러운 보고들을 받았다.

젊은 조카의 객기에 선을 그어주려고 미스터 링슬레이는 길고도 자애롭고 친밀한 대화를 통해 조카에게 그를 동업자이자 앞으로 유산상속자로 생각한다는 사실을 알려주었고 자기 어느 사업체의 총무로 임명했다.

조카는 총무 직위를 받아들였으나 공장에서 선동은 멈추지 않았다. 그 결과 흥분한 노동자들이 어느 화창한 아침에 작업장을 점거하고 공장이 노동위원회의 소유라 선포했다. 도망쳐서 경찰의 도움을 청해야만 했고, 경찰은 선동자를 체포하고 어렵게 질서를 되찾았다.

폭풍 같은 대화 끝에 삼촌과 조카는 완전히 절연했다.

그날 이후 조카의 소식은 전부 끊겼고 미스터 데이비드 링슬레이는 은혜를 모르는 조카에 대해 더 이상 알고 싶어 하지 않았다.

어느 봄의 오후까지는 그랬다. 그사이에 선동자 몇 명을 해고한 결과 미스터 링슬레이 소유의 공장 열네 군데에서 파업이 일어났다. 미스터 링슬레이의 명령으로 사측이 노동자들을 전부 길거리로 내쫓고 공장을 잠갔다. 해고당한 노동자들은 힘으로 공장을 점거하려 시도했다. 군대가 동원되었다. 공장 건물에서 내몰린 군중은 행진을 시작하여 골목길을 통해 여러 방향에서 미스터 데이비드 링슬레이의 궁궐 같은 거처로 모여들었다. 유리창이 쨍그랑 소리를 내었다.

당황한 미스터 링슬레이는 경찰에 전화했다. 링슬레이의 돈을 받는 경찰총장은 그에게 무기 사용을 원하는지 친절하게 물었다. 미스터 링슬레이는 수화기에 대고 거칠게 내뱉었다.

"이젠 어르고 달랠 때가 한참 지났다고 봅니다. 경찰의 최루탄은 아무 효과도 없습니다. 군중이 공포탄에 익숙해져서 쏘아봤자 아무것도 하지 않습니다. 실탄으로 연속 사격을 두 번 하면 시위자들이 해산하고 앞으로 시위할 마음도 없어질 겁니다. 하지만 결국은 총장님이 결정하실 일이지요."

경찰총장은 미스터 링슬레이의 신뢰를 배반하지 않았다. 미스터 링슬레이는 커튼 뒤에 숨어 경찰 대오가 옆 골목에서 줄지어 나오는 모습, 총소리가 울리고 군중이 서둘러 흩어져 도망치는 모습을 볼 수 있었다. 5분 안에 거리는 텅 비었고 아스팔트 위에서 움직이지 않는 열댓 명만 남았다.

잠시 후 미스터 링슬레이의 서재에 경찰총장이 직접 찾아와 명백하게 어쩔 줄 모르는 모습으로 흠잡을 데 없이 새하얀 장갑을 구겼다. 미스터 링슬레이는 오랫동안 경찰총장이 방문한 이유를 이해할 수 없었다.

"사장님의 조카분이…" 경찰총장이 웅얼거렸다. "첫 줄에 서서… 저희는 전혀 몰랐습니다….

"죽었소?" 미스터 링슬레이가 건조하게 추측했다.

"그렇습니다…" 그의 어조에 약간 용기를 얻은 경찰총장이 말했다. "시신을 여기로 실어오라고 할까요?"

"아니오, 무슨 말씀을!" 미스터 링슬레이가 놀랐다. "하지만 생각해보니… 총장님 말씀이 맞습니다… 건물 왼편 조카 방에 놓으라고 전해주십시오."

저녁 늦게, 몇 년 만에 처음으로 미스터 링슬레이는 조카의 방문턱에 섰다. 조카는 고개를 뒤로 젖힌 채 소파에 누워 있었고 입가에서 가느다란 두 줄의 피가 흘러 비싼 소파를 적시고 있었다.

미스터 데이비드 링슬레이는 그 이후로 수많은 얼굴들, 산 얼굴과 죽은 얼굴을 보았지만 그 하나의 얼굴은 부자연스럽게 확대된 채 수백 개의 조그만 장면들이 빽빽이 걸린 기억의 벽에 영원히 못 박혔다.

그는 모든 것을 이해했다. 노동자들은 흥분해서 가슴을 펴고 맨손으로 경찰의 총탄 앞으로 걸어간다. 그런 짓이 영웅적이라고는 전혀 생각하지 않았다. 가난뱅이들이 부자들의 재산을 질투하는 게 뭐가 이상하겠는가. 임금을 올려주기만 하면 그들은 고분고분 일터로 돌아온다. 링슬레이는 그들을 미워하는 마음조차 없었고 그저 경멸했다.

그런데 바로 여기서 모든 논리적인 전제가 무너졌다. 미스터 데이비드 링슬레이의 조카, 그가 소유한 30개의 공장을 이어받을 미래의 상속자가 맹수 같은 가난뱅이 군중을 이끌고 미래에 자신에게 지정된 재산을 약탈하는 행렬의 선두에 선 것이다… 미스터 링슬레이는 이 현실을 머릿속에 도저히 받아들일 수 없었고 그의 이성은 평소에 사회의 모든 분야를 마치 자기 서재처럼 속속들이 이해하는 데 익숙해져 있었으나 이번에는 마치 뚫을 수 없는 벽에 머리를 부딪친 것만 같았다.

또다시 폭넓은 흐름이 되어 숫자들이 흐르기 시작했으나 갈색 머리카락이 이마에 흩어지고 고통스러운 입술 끝에서 두 줄기 가느다란 피가 흐르는 창백한 얼굴만은 절대로 씻어내지도 뒤덮지도 못했다. 뉴욕의 공동묘지에 있는 링슬레이 가족묘에 묻힌 조카 '아치'는 비싼 대리석 묘비를 명백하게 비웃으며 중단되었던 선동 작업을 계속하고 있었다. 포위된 시위자들 무리에서, 새로운 파업에 대한 전보에서, 중국에서 일어난 혁명에 대해 보도한 조간신문 기사에서, 사방에서 갈색 머리카락을 모자처럼 덮어쓴 창백한 얼굴, 섬세하고 무소불위하고 파괴되지 않는 그 얼굴이 미스터 데이비드 링슬레이를 바라보고 있었다.

그리고 미스터 링슬레이가 노동자들의 지나친 요구에 대한 보고서를 볼 때마다, 조급해진 손이 수화기를 들려 할 때마다, 입에서 공장 폐쇄 명령이 튀어나오려 할 때마다—수화기에서, 마치 달팽이가 껍질에서 나오듯이 갑자기 조카 아치의 얼굴이 나오곤 했고 미스터 링슬레이는 수화기를 내려놓고 다시 보고서를 집어들고 노동자들의 요구를 받아들였다.

자기 자신도 깨닫지 못하지만 어딘가 깊이, '원칙'과 '확신'의 군건한 토대 아래 조그만 방화 금고 속 영혼에 조카 아치는 사심 없는 이상주의의 상징으로 영원히 남았고 양심을 내던진 사칭자이자 도둑인 미스터 데이비드 링슬레이는 삶의 어떤 상황에서든 진정으로 사심 없는 행동을 하게 되면 자신도 몰래, 유대인들이 문에 붙인 '메주자'를 만지듯, 마치 본의 아니게 자랑스러워하며 승인을 얻으려는 듯 손가락으로 그 영혼의 방화 금고 문을 만지작거렸다.

오늘 아침에도 마찬가지로, 턱수염이 허연 랍비 엘레아자르와 뿔테 안경을 쓴 살찐 신사가 그에게 의심할 여지 없이 비윤리적인 사업을 제안했을 때 미스터 데이비드는 동의할 생각이 먼저 들었지만 본능적으로 마음속에 숨은 금고에 손을 뻗었고 자기 자신도 예상하지 못했던 불굴의 의지로 거절했던 것이다.

그리고 지금, 옷의 껍질을 벗은 알몸의 40세 신사는 자신을 둘러싼 무존재 앞에서 비명처럼 발작적으로 주먹을 움켜쥐고 명백한 죽음과 부패의 과정에도 불구하고 뭐든 붙잡을 만한 것을, 달라붙을 만한 것, 자신을 살려줄 것을 찾아 주위를 더듬었고 그러다 그의 손이 허공 속에서 갈색 머리카락이 모자처럼 덮인 창백한 얼굴에 닿았고 40세 신사는 고압선에 닿은 듯 몸을 떨었다.

그렇다. 조카 아치는 이 비밀을 알았다. 링슬레이 가문의 무겁고 비싼 묘비에 깔린 채 조카는 더욱 강화되고 뿌리 뽑히지 않은 삶을 살고 있었다. 새로운 질서에 대한 공동의 의지로 연대하는 몇백 명의 가난하고 억압받는 사람들이 모인 세상 모든 제곱킬로미터 넓이의 땅에서 조카는 또다시 살아 있는, 생명을 주는 불꽃이 되어 타올랐다.

그리고 삼촌은 처음으로 자신의 비인간적인 고독의 무게와 빈곤을 온전히 느꼈고 경망스럽고 정신 나간 어린 조카가 어째서 서른 개의 공장과 함께 그 고독을 받아가려 하지 않았는지 이해했다.

"모든 것이 여기에 똑같이 남아 있고 그저 나만 없을 거야…" 미스터 링슬레이가 자기 자신에게 시험 삼아 말해보았다. "거울도, 옷장도, 침대도, 모든 것이 똑같아. 전염병은 지나갈 거야. 소독하고 나면 그뿐이야. 이 침대에는 다른 사람들이, 남자와 여자 들이 잘 거고, 누가 알아, 어쩌면 서로 아는 사이일지도 모르지. 모든 사람이 거울에 비칠 거야. 하지만 내가 없어지면 아무것도 남지 않겠지.

멋지군! 하지만 죽음 뒤에도 사람은 어쩌면 뭔가 남기는 걸까? 내가 어떻게 생겼었는지 그거라도 잘 기억해야겠어."

미스터 데이비드 링슬레이는 샹들리에를 환하게 켜고 거울을 보았다. 그러나 보자마자 겁에 질렸다. 거울 속에서 그를 바라보는 것은 허옇게 센 머리가 산발이 되고 목욕 가운을 풀어 헤쳐 헐벗은 가슴이 드러나고 튀어나온 무릎이 턱에 닿아 있고 입을 커다랗게 벌린 40세의 신사였다.

"저건 내가 아니야, 저건 내가 아니란 말이야!" 40세 신사의 창백하고 축 처진 얼굴에서 자신의 흠잡을 데 없는 윤곽을 찾지 못하고 뻣뻣해진 미스터 링슬레이가 내뱉었다.

"아무것도 남지 않아, 아무것도!" 거울 속에서 40세 신사가 고함쳤다. "사람들이 와서 널 끌어내어 구멍 속에 던질 거다! 아무것도 남지 않아, 심지어 거울 속에도! 내일이면 거울 속에 다른 사람이 비칠 거야, 내가 아니라! 내가 아니라? 그게 무슨 뜻이지, '내가 아니'라니? 거짓말! 난 붙잡을 거다! 달라붙을 거야! 거울 속에 남을 거다! 볼 거야! 여기서 다른 사람들이 뭘 하는지 볼 거라고! 여기, 바로 이 방에서! 오-호-호! 할 수 있으면 날 유리에서 긁어내보라지! 오-호-호!"

40세 신사는 떡 벌린 입의 아래턱을 떨며 뛰어 일어나 자기 몸으로 거울 전체를 덮었다.

미스터 데이비드 링슬레이는 발아래 땅이 꺼지는 것을, 유령처럼 흩어지는 것을 느꼈다. 마지막 자기방어의 본능으로 그는 손에 닿는 염화수은 병을 집어 온 힘을 다해 거울 표면을 그었다….

다음 날 아침 새로운 '보이'가 미스터 데이비드 링슬레이의 응접실로 랍비 엘레아자르 벤 츠비와 미제 안경을 쓴 살집 좋은 신사를 안내했고 두 신사는 오랫동안 말없이 기다렸다.

20분 뒤 응접실 문가에 미스터 데이비드 링슬레이가 나타났다. 평소보다 조금 더 창백하고 훨씬 더 뻣뻣했다. 창문 어딘가를 바라보며 그는 감정 없는 목소리로 말했다.

"두 분의 제안을 밤새 생각해보았는데 어제 제가 아무래도 현명하지 못한 결정을 내렸습니다. 사실 누군가 반드시 감염될 것이라 미리부터 가정할 이유가 무엇이겠습니까? 의사의 세심한 진찰과 격리를 통해 우리가 흑사병을 파리에 남겨두고 떠날 것이라는 희망을 가져보지요. 오늘 중에 뉴욕에 있는 제 비서에게 적절한 내용의 암호화된 전보를 보내겠습니다. 이 사안은 미루어서는 안 된다고 생각하므로 오늘 저녁에라도 출발할 수 있으면 가장 좋겠습니다."

랍비 엘레아자르와 안경 쓴 신사는 말없이 고개를 숙여 보였다.

✝

차가운 동풍이 능숙한 이발사의 손가락처럼 밤바다의 흩어진 머리카락을 물결치게 했다.

증기선 '모리타니아'호는 불빛을 전부 끈 채 최대속력으로 달리고 있었다. 해안의 마지막 윤곽은 이미 오래전에 안개 속으로 흘러들어 사라졌다. 출발 이후 한 시간 동안 갑판을 가득 메웠던 승객들이 서랍처럼 층층이 등급이 나뉜 선실로 천천히 흩어졌다. 거대한 증기선 선체의 갈비뼈에 붙은 두 개의 등불처럼, 줄지어 늘어선 일등실 창문 중 두 개만 반짝이고 있었다.

그 일등실 어딘가의 소파 위에 나이 든 샤메스가 웅크린 채 잠들어 있었고 입술이 꿈속에서 미처 끝내지 못한 기도문의 단어들을 되풀이했다.

탁자 앞에는 마치 턱수염이 허연 바다의 신이 줄무늬 목욕 가운을 걸친 듯, 낡은 줄무늬 탈리스를 걸치고 랍비 엘레아자르 벤 츠비가 앉아 있다. 선박이 흔들리는 박자에 맞추어 랍비 엘레아자르의 마른 상체가 규칙적으로 흔들리고 그의 입술이 감사의 기도를 속삭인다.

"너희 하느님은 나다. 바로 내가 너희를 이집트 땅 종살이하던 집에서 이끌어낸 하느님이다…."*

잠들지 못하던 랍비 엘레아자르의 눈꺼풀이 조금씩 감기고 천천히, 기도의 박자에 맞춰 약속의 땅을 향해 증기선의 거대한 배불뚝이 몸통이 흔들리며 나아간다.

서쪽 모서리 선실 침대 위에 누워 몸을 뻗고 입에는 담배를 문 미스터 데이비드 링슬레이가 천장에서 흔들리는 전등을 바라보다 이쪽저쪽으로 몸을 뒤척이다가 다 피우지도 않은 담배를 버리고 벌써 열 개비째 새 담배를 피워 문다. 방이 해먹처럼 흔들려 잠이 오지만 그러다가 잠은 기울어진 선실 바닥의 공처럼 굴러 달아

---

* 출애굽기 20장 2절. 성서 원문은 "너희 하느님은 나 야훼다"이나 소설에선 '야훼'가 생략되었다.

나버린다. 선실 바닥이 흔들릴 때마다 1마일씩 유럽에서, 파리에서, 흑사병에서, 죽음에서 멀어져 푹신하고 꽃이 만발한 삶의 풀밭으로 1마일씩 들어간다.

나이트 테이블 위에서 흔들리지 않는, 역설적인 시계가 째깍째깍 소리를 낸다. 유럽을 떠난 지 여섯 시간이 지났다.

†

이틀째 저녁 무렵 달아오른 해가 다리미처럼 파도의 주름을 말끔히 다려버렸다. 증기선은 바다라는 축음기 위에서 돌아가는 거대한 음반 위의 마술 바늘처럼 커다란 반원을 그리며 서쪽으로 방향을 틀었다.

모든 갑판이 승객들이 까맣게 모여 있었다.

가장 위쪽 통로에 젠틀맨 200명 정도가 줄무늬 사냥 모자를 쓰고 펠트 담요로 몸을 감싼 채 하늘의 흠잡을 데 없는 푸른 배경에 시가 연기 덩어리로 얼룩을 만들고 있었다. 좀 더 민첩한 젠틀맨들은 누구는 골프, 누구는 테니스, 누구는 평범하게 카드놀이로 시간을 보냈다. 외줄타기 곡예사가 심연 위에 뻗은 보이지 않는 밧줄을 타듯 형체 없는 승무원들이 손에 정중하게 쟁반을 들고 귀중한 음료 한 방울뿐 아니라 한마디 말이나 자기도 모르는 한숨이라도 흘릴까 겁내는 듯 긴 의자 사이에서 위태로운 균형을 잡으며 다녔다.

일등실 갑판에서는 배부르고 살찐 신사들이 편안한 침상에 누워 손가락 사이로 묵주처럼 열쇠고리를 돌리며 바다를 즐기고 있었다. 두꺼운 고무 밑창 신발을 신고 부드럽게 걷는 승무원들이 시원한 음료를 날랐다. 몇몇 머리 좋은 젊은이들이 우연히 굴러다니던 두 개의 트럼펫과 드럼, 그리고 주방 기구를 활용해 임시방편의 재즈밴드를 결성했고 유행하는 음악의 고양이 소리 같은 곡조 아래 젊은이들이 쓰러질 때까지 춤을 추었다.

삼등실 갑판에서 좀 더 가난한 승객들은 터질 듯한 짐 가방 위에 앉아 위층에서 들려오는 음악 소리를 들으며 물고기가 물에 던져진 빵 조각을 받아먹을 때처럼 놀란 입을 멍하니 벌렸다.

갑자기 춤추던 젊은이들 사이에서 엄청난 혼란이 일어났다. 갑자기 거대한 입김이 후 불어낸 듯 갑판이 비었다. 춤추던 사람들이 겁에 질려 커다란 원을 그리며 물러섰다. 그 원 한가운데 바닥에서 안경 쓴 젊은 사람이 몸부림치고 있었다. 쓰러지면서 안경알 한쪽이 깨진 것이 분명했고 휘둥그렇게 뜬 근시안이 가림막을 잃은 채 도망치는 사람들을 공포에 질려 바라보았다. 젊은 사람은 백사장에 던져진 물고기처럼 지나치게 긴 지느러미 같은 팔을 아무렇게나 휘둘렀다.

어디서 왔는지 모르지만 어느 모퉁이 뒤에서 갑자기 하얀 가운을 입은 사람 두 명이 나타나 잉어처럼 몸부림치는 젊은이에게 달려들더니 다시 모퉁이 뒤로 사라졌다. 안경의 다른 한쪽 알이 떨어져 갑판 위에서 굴러다녔다.

순식간에 갑판 전체에 소란이 일어났다. 통통한 신사들이 서로 밀며, 열쇠고리를 떨어뜨리며 선실로 이어지는 계단으로 달려갔다. 한동안 소리치는 목소리와 문이 닫히는 소리만 들렸다. 5분 뒤 갑판에는 사람이 한 명도 남지 않았다.

그때 굴뚝 그늘 아래 안락의자에서 줄무늬 운동복을 입은 머리가 희끗희끗한 신사가 일어섰다. 정신이 다른 데 팔린 듯 느린 걸음으로 그는 갑판을 가로질러 난간에 몸을 기댔다.

희끗희끗한 머리의 신사가 담배에 불을 붙였다.

아래쪽 선체에 파도가 밀려와 부서졌다.

†

다음 날 아침에는 바람이 불었고 그 바람을 맞은 바다가 불안하게 요동쳤다.

일등실 갑판은 비어 있었고, 무도회가 끝난 뒤의 하인들처럼 그 갑판에서 유연하고 잠이 없는 승무원들만 돌아다녔다.

대략 10시쯤에 갑판에 줄무늬 운동복을 입은 희끗희끗한 머리의 신사가 나타났다.

그는 배가 흔들리는 박자에 어긋나게 휘청거리는 자신 없는 걸음으로 걸었다. 몇 걸음 가다가 가장자리에 있는 편안한 안락의자를 마주치자 털썩 주저앉았다. 주머니에서 값비싼 가죽을 씌운 조그만 거울을 꺼내 자기 혀를 유심히 살펴보았다.

얼굴에 딱히 어떻다 할 표정을 띠지 않고 그는 거울을 다시 주머니에 집어넣고 조심스럽게 갑판을 둘러보았다. 갑판은 비어 있었다. 아무도 자신을 보고 있지 않다는 것을 확인하고 운동복 입은 신사는 체조라도 하는 듯 양손으로 몇 가지 이상한 동작을 했다.

그런 뒤에 계속 주위를 둘러보면서 그는 너무 끼는 옷을 입어 불편해하는 사람처럼 양쪽 겨드랑이 아래를 몰래 문질렀다.

갑판에 승무원이 나타났다. 머리가 희끗희끗한 신사는 재빨리 주머니에서 책을 꺼내 열심히 읽기 시작했다. 시야 한구석으로는 삼등실 갑판 풍경을 훔쳐보고 있었는데, 그곳에서는 빽빽하게 모여 짐 가방에 쭈그리고 앉은 승객들이 식량을 나누어 허겁지겁 아침 식사를 하고 있었다.

머리가 희끗희끗한 신사가 앉아 있는 갑판에 승무원들이 와서 뒤집어놓았던 의자들을 세워 늘어놓기 시작했다.

머리가 희끗희끗한 신사는 재빨리 책장을 후루룩 넘겼다.

이미 정오가 훨씬 지났을 때 아래쪽 갑판에서 소란스럽고 커다란 소리가 그의 귀에 들려왔다. 굉음이 너무 크게 울려서 머리가 희끗희끗한 신사는 황급히 책을 덮고 난간 너머로 몸을 내밀어 아래를 내려다보았다. 아래쪽 갑판은 개미집이 짓밟힌 듯 사람들이 모여 있었다. 까만 개미떼처럼 보이는 사람들 사이로 한 쌍의 하얀 가운이 돌아다니는 모습을 볼 수 있었다. 머리가 희끗희끗한 신사는 손바닥으로 차양처럼 눈 위를 가리고 아래쪽 갑판을 내려다보다가 다른 모퉁이에 두 명의 다른 하얀 가운이 나타난 것을 알았다. 세 번째 하얀 가운 2인조가 짐을 들고 선실로 이어지는 계단을 내려갔다. 아래쪽에서 한탄과 비명이 들렸다.

머리가 희끗희끗한 신사는 이전의 자세로 돌아가 다시 독서에 열중하기 시작했다. 그러나 소란 때문에 집중력이 흩어진 것이 분명해서, 잠시 후에 그는 책을 내려놓고 아무렇게나 몸을 뻗고 앉아 눈을 감았다. 오랫동안 그렇게 움직이지 않고 있어서 마치 잠든 것처럼 보였다.

그러나 신사는 어느 순간 주머니에서 펜을 꺼내 공책에서 찢어 낸 종잇조각에 몇 마디를 썼다. 그런 뒤 일어나서 단호한 걸음으로 아래로 내려가는 계단 쪽으로 향했다.

무전통신실로 가서 머리가 희끗희끗한 신사는 당직 무전기사에게 뉴욕에 급하게 암호화된 전보를 보내달라고 부탁했다. 무전기사는 정중하게 고개를 끄덕였다. 무전기가 타닥타닥 소리를 냈다.

머리가 희끗희끗한 신사는 잠시 후 무전통신실에서 나오다가 문가에서 뿔테 안경을 쓴 살집 좋은 신사와 마주쳤다.

"아, 링슬레이 씨, 드디어 찾았군요!" 안경 쓴 신사가 기뻐했다. "선생님을 열심히 찾아다녔습니다. 세 시간 뒤에는 목적지에 도착합니다. 선생님은 괜찮으십니까?"

"더할 나위 없이 좋습니다. 선생님께 대답을 보여드렸지요. 모든 것이 준비되었습니다. 확실히 하기 위해서 바로 조금 전에 제가 비서에게 또 무전을 보냈습니다."

"훌륭합니다." 안경 쓴 신사가 만족스럽게 양손을 비볐다.

미스터 데이비드 링슬레이는 시계를 보았다.

"세 시간이 채 안되어 이 배는 해안을 순찰하는 순양함들 사이에 들어서게 됩니다. 모든 일이 제가 지시한 대로 진행되는지 선생님께서 잘 지켜봐주시기를 부탁드립니다. 이집트 국기를 올리는 걸 잊지는 않으셨겠지요?"

"전부 선생님 말씀대로 해두었습니다."

"만약의 경우입니다만 순양함 어느 한 척이라도 기밀 정보를 전해 받지 못한 제독이 탑승하고 있을 경우 해양경비대가 우리에게 포격을 하는 일도 벌어질 수 있습니다. 당연히 공포탄입니다. 승객들이 불필요하게 놀라는 일이 없도록 선생님께서 부디 미리 안내해주십시오. 혼란 중에 감히 구명정을 물에 내리려 드는 사람이 아무도 없도록 말입니다! 이 구역 경비대장은 모든 일에 대해 이미 정보를 받았으니 우리를 향해 잘해야 공포탄 몇 발 정도 쏘는 시늉만 할 겁니다. 불을 전부 <u>끄고</u> 항해하도록 합니다. 앞으로 5분 안에 저쪽 해안선에 도달합니다."

"일이 뭔가 잘못될 가능성은 없는 것이지요?" 안경 쓴 신사가 불안하게 물었다.

"없습니다. 선생님께 무전도 보여드렸지요. 모든 일은 아주 세세한 부분까지 준비되어 있습니다. 제가 이 배에 탑승해 있다는 사실이 최고의 보증이라고 생각합니다. 제가 불확실한 일에 스스로 뛰어들었다고 생각하시는 건 설마 아니겠지요."

"당연히 아닙니다. 그저 확실히 하기 위해 여쭤보는 겁니다. 무전을 하나 더 보내셨다고요?"

"그렇습니다. 조금 뒤에 답변이 올 겁니다."

갑판에 한 소년이 나타났다.

"미스터 데이비드 링슬레이, 전보입니다."

미스터 링슬레이는 눈으로 종이를 훑어보았다.

"비서가 전부 준비되었다고 전보를 보냈습니다." 링슬레이가 종이를 손안에서 구기며 말했다. "선생님께서는 이제 승객들에게 제가 말한 대로 미리 알려주시고 마지막 지시를 내리십시오. 도착하면 갑판에서 뵙겠습니다."

미스터 데이비드 링슬레이는 계단을 올라 갑판으로 나갔다.

빠르게 어스름이 내렸다. 어둠침침한 속에서 미스터 링슬레이는 들것에 뭔가 짐을 싣고 가는 하얀 형체 두 명과 마주쳤다. 그는 서둘러 길을 비켜주고 굴뚝 쪽으로 올라갔다. 어둠 속에서 라이터

319

가 반짝였다.

조금 전에 받은 전보 용지를 라이터에 대고 미스터 링슬레이는 그것으로 담배에 불을 붙였다. 가느다란 불꽃이 한순간 그의 얼굴, 창백하고 엄숙하고 거의 돌과 같은 얼굴을 비추었다. 불이 꺼졌다.

얼굴이 어둠 속으로 사라졌다.

†

12시에 수평선에 첫 번째 순양함들의 불빛이 나타났다. 갑판이 흥분에 휩싸였다. 어둠 속에서 여기저기 사람들의 형체가 돌아다니고 짧게 명령하는 목소리가 들려왔다.

'모리타니아'호는 불을 끈 채 최대속력으로 달렸다.

수평선의 불빛이 매 순간 가까워졌다. 어둠 속에서 이미 육안으로도 떠다니는 건물들의 검은 윤곽을 구분할 수 있었다. 그중 한 순양함의 감시탑에서 마치 스프레이를 뿌리듯 탐조등이 불을 밝혔다. 탐조등은 신경질적으로 바다를 훑다가 '모리타니아'호 선체에서 멈추었고 갑판 위의 군중은 빛 기둥에 눈이 부셔서 잠시 앞을 볼 수 없었다.

동시에 두 번째 탐조등이 북쪽에서 갑판을 비추었다. 무거운 침묵 속에서 길게 사이렌이 비명을 질렀고 그 비명은 하나둘씩 연달아 꼬리를 물며 점점 더 멀리 이어졌다. 갑판 위의 긴장감이 최고조에 달했다.

한 순양함에서 휙 소리와 함께 불기둥이 솟고 포탄이 반원을 그리며 '모리타니아'호 위로 미끄러졌다.

"공포탄을 쏘는 겁니다." 안경 쓴 신사가 그를 둘러싼 살집 좋은 신사들에게 자신있게 속삭였다.

"저쪽에서 혹시나 실수로 진짜를 쏘는 일은 없겠지요?" 까맣고 뾰족한 턱수염을 기른 신사가 불안하게 물었다.

"그런 일은 없습니다." 안경 쓴 신사가 달래듯이 미소 지었다. "미스터 데이비드 링슬레이가 진행하는 일이면 실수는 있을 수 없습니다."

'모리타니아'호는 증기를 올리며 앞으로 나아갔다. 이제는 동시에 세 방향에서 불기둥 세 개가 솟아올랐고 포탄 쏘는 소리가 돛처럼 펄럭이는 공기를 흔들었다. 갑판 끝 어딘가에서 비명, 그 뒤에 파편이 떨어지는 핑음이 들려왔다. 배는 혼란에 빠졌다. 포탄이 끊임없이 날아왔다. '모리타니아'호 안에서 빨간 연기 기둥이 터져 나와 무너지는 하늘을 떠받쳤다.

바로 그 순간 탐조등 불빛으로 환히 밝혀진 갑판에 긴 옷을 펄럭이는 나이 든 샤메스가 나타나 양팔을 흔들며 비명을 질렀다.

"살해당했다! 랍비 엘레아자르가 살해당했다!" 정신이 나가버린 샤메스가 온 힘을 다해 외쳤다.

"미스터 데이비드 링슬레이! 미스터 데이비드 링슬레이는 어디 있나?!" 안경 쓴 신사가 마주치는 모든 젠틀맨들의 가슴을 밀어젖히고 얼굴을 들여다보며 고함쳤다.

나무판과 연기가 터지며 그는 난간으로 내던져졌다.

안경 쓴 신사는 일어서려 했으나 어떤 거대하고 보이지 않는 힘이 그를 바닥으로 쓰러뜨렸다. 안경 쓴 신사 위에 흐트러진 차림의 나이 든 샤메스가 몸을 굽히고 있었다. 안경 쓴 신사가 뭔가 말하려 했다. 그의 목에서 목쉰 휘파람 소리만 새어나왔다. 샤메스가 몸을 더욱 구부렸다.

"무전… 오늘 뉴욕으로 새 무전을 보냈어….." 안경 쓴 신사가 쌕쌕거렸다.

포탄이 끊임없이 떨어졌다. '모리타니아'호 선체 뒷부분은 이미 짓이겨져 가루가 되어 순식간에 물속으로 가라앉았다. 파도 위에는 수직으로 하늘을 바라보는 선수만 튀어나와 있었다.

선수에는 난간 너머로 내던져진 미스터 데이비드 링슬레이가 하늘을 찌르듯 매달려 있었다. 몸통 일부와 함께 뜯어진 팔에서 굵은 핏줄기가 갑판으로 흘러내렸다.

미스터 데이비드 링슬레이는 고통을 느끼지 않았다. 그저 몸이 어딘가 아래로 천천히 가라앉고 있다고 느꼈는데, 물에 가라앉는다기보다 부드럽게 미끄러지는 움직임으로 점점 밀려나는 의식의 층위에서 더 안쪽 어딘가로 그를 밀어 내리고 있었다. 그럼에도 불구하고 반대편에서 또 다른 유리 엘리베이터들이 올라왔는데, 그 안에 친숙하지만 절반쯤은 잃어버린 사람들이 타고 있었다. 미스터 링슬레이는 가장 앞에 부자연스럽게 확대된 조카 아치의 얼굴, 선량한 갈색 눈과 현명하고 넓은 이마에 흩어진 갈색 머리카락 뭉치를 보았다―조카 아치가 웃음 지었다. 미스터 데이비드 링슬레이는 이상하게 움직이지 않게 된 입술 끝을 들어올려 그 웃음에 답하려 했다. 바로 조금 전에 뭔가 상상할 수 없이 중요한 일, 평생 시간이 없어서 하지 못했지만 조카 아치가 알았다면 분명히 아주 만족했을 일을 해냈다고 그는 자랑스럽게 느꼈지만 그게 정확히 무엇이었는지 어떻게 해도 도저히 기억할 수가 없었다. 그 뒤로 불이 켜진 의식의 층들이 점점 드물어지고 엘리베이터의 유리는 까맣고 불투명하게 변했다.

느리게 자장가를 부르듯 흔드는 움직임이 부드럽게 그를 죽음 안으로 밀어 넣었다.

IX

어둡고 별 없는 밤 센강 한복판에 베르시 다리 동쪽으로 조그만 까만 배가 움직여 갔는데 그 모습은 거대한 관 받침대*가 촛불을 모두 끈 채 물에 떠가는 것과 비슷했다.

뱃머리의 두 사람이 뱃전에 몸을 기댄 채 네 개의 눈으로 어둠 속을 들여다보고 있었다.

수평선에 밤의 까만 천 위에 분필로 그은 하얀 선처럼 눈부신 빛줄기가 선명하게 빛났다.

"3분 뒤에 우리는 첫 번째 전선에 도착할 거요. 지금 12시 5분 전이오. 전선 앞에서 2분간 기다려야 할 거요." 형체 중 하나가 목소리를 낮추어 말했다.

"이상적인 밤이오. 바람이 구름을 흩어놓지만 않으면 좋겠는데. 아무도 눈치채지 못하게 건너갈 수 있다는 데 내 머리를 걸어도 좋소. 배 전체를 한번 둘러보시오, 동지, 혹시나 어디 불 끄는 걸 잊지

---

*   관대catafalque. 유명하거나 권력 있는 사람의 장례식에서 관을 움직이기 위해 사용하는 틀.
     촛불을 켤 수 있도록 촛대가 달려 있는 경우도 있다.

는 않았는지. 설마 이 상황에서 담배 피우는 사람은 없겠지! 주둥이에서 바람도 불지 말아야지! 이제 도착이오."

라발 동지는 한순간 눈을 감아야만 했다. 끌배가 물굽이 바깥으로 흘러나가고 있었다. 500미터 거리에서 탐조등 불빛이 쏟아진 강은 불타는 듯 보였다.

라발 동지는 낮게 속삭이는 목소리로 통신관에 대고 속삭였다. "스톱!"

프로펠러가 제자리에서 돌았다. 배가 우뚝 멈추어 섰다.

불빛의 벽과 마주하니 어둠이 더욱 검고 짙어 보였다. 멀리, 오른쪽 왼쪽에 탐조등 불빛으로 밝혀진 경계 구역이 하얗게 달아오른 쇠막대처럼 보였다.

라발 동지는 한껏 귀를 기울였다. 끝나지 않을 것 같은 기나긴 1분이 지나갔다. 흔들림 없는 고요 속에 어딘가 시내 쪽에서 처음으로 자정을 알리는 시계탑 종 소리가 울렸다. 거의 바로 동시에, 도시 뒤쪽으로 첫 번째 핑음, 몇 초 뒤―포탄이 떨어지는 충격음―그리고 다시 침묵.

"쏜다!" 라발이 이 사이로 내뱉었다.

두 번의 새로운 포격 소리가 차례차례 울렸다. 잠시 후―세 번째, 네 번째, 다섯 번째. 포탄이 연달아 떨어지고 있었다. 갑자기, 포탄이 터지는 핑음과 거의 동시에 강을 갈라놓던 불빛의 벽이 무너지고 깔때기 같은 그 무너진 틈 사이로 어둠이 휘파람 소리와 함께 새어나왔다. 포탄이 쉴 새 없이 포효했다.

"가자!" 라발 동지가 통신관에 대고 외쳤다.

배가 떨리더니 앞으로 나아가 새까만 어둠의 터널 속에 전속력으로 날아 들어갔다. 어딘가 멀리서 터져버린 탐조등이 이미 보이지 않는 떨리는 손을 뻗어 무관심한 하늘을 더듬었다.

그때 하늘의 빛무리 속에 검은 풍선이 흔들리며 나타났다. 동시에 포탄이 불의 꼬리를 휘날리며 풍선을 향해 날아갔다.

"좋아. 전부 예상대로다." 라발 동지가 만족해서 손을 비비며 중얼거렸다. "이제 우리가 건너가는 동안 놈들은 풍선하고 좀 놀겠지. 자, 그럼 한 번 더!"

흔들리는 풍선을 향해서 춤추는 포탄이 하늘을 가로질러 몇 번이고 달려갔다. 어둠에 잠긴 파리가 연속 포격으로 답하고 있었다.

배는 숨찬 단거리 육상 선수처럼 커다랗게 입을 벌리고 공간을 들이마셨다. 박살 난 빛의 벽은 이미 어딘가 뒤에 있었다. 지금은 오른쪽과 왼쪽에서 강둑이 흘러가며 수천 개의 불빛이 반짝이고 경고 사이렌이 길고 둔중하게 울려 퍼졌다.

갑자기 어느 한 포탄의 입맞춤 아래 까맣고 무능한 풍선이 빨간 불 거품이 되어 터지더니 불타는 거대한 나비처럼 아래로 떨어지기 시작했다.

"좀 너무 이른데, 젠장!" 아래에서 관찰하던 라발이 중얼거렸다. "이젠 우리에게 주의를 돌릴 거 아냐…"

포탄이 계속 떨어졌으나 이제는 더 약해졌고 간격이 드문드문 멀어졌다.

강은 이 지점에서 눈에 보이게 구불구불해졌고 강둑에서 수면에 비치는 불빛은 강물의 단일한 검은 띠에 환상적인 점들을 새겼다. 포격이 천천히 멈추기 시작했다. 이제 포격이 한 번 더, 이제 두 번만 더―그리고 마치 뒤늦은 박수처럼 그 뒤로 돌이킬 수 없이 침묵의 두꺼운 커튼이 닫혔다.

라발 동지는 앞으로 일어날 일을 예상하면서 숨을 참고 온몸을 긴장시킨 채 뱃전에 기대어 마치 너무 짧은 두 팔을 날개처럼 벌려, 닭이 말 안 듣는 병아리를 날개로 덮듯 시끄럽게 씩씩거리는 끌배를 가리려 했다.

강둑의 불빛이 차츰 꺼지기 시작했고, 아직 하나씩 여기저기서 튀어나오기는 했지만 도깨비불처럼 놀라며 뒤쪽으로 도망쳤다. 마지막 신호 불빛이 세 개, 네 개, 그리고 배는 다시 새까만 밤의 틈바구니 속으로 흘러들어 갔다.

그들은 프로펠러가 무겁게 돌아가는 소리만으로 거리를 짐작하며 오랫동안 완벽한 어둠 속을 흘러갔다. 마침내 라발 동지가 담배에 불을 붙이고 게걸스럽게 빨아들였다. 흔들리는 성냥불로 시계를 보았다. 1시 5분이었다.

라발이 통신관 위로 몸을 숙였다.

"전원 갑판으로!" 그가 쩌렁쩌렁하게 명령했다.

갑판은 순식간에 열댓 명의 키 큰 형체들로 가득 찼다.

"담배 피워도 됩니다, 동지들. 곧 도착합니다. 갑판에 탐조등 켜시오! 작은 걸로 켜도 되겠소. 그리고 이제 주목! 왼쪽 강둑 여기 어디 가까이에 부두가 있고 거기 화물선이 몇 척 있을 거요. 먼저 보는 사람이 신호를 하시오. 이미 지나온 게 아닐까 걱정됩니다. 몽시냐 동지 있소? 동지도 선원으로 일했지요? 밧줄 당기는 거 잘 합니까? 좋소. 동지가 필요하오."

"화물선! 화물선이오! 화물선이 둘, 셋, 네 척이오!" 한꺼번에 몇 개의 목소리가 울렸다. "부두도 보입니다!"

"스톱!"

배가 멈추었다.

"탐조등 두 개 다 켜시오! 강둑 바로 위에 큰길이 있을 거요."

"있어요! 큰길이 있습니다!" 여러 목소리가 알렸다.

"좋소! 여기 어딘가 강둑 위에서 큰길이 둘로 갈라질 거요. 한쪽 길은 마을 안으로 이어집니다. 우리가 그 길을 못 보고 지나친 게 틀림없소. 후진! 강둑에 더 가까이! 그렇지."

배가 천천히 뒤로 물러나기 시작했다.

"한쪽 길!" 왼쪽 뱃전에서 누군가 외쳤다. "스톱!"

끝배가 멈추었다.

"탐조등 전부 켜시오! 이 지점을 잘 비추어주시오! 좋소! 손바닥처럼 보이는군. 조금만 더 가까이! 그만! 충분해! 몽시냐 동지, 여기 가까이 오시오. 저기 전신주에서 전선이 세 방향으로 갈라져 나가는 거 보입니까? 저기서 우리 배까지 거리가 얼마나 되겠소?"

"한 10미터 될 겁니다." 탄탄한 선원이 전문가의 눈으로 거리를 가늠하며 잠시 생각한 뒤에 말했다.

"저기까지 밧줄 던질 수 있소?"

"못할 것 없지요. 여기서 조금만 더 가까이 다가가면…."

배가 강둑을 향해 2미터 더 다가갔다.

"스톱! 강둑 자체에 닿으면 안 되오!" 라발이 명령했다. "그렇지. 그럼 이제 동지, 밧줄 던져보시오. 동지가 밧줄을 타고 배에서 바로 전신주로 갈 수 있게 고리를 단단하게 만드시오. 거기서 왼쪽 전선과 오른쪽 전선을 잘라 우리 쪽 선들과 강둑에 직각으로 연결하시오."

"동지, 그러면 대체 왜 밧줄을 써야 합니까? 내가 강둑에 뛰어올라 단숨에 전신주에 오르면 됩니다. 밧줄을 쓰면 훨씬 더 오래 걸립니다."

"절대 강둑에 직접 올라갈 생각은 하지 마시오! 강둑에 올라가는 사람은 총살이오!" 라발이 엄격하게 경고했다. "동지가 진짜 선원이라면 배에서 밧줄을 타고 전신주까지 바로 닿을 수 있을 거요."

"바로 닿는 거야 할 수 있지요, 시간이 오래 걸려서 그렇습니다. 시간이 아깝습니다. 이러다 동이 트겠어요."

라발 동지가 건조하게 말을 막았다.

"동지, 논쟁은 돌아간 뒤에 하겠소. 시간이 아까우면 공연히 낭비하지 마시오. 밧줄 던지시오."

몽시냑 동지는 말없이 고리를 묶어 가늠하고 던졌고 밧줄은 빗나갔다.

"그렇게 쉽게 될 일이 아니라고 내가 말했는데…." 몽시냑이 다시 밧줄을 던지려 가늠하며 중얼거렸다.

15분 뒤에야 몽시냑은 마침내 밧줄을 전신주에 걸어 묶는 데 성공했다. 땅딸막한 몽시냑이 어깨에 전선 뭉치를 걸고 허리띠에 펜치와 절단기를 꽂고 소매를 걷어붙이고는 민첩하게 밧줄을 타고 전신주 쪽으로 움직이기 시작했다.

라발이 총집에서 권총을 꺼냈다.

"몽시냑 동지, 만에 하나 배에 돌아오지 않고 땅에 내려가겠다는 생각을 혹시라도 한다면 땅을 밟지 못하리라는 걸 알아두시오, 이 권총의 첫 총알이 동지 머리를 뚫을 거요."

밧줄 타는 데 골몰한 선원은 대답하지 않았다. 잠시 후 그는 전신주 꼭대기에 다리를 걸고 앉아 있었다. 두 줄의 잘라낸 전선이 마치 끊어진 악기 줄처럼 금속성 소리를 내며 땅으로 떨어졌다. 그리고 오랫동안 몽시냑은 전신주 꼭대기에서 전문가의 솜씨를 발휘했다.

"됐습니까?" 라발이 배에서 물었다.

"됐습니다!" 몽시냑이 외쳤다.

"자, 그럼 도로 돌아오시오!"

몽시냑은 잠시 자신과 땅 사이의 거리와 자신과 배 사이의 거리를 가늠해보고 그를 겨냥한 라발 동지의 까만 권총을 쳐다보는 듯하더니 말없이 고분고분 밧줄을 타고 배로 내려왔다. 갑판에 발을 내려놓고 몽시냑은 이 사이로 침을 뱉고는 으르렁거렸다.

"권총 집어넣으시오, 대장 동지. 밧줄을 쏴서 끊는 쪽이 나을 거요. 총을 꽤 잘 쏘는 것 같으니."

라발 동지는 말없이 겨냥해서 쏘았다. 밧줄이 물속에 떨어졌다. 뱃사람들이 밧줄을 배 위로 당겨 올렸다. 몽시냑은 인정한다는 듯뭔가 중얼거리고 전신주에 한쪽 끝을 묶어놓고 온 전선 뭉치를 풀기 시작했다.

"강 가운데로!" 라발이 명령했다. 배가 천천히 강 가운데로 흘러나갔고 그 뒤로 가느다란 전선 두 줄이 풀려 나왔다.

"정지! 몽시냑 동지, 여기 전화기가 있으니 두 전선 끝을 연결하시오."

몽시냑은 전화기 주위를 수선스럽게 돌아다녔다. 웬지 잘되지 않는 모양인지 몽시냑은 매번 큰 소리로 욕을 하고 이 사이로 침을 뱉었다. 20분은 좋이 지난 뒤에야 전화기 설치가 끝났다.

라발 동지가 수화기를 들었다.

"조명 전부 켜시오! 그리고 조용히!"

야전 통신기 크랭크가 건조하게 덜걱거렸다.

수화기에서 오랫동안 침묵이 영원히 흘러나오다가 어딘가 먼 곳에서 참을성 있고 슬픈 소리가 울려 나왔다. "여보세요-오-오⋯."

"여보세요! 탕소렐!" 라발이 통신관에 대고 외쳤다.

"탕소렐⋯" 수화기가 메아리처럼 되풀이했다.

"시장을 바꿔주시오!"

"거기 누굽니까⋯?" 멀리서 질문이 날아왔다.

"경찰본부요." 라발 동지가 차분하게 대답했다. "시장과 주임 사제를 깨워서 둘 다 전화기 앞으로 불러오시오. 중요한 일이오."

"전화 끊지 마십시오." 메아리가 말했다.

라발 동지는 무릎으로 팔꿈치를 받치고 수화기를 귀에 댄 채 기다리면서 담배 한 대를 다 피웠다. 10분 정도가 지났다.

갑자기 수화기에서 기침 소리처럼 누군가 서둘러 다가오는 발소리가 들렸다. 멀리서 전화선의 거미줄 속에 뒤얽힌 목소리가 떨리고 갈라지며 날아왔다.

"탕소렐 시장이오."

"주임 사제도 깨웠습니까?"

"오고 있소."

"주임 사제님께 다른 수화기를 드리십시오. 주임 사제님도 관련 있는 일입니다. 두 번 되풀이할 시간이 없습니다." 라발이 명령조로

330

말했다.

"알겠소. 그런데 누구시오? 경찰총장님이오?"

"잘 들으십시오. 여기는 파리 소비에트공화국 파견대입니다. 오늘 밤 12시에 방역경계선을 넘어 여기로 식량을 가지러 왔습니다. 파리의 프롤레타리아가 굶어 죽어가고 있습니다. 우리 배는 부두 맞은편 강에 머물러 있습니다. 지금 배에서 전화드리는 겁니다. 수비대에 전화해서 도움을 청하려 하지 마십시오. 전화선은 전부 잘렸습니다. 시장님께 남은 유일한 전화선은 우리 배로 이어집니다. 지금부터 잘 들으십시오. 우리는 평화로운 의도로 왔습니다. 배는 강 한가운데 서 있고 여러분이 우리 요구를 기한 내에 들어주면 우리는 강둑에 가까이 가지도 않을 겁니다. 우리는 굶어 죽어가는 파리 빈민들을 위해 식량을 가지러 왔습니다. 한 시간 안에 부두로 와서 화물선에 밀가루 600자루를 실어 보내지 않으면 우리가 강둑으로 내려가 약탈하고 마을을 폭격할 겁니다. 한 시간 드립니다. 시장 동지, 당장 마을을 깨워서 수송 물품을 준비해서 부두로 보내십시오. 주임 사제 동지, 동지의 영향력을 이용해서 발뺌하려는 사람들을 설득하고 모든 일이 시간 내에 이루어지도록 살피시오. 두 분 다 시계를 맞춰두시오. 지금 2시 10분 전이오. 3시 10분 전까지 부두로 이어지는 큰길에 밀가루를 실은 첫 번째 수송차가 나타나지 않으면 우리는 배를 몰아 강둑에 내릴 거요. 시간 맞춰 요구대로 실행해서 마을과 프랑스 전체를 감염병으로부터 지키시오. 알아들었소, 시장 동무? 한 시간 안에 밀가루 600자루를 부두로 가져오는 거요."

수화기에서 침묵만 울려 나왔다. 한참 뒤에 갈라진 목소리가 힘겹게 단어들을 내뱉었다.

"하지만 우리 마을엔 그런 분량의 밀가루가 없소…."

"찾아보면 있을 거요. 멀리서 찾을 필요도 없소. 플론 형제 방앗간에서 가져오시오. 제재소 화물선에 실어 보내시오. 아시겠소, 우리도 당신들 마을을 당신들만큼 잘 알고 있소. 방앗간에서 화물선에 덮을 방수 천도 잊지 말고 가져오시오. 내 말 잘 알아듣겠소?"

"알겠소…." 메아리가 신음하듯 답했다.

"좋소, 이해력 좋은 분들을 만나서 다행이군. 시간 낭비하지 맙시다. 내가 방금 말한 걸 확인할 시간을 5분 주겠소. 그동안 전화선이 정말로 잘렸고 마을이 우리 배의 사정거리 안에 있다는 걸 확인할 수 있을 거요. 확실히 해두기 위해 미리 경고하자면 수비대에 소식을 전하려고 말을 타거나 자전거를 타고 큰길에 나타나는 사람은 얼굴에 총을 맞을 거요. 그럼 이제 작업 시작하시오. 다시 한번 말하지만 한 시간 안에 밀가루 수송차가 강둑에 나타나 30분 안에 화물선에 밀가루가 실리면 우리는 강둑으로 가지 않고 떠나서 아무에게도 아무런 나쁜 짓을 하지 않을 거요. 우리는 강도 짓을 하러 온 게 아니라 그저 배고픈 사람들을 위해 밀가루를 얻으러 온 거요. 시간이 없소. 잘하시오! 한 시간이오!"

라발 동지는 전화를 끊고 불안한 걸음으로 갑판 위를 돌아다녔다. 수화기에서 들려온 어쩔 줄 모르는 목소리만으로는 마을이 지시대로 해줄지 아니면 저항할지 확실히 알 수 없었다. 라발은 불안해졌다. 그래서 안 되면 어떻게 하나? 한 시간 뒤에 강둑에 아무도 나타나지 않는다면? 그때는 어떻게 할 것인가? 그때는 배를 돌려 빈손으로 떠나야만 한다. 결과가 어찌 되든 무슨 일이 있어도 강둑에는 절대로 올라가선 안 된다는 것을 그는 잘 알고 있었다. 그렇게 했다가는 이 시도 전체가 처참하게 실패할 것이다.

라발 동지는 무기력한 분노 속에 침을 뱉고 시곗바늘들이 거북이처럼 느리게 움직이는 시계를 손에 꽉 쥐었다….

한편 전화선의 다른 한쪽 끝인 마을에서는 이미 굉장한 소란이 벌어졌다ㅡ문이 쾅쾅 열리고 닫히는 소리, 외침 소리, 우왕좌왕. 등불을 든 사람들이 잠이 덜 깨고 넋이 나간 채 방앗간으로 향하는 길을 가득 채웠다. 문턱에는 창백하고 머리카락이 흐트러진 시장이 셔츠도 제대로 입지 않은 채 자켓을 서둘러 걸쳐 입고 신발은 맨발에 꿰어 신은 채 열띠게 지시를 내리고 있었다. 밀가루를 실은 첫 번째 수송차가 이미 부두를 향해 떠났다.

불이 밝혀진 도로에 갑자기 군중을 뚫고 사제복을 휘날리며 주임 사제가 숨을 헐떡이며 나타났다.

"잠시만요 시장님! 잠시만 기다리십시오." 주임 사제가 멀리서 양팔을 흔들며 소리쳤다. "제게 생각이 있습니다!"

시장이 그를 맞이하러 달려 나왔다.

†

느린 시곗바늘이 이미 3시에 가까워졌을 때 큰길이 굽어지는 길목에 하얀 자루 무더기를 실은 첫 번째 수송차가 나타났다.

라발 동지는 손수건으로 이마의 땀을 닦고 기뻐하며 시계를 주머니에 넣었다.

첫 번째 수송차 뒤로 두 번째, 세 번째ㅡ한탄하듯 덜걱거리는 노래를 부르는 하얀 수송차들의 행렬이 이어졌다. 탐조등의 환한 빛 속에서 지치고 겁먹은 농부들이 일개미들처럼 짐의 무게 아래 허리를 굽히고 하얗게 부풀어 오른 자루들을 강에 떠 있는 개미집인 화물선으로 실어 날랐다. 눈처럼 하얀 언덕이 화물선 위에 계속해서 높이 솟았다.

라발 동지는 불안하게 시계를 바라보았다. 이미 한 시간이 지났는데 고작 두 번째 화물선만 짐 싣기가 끝났다. 어딘가 멀리, 땅을 하늘과 연결하는 시야 끝의 까만 이음매가 오래되고 닳은 천처럼 눈앞에서 갈라지고 있었고 점점 커지는 그 틈바구니로 동틀 녘 햇빛의 회색 안감이 비쳐 보였다. 라발 동지는 불안하게 그쪽을 계속해서 바라보았다.

마침내 세 번째 화물선이 가득 찼을 때 시계는 4시 반을 가리키고 있었다. 동녘 햇빛이 이미 넓게 입을 벌리며 새어 나오고 있었다. 화물선의 눈 더미 같은 하얀 언덕은 봄의 첫 햇빛으로 데워진 듯 방수 천에 덮여 소심한 녹색으로 물들었다. 더 이상 한시도 지체할 수 없었다.

마을 사람들이 장대로 강물 한가운데까지 밀어낸 화물선들을 라발의 동지들이 배 이쪽저쪽으로 뛰어다니며 서둘러 밧줄로 묶어 끌배에 연결했다. 강둑에 모인 마을 사람들이 이 작업을 말없이 지켜보았다.

라발 동지가 다시 수화기를 들었다.

"여보세요! 전화받은 분 누구십니까? 우체국 직원입니까? 좋습니다. 시장님께 이렇게 전해주십시오. 내일 잘린 전화선을 수리할 때 우선 만약의 경우를 대비해서 전신주를 태워버리고 그 자리에 새 전신주를 세우라고 말입니다. 예, 제가 하고 싶은 말은 그게 전부입니다. 탕소렐 주민들께 혁명파리의 프롤레타리아가 인사드린다고 전해주십시오.˝

라발 동지는 전화를 끊었다.

˝전원 갑판으로! 일렬로 서시오! 열다섯 명입니까? 좋습니다. 전원 위치로! 전화선 끊으시오! 탐조등 내리고! 불을 끄시오! 갑시다!˝

배가 떨리고 제자리에서 흔들리더니 화물선 세 대를 혹처럼 얹은 거대한 낙타인 양 주둥이로 파도를 헤치며 무겁게 나아가기 시작했다.

˝전속력으로 갑시다!˝

라발 동지는 갑판을 돌아다녔다. 어둠 속에서 그는 뱃전에 기대선 누군가와 맞닥뜨렸다.

˝누구요, 몽시냑 동지요? 어떻게 생각합니까, 동트기 전에 파리에 도착할까요?˝

˝힘들 거요, 이렇게 짐이 많으니.˝ 몽시냑이 우울하게 대답했다.

˝하지만 지금은 물살을 타고 가니까 그건 좀 쉽지요.˝

몽시냑은 말없이 몸을 돌려 한 손으로 점점 크게 벌어지는 수평선의 이음매를 가리켰다.

˝날이 밝고 있소.˝ 그가 건조하게 말했다. ˝파리에 닿기 전에 완전히 밝아질 거요.˝

라발 동지는 눈앞에서 점점 커지는 하늘의 틈바구니를 오랫동안 불안하게 바라보았다.

˝우리가 너무 늦었군….˝ 그가 생각에 잠겨 속삭였다.

배 옆으로 첫 번째 불빛들이 점점이 박혀 이제는 더욱 선명하게 보이는 회색 강변이 흘러갔다.

라발 동지는 한 시간 전에 탕소렐에서 밭 사이 샛길을 통해 조그맣고 등이 굽은 사람이 자전거를 타고 도시 쪽으로 달려갔다는 사실을 모르고 있었다.

조그만 사람은 하늘을 녹이는 회색 새벽노을이 이미 넓게 퍼질 무렵 도시에 도착했다.

10분 동안 공처럼 탄력 있고 유연한 단어들이 숨 가쁜 끌배와 경주하며 전선을 타고 달렸다. 단어들은 전선에서 전선으로 뛰며 끌배보다 빨리 더 멀리, 깜빡거리는 빨간 불빛들의 숲속으로 계속해서 흘러갔다.

20분 뒤에 방역경계부대 본부로 쓰이는 오래되고 화려한 건물의 푹신하고 담배 연기 가득한 응접실에서 다음과 같은 대화가 진행되었다.

중위: 놈들의 끌배를 포격합니까?

대위: 당연하지, 이미 관련된 지시를 내렸다.

중위: 사실상… 이미 넘어갔으니 말입니다… 게다가 전보에 따르면 강둑에 전혀 닿지 않고 여러모로 최대한 조심했다고 합니다… 식량을 가지고 파리로 가게 내버려둔들 우리 쪽에 손해가 그렇게 크겠습니까? 지금 와서는 우리 쪽에 아무런 위협도 되지 않고 놈들 배를 쏘아 가라앉힌다고 해도 우리가 얻을 게 전혀 없습니다.

대위: 제정신인가, 몽틀루 중위! 처벌 없이 놈들을 파리로 보내준다고? 그랬다가 내일이면 또 누구 다른 놈이 넘어오게? 그러려면 방역경계선은 대체 뭐 하러 있는 건가? 뻔뻔한 범법자들은 무조건

처벌해야 해. 그리고 놈들은 볼셰비키이고 자기네 공산주의 공동체를 위해 식량을 가져갔다는 사실을 중위는 잊은 모양이지? 우리가 놈들 공동체까지 먹여 살려야 한단 말인가? 정중히 거절하겠네!

중위: 저는 절대로 그런 말씀이 아니라… 그냥 단지… 제 생각에… 이미 넘어갔으니 드린 말씀입니다….

†

파리의 베르시 다리 근처에 새벽 3시부터 호기심 어린 군중이 모이기 시작하여 하늘과 땅 사이의 입술이 벌어져 하얀 햇살이 흉터처럼 고개를 내밀 무렵부터 불안하게 동쪽을 바라보았다.

5시에 하얀 흉터는 이미 하늘 절반을 차지했다. 파견대가 귀환할 확률은 점점 더 낮아졌다. 실망한 군중은 조금씩 흩어져 각자 집으로 돌아가기 시작했다. 그때 동쪽에서 첫 번째 포격의 굉음이 울려 퍼졌다. 군중은 몸을 떨고 휘청거리며 온몸으로 그쪽을 향해 달렸다.

"온다!" 수런거리는 소리가 터져 나왔다.

포탄이 계속해서 날아다녔다. 군중은 흥분한 물결이 되어 강둑을 따라 흘러넘쳤다. 어떤 여성이 다리의 철제 난간에서 새처럼 양팔을 퍼덕이며 큰 소리로 통곡했다. 10분 뒤 속삭임 같던 대포 소리는 포효로 바뀌었다.

갑자기 누군가 강둑에서 첫 번째로* 고함쳤다.

---

*   위에서 같은 말을 다른 사람이 외쳤지만, 원문에는 '첫 번째'라고 되어 있다.

"온다!"

침묵이 덮쳤다.

강의 물굽이에 굴뚝이 부서지고 갑판의 잔해만 무기력하게 매달린 까만 끌배가 나타났다. 끌배는 힘겹게 숨을 헐떡이며 이미 거의 옆으로 누워 마지막 남은 힘을 다해 화물선 두 대를 끌고 들어왔다. 세 번째 화물선이 있던 자리에 끊어진 까만 선체가 부서진 판자 몇 개를 지느러미처럼 달고 있었다.

배가 천천히 다리에 다가왔다. 군중의 열기가 최고조에 달했다.

"라발! 라발 만세!"

끌배가 힘겹게 강둑에 닿았다. 모래 위로 땅딸막한 피투성이 선원이 뛰어내렸다.

"라발! 라발은 어디 있나?" 군중이 고함쳤다.

선원이 붕대를 감은 팔로 갑판을 가리켰다.

적위군 몇 명이 배에 뛰어올랐다. 군중은 숨죽이고 기다렸다.

몇 분 뒤 갑판에 적위군 두 명이 들것처럼 임시로 묶은 외투 위에 뭔가를 얹고 모습을 나타냈다.

군중이 몸을 앞으로 기울였다.

외투 위에는 사람이 눈을 감고 고개를 뒤로 젖힌 채 누워 있었다. 두 다리가 있어야 할 자리에 피투성이 젤리 같은 덩어리가 뭉쳐 있었다.

군중은 모자를 벗고 침묵 속에 길을 열어주었다.

이 임시 통로로 적위군들이 라발 동지를 길모퉁이 약국으로 데려갔다.

소란이 일어났다.

흰 병원에서 병상 사이 통로로 하늘색 군복 외투를 입은 사람 네 명이 걸어갔다. 그들을 안내하던 위생병이 어느 병상 앞에서 멈추었다.

"여깁니다, 사령관 동지."

르코크 동지는 라발 위로 몸을 숙였다.

르코크의 그림자에 덮인 부상자의 눈꺼풀이 떨리고 잠시 후에 꺼질 작은 불꽃처럼 흔들리더니 라발이 커다랗고 흐릿한 눈을 뜨고 르코크 동지의 얼굴을 쳐다보았다. 익숙한 얼굴을 발견하고 흐릿한 눈에 미소가 떠올랐다. 입술이 자기도 모르게 움직여 날개처럼 펄럭이더니 입안의 고치를 힘겹게 뚫고 나온 어색한 목소리를 흘려보냈다.

"사령관 동지입니까…? 보셨지요? 제가 가져왔습니다… 다만 화물선 한 척이 가라앉았어요, 망할 놈들…." 그는 이미 퍼렇게 변해가는 입술로 쌕쌕거렸다.

르코크 동지는 라발 위로 말없이 몸을 숙이고 그 이마에 조용한 형제애의 입맞춤을 남겼다.

르코크 동지는 행복한 웃음을 띠고 죽어가는 사람에게 그가 가져온 자루 400개에 밀가루 대신—모래가 들어 있었다는 사실을 말하지 않았다….

†

사흘 뒤 벨빌 공동체의 굶주린 거주자들이 영미연합령 바리케이드를 기습했다. 공포에 질린 젠틀맨들은 자기방어를 위해 연합령 안에 원래 거주하던 프랑스인들을 동원하여 군대를 조직했다. 바리케이드 전투는 며칠간 이어졌으며 특별히 끈질기고도 잔혹했던 전투였다. 르코크 동지는 흑사병이 덮친 파리 이야기 집필을 마치지 못하고 이 전투에서 전사했고 공산주의 공동체의 다른 여러 훌륭한 지도자들도 그와 함께 목숨을 잃었다.

점점 줄어드는 벨빌 소비에트공화국 군대의 새 총사령관은 붉은 언덕에 포병대를 배치하고 중포를 이용하여 바리케이드를 뚫기로 결정했다. 항복을 요구받은 영미연합은 이를 거절했다.

그리고 누가 알겠는가, 다언어로 이루어진 싸우는 파리에서 또 어떤 새롭고 무시무시한 장면들이, 어떤 환상적인 전투의 장엄한 광경들이 펼쳐졌을지—자비로운 흑사병이 경쟁자인 굶주림을 이기지 않았다면 말이다.

9월 1일, 파리라는 하나의 공통된 원으로 지도에 표시된 열댓 개의 소국가 영토에 단 한 명의 생존자도 남지 않았다.

그리고 바로 그날, 마지막 한 명의 파리 사람까지 다 먹어치운 뒤 흑사병은 나타났을 때와 마찬가지로 갑작스럽게 파리를 떠나버렸다.

제3부

I

그러나 단단히 에워싸인 두꺼운 벽 너머의 보이지 않았던 누군 가는 어쨌든 살아남았다.

죽음의 밀물로 뒤덮였던 파리의 벌판들에, 고요한 썰물의 시간에 물러가는 파도 속에서 물의 죽은 공간에 대머리 모래톱이 하얗게 드러나듯, 세 개의 인간 섬이 흔들렸다.

그것은 법의 차가운 흐름으로 인해 세상 나머지 부분에서 격리되었던, 머리를 밀어버린 로빈슨들의 섬이었다.

거리의 삼각지들 사이에서 길을 잃고 그들만의 격리의 액체인벽 안에 고립되어 자기 충족적인 조직 특유의 내부 규범에 지배당하며 마치 다른 현실 속에 던져진 듯 그들은 긴 몇 주를 접촉 없이무관심한 채, 마치 떠다니는 기이한 집이 아무것도 의심하지 않는잠든 사람들로 가득한 채 밤에는 홍수에 씻겼다가 아침이면 물의표면으로 솟아나는 양 그렇게 살아남았다.

어리둥절한 교도관들은 책임을 두려워하고 어떤 상상 속의 지시를 예상하는 듯 감옥을 최대한 단단히 격리하기 위해 이중 벽으로 둘러쌌다. 바깥세상을 덮친 감염병과 분리주의 운동에 관한 소문이 붐비는 감옥 안으로 흘러들어 와 폭동의 씨앗이 될까 두려워한 나머지 그들의 언어가 마비되었다.

감옥은 파리 시내와는 다른 수원지를 이용하였으므로 상황이 평상시대로 진행된 결과 감염병 유행 첫날부터 치명적인 균 감염을 피할 수 있었다. 감옥 안에 식량이 충분히 갖추어져 있는 상태와 대단히 엄격한 격리 정책이 합쳐지자 나머지는 저절로 해결되었다. 그렇게 해서 믿을 수 없지만 실제로는 단순한 사실인 다음과 같은 일이 일어났다. 흑사병은 도시를 헤매는 도중 몇 번이나 중세 시대에 세워진 높은 벽에 도달했으나 정문이 밀봉되듯 꽉 닫힌 이 이상한 섬들에 파고들지 못하고 그대로 지나가 밤 속으로, 어둠 속으로, 뒤엉킨 거리와 골목 속으로 가버렸던 것이다.

감염된 도시 한가운데와 변두리에 높고 단단한 벽으로 격리된 채 무사히 남은 작은 섬이 세 개 있었고 그 안에는 머리를 밀어버린 사람들이 좁은 감방 안에 빽빽이 들어찬 채 오래전부터 바깥세상과 단절된 채 묵주를 돌리듯 단조로운 감옥 생활을 이어나가면서 벽 너머에서 어떤 일이 일어나는지 짐작조차 못하고 있었다.

그러므로 감염병이 발생한 첫날부터 감옥 담장 안으로 신문이 더 이상 배달되지 않았는데 이 때문에 죄수들이 항의하고 시위했다. 시위해도 효과가 없자 죄수들은 단식 농성을 시작했다. 단식은 4주간 계속되었고 아무 성과도 거두지 못한 채 마침내 실패로 끝나버렸다. 유일한 성과라면 식량을 아낄 수 있었다는 사실인데, 이 덕분에 죄수들은 며칠간 더 버틸 수 있었다.

신문 배달 중지 이후 감옥 식사의 질이 점점 떨어지고 분량도 갈수록 적어졌다. 단식 농성에 지친 죄수들은 교도소의 처벌 방식이 더 엄격해진 것으로 이해했다. 음식 질 저하로 인해 단식 농성이 길거나 짧게 몇 번 더 일어났고 이로 인해 소비되지 않고 남은 식량은 궁극적 해결의 날을 그저 연기했을 뿐이었다.

식사 분량은 날이 갈수록 적어졌다. 도시를 뒤덮은 감염병의 홍수 속에서 본의 아니게 죄수들과 함께 노아의 방주에 탄 신세가 되어버린 비겁한 교도관들은 분개한 죄수들이 보복할까 두려워했고 분개한 죄수들을 감방에서 내보낼 엄두도 내지 못해 매일 예정되어 있던 산책을 자체적으로 취소했다.

기초적인 특권을 잃어버린 죄수들은 좁은 통 속 같은 감방에 갇혀 발효되어 언제라도 터질 것처럼 되었다. 최근의 경기 불황으로 본래 수용 인원보다 열 배나 더 꽉 차버린 감방들은 돌 관절을 삐걱거렸다.

그리고 식량 상자 밑바닥이 드러나자 교도소 직원들은 공포에 질린 눈으로 이 광경을 바라보았다. 당장이라도 자물쇠 잠긴 문을 문틀에서 떼어내려 들 정도로 절박해진 죄수들의 손에 이제 피할 수 없는 죽음을 당하게 될 것이라 확신하고 교도관들은 유일하게 살아날 길은 시내로 도망치는 것뿐이라고 서로 속삭였다. 그러나 담장 밖에서 미쳐 날뛰는 감염병에 대한 공포 때문에 제자리에 그대로 발이 묶였다.

해결책은 저절로 찾아왔다.

9월 4일, 즉 파리에서 흑사병이 마지막 파리 주민의 목숨과 함께 후퇴한 지 나흘째 되던 날, 프렌 감옥*에 갇혀 있던 굶주린 사람들이 감방 문과 함께 감옥 정문을 부수고 교도소 건물을 휩쓸었다. 다락방에 숨어 있던 교도관들은 살해당했다. 오전 10시, 부서진 정문을 통해 흥분한 군중이 광장으로 뛰쳐나왔다.

군대의 행렬도 경찰도 그들의 앞길을 막지 않아 군중은 적지 않게 놀랐다. 이 상황에 사기가 올라가기보다는 불안해져서 군중은 침묵 속에 시내를 향해 흘러갔으나 도중에 살아 있는 사람을 단 한 명도 마주치지 못했다.

누군가 상테 감옥에 갇혀 있는 죄수 1만 5000명을 해방시켜야 한다고 외쳤다. 흥분한 사람들이 아라고 대로 쪽으로 향했다. 그들은 뒤쪽에서 새로 지원군이 나타나기 전에 상테 감옥 정문을 기습적으로 휩쓸었다. 당황한 교도관들은 단숨에 무너졌다.

예상하지 못했던 해방의 소식을 듣고 죄수들은 감방 문을 부수고 나가 마당을 가득 채웠다. 감옥 마당의 좁은 공간에 가득 찬 군중은 끓어넘치는 기세로 아라고 대로로 나갔다.

아라고 대로에서 군중은 행렬을 만들어 빽빽하게 대오를 짓고 전진하기 시작했다. 누군가 처음으로 인터내셔널가를 흥얼거렸다. 외롭고 소심한 목소리는 알코올에 떨어진 성냥불 같았다. 2만 8000명의 목소리가 노래하는 불길이 되어 폭발했다. 무거운 납빛 먹구름처럼 부풀어 오른 군중은 노래의 비를 뿌렸다. 햇빛에 달아오르고 전기가 가득 충전되어 너무 건조해서 머리카락에서 불꽃 튀는 소리가 들릴 듯한 한낮이 생기 넘치는 노래의 소나기 아래 갑자기 젖은 흙의 신선한 습기 냄새를 풍겼다. 노래는 전기가 통한

★   파리 남쪽의 프렌Fresnes 지역에 있는, 프랑스에서 두 번째로 큰 감옥.

듯 떨리는 흐름으로 거대한 뱀 같은 군중의 몸을 따라 머리에서 꼬리까지 흐르며 흩어진 인간 세포들을 하나로 모아 단일한 리듬의 동맥으로 생명을 전하는 하나의 생기 넘치는 조직으로 연결했다. 보이지 않는 바퀴가 돌아가듯 속력이 붙은 2만 8000쌍의 발이 박자를 맞추어 길에 깔린 단단한 포석을 때렸고 발바닥이 땅에 짧게 입맞출 때마다 불꽃이 튀었다.

죽어버린 도시의 치명적인 고요, 말 없는 강과 같은 대로를 따라 이 특별한 행진, 머리를 삭발하고 회색 죄수복을 입은 고통받던 사람들의 시위가 현수막도 없이, 머리 위로 높이 치켜든 태양이라는 빨간 깃발과 함께 움직여갔고 텅 빈 좁은 거리에서 이 복수의 노래, 마지막 전투의 노래 후렴이 꼭 닫힌 텅 빈 유리창을 총의 개머리판으로 두드리듯 부딪칠 때마다 이상하게 위협적으로 들렸다.

몽파르나스 거리 입구에서 행렬 선두가 뜻하지 않게 제자리에 멈추었고 뱀 같은 대오 전체가 행진 도중에 중지당하며 수천 명이 만들어낸 원이 물결쳤다.

행렬의 눈앞에 펼쳐진 광경에 군중은 마치 공포의 차가운 앞발이 드러난 심장을 건드린 듯 몸을 떨었다.

비스트로 베란다에, 등나무 의자에, 보도와 차로에, 흉측하고 이해할 수 없는 자세로, 마치 그대로 죽음을 마주친 듯, 이미 썩기 시작한 사람의 시체들이 널려 있었다.

위기감에 휩싸인 행렬은 침묵 속에 계속해서 나아갔다.

구역마다 소국가의 여러 언어로 적힌 선언과 조례로 뒤덮인 벽들을 지나면서 어리둥절한 군중 행렬의 눈앞에 지난 6주간 벌어졌던 일들의 끔찍한 실상이 드러나기 시작했다.

행렬은 그랑 대로로 꺾어져 똑같이 아무도 돌보지 않는 시체들이 사방에 널린 채 수백만의 흐린 눈으로 맑은 하늘을 쳐다보는 광경을 마주쳤다.

　　하우스만 대로 입구에서 군중은 둘로 갈라져 한쪽은 생라자르 감옥* 쪽으로 나아갔다. 감옥의 닫힌 정문은 무거운 침묵으로 행진 대오를 맞이했다. 군중은 기차역에서 가져온 쇠바퀴를 이용해서 어렵게 정문을 부수었다. 안에서는 아무도 저항하지 않았다. 알고 보니 교도관들은 보복을 두려워하여 나흘 전에 시내로 도망쳤고 감방 안에는 3000명의 여성들만 굶어 죽을 운명에 처한 채로 갇혀 있었다. 여성 죄수들은 열흘 전부터 아무것도 먹지 못했다.

　　생라자르 기차역**을 뒤지다가 군중은 창고와 차고지 안에서 충분하게 갖추어둔 식량을 발견했는데, 이것은 소국가 중에서 앞날을 가장 잘 예측했던 영미연합 정부에서 모아둔 것이었다. 자발적으로 구성된 식량위원회가 즉각 식량 확보 활동을 시작했다.

　　생라자르 광장***에서부터 자발적인 순찰대들이 도시를 돌아다니며 남은 감옥들을 검사했다. 저녁 무렵 순찰대는 하나둘씩 아무 성과 없이 돌아왔다. 감옥들은 열린 채 흑사병으로 사망하여 썩어가는 시체들로 가득했다. 파리시 전체에 생존자는 더 이상 한 명도 남지 않았다.

＊　파리 제10구역에 있으며 본래 한센병 환자용 병원이었다가 1793년부터 1935년까지 여성 감옥으로 사용되었다. 인근에 파리 북부 기차역과 파리 동부 기차역이 있다. 현재는 생뱅상드폴 교회가 있다.

＊＊　옛 생라자르 감옥에서 서쪽으로 2킬로미터 정도 떨어져 있다. 현재 기차역과 트램, 지하철역이 모인 교통 요지이다.

＊＊＊　옛 생라자르 감옥 앞 광장. 현재는 생뱅상드폴 교회 앞의 생라자르 거리이다.

그사이에 밤이 왔고 3만 2000명의 군중은 악취를 풍기는 시신으로 가득한 집들에는 들어가지 않고 밤잠 없는 경비병의 예민한 촉수를 밤을 향해 뻗은 채 차로에 누워 노숙을 했다.

II

다음 날 아침, 옛 국방부 건물의 커다란 회의실에 서둘러 다시 구성된 공산당이 모였다.

날씨는 화창했고 봄처럼 신선했다. 노동절 직후에 밟혀버린 잔디밭 같은 녹색 긴 탁자 위에 달걀 껍질 같은 구겨진 종잇장이 여기저기 흩어져 있었고 그 탁자 주위에 회색 죄수복을 입은 서른 명의 사람들이 앉아 있었다. 콩코르드 광장을 향해서 활짝 열린 창문을 통해 햇빛과 함께 건물 앞에서 집회하는 군중의 왁자지껄한 말소리가 거침없이 흘러들어 왔다. 봄은 아니지만 봄 같은 이 들뜬 분위기 속에 멀리서 가끔 천둥 같은 집회의 굉음이 들려오고 갑자기 폭우 같은 박수 소리가 쏟아졌으나 곧 끊어져 4월의 날씨를 떠올리게 했다.

공산당 서기장 쿠로 동지가 발언했다.

"흑사병이 이미 파리시 경계선 바깥으로 확산되지 않았는지 우리는 확신할 수 없습니다. 그러나 지금까지의 자료로 판단해보건대 모든 면에서 파리는 이전처럼 군대가 단단히 둘러싸서 유럽의 나머지 지역으로부터 완전히 격리되어 있다고 보입니다. 그것은 즉 흑사병을 국지화하는 데 성공했다는 뜻일 것입니다. 프랑스 정부와 우리를 둘러싼 군대가 수도 파리의 감염병이 소멸했다는 사실을 알게 되는 순간 당장 파리로 진격하여 이토록 커다란 고통을 대가로 치르고 자유를 찾은 프롤레타리아를 도로 감옥에 던져넣을 것이 분명합니다. 어떤 경우라도 그것은 허용할 수 없습니다. 비극적인 상황으로 인해 파리가 우리 손에 들어왔으니 도로 자본가와 착취자들의 손에 넘겨줄 이유가 없습니다."

"그러면 어떤 방법으로 파리를 지킬 생각인지 여쭤봐도 되겠습니까?" 숱 적은 턱수염을 불안하게 당기며 마주아 동지가 끼어들었다. "굶주림에 지친 3만 명의 노동민중으로는 파리를 사방에서 둘러싼 보통 군대와 맞설 꿈조차 꿀 수 없습니다. 고통 끝에 살아남은 파리 프롤레타리아를 학살로 내몰 권리가 우리는 없습니다."

"제 말씀 끝까지 들어주십시오, 동지. 우리의 빈약한 힘을 넘어서는 무력 항쟁에 전혀 뛰어들 필요 없이 파리를 지키는 아주 간단한 방법이 있습니다. 바깥세상과 프랑스 정부가 파리에서 이전처럼 흑사병이 날뛰며 전혀 수그러들 기미가 보이지 않는다고 무슨 수를 써서든 계속 확신하게 하면 됩니다. 그러기 위해서 에펠탑 라디오 방송국을 우리 사람들로 채우고 격리된 파리에서 죽음이 멈추지 않고 끊임없이 일으키는 참상에 대해 아침마다 세상 모든 곳으로 보고하기만 하면 됩니다. 파리에서 감염병이 이전과 똑같이 강력하게 확산되고 있다고 정부와 군대가 확신하는 한은 감히 한 걸음도 이 도시에 다가오지 못할 겁니다."

"동지, 아마 잊으신 것 같습니다만 파리 인구는 불행히도 한정되어 있어서 같은 사람이 두 번씩 죽지는 않습니다." 마주아 동지가 웃으며 말했다. "산술적으로 계산해보면 파리에 이미 오래전에 살아 있는 사람이 한 명도 남지 않았어야 말이 된다는 걸 저들도 짐작할 수 있을 겁니다."

"저는 그렇게 생각하지 않습니다. 정보를 단계적으로 계획해서 제한적으로 내보내면 어쨌든 유럽을 아주 오랜 시간 동안 이전과 같은 생각 속에 붙잡아둘 수 있을 것입니다. 앞으로도 오랜 시간, 몇 달이나 혹은 몇 년간 파리는 그저 위험한 감염병 진원지일 뿐이며 파리의 모든 시설은 파괴되었고 이전의 상태로 되돌리려면 수백만 프랑의 자원과 오랜 시간의 노동력이 필요할 것이라는 확신을 이 나라에 한 방울씩 주입해야만 합니다. 동지들, 익숙해지는 것만큼 확실한 효과는 없습니다. 세계대전* 초반에 전쟁이 4주 이상 이어질 것이라고는 상상할 수 없었던 사람들도 4년째가 끝날 무렵에는 전쟁이 언젠가 끝날 것이라고 믿지 않게 되었고 전쟁이라는 상태에 익숙해지다 못해 그것이 유일하게 가능한 상태까지는 아니더라도 완전히 자연스럽다고 여기게 되었으니까요."

"그러면 동지는 우리를 일종의 무인도의 로빈슨처럼 센강에서 고기를 낚고 불로뉴숲에서 원숭이를 사냥하며 긴 세월을 보내는 운명으로 만들려 하는군요." 마주아 동지가 농담을 했다. "그렇게까지 속임수를 써야 할 이유를 잘 모르겠습니다."

"발언하겠습니다, 동지." 갑자기 마라크 동지가 입을 열었는데, 그는 납작하고 뼈가 앙상한 남자로 볼이 푹 꺼지고 각진 얼굴에 감옥 단식의 명수였으며 그 어떤 직업적인 단식가보다도 일주일 이

---

* 제1차 세계대전(1914~1918)을 말한다. 이 작품은 1929년에 집필되었으므로, 이 시점에서 아직 제2차 세계대전은 일어나지 않았다.

상 더 굶는 능력이 있었다.

모두가 마라크를 향해 고개를 돌렸다.

"저는 쿠로 동지의 생각을 이해할 것 같습니다. 오늘 에펠탑 라디오 방송국 상태를 살펴보면서 저도 같은 생각을 떠올렸습니다. 유럽 전체가 파리의 흑사병이 사라지지 않았다고 확신하는 상황을 최대한 오랫동안 유지하는 겁니다. 그사이에 우리는 도시를 접수하고 그 안에서 모범적인 공산주의 공동체를 조직하면 됩니다. 프랑스 한가운데, 유럽의 심장, 세계의 대도시를 거대한 공산주의 도시, 우리의 제도가 대륙 전체에 빛날 수 있는 화로이자 세포로 변화시키는 겁니다. 충분히 조직화되었을 때, 우리의 속임수가 드러나기 전에 우리가 먼저 우리를 둘러싼 군대 너머로 프랑스와 전 세계 노동자와 농민에게 호소하는 겁니다. 잊지 마십시오, 우리를 가로막은 군대 뒤에는 프랑스 프롤레타리아 민중이 서 있으며 동쪽에서 들려온 부름은 재즈밴드와 자본주의 악단의 휘파람 소리와 굉음에 묻혀 그들에게 닿지 않았을지라도 여기 파리에서 보내는 외침은 유럽 전체를 뒤흔들 겁니다. 제가 동지의 생각을 잘 이해했습니까, 쿠로 동지?"

쿠로 동지는 고개를 끄덕였다.

잠시 침묵이 흐르고 이제까지 회의를 지켜보기만 하던 뒤라이 동지가 발언권을 얻었다.

"쿠로 동지와 마라크 동지의 계획은 아주 훌륭합니다만 실행 불가능하지 않을까 걱정됩니다. 쿠로와 마라크 동지들은 한 가지 유감스럽지만 현실적인 사실을 고려하지 않았습니다. 방역경계선 안에서 오랫동안 버티려면 유럽이 우리를 조용히 남겨두는 것만으로는 충분하지 않습니다. 뭔가 먹을 것이 있어야만 합니다. 3만 2000명의 사람들을 먹여 살릴 수 있어야 하고 이 사람들은 이미 감옥에서 실컷 굶어서 더 이상은 굶주릴 수 없습니다. 뒤피 동지가 오늘 도시의 영토 안에서 발견한 식량 상황을 조사했으니 재고 상태가 어떻고 우리 공동체가 그걸로 얼마나 오래 버틸 수 있는지 가장 잘 알려줄 겁니다."

이번에는 모든 시선이 뒤피 동지 쪽을 향했다.

뒤피 동지는 연필을 손에서 돌리며 그것으로 박자에 맞춰 탁자를 치면서 보고서를 열심히 외워 그대로 발표하는 듯 단조롭게 강의하는 어조로 말하기 시작했다.

"식량 재고 전체를 오늘 하루 안에 조사하기는 불가능했습니다. 생라자르역에서 상당히 많은 밀가루와 설탕 재고를 찾아냈습니다. 전체는 대략 400톤입니다. 곡물 창고에서 1200톤의 밀도 발견했습니다. 기타 다른 식량 재고는 대부분 통조림과 파스타입니다만 생필품 공장과 고기가공 공장 지하실에서 발견했습니다. 에트왈, 그랑 대로, 생제르맹, 파시 구역 여러 개인 주택의 지하실에서 많은 양의 밀가루, 쌀, 설탕이 나왔습니다. 분명 거주민들이 굶주림을 걱정하여 모아둔 것입니다. 이런 식료품의 정확한 양은 상세하게 조사해보아야만 알 수 있습니다. 대략적으로 계산하면 오늘 발견한 식량의 전체 숫자는 아주 거칠게 말해서 2000톤 정도입니다. 평균적인 인간 신체가 생명을 유지하려면 매일 단백질 82그램, 지방 100그램, 탄수화물 310그램, 비타민 26그램을 필요로 한다는 사실을 고려하여 식량 단위로 환산하면 평균적으로 다른 성분 없이 빵만 계산했을 때 최소한 매일 350그램이므로, 지금까지 발견한 식량으로는 3만 2000명이 최대 4개월 내지 5개월간 생존할 수 있습니다. 물론 앞으로 공장과 주택 지하실에서 얼마나 더 많은 식량을 발견할지는 예측할 수 없습니다. 세심하게 조사해야만 남은 식량을 전부 발견할 수 있을 것입니다….”

창문 밖에서 뒤피 동지의 목소리를 파묻을 정도로 커다란 박수 소리가 또다시 쏟아져 들어왔다.

마주아 동지는 담배에 불을 붙이고 생각에 잠겨 회의실을 가로질러 창가에 멈추어 섰다. 아래에서 한눈에 다 볼 수 없을 정도로 넓은 광장이 개미떼 같은 머리들로 가득했다. 군중은 집회를 하고 있었다. 특별히 준비한 연사들이 여덟 개의 도시를 상징하는 여덟 명의 여신 모양 연단 위로 날렵하게 뛰어올라 긴장하여 귀 기울인 군중의 벌린 입속으로 강하고 기운찬 말들을 사탕처럼 한 움큼씩 던졌고 그 말들은 코를 간지럽히고 취한 듯 머리를 어지럽게 했다.

스트라스부르를 대표하는 연단에서 한 팔이 없고 콧수염을 기른 연사가 말했다.

“저는 말입니다, 동지들, 범죄 분야에 종사하는 동지들에 관해서 한말씀 드리고 싶습니다. 동지들, 감옥에서 풀려난 사기꾼 동지들 3000명이 나머지 프롤레타리아와 함께 우리들 사이에서 지내게 될 것입니다. 우리는요, 동지들, 그 동지들을 재판정에 끌고 다니지 않을 겁니다. 비록 그 동지들이 범죄자라고는 하지만 말입니다, 말하자면 이전의 부르주아 국가에 저항해서 범죄자가 되었다고도 할 수 있는데, 그렇게 생각하면 범죄자 아닌 사람이 어디 있겠습니까? 누구는 배고파서, 누구는 가난해서, 일자리가 없어서 여기서 소시지 한 점, 저기서 햄 한 조각, 그렇게 슬쩍한 거 아니겠습니까? 그런 사람들을 또 국가적인, 계급적인 재판정에 끌고 가는 건 정말 말도 안 될 일이지요! 그냥 도둑일 뿐입니다. 그러니까 우리는요, 동지들, 그런 자질구레한 일을 파헤치지 않을 겁니다. 혁명은 혁명이니까 그 증거로 차별도 예외도 없이 모든 프롤레타리아가 자유로워져야지요, 안 그렇습니까? 다시 말하자면 옛날에 지은 죄는 뭐가 됐든 사면해주고 끝이라는 겁니다. 오늘부터는 전부 새롭게 우리 방식대로 하는 겁니다. 옛날에 있었지만 지금은 없는 일은 굳이 기록으로 남기지 말기로 하지요, 네?* 하지만 동지들, 지금부터 범죄자 동지들에게도 말하자면 모든 시민의 권리가 주어지고 기타 등등 하면, 그 범죄자 동지들도 우리에게 자신들의 프롤레타리아 혈통을 보여주도록 해야 합니다. 우리도 부르주아에게 주고받을 게 여러 가지 있고 부르주아로 인해 험한 일도 실컷 당했지만─혁명으로 순식간에 해결됐지요. 이제 우리는 모두 똑같이 노동자이고 프롤레타리아이고 그게 끝입니다. 인민의 재산을 훔치는 건 절대 안 되지요! 우리는요, 동지들, 그런 짓에 구구절절 변명 들어줄 시간이 없습니다. 프롤레타리아 권력은 공동의 재산을 넘보는 모든 범죄를 인정사정없이 처벌할 겁니다. 도둑 동지들은 이걸 잘 기억해야 할 겁니다. 옛날 일은 옛날 일이지만 오늘부터는 꿈도 못 꿀 일입니다! 우리는요, 동지들, 법원도 재판도 필요 없습니다. 도둑을 잡으면요, 우리 공동의 재산을 훔쳤다 하면 말입니다, 바로 감옥에 처넣는 겁니다! 그때까진 성급하게 경찰 놀이를 할 필요가 없지요!"

---

* 　원문에서는 이 사이에 행갈이가 존재하나, 혼란을 방지하기 위해 붙였다.

"옳소!"

"할 일이 없어서 그런 놈들까지 감시하고 다니냐!"

"우린 경찰이 되겠다고 동의한 적 없다!"

"선의로 달라고 부탁하면 일도 좀 시키고, 모두에게 충분하니 줄 수 있지. 일하긴 싫고 공짜로 슬쩍해 가려고 하면 그것도 자기 자유지만 감옥에 가야지, 그럼 그만이지."

"바로 그겁니다, 동지들, 그 말씀을 드리고 싶었습니다. 이건 이제요, 동지들, 말하자면 우리의 가족 문제인 겁니다. 공산당이 굳이 끼어들 필요가 없어요, 그쪽은 또 그쪽대로 할 일이 많으니까요. 우리는 선포문을 인쇄하지도, 두 번 되풀이해 말하지도 않을 겁니다. 이렇게 얘기했으니 됐지요, 그렇죠?"

콧수염 연사가 박수와 환호 속에 연단에서 뛰어내렸다.

마주아 동지는 미소를 지으며, 즐거워하며 창가에서 물러났다. 그랬다가 새로운 박수 환호 소리와 천둥 같은 '옳소오오!'에 이끌려 그는 본의 아니게 다시 그 창문 밖이 궁금해졌다. 마주아 동지는 몰래 탁자 쪽을 훔쳐보았다. 뒤피는 여전히 자신이 수집한 정보를 읊고 있었다. 마주아는 살금살금 걸어 다시 창가로 돌아가 창틀에 기대어 귀를 기울였다.

아래쪽에서는 어디서 끌고 왔는지 모를 나무 상자 위에서 어깨가 딱 벌어진 들창코 농민이 천둥처럼 소리치고 있었다.

"동지들! 지금 공산당 동지들이 파리를 우리들 손에 움켜쥐고 다시 부르주아와 자본가의 손에 넘기지 않을 수단과 방법을 궁리하고 있습니다. 가장 중요한 핵심은요, 동지들, 식량입니다. 먹여 살릴 입은 당연히 셀 수 없이 많고 많은데 식량 사정은요, 들리는 얘기에 따르면 아주 좋지 못하다고 합니다. 동지들, 공산당 동지들을 고생시키지 말자는 게 제 생각입니다. 우리는 부르주아를 위해서, 그들의 이득을 위해서 굶어보았으니 이제 우리 자신을 위해서, 우리들의 노동자 소비에트 권력을 위해서 굶을 겁니다. 그렇지만 파리는 부르주아에게 넘겨줄 수 없습니다!"

"옳다!"

"넘겨주려고 얻어낸 게 아니다!"

"그럼 우린 뭐가 되나? 또다시 노예로 살라고? 우린 바보가 아니다! 우린 반드시 버텨낼 거다!"

"민중에게 굶주림은 처음이 아니다!"

"동지들, 소비에트 러시아는 제국주의자들의 봉쇄 속에서 이보다 더 심하게 굶주렸지만 버텨내서 당연한 결과로 첫 번째 사회주의 공화국을 건설했습니다. 프랑스 프롤레타리아가 러시아 프롤레타리아보다 못할 게 뭡니까?"

"뱃속은 누구나 다 똑같지."

"파리 코뮌은 굶주리지 않았나? 들쥐를 잡아먹으면서도 항복은 안 했다."

"옳소!"

"여러 말 할 게 뭐 있겠습니까, 동지들. 당연히 우리는 버틸 겁니다. 두고 보십시오, 후방의 프롤레타리아가 우리가 파리를 손 안에 쥐고 있다는 걸 알게 되기만 하면 도와주러 올 겁니다. 한 달이 됐든 1년이 됐든 우리는 기다릴 겁니다. 식량은 아껴 먹으면 한 달이나 두 달은 어떻게 저떻게 될 겁니다. 필요하다면 우리는 더 오래 버틸 수도 있습니다. 동지들, 곡물 창고를 제가 보았습니다, 거기에 부르주아들이 우리를 위해서 밀을 좀 숨겨두었습니다. 그걸 잘 모아서 아껴 먹으면서 봄까지만 어떻게든 저떻게든 버티면 그 뒤는 쉽습니다. 도시에 빈 땅은 충분히 많습니다. 흙도 나쁘지 않습니다. 봄에 밀을 땅에 심으면 여름이 끝날 때쯤 틀림없이 새 곡물을 수확할 수 있을 겁니다. 1, 2년이 아니라 그런 방식으로 원하는 대로 얼마든지 버텨낼 수 있습니다. 부르주아는 우리에게 덤비지 않을 겁니다, 겁쟁이라서 다들 여기엔 흑사병이 돈다고 생각하지요. 그동안에 우리는 여기서 곡식을 잘 키워서 냄새만 맡아도 취하는 맥주를 빚어봅시다. 가장 중요한 건요, 동지들, 살아서 버티는 겁니다."

"당연히 버티지 못 버틸 건 뭔가?"

"감옥 음식으로도 버텼는데 우리 음식이면 더 잘 버틴다."

"반드시 살아서 버틴다!"

"바깥의 부르주아들을 불러오게 하려고 이전의 부르주아들이 뒈진 게 아니야!"

마주아 동지는 창가에서 돌아섰다. 그의 귓가로 쿠로 동지의 차분한 목소리가 들려왔다.

"… 유럽이 개입할 경우 그 어떤 군대보다도 확실하게 감염병이라는 철갑이 우리를 보호해줄 겁니다. 파리에서 흑사병이 수그러들었는지 아니면 예전처럼 유행하는지 그 어떤 뢴트겐 기계도 그렇게까지 멀리 볼 수는 없기 때문입니다…."

아래에서 광장은 수만 명의 열띤 목소리로 울렸다.

마주아 동지는 담배를 던져버리고 탁자 앞 자기 자리로 서둘러 돌아갔다. 위원회 참가자들의 집중한 표정으로 보아 그는 자신이 마지막 발언에 늦지 않았다고 짐작했다. 연사는 그에게 등을 돌리고 있어 얼굴이 보이지 않았지만 거친 목소리로 보아 마라크임을 알 수 있었다.

"동지들, 잠시 후 쿠로 동지의 제안이 표결에 부쳐집니다. 그 투표의 결과에 따라 어쩌면 프랑스 프롤레타리아의 운명, 유럽 전체의 운명이 결정될 겁니다. 여러분 각자 자신의 양심에 따라 투표하십시오. 우리 자신의 목숨과 우리 동지들 3만 명의 목숨을 구하기 위해 자비와 사면을 기대하며 이들을 자본가와 제국주의자 정부 손에 넘겨줄 권리가 과연 우리에게 있습니까? 인류 역사에서 유일한 재난의 결과 우리 손에 파리를 넘겨주고 부르주아와 부자들을 감염병의 힘으로 쓸어버린 이 순간을 우리가 흘려버릴 권리가 있습니까? 우리가 굶주림과 빈곤과 격리로 인한 고립을 두려워하여 유럽 한가운데 그 옛 수도에, 은행가와 매춘부의 수도에 위대하고 모범적인 공동체의 토대를 세워 불기둥처럼 모든 나라 프롤레타리아의 앞길을 밝히는 최초의 전 세계적 혁명의 핵심, 그 첫 번째 횃불이 될 가능성을 거부할 권리가 있습니까? 모든 정황이 우리에게 가져다준 이 역사적인 임무를 우리가 거부할 권리가 있습니까? 지도자 동무, 쿠로 동지의 제안을 표결에 부쳐주시기 바랍니다."

가야르 동지가 확고한 목소리로 입을 열었다.

"동지들, 쿠로 동지와 마라크 동지의 제안을 표결에 부치겠습니다. 찬성하는 분은 손을 들어주십시오."

열두 개의 손이 위로 올라갔다.

뒤피 동지는 기권을 택했다.

"쿠로 동지의 제안이 통과되었습니다." 가야르가 짧게 선언했다.

위원회는 다음 안건을 논의하기 시작했다.

Ⅲ

광장에서 여전히 침묵하지 않는 군중들이 끓고 있을 때 국방부 건물 문에 첫 번째 위원회 참가자가 모습을 드러냈다. 강둑에서 누군가 길게 소리쳤다.

"온다아아!"

군중은 갑자기 조용해지고 흔들렸으며 사람들 사이에 지그재그로 틈이 벌어지더니 건물에서 나오는 사람들을 삼키고 그 뒤로 다시 닫혔다. 물속에 돌이 떨어졌을 때 동그랗게 물둘레가 생기듯 군중이 위원회 참가자들을 둘러싼 곳에서 잠시 여러 머리가 흔들렸다. 곧 군중에 삼켜졌던 위원회 참가자들이 한 명씩 대중의 표면 위로 암초처럼 돋아난 연단에 올라서기 시작했다. 말소리는 들리지 않고 오로지 격렬한 팔의 움직임만이 허공을 가르는 모습이 마치 열두 명의 정신 나간 지휘자들이 수많은 목소리의 바다가 쏟아내는 혼란스러운 포효를 조화롭게 구분된 음계로 정리하려는 것 같았다.

스트라스부르를 상징하는 여신의 연단에서 뼈가 앙상한 남자가 말하고 있었고 끈질긴 박수갈채의 폭포가 그의 얼굴에 커다란 땀방울이 되어 맺혀 있었다.

"흑사병이 세상 전체를 덮쳤어야 했지만 우리 건물 앞 광장만을 치워주었고 우리는 그 자리에 위대한 사상의 감염병에 불을 붙여 모든 것을 깨끗이 하는 불의 바다가 군대와 경계선과 국경을 비웃으며 이 오래된 대륙에 넘쳐흐를 것입니다. 유럽에 첫 번째 코뮌을 선보였던 파리는 처음으로 그 체제를 유럽 전체에 불어넣을 것입니다…!"

열정이 효모처럼 흩뿌려진 군중이 부풀어 오르며 '인터내셔널 가' 후렴으로 흘러넘쳤다. 코르크 마개처럼 마르고 뾰족한 연사는 소용돌이에 휘말리듯 단단한 어깨 위로 휩쓸려 군중의 파도를 타며 어딘가 앞쪽으로 목적 없이 실려갔다.

출렁이는 군중의 물결이 오랫동안 광장과 좁은 골목들을 휩쓸었다.

쉽게 불붙는 이 인파를 방향 없는 흥분의 상태에서 끌어내려 구체적인 행동의 방향으로 이끌려면 무엇보다도 인파의 이음매를 가르고 조직화라는 가위로 끊어야만 했다.

오후 무렵, 부위별로 나뉘고 규율이라는 걸쇠로 새롭게 이어진 대중은 이제 체계적인 활동을 할 수 있는 세력이 되어 있었다.

당면한 첫 번째 과업은 거리에서 썩어가며 도시에 또다시 감염병의 파도를 몰고 올 가능성이 있는 시신들을 치우는 일이었다. 수없이 많은 시신을 전부 한곳에 모으는 것도 좁은 임시 화장장에서 태우는 것도 불가능했다. 그래서 야외에서 그대로 시신들을 태우기로 했다. 사흘간 파리에 있는 모든 대규모 광장들에 팀으로 조직된, 삭발한 사람들의 잘 훈련된 군단이 가구와 폐지로 엄청난 화톳불을 피워 올리고 그곳에서 시신을 태웠다. 나흘째에 작업은 끝났다. 화톳불은 벤진과 석유를 부어 태워 없앴다.

바람이 전혀 불지 않는 날이라 이웃한 건물들에 불이 옮겨 붙을 위험은 없었다. 불길은 까만 연기 회오리가 되어 하늘로 치솟았고 불붙은 하늘은 마치 연기를 뿜는 짚단처럼 무너져 도시를 회색의 뭉클뭉클한 연기 모자로 덮었다.

9월 8일 세계의 모든 일간신문이 파리의 화재에 대해 보도했다. 프랑스의 언덕과 산에 프랑스인들이 떼 지어 올라가 이 광경을 육안으로 보았다. 까만 분수 같은 연기가 하늘로 몇백 미터나 솟았다. 그것은 잊을 수 없는 광경이었다. 대담한 프랑스인 비행사가 자기 목숨을 걸고 불타는 파리 위를 날아서 지나가려 했으나 따가운 연기 덩어리 속에서 비행기를 돌려야만 했고 파리가 끝에서 끝까지 불타고 있다는 것 외에는 아무 얘기도 하지 못했다.

쉽게 공감하는 할머니 같은 유럽은 그날 불운한 도시의 운명에 슬퍼하며 글리세린이 아닌 진짜 눈물을 흘렸다. 세상 전체의 나이 든 신사들이 젊은 날과 '물랭루주'와 '막심스'*와 패션모델과 예쁜 여성 점원들을 감상적으로 회상했다. 사제들은 설교단에서 신의 처벌에 대해 불분명하게 언급하며 회개하라고 외쳤다. 국회에서는 머리가 희끗희끗한 불멸의 브리앙 총리**가 공산주의자들을 공격했다.

다음 날 유럽 대륙의 전신전보국들은 오랜 침묵 이후 처음으로 파리에서 보낸 무전을 수신했다. 전보 내용은 화재와 혼란, 그리고 계속되는 감염병 확산에 대한 것이었다.

이후로 몇 달 동안 이어진 사건들로 인해 자연스럽게 프랑스인들은 이전과 같이 그다지 즐겁지 않은 소식만을 체계적으로 발신

---

* 물랭루주Moulin Rouge는 1889년 개업한 파리의 유명 카바레이다. 프랑스어로 '빨간 풍차'라는 뜻이며 건물이 빨간 풍차 모양을 하고 있다. 막심스Maxim's는 1893년 막심 가야르가 개업한 유명한 레스토랑이다. 물랭루주와 막심스 둘 다 현재까지 존재하며, 파리의 유명한 관광 코스이다.

** 아리스티드 피에르 앙리 브리앙Aristide Pierre Henri Briand(1862~1932). 프랑스의 정치인. 1909년부터 1929년까지 연달아 11회 총리를 역임했다.

하는 자신들의 불운한 수도에 오랫동안 관심을 갖지 않게 되었다.

프랑스의 힘든 상황을 틈타 독일인들은 경제 상황이 어렵다는 이유로 도스 계획*에 따른 제1차 세계대전 보상금을 계속 지급하기를 완전히 거부했다. 전쟁의 냄새가 풍겨왔다. 부르주아 신문들은 사회주의자를 앞세워 베를린을 점령하고 이 제멋대로인 이웃에게 본때를 보여주자고 외쳤다. 지중해 군단 선원들은 이에 대한 답변으로 돛대에 빨간 깃발을 올리고 반란을 일으켰다. 리옹의 군부대는 명확하게 이들을 지지하며 노동자들과 함께 전쟁에 반대하는 시위에 나섰다.

국제연맹** 비상 회의는 화물차 두 대 분량의 회의록을 생산하며 터질 듯한 갈등을 어떻게 해서든 가라앉히려 애썼다. 노동자 대중의 압박하에 프랑스 정부는 베르사유 조약***의 훼손을 감수하며 양보할 수밖에 없었다. 전쟁의 직접적인 위협은 모면한 것처럼 보였다.

파리의 무전국들은 이전처럼 감염병의 확산과 전염병이 덮친 도시에서 일어나는 폭동에 대해 보고했다. 최근 소식에 따르면 파리 동쪽 구역들은 허무주의적 무정부주의자 분파가 지배했으며 이들은 도시를 폭파할 계획을 세우고 있다고 했다. 정부 소속 비행사 세 명이 파리 위로 비행하려 시도했으나 이른바 무정부주의 분파 소

＊   Dawes Plan. 독일이 제1차 세계대전 피해에 대한 보상금을 지급하도록 하기 위해 미국인 찰스 도스가 제안한 계획. 이로 인해 전후 유럽의 심각한 외교적 문제가 해소되었으며, 찰스 도스는 이 공로로 1925년 노벨평화상을 수상했다.

＊＊ League of Nations. 제1차 세계대전 이후 1920년 미국 우드로 윌슨 대통령의 제안으로 창설된 국제기구. 제2차 세계대전 이후 국제연합에 승계되어 해체되었다.

＊＊＊ 1919년 6월 독일과 연합국이 맺은 제1차 세계대전 평화협정.

속이라는 자들의 포격으로 인해 도망쳤다. 이 통탄하여 마땅할 사건으로 인해 프랑스 정부는 최종적으로 감염병이 덮친 도시에 개입할 의사를 잃었고 이후 파리는 비참한 운명에 그대로 맡겨졌다.

몇 달이 지났다. 프랑스는 사랑하는 수도 파리를 쉽게 잊어버리고 조금씩 그 상실을 받아들이기 시작했다. 그 상실보다 더욱 아픈 것은 달러를 앞세우며 찾아오는 관광객들의 모습이 사라졌다는 사실이었는데, 관광객들을 이전처럼 유혹하기란 무한히 힘들었다. 안락함과 선정적인 유혹의 다양성에 있어 이전의 파리보다 못하지 않은 새로운 수도를 무슨 수를 써서든 최대한 빨리 만들어내야만 했다. 리옹을 확장하고 활용하기 위한 특별 컨소시엄이 탄생했다.

리옹의 여러 대로들 양편에 번개 같은 속도로 사치스러운 9층짜리 호텔들이 솟아올랐고 극장과 댄스홀과 카바레들이 문을 열었으며 남성과 여성 들을 위한 호화로운 주점들이 늘어났다. 프랑스 구석구석에서 역사적 기념물들이 서둘러 리옹으로 운반되었다.

번쩍번쩍 빛나는 새로운 수도에 관한 선정적인 소식들이 무전을 타고 눈 깜짝할 사이에 세계 방방곡곡으로 퍼져나갔다.

전례 없는 새로운 수도는 세상 전체에서 뜨거운 환호를 받았고 점점 인파가 모여드는 리옹에 모든 나라들이 서둘러 그 나름대로 십시일반 공헌했다.

충성스러운 우방인 미국에서는 수익 좋은 거래가 아직도 청산되지 않은 감염병 진원지에 대한 두려움마저도 이겨버려 매일같이 가장 높은 굴뚝 꼭대기까지 재즈밴드, 젊은 여성, 호텔 종업원, 승무원과 '보이'의 군단을 태운 증기선이 프랑스를 향해 출발했다. 좀 더 대담한 미국인들은 벌써 여행 가방을 챙겨 모험가의 정신으로 유럽의 되찾은 땅에 처음 발을 디디려 떠났다.

세상 모든 곳에서 뱀처럼 이어지는 기차를 타고 론강 유역으로 콜걸들과 포주들과 평범한 매춘부들, 모든 민족과 인종의 살아 있는 상품들이 너도나도 몰려들었고 이들을 위해 선견지명 있는 프랑스 정부는 추가 기차편을 편성해야 했다.

새로 지은 건물들의 그림자 속에서, 마치 땅에서 버섯이 솟아나듯 풍성한 달러화의 빗줄기 속에 절대로 사라지지 않는 배불뚝이 호텔 사장들이 나타났다.

도시 전체에 광고판과 간판을 거는 망치질 소리가 울려 퍼졌다.

밤낮으로 거리와 골목에서 보행자들을 유혹하며 밤의 작은 호텔들의 익숙한 간판들이 끊임없이 번쩍거렸다.

그런 어느 저녁, 자바 출신 악단의 뒤죽박죽인 음악 소리 아래 오랜만에 처음으로 그 영원한 쳇바퀴를 돌리며 리옹에 재현된 불타는 풍차 '물랭루주'가 문을 열자 유럽 전체가 마치 "그래도 풍차는 도는구나!"라고 말하듯 안도의 한숨을 쉬었다.

모든 것을 씻어내는 진주 같은 물줄기가 되어, 새로운 몽마르트르의 하수구가 되어 샴페인이 흘러나왔고 텅 비어가는 시골 마을에서 공장으로 까만 흐름이 되어 여위고 지친 노동자들이 흘러들어 갔다.

제46대 내각의 두 번째 가을에 '프랑'화가 안정되었다. 프랑스에서 경기가 형편없어서 사람들이 자동차를 사지 않게 되었다. 공장들이 문 닫을 위기에 처했다. 사방에서 인력을 반으로 줄였다. 소란이 일어나지 않도록 근무시간 중 서로 다른 시간대에 서로 다른 부서에서 한 번에 몇 명씩 내보냈다. 새로운 노동자를 채용하는 것은 꿈도 꿀 수 없었다. 국회에서는 하얀 털로 뒤덮인 사회주의자 폴봉쿠르*가 경찰 인력을 두 배로 증원하는 법안을 발의했다.

어느 아름다운 8월의 저녁에 노을 지는 리옹의 거리에서 유럽이라는 고장난 영사 기계가 저녁마다 리옹 여러 대로를 화면 삼아 보여주는 그 우연하고 어지러운 단역들의 무리가 흔들릴 때, 비비엔 거리와 몽마르트르 대로 모퉁이에서 자네트는 피에르에게 파티용 구두가 당장 필요하다고 선언했다.

IV

런던의 갈색 안개가 축축한 독가스 연기가 되어 조금씩 유럽 위로 흩어지고 있었다. 이 시기에 학자들은 유럽 기후가 명백하게 변했다고 확언했다. 겨울에 니스에 미끄러운 눈이 쌓였고 어리둥절한 야자수들이 허옇게 변한 채 얼어붙은 나뭇잎을 흔들며, 마치 이상하게 가슴이 납작한 '모던 걸'처럼 유령 같은 탱고를 추며 균형을 잡으려 애썼다.

런던에는 언제나 그렇듯 안개가 깔렸고 낮에는 안개 속에서 가로등이 타올랐고 흐릿한 유리 같은 젤리 속에 옷깃을 세우고 몸을 움츠린 사람들이 나타났다 사라지곤 했다―담배 파이프를 기괴하게 짧은 잠망경처럼 입에 문, 앞을 보지 못하는 잠수함들이다.

런던 사람들은 아마도 폐 대신 스펀지를 가지고 있는 듯 말없이

---

* 오귀스탱 알프레드 조제프 폴봉쿠르Augustin Alfred Joseph Paul-Boncour(1873~1972). 프랑스의 정치인, 사회공화당 당원. 1932~1933년 프랑스 총리.

안개를 들이마시고, 공장들이 뾰족한 굴뚝 주둥이로 연기를 내뿜듯이 그렇게 들이마신 안개를 뱉어낸다.

오후에는 안개 속에 하늘을 향해 솟은 굴뚝의 뾰족한 주둥이들이 시체 냄새를 맡은 개처럼 찢어지는 소리로 울어대고 그러면 공장에서, 사무실에서, 국가기관에서 수백만의 인간 스펀지들이 흩어져 나온다—안개를 빨아들였다가 나중에 7층짜리 개미집인 사무실과 국가기관으로 도로 가져가기 위해.

광산처럼 새까만 부두에서는 매일 똑같은 시간에 배불뚝이 선박들이 기적 소리를 울리고 그 배들을 타고 영국 식민지로 대영제국의 군인, 공무원, 그리고 평범한 시민들이 떠나서 저편, 인도의 뜨거운 하늘 아래 폐 속에 있던 안개를 조금 뱉어내고 그 안개는 납빛 연기가 되어 땅 위로 퍼지는데, 햇볕에 탄 인도 사람들에게 런던의 안개가 독가스보다도 더욱 독하기 때문이다.

그해 여름 유럽에는 끊임없이 잘고 따가운 비가 내렸고 8월에는 영국 해안에서 안개가 밀려 나왔다. 안개는 무거운 목도리처럼 라망슈 위로 흘러가 노르망디의 녹색 언덕들을 감싸고* 계속 뻗어나가 사물과 도시 들을 부드러운 회색 공단으로 뒤덮었다. 이 복슬복슬한 회색 덩어리들은 평평한 땅 위로 연기처럼 기어나갔다. 학자들은 가을에 비가 끊임없이 올 것이라 예견했고 거기서 더 이상의 점괘를 뽑아내지 못했는데 이와 달리 농부들은 폭풍이 오기 전에 연기가 땅에 낮게 깔린다는 사실을 기억하고 불운이 올 것이라 중

---

* 라망슈La Manche는 프랑스 서북부, 영국해협에 면한 지역이다. 노르망디Normandy는 라망슈 동쪽에 맞닿아 함께 영국해협을 접하고 있다.

얼거렸다.

라망슈에서 안개 속에 길을 잃은 증기선들이 쉴 새 없이 비명처럼 사이렌을 울리며 도움을 청했다.

도빌에서는 안개가 태양을 즐기러 온 여름 관광객들을 해변에서 쫓아냈고 바다가 게걸스러운 혓바닥으로 접시에 남은 채 잊었던 식어버린 으깬 감자를 핥듯 하얀 모래를 삼켜버렸다. 호텔 테라스마다 잠을 못 잔 듯 산발이 된 사람들이 플란넬 목도리를 목에 두르고 헤매 다녔다.

레스토랑에서, 카페에서, 호텔 댄스홀에서 아침부터 재즈 음악이 단말마의 비명을 질렀고 불운한 반라의 관광객 여성들이 샹들리에의 시체 같은 누런 불빛을 흠뻑 받으며 헛된 망상 속의 수영복을 연상시키는 드레스를 입고, 온몸을 떠는 잠수부 같은 댄서들의 가슴에 게처럼 달라붙어 사치의 박자에 맞추어 몸을 떨었다.

아침에 회색 구름 같은 안개 속에서 지그재그로 번개가 치듯 특급열차가 달려나와 피뢰침 같은 철로를 따라 역으로 들어왔다. 승강장에서 검은 톱해트를 쓴 신사 두 명과 스무 명 정도 되는 사진기자, 그리고 불안한 기자들의 무리가 그 기차를 기다리고 있었다. 일등실에서 깨끗이 면도하고 희끗희끗한 머리에 군모를 쓴 젠틀맨이 좀 더 젊은 다른 젠틀맨 몇 명과 함께 나왔다. 톱해트를 쓴 두 신사가 서둘러 달려나가 정중하게 그를 맞이했다. 사진기가 찰칵거렸다. 두 신사는 정중하게 톱해트를 벗고 영어로 말하기 시작했다. 출구에 자동차 두 대가 기다리고 있었고 차들은 좌석에 올라앉은 젠틀맨들의 무게 아래 다정하게 흔들리더니 안개 속으로 출발했다. 그 뒤로 가장 먼저 기자들이 택시를 타고 인터뷰의 달콤한 희망을 품은 채 자동차 두 대의 뒤를 따라 달려갔다. 도착한 젠틀맨은 영국 총리였다.

한 시간 뒤, 기자들에게 포위된 호텔 로비에 그림같이 점잖은 스웨터와 느슨한 영국 정장으로 갈아입은 총리 비서가 내려와 예의 바르게 지루하다는 표정으로 긴장한 기자들에게 총리는 정치적인 성격의 계획은 전혀 없이 도빌에 찾아왔으며 유일한 목적은 국정에 힘쓴 뒤에 며칠간 휴식하기 위해서이고 날씨가 이렇게 참 받쳐주지 않아서 너무나 아쉽다고 진술했다.

기자들은 모범적으로 받아썼다. 그들은 바로 어제 리옹에서 도빌로 프랑스 총리가 찾아왔을 때 기차역에서 맞이하여 바로 이 호텔로 따라와서 거의 똑같은 진술을 들었던 것을 완벽하게 기억했다. 또한 기자들은 이틀 전에 벨기에 국경에서 기차를 타고 ***국國 대사가 도빌에 도착했으나 기차역에서 대사를 맞이한 사람은 톱해트를 쓴 신사 한 명뿐이었고 승강장에 사진기자도 신문기자도 아무도 없었다는 사실도 마찬가지로 알고 있었다.

그렇기 때문에 기자들은 영국 총리 비서의 진술을 열심히 받아쓴 뒤 달려나가 3대 강대국 정상들의 중요한 정치적 회의에 대한 소식을 편집국에 무전으로 알렸다. 그런 뒤 말수 적은 정치인들과 이야기를 나누기 위해서 다시 숨 가쁘게 돌아왔다.

오전 내내 두 총리 모두 자기들 방에 남아 있었다. 아침 식사도 방으로 가져다 달라고 해서 두 명 모두 맛있게 먹었다. 오후 4시에 호텔 직원으로 가장한 기자는 영국 총리가 혼자서 화장실에 가서 아주 오랫동안 안에 있다가 자기 방으로 다시 돌아가는 것을 눈치 채었다.

저녁 6시 가까이 되었을 때, 참을성 있게 짐꾼들과 잡담하며 진을 치고 있던 기자들로서는 무척 기쁘게도 프랑스 총리가 비서를 대동하고 호텔 건물 왼편에 있는 자기 방을 나와 전혀 다른 길로 가는 척하지 않고 곧바로 영국 총리의 거처가 있는 호텔 오른편으로 향했다. 프랑스 총리의 얼굴에서는 기자들이 아무리 눈을 크게 뜨고 들여다봐도 그 어떤 명확한 표정도 발견할 수 없었다. 다만 프랑스 총리가 짐꾼들 옆을 지나가면서 조용히 대중가요를 휘파람으로 부는 것을 기자 한 명이 포착했다.

면담은 한없이 길어졌다. 호텔 식당 직원으로 변장한 기자가 세 번이나 6호실에 칵테일을 배달하며 오랫동안 소리 없이 유리잔들 옆에서 서성거렸다. 기자가 그렇게 있는 내내 영국 총리와 프랑스 총리는 대체로 날씨에 대해 이야기하고 자기 나라 농사가 올해 흉작이라 불평하고 최근 웸블리 경주 결과에 대해 의견을 나누었다. 기자는 결과적으로 아무것도 캐내지 못했고 대화를 엿듣는 도중에 연습 부족으로 유리잔 하나를 떨어뜨려 깨뜨렸을 뿐이었다.

대략 저녁 8시경 비서들이 누군가를 찾으러 갔다. 10분 뒤 6호실 문을 ***국가 대사가 두드렸다. 그의 외모는 귀족적이고 꾸미지 않은 듯 멋을 내고 있었으며 숱 적은 머리카락을 꼼꼼하게 가른 가르마가 뒤통수의 옷깃까지 이어져 있었다.

다시 한번 칵테일이 배달되었다. 대화는 영어로 진행되었다. 여러 종류의 시가의 서로 다른 장점에 대한 이야기가 오갔다. ***국 대사는 무심하게 소매의 먼지를 털었다.

문밖의 기자들이 초조하게 소형 사진기를 꺼내 조립했다. 그들은 무슨 수를 써서라도 회담을 마치고 나오는 정치인들의 얼굴을 영구히 사진으로 남기고 싶었고 이 역사적인 기록이 복도의 불충분한 조명 때문에 쉽게 죽어버릴 수도 있다고 생각하여 불안해했다.

마침내 9시쯤 6호실 문이 열리고 ***국 대사가 흠 잡을 데 없이 새하얀 셔츠를 무심한 듯 바로잡으며 걸어 나왔다. 그의 얼굴은 외교관의 얼굴답게 완전히 아무 표정이 없었다. ***국 대사는 엘리베이터를 타고 자기 거처로 돌아갔다.

그가 나온 뒤 30분은 넉넉히 지나고 나서 6호실 문에 프랑스 총리가 문턱까지 영국 총리의 배웅을 받으며 나타났다. 얼굴은 시가를 너무 많이 피운 사람들이 그렇듯 약간 붓고 불그레해 보였다. 조금 경험이 적은 기자들은 이것을 흥분의 징표로 보았다. 유감스럽게도 복도의 조명이 진실로 불충분해서 열성적인 기자들은 이 의미 있는 저녁에 정치인들이 얼굴에 띠었던 표정을 후대를 위해 영원히 남기지 못할 운명임이 명백했다.

프랑스 총리를 거처까지 따라간 뒤에 기자들은 흩어졌다. 누군가는 우체국에 가고 다른 누군가는 음식점에 가서 바짝 튀긴 돼지고기 커틀릿을 먹으며 기사를 썼고 또 누군가는 춤추러 가서 하루 종일 열심히 일한 다리를 마침내 풀었다. 프랑스와 영국 총리들은 직원들을 퇴근시킨 뒤 아마도 분명히 휴식을 취하러 들어간 듯했다. 정치적인 하루가 끝났다. 다음 날 아침까지 흥미로운 일은 아무 것도 일어날 수 없었다. 마지막 기자가 다음 날 새벽부터 가장 처음 자리를 지키러 올 생각으로 호텔을 나갔다.

유감스러운 일이다. 12시까지 기다렸더라면 분명히 의미 없지 않은 사건이 그의 눈길을 벗어나지 못했을 것이다. 12시 10분 전에 호텔 정문 앞에 자동차가 나타났다. 호텔 계단에서 ***국 대사가 내려왔고 여행 가방을 든 직원이 앞서서 그를 안내했다. 대사와 여행 가방이 자동차 안으로 사라졌다. 자동차는 기차역을 향해 떠났다.

V

일주일 뒤, 이런 조간 신문 어딘가 눈에 잘 띄지 않는 회색 구석에 6포인트 활자로 처음으로 ***국 이름이 거론되었다. 주말 즈음에 ***국 문제는 시험관 속의 수은처럼 번개 같은 속도로 떠올라 지면을 가득 채우고 헤드라인까지 기어 올라갔다. 소식은 점점 더 구체적이 되었다.

***국 영토에 정체 모를 급조된 새로운 지도자가 갑자기 나타나 우크라이나를 볼셰비키들의 굴레에서 해방시키기 위해 진격할 계획을 세웠다. · · · · · · · · · · · · · · · · ·
· ·
· ·
· ·
· ·
· ·
· ·
· * 서로 날카로운 최후 통첩을 주고받았다.

*   원문에 점으로 생략되어 있다.

그날 리옹에 아침부터 돌발적인 북서풍이 불었고 이 때문에 마치 보이지 않는 빨랫줄에 걸린 다 마르지 않은 빨래처럼 안개가 너덜너덜하게 조각나 펄럭거렸다. 돌풍은 격렬하게 거리를 휩쓸어 무방비한 행인들을 넘어뜨렸다. 바람에 날린 모자들이 무거운 새처럼 공중으로 날아갔고 그 뒤를 따라 고무공처럼 기괴하게 펄쩍펄쩍 뛰며 머리 없는 사람들이 쫓아갔다.

저녁 6시쯤 거리에 호외가 돌았다. 거리 교차로 보도에서 바람에 불려 손에서 날아가려는 호외를 붙잡으려는 신문팔이들이 팽이처럼 돌았다. 꿰뚫을 수 없는 안개 그물 아래서 사람들은 채에 잡힌 나비인 양, 너덜너덜한 신문을 날개처럼 서투르게 펄럭거렸다.

카페의 두꺼운 유리창 안에 자리 잡은 단골 손님들이 카드놀이를 하며 장엄하게 카드를 골라 크게 손짓하여 하트의 심장에 날카로운 스페이드 날을 꽂았다.

"득점이요."

"그렇지."

"그럼 우리 패로 이겨주지."

"그래요, 무슈, 이건 장난이 아니오. 저 폭도들이 ***국 군대를 도발해서 자기들 국경을 넘게 유도했어요. 우리 충실한 우방국인 ***의 영토적 주권이 위협받고 있단 말이오. 프랑스는 그런 도발을 그냥 넘기지 않을 거요."

"패스."

"무슨 말씀을!"

"우방국 ***에 군대와 지원을 보냅시다. 볼셰비키들을 쫓아내야지요."

"그럼 우리가 하트로 밟아주지! 그래요, 무슈, 하지만 그런 방식으로는 유럽을 도로 예전의 전쟁 전 질서로 되돌릴 수가 있어요. 내 부관 쥘리에한테도 내가 항상 그 말을 하지. 소련 놈들을 끝장내지 않으면 고물가도 끝낼 수가 없어요."

"스페이드 퀸."

밖에서는 바람이 불어 두꺼운 유리창을 때리고 위로 솟구쳐 지붕에서 지붕으로 건너뛰다가 발이 걸리고 거미줄 같은 안테나에 뒤엉켰다가 빠져나와 계속 달렸고 흔들린 안테나들이 구슬프게 오랫동안 웅웅 울렸다.

그날 저녁 산업 클럽에서는 매일 그렇듯이 손님들이 바카라 게임을 하고 통통한 포르투갈산 굴을 천천히 씹고 고급 와인을 마시며 뷔페에서 실컷 먹었다. 끽연실에서 턱시도를 입은 신사들이 편안한 가죽 소파에 앉아 시가와 담배를 피우며 열띤 대화를 하고 있었다.

그때 매니저가 긴 두루마리를 든 직원 둘과 함께 들어왔다. 두루마리는 펼쳐보니 유럽 지도였다. 직원들이 지도를 벽에 걸었다.

매니저는 소파에 편하게 널브러진 머리가 희끗희끗한 신사들을 향해 돌아서서 미소 지으며 설명했다.

"전쟁이 몇 번 일어나든 여러분은 손 닿는 곳에 지도가 있는 걸 좋아하시지요. 지난번 전쟁 때는 지도를 여섯 번쯤 바꿔 달아야 했습니다. 핀 때문에 구멍투성이가 돼서요."

신사들이 지도 앞에 둥글게 모여 섰다.

구석의 소파 위에 외알 안경을 낀 대머리 신사가 구레나룻을 기른 회색 머리 신사에게 말했다.

"아마 어제 영국 함대가 페테르부르크* 방향으로 출발했다고 하지요…?"

구레나룻을 기른 신사가 은밀하게 그를 향해 몸을 기울였다.

"친구, 내무부 장관이 어제 나한테—당연히 우리끼리만—말해 줬는데 정부가 내일 전시 동원을 선언한다고 합디다. 문명 세계 전체가 일종의 새로운 십자군 같은 연합을 형성해서 그 망할 공산주의자들과 맞선다고 해요. 3주 뒤에는 볼셰비키들이 떨려나가고 러시아에 합법적인 정부가 되돌아올 거요. 런던에 이미 영국과 프랑스 정부의 인지 하에 러시아 이민자 중에서 고위 인사들로 구성된 임시정부가 수립되었소. 심지어 들리는 말에 의하면…" 구레나룻을 기른 신사가 몸을 더 낮게 숙이고 잘 들리지 않는 속삭이는 소리로 말을 마쳤다.

"그게 정말입니까!" 대머리 신사가 관심을 가졌다. "그렇죠, 아주 논리적입니다. 어쨌든 저도 아주 오랜 옛날부터 그렇게 생각했지요. 프랑스 산업은 동쪽에 저 소련이 있는 한 그 위험 요소를 절대로 제거할 수 없을 겁니다. 소련을 해체하고 러시아에 질서를 회복하는 것은 우리 프랑스의 자생적인 공산주의에 결정적인 타격이 될 것이고 우리의 내부적인 산업 전선에서는 승리이겠지요. 그것을 위해서 논리적으로 생각하는 프랑스 전체가 그 어떤 희생에도 절대 물러서지 않을 것입니다…."

밖에서는 텅 빈 거리에서 외로운 오토바이와 경주하며 바람이 불었고 그 바람에 휩쓸려 괴물처럼 거대한 눈송이인 양 호외들이

★   러시아 북서부의 도시. 현재 상트페테르부르크. 소비에트 러시아 시기의 레닌그라드.

휘날렸다. 거리 모퉁이에서 마치 유령처럼, 어깨를 덮은 까만 망토를 쓴 경찰관들이 어색하게 춤을 추었다.

노동자 신문 인쇄소에는 밝게 불이 빛나고 자동주조 식자기가 탁탁 울리며 새까맣게 된 식자공들이 기이한 명장들처럼, 지문 찍듯 잉크투성이가 된 손의 흩어진 손가락 떼를 몰아 조그만 포석 같은 키보드 위를 전속력으로 달렸다. 레버들이 규칙적으로 솟아오르거나 내려갔고 누락된 글자들은 마치 '집합' 명령을 받은 군인들처럼 순식간에 줄을 맞추어 제자리에 놓였다. 그런 뒤 활자들은 다이빙대에서 뛰어내리는 수영선수들처럼 아래로 떨어져 액화 납이 든 수영장에 뛰어들었고 잠시 후에 그곳에서 일관성 있는 문장들이 줄지어 헤엄쳐 나왔다.

"오늘 정오 12시에 첫 운⋯."

또다시 글자가 글자 뒤를 쫓아 열띤 달리기 끝에 잠시 후 새롭게 날렵한 글줄들이 수면으로 떠오른다.

"..송된 무기와 탄약이 리옹에서 출발하여 ***로⋯"

그리고 계속.

"⋯ 향하던 중 독일 국경에서 80킬로미터 지점에서 정지하였는데 이는 철도 노동자들이 소비에트 사회주의 연방 노동자들과의 전쟁에 사용하기 위한 모든 화물을 통과시키는 것을 전면적으로 거부하여 대규모 파업을 일으킨 결과이다."

마침표.

"용감한 동지들!" 식자공이 웃음 짓는다.

또다시 손가락이 키보드 계단 위를 오르내린다. 또다시 하나씩, 한 줄씩, 레버를 발판처럼 타고 곡예사처럼 활자들이 힘겹게 위로 올라갔다가 다음 순간 끓어오르는 수영장을 향해 머리부터 떨어졌다가 끊을 수 없는 문장들의 고리가 되어 새롭게 떠오른다.

"오후 3시 시내에 철도 전시 동원에 관한 포고령이 선포되었다."

그리고 곧이어 다음 줄.

"노동조합연합 중앙위원회는 내일을 기해 총파업을 선언했다."

"동지, 공산당 중앙당이 노동 인민에게 보내는 호소문을 글자크기 12로 앉히시오."

또다시 키보드가 찰칵거린다.

"동지들! 프랑스 부르주아 정부가 영국 자본가들의 명령 아래…"

인쇄소 입구에서 커다란 여러 목소리, 발소리와 소총이 부딪치는 소리가 들려온다. 아래로 내려오는 계단이 남색 제복 사람들로 가득 찬다.

경찰.

저녁 무렵 모든 건물 벽에 빨간 얼룩 같은 대자보가 내걸렸다─노동자와 군인 들에게 보내는 공산당 중앙당의 호소문이다.

7시경 유럽 모든 도시의 대로에 놀라운 소식을 담은 새로운 호외가 돌았다.

영국 비행기가 런던에서 리옹으로 비행하던 중 라망슈 상공에서 짙은 안개 때문에 방향을 잃고 길을 잘못 들어 뜻하지 않게 파리 상공에 있게 되었는데 기적적으로 포격을 피하여 한쪽 날개가 파손되었음에도 불구하고 방역경계선 바깥에 무사히 착륙할 수 있었다.

영국인 비행사가 목격하고 이야기한 것은 너무나 믿을 수 없고 환상적이라 보통은 기사 내용을 그다지 주의 깊게 검증하지 않는 황색 신문들도 대단히 절제하여 그의 이야기를 보도했다.

비행사는 자신이 어디에 있는지 확인하고자 지면에서 거의 100미터도 되지 않는 높이로 날고 있었다. 자신이 파리 상공에 있다는 사실을 깨달았을 때는 이미 늦었고, 그의 호기심이 두려움을 이겼다.

그는 불로뉴숲 쪽에서 날고 있었다. 남풍이 도시 위의 안개를 흩어버린 덕분에 아래쪽을 손바닥처럼 전부 볼 수 있었다. 그의 눈앞에 드러난 파리는 전혀 불타지 않았다. 건물들, 궁궐들, 조각상들─모든 것이 그가 보기에 제자리에 있었으나 사방에서 커다란 변화가 눈에 띄었다. 비행사가 첫 번째로 놀란 것은 도시 위에 거대한 전신주들이 셀 수 없이 많이 솟아 있다는 점이었다. 모든 방향에서 허공을 가르며 전선들이 무한히 이어져 있었다.

비행사는 개선문을 지나서 샹젤리제 대로를 따라 계속 날았다. 그곳에서 그가 본 광경은 이미 모든 가능성의 경계를 넘어선 것이었다.

한때 매끈한 아스팔트 표면이 측정할 수 없이 넓게 펼쳐져 있던 콩코르드 광장에, 마들렌에서 국회까지 그리고 샹젤리제에서 튀일리까지, 오후의 산들바람 아래 이제는 잘 익은 곡식이 벌판 가득 출렁이고 있었다. 그 낟알을 지금 기계화된 수확기가 삼키고 있었는데 수확기를 운전하는 것은 체격이 좋고 햇볕에 탄 하얀 옷을 입은 사람들이었다. 남자들과 여자들, 똑같은 옷을 입은 수확 노동자들이 준비된 짚단을 기다리는 트럭에 민첩하게 옮겨 실었다. 여기저기 수확이 끝난 밭 가장자리에서 여자들이 쉬면서 갓난아이에게

젖을 먹였다.

날아오는 비행기를 보고 수확 노동자들은 일을 멈추고 고개를 치켜들고 흥분해서 손을 흔들었다.

튀일리 공원 위를 날면서 비행사는 공원 안에 만들어진 정착지를 보았는데, 그곳에서 수천 명의 아이들이 놀고 있었는데 모두 똑같은 옷을 입고 똑같은 신발을 신고 똑같이 조그맣고 빨간 모자를 쓰고 있어서 밀밭에 맞닿은 양귀비밭을 떠올리게 했다.

이전에 뤽상부르 정원이 있던 곳에 지금은 햇빛 아래 하얗게 늘어선 콜리플라워, 색색 작물들의 바둑판, 거대한 채소밭이 펼쳐져 있었다.

비행사는 눈앞의 광경에 너무 놀라서 더 이상 관찰을 포기하고 한시라도 빨리 자신이 목격한 바를 정부에 알리고자 도시 상공을 비스듬히 가로질러 날아갔다.

센강 위, 대도시의 다리가 목이 부러질 듯 뛰어올라 허공을 찌르던 곳에서 비행사는 철교 위를 건너는 기차를 보았는데, 어떤 재료를 가득 실은 화물차들이 연결되어 있었다. 거리에 사람은 거의 전혀 보이지 않았고 오로지 밭과 벌판에만 있었는데, 그래도 공장 굴뚝에서 하늘을 향해 가느다랗게 연기가 솟아오르며 이곳에서 보편적이고 강도 높은 노동이 맥박 치고 있음을 증명했다.

남쪽 교외 상공을 날아가다가 비행사는 사나운 포격의 표적이 되어 어쩔 수 없이 상당한 높이로 올라가야 했다. 오로지 능숙하게 방향을 돌린 덕분에 그는 큰 타격을 입지 않고 벗어날 수 있었다.

비행사는 파리가 상당한 병력으로 무장하고 있다고 주장했으며 포탑에서 장거리포를 보았다고 맹세했다.

비행사의 믿을 수 없는 이야기를 라디오가 그날 당장 세상 방방 곡곡으로 전달했다.

저녁이 되기도 전에 프랑스 전체에서 그날의 이야깃거리는 콩코르드 광장에서 곡식을 수확하고 새로운 도시를 세울 정도로 아이들을 많이 낳은 비밀스러운 사람들이었다. 리옹의 모든 카바레에서 그들에 대한 경박한 노래가 울려 퍼졌다.

VI

다음 날의 사건은 진정 어지러울 정도로 빠르게 전개되었다.

오전 10시 리옹에 전국적인 전시 동원령이 선포되었다. 계엄 상황과 집회 금지에도 불구하고 거리는 전쟁 반대의 적대적인 외침과 함께 행진하며 흘러나온 흥분한 군중으로 가득 찼다. 이를 대비하여 조직된 파시스트 애국 자경단이 경찰을 도와 도시를 복종의 굴레 아래 붙잡아두려 애썼다. 예비병들이 떼를 지어 거리를 가로지르며 인터내셔널가를 우렁차게 불렀다. 툴롱에 주둔해 있던 군함 세 척이 빨간 깃발을 달고 바다로 출항했다. 도시는 끓어오르고 출렁거렸다. 진군 명령을 받은 군부대들은 막사 안에서 바리케이드를 치고 창문에 빨간 손수건을 내걸었다.

낮 12시에 일간신문들이 영국 함대가 레닌그라드* 방향으로 출항했다는 소식을 보도했다. 독일 정부는 현재 발생한 충돌에서 엄

---

* 소비에트 러시아 시기 상트페테르부르크의 이름.

격한 중립을 유지하겠다고 선언했다.

　석간신문은 유럽 전체에서 총파업으로 인해 발간되지 않았다. 한껏 열기에 찬 군중이 새 소식에 목마른 채 저녁 8시 무렵 최신 전보를 기다리며 백화점과 공원과 신문 편집국의 거리 스피커*를 점거하기 시작했다. 정확히 7시 45분에 스피커들이 기침을 하고는 기다렸던 방송국의 정규 방송을 내뱉기 시작했다.

　그때 뜻밖에, 규칙적으로 숫자를 세는 소리를 조그맣게 동반하며 그 숫자 세는 소리보다 커다랗게, 마치 소리 죽인 현악단의 연주 중에 갑자기 울리는 청동 나팔의 포효처럼 굵고 낮은 목소리가 울려 퍼졌다.

　"들립니까! 들립니까! 여기는 파리!"

　이 단어들이 너무나 뜻밖이었기 때문에 군중은 흥분해서 끓어오르다가 환청을 들은 건 아닌지 불안해져 갑자기 조용해졌다.

　잠시 동안 스피커에서는 숫자를 세는 불분명한 메아리만 들려왔다. "8, 9, 10⋯." 기대에 차서 열에 들뜬 군중은 더 가까이 귀를 기울였다. 그때 숫자를 세는 소리 사이로 다시 한번 선명한 금속성의 낮은 목소리가 울렸다.

　"들립니까! 여기는 파리!"

　이제는 의심의 여지가 없었다. 서로 밀치고 애쓰며 사람들은 호기심에 차서 스피커를 향해 몰려들었다. 숫자 세는 소리가 멈추었다. 잠시 후 똑같은 목소리가 세 번째로 말했다.

＊　20세기 초 유럽 주요 도시에서 유동 인구가 많은 공공장소에 스피커를 달아 라디오방송이나 급한 소식 등을 방송했다. 현재 한국의 기차역이나 버스 터미널에 있는 공용 텔레비전과 같은 역할이다.

"여기는 파리!"

영국 비행사의 믿을 수 없는 발견이 알려진 뒤에 이 말은 불안한 비밀을 여는 열쇠와 같았다. 잠시 후 목소리가 다시 맑고 쩌렁쩌렁하게 울렸다.

"여기는 파리! 지금 현재 파리시에는 지난 2년간 건설된 일곱 개의 라디오방송국이 있으며 각 방송국 평균 출력은 500킬로와트입니다. 우리 기계를 유럽 대륙의 모든 인기 있는 방송국 주파수 길이에 맞추었습니다. 그 주파수 중 어느 것이라도 연결한다면 어느 안테나보다도 몇 배나 출력 강도가 높은 우리 쪽 목소리를 필연적으로 듣게 될 것입니다…"

목소리가 멈추었다. 잠시 동안 더 강한 주파수에 묻혔던 라디오방송국에서 일본이 소련에 전쟁을 선포했다는 짧은 전보를 보고하는 목소리만 들려왔다. 잠시 후 같은 목소리가 또다시 모든 것을 뒤덮었다.

"노동자 여러분! 군인 여러분! 농민 여러분! 여기는 파리 혁명정부입니다. 여러분이 죽었다고 생각했던 파리는 살아 있습니다. 파리를 여전히 휩쓰는 감염병에 대한 소문은 거짓말입니다. 파리의 감염병 유행은 2년 전에 끝났습니다. 감염병에서 살아남은 사람들은 5월 탄압 당시 감옥에 들어갔던 수천 명의 파리 프롤레타리아뿐입니다. 옛 파리의 잔해 위에서, 감옥에 격리된 덕분에 살아남은 프롤레타리아가 이 2년 동안 새로운 파리를 건설했습니다. 자유로운 노동자 공동체입니다. 지난… 살아남… 해 우리… 시작…"

뒤섞인 거미줄 같은 단어들 사이로 동시에 장난스러운 피아노 화음이 튀어나왔다.

마그달레나, 마그달레나!

마음을 움직여줘, 마음 아파해줘, 내 눈물을 보아줘!

어둠 속 드레스 아래 헤매 다니며

나는 어딘지 모를 곳에서 길을 잃었네.

너의 레이스 숲 속에서

나는 붕붕거리고 애벌레처럼 몸부림치고

이미 아는 길을 찾기 위해

움직일 수조차 없네!

아아, 도와줘, 오, 마그달레나…

사라졌던 방송국의 낮은 목소리가 다시 쩌렁쩌렁하게 울렸다.

"… 여러분의 부르주아 정부들이 세계 최초의 노동자와 농민 국가인 소비에트 사회주의 공화국에 맞서 도발한 제국주의 전쟁은 만국의 혁명 프롤레타리아의 가슴에 칼날이 되어 겨누었으므로 이에 우리는 처음으로 인위적인 격리의 고리를 끊고 직접… 호소하…."

… 나는 헛되이 목표를 겨냥하네,

문을 두드리고 때리고 무릎을 꿇네.

열어줘, 열어줘 나에게 너의 참깨를,

마그달레나, 푹푹푹…!

완고한 테너가 다시 울렸다.

"여기는 노동자의 파리입니다. 노동자 여러분! 농민 여러분! 굴레에 묶인 민중 여러분! 소련과의 전쟁은 여러분에 대한 전쟁이며 우리 공동체에 대한 전쟁이고 우리는 자본주의 유럽의 바다 속 국제적인 혁명의 요새로서 우리 공동체를 수호할 것입니다. 모두 무기를 잡으십시오! 모두 혁명파리로 오십시오! 소련에… 전쟁… 순… 하지 말…."

마그달레나, 마그달레나!

"…정한 노동… 군인과 농민들의 혁명 만세! 자본… 전쟁… 중단하라! …전 만세! 프랑스 소비에트 사회주의 공화국 수도 파리 만세!"

스피커의 까만 입에서 인터내셔널가의 강력한 팡파레가 터져나왔다.

군중은 어떤 열기에 휩싸인 것 같았다. 사람들은 서로 밀치고 부딪치며 달렸다. 놀라움에 벌어진 수천 개의 입이 잦아드는 인터내셔널가 후렴을 이어 불렀다.

그리고 노래의 돛을 한껏 부풀린 민중은 거대한 배처럼 떨리더니 관절에서 소리를 내며 얕은 도로에서 잠시 흔들리다가 무겁게 움직이기 시작했다.

끝.

불타는 시대의
유토피아

1. 작가에 대하여

브루노 야시엔스키Bruno Jasieński(1901~1938?)는 진정 불꽃 같은 삶을 살았다. 어느 시대에나 세상을 바꾸려는 사람들은 그러한 삶을 살게 되는 것인지도 모르겠다.

야시엔스키는 1901년 폴란드 남동부의 클리몬투프라는 작은 마을에서 유대계 의사의 아들로 태어났다. 아버지는 의사로서 작은 시골 마을에서 힘겨운 삶을 사는 가난한 사람들을 위해 최선을 다하여 존경을 받았다. 이러한 집안 분위기와 아버지의 인생관은 어린 야시엔스키에게 영향을 끼쳤다.

1914년 제1차 세계대전이 일어나자 야시엔스키 가족은 전쟁을 피해 러시아 모스크바로 이주했다. 이때는 러시아제국 말기였고, 폴란드는 1790년대에 세 번의 분할 점령을 거쳐 러시아, 프로이센(독일), 오스트리아 세 나라의 식민지가 되어 있었다. 야시엔스키는 청소년이던 17세에 1918년 러시아혁명을 직접 목격했으며, 제국이 무너지고 폴란드가 독립을 되찾는 역사적 사건에서 커다란 감명을 받는다.

1918년에 야시엔스키 가족은 혁명과 내전으로 분열된 러시아를 떠나 다시 폴란드로 돌아왔다. 고등학교를 졸업하고 크라쿠프의 명문 야기엘로인스키대학교에 다니면서 야시엔스키는 동료 학생들과 미래주의단체를 결성하고 실험적인 시를 쓰며 문학 활동을 시작했다. 1923년 크라쿠프에서 대규모 노동자 봉기가 일어나자 야시엔스키는 문학보다도 사회운동에 관심을 갖기 시작한다. 그래서 같은 해 야시엔스키는 당시 폴란드 동부의 대도시 르부프(현재 우크라이나 리비우)로 가서 노동자 신문 발간에 참여한다. 이후 1925년에는 프랑스 파리로 이주하여 사회운동과 문학 활동에 전념한다. 이해에 집필한 〈야쿱 셸라의 시Słowo o Jakubie Szeli〉는 1846년에 실제로 일어났던 농민 봉기와 그 지도자 야쿱 셸라에 대한 혁명적 대서사시이다. 폴란드 문학계에서는 지금도 이 작품을 야시엔스키의 대표작으로 꼽는 경우가 많다.

《나는 파리를 불태운다Palę Paryż》는 1928년부터 1929년까지 프랑스 잡지 〈뤼마니테L'Humanité〉에 프랑스어로 연재되었다. 폴란드어로는 1931년에 폴란드의 루이Rój 출판사에서 처음 발간되었다.

야시엔스키는 파리에 거주하면서 프랑스 공산당에 입당하여 적극적으로 활동했다. 《나는 파리를 불태운다》도 혁명에 대한 강렬한 신념, 그리고 노동자와 탄압받는 민중에 대한 믿음을 거침없이 드러내는 작품이다. 이 작품이 〈뤼마니테〉에 연재된 시기는 러시아에서 공산혁명이 일어난 지 갓 10년이 넘었을 때였고, 유럽의 모든 국가들이 러시아와 소비에트연방을 주시하며 공산혁명을 경계하고 있었다. 그래서 프랑스 정부는 야시엔스키를 추방하기로 결정한다. 야시엔스키는 독일로 강제 추방당했다가 프랑스에 불법 밀입국한 뒤 프랑스에서 당시 레닌그라드로 갔다. 일설에 의하면 독일에서 프랑스까지 걸어서 갔다고 한다. 레닌그라드는 당시 러시아 사회주의 소비에트연방 공화국의 가장 서쪽, 유럽에 가장 가까이 있는 도시였다. 1929년 야시엔스키가 레닌그라드에 기차를 타고 도착했을 때 수많은 인파가 그를 환영했다고 한다.

이후 야시엔스키는 소련에 귀화하여 9년간 공산주의자로서, 그리고 작가로서 대중적인 인기를 얻으며 전성기를 구가했다. 1931년에 발표한 희곡《마네킹들의 무도회Бал манекенов》는 야시엔스키가 러시아에서 러시아어로 처음 발표한 작품이다. 제목처럼 마네킹들의 무도회에 인간이 잘못 들어오면서 일어나는 사건을 묘사하는데, 자본주의 사회를 비판하는 풍자적이며 초현실주의적인 내용이다. 같은 해에 어린이 소설《인력거꾼의 아들Сын рикши》도 러시아어로 발표했는데, 이 작품은《나는 파리를 불태운다》의 주인공 중 하나인 중국인 판창퀘이에 대한 부분만 따로 떼어 어린이 소설로 개작한 것이다.

야시엔스키는 소비에트연방의 공식 문화예술 사조였던 사회주의 리얼리즘을 적극 받아들여 1930년대 초중반에 많은 사회주의 리얼리즘 단편들을 발표했다. 사회주의 리얼리즘은 문화예술을 공산주의 사상 전파와 선동의 도구로 활용해야 한다는 기본적인 신념 아래 대중적이고 이해하기 쉬우며 당시 공산당 노선에 부합하는 내용을 줄거리로 삼는다는 특징을 가진다. 1934년 소련에서 정식으로 채택하기 전부터도, 혁명이나 사회 변화를 다룬 많은 러시아 문학 작품에서 사회주의 리얼리즘적인 특징을 발견할 수 있다.

야시엔스키는 사회주의 리얼리즘의 대중적이며 선동적인, 즉 독자의 강렬한 감정을 불러일으키는 속성에 자신만의 실험 정신을 더하여 자본주의와 오래된 인습에 젖은 반동분자들의 음모를 추적하는 추리소설 혹은 스릴러 형식의 작품들을 발표하였다. 1932년에서 1933년에 걸쳐 발표한 《사람이 피부를 바꾼다Человек меняет кожу》는 중앙아시아에 대형 댐을 건설하는 노동자들이, 구습에 젖어 이를 저지하려는 현지 기득권층의 음모를 밝혀내는 스릴러다. 이 작품은 1935년에 레닌그라드 외국어 출간 협동조합에서 야시엔스키 작품 중 최초로 영어로 번역하여 출간하기도 했다.

그러나 1938년 스탈린의 대숙청이 시작되자 야시엔스키는 곧바로 체포되었다. 유작이 된 《무관심한 자들의 음모Заговор равнодушных》를 집필하던 중이었다. 비밀경찰에 구금되어 고문당하던 당시에 야시엔스키가 스탈린에게 보낸 편지가 남아 있다. "조국이 나에게 죄가 있다 한다면 저는 죄를 인정하겠습니다. 부디 고문을 멈추어 주십시오…"라는 참담한 내용이다.

야시엔스키는 이후 강제수용소로 보내졌다. 그가 언제 어디에서 죽음을 맞이했는지는 알 수 없다. 1938년에 사망했다는 주장이 있는가 하면, 1940년에 수용소에서 목격되었다는 증언도 있다. 번역가이자 편집자로 일했던 그의 아내 안나 베르진Анна Берзинь도 얼마 후에 체포되어 강제수용소에 갇혀 고통받았고 야시엔스키의 어린 아들 안드레이는 고아원으로 보내진 데다 강제로 이름이 바뀌었다. 이렇게 야시엔스키는 스탈린이 죽이고 가두고 지워버린 수많은 다른 뛰어난 작가들과 함께 그렇게 문학사에서 사라지는 듯했다.

그러나 1953년 스탈린이 사망하고 공포정치가 끝나면서 '해빙기'가 찾아왔다. 1955년, 비록 죽은 뒤이지만 야시엔스키는 사면되어 모든 권리를 되찾았다. 안나 베르진은 생존하여 남편 야시엔스키의 원고들을 모아 1957년에 브루노 야시엔스키 작품 선집을 출간했다. 여기에는《사람은 피부를 바꾼다》등 러시아어로 출간된 작품들은 물론《나는 파리를 불태운다》를 포함 야시엔스키가 러시아로 이주하기 이전에 다른 언어로 쓴 작품들도 러시아어로 번역하여 수록하였다. 2003년에는 프랑스의 펠렝출판사Éditions du Félin에서《나는 파리를 불태운다》프랑스어판을 출간했으며, 2012년에는 체코에 본사를 둔 트위스티드스푼Twisted Spoon 출판사에서《나는 파리를 불태운다》영어판을 출간하였다. 야시엔스키의 고국 폴란드에서는 지라파로야Jirafa Roja 출판사가 2006년에《나는 파리를 불태운다》와 함께 야시엔스키가 이 소설을 쓴 계기가 된 프랑스 작가 폴 모랑의 풍자 소설 〈나는 모스크바를 불태운다〉를 묶어 폴란드어로 출간했다. 지라파로야 출판사는 비슷한 시기에 야시엔스키의 단편과 희곡 등을 출간하기도 했다.

폴란드에서 야시엔스키는 미래주의 운동을 시작한 독특한 작품 세계를 가진 현대 시인으로 평가받는다. 러시아에서 야시엔스키는 사회주의 리얼리즘 작가, '소련 작가'로 여겨져 소련 해체와 함께 잊혀버렸다. 혁명 사상가이자 유토피아 문학자로서 야시엔스키에 대한 평가는 찾기 힘들다.

2. 작품에 대하여

작품의 기원

《나는 파리를 불태운다》는 그 강렬하고 선동적인 내용 때문에 출판사를 찾기 쉽지 않았다. 야시엔스키가 작품 앞부분 헌사에서 언급한 토마시 동발Tomasz Dąbal(1890~1937)은 야시엔스키와 함께 공산주의 활동에 참여했던 활동가인데, 파리의 출판계에 인맥이 닿아《나는 파리를 불태운다》가 〈뤼마니테〉에서 연재될 수 있도록 도와주었다. 토마시 동발은 1923년에 소련에 귀화했으며 야시엔스키가 사망한 것으로 추정되는 해의 전해인 1937년 비밀경찰에 체포되어 사형당했다.

그러나 야시엔스키가 동지를 위해《나는 파리를 불태운다》를 쓴 것은 아니다.

1925년 프랑스 풍자 작가 폴 모랑Paul Morand(1888~1976)이《열애에 빠진 유럽L'Europe Galante》이라는 작품집을 발간했다. 여기에 수록된 〈나는 모스크바를 불태운다Je brûle Moscou〉라는 중편에서 폴 모랑은 공산혁명 직후 소비에트 연방의 수도가 된 모스크바를 하루 저녁 동안 돌아다니며 겪은 일들을 묘사했다.

이 중편에 나타난 모스크바, 그리고 모스크바로 상징된 소비에트연방은 문란하고 혼란스러우며 천박하다. 특히 폴 모랑은 공산혁명을 유대인들의 혁명으로 폄훼하고 소비에트 러시아가 유대인들이 지배하는 사회이기 때문에 성적으로 문란해지고 도덕적으로 타락했다는 식으로 인종차별적인 묘사를 서슴지 않았다. 러시아 공산혁명을 주도한 사람들 중 레닌이 유대계 혈통이라는 점을 유독 집요하게 물고 늘어진 것이다.

《나는 파리를 불태운다》는 이 모욕적인 소설에 대한 야시엔스키의 답변이다. 프랑스어로 '불태우다brûler'라는 동사에는 속어로 '돌아다니다, 휘젓고 다니다'라는 의미가 있어서 폴 모랑은 주인공이 모스크바를 '돌아다닌다'는 의미로 이 동사를 사용하였다. 야시엔스키는 폴 모랑의 이런 경박한 관점에 대한 대답으로 파리가 감염병에 휩싸이고 고립되고 분열되고 '불타서' 마침내 착취적인 자본주의 수도로서 종말을 맞이하고 공산주의적 공동체로 새로 태어나는 과정을 묘사했다.

여기서 야시엔스키는 폴 모랑이 〈나는 모스크바를 불태운다〉(혹은 〈나는 모스크바를 돌아다닌다〉)에서 제기한 두 가지 문제, 즉 성적 문란 및 타락 문제와 유대인이 사회 주도권을 가진다는 인종적 문제를 더 깊고 넓게 파고든다. 《나는 파리를 불태운다》에서 야시엔스키가 생각하는 성적인 문란과 타락의 근본적인 원인은 자본주의다. 1부의 주인공 피에르가 공장에서 해고되어 파리의 뒷골목을 헤매다 가난에 못 이겨 친구를 따라 미성년자 성매매를 알선하는 포주로 나서려 시도하는 장면은 자본주의가 힘없는 개인을 성적 문란과 도덕적 타락의 세계로 밀어 넣는 과정을 적나라하게 보여준다. 그리고 2부에서 미국인 자본가 데이비드 링슬레이는 흑사병으로 격리된 파리에 고립되어 자신은 외롭고 무의미한 삶을 살았다는 고통스러운 깨달음을 마주한다. 이 역시 자본과 욕망이 인간을 이기주의에 빠뜨리고 다른 인간 모두를 위한 삶에 등 돌리게 만든 결과다.

반면 링슬레이의 조카 아치볼드는 노동자 투쟁의 선두에 섰다가 삼촌인 링슬레이가 요청한 경찰 폭력에 희생되어 사망한다. 죽은 조카의 창백한 얼굴은 링슬레이의 기억 속에서 사라지지 않는다. 그리고 중국인 판창퀘이, 프랑스 공화국의 르코크 동지나 라발 동지 등, 노동자로서 각성하고 공산주의적인 삶을 지향하는 인물들은 인종이나 국적을 초월하여 영웅으로 묘사된다. 라발 동지는 격리되어 굶주리는 공동체에 식량을 공급하기 위해 목숨을 바친다. 판창퀘이는 아시아 소공화국의 지도자로서 감염병의 위협에서 공동체를 보호하기 위해 스스로 죽음을 선택한다.

삶과 죽음, 삶의 의미와 목적의 문제가 자본주의와 공산주의 중 어느 쪽을 신봉하는가의 간단한 문제로 치환되었다면 이 작품에서 이들은 모두 생존했어야 한다. 그러나《나는 파리를 불태운다》1부와 2부의 주요 등장인물들은 전부 죽는다. 게다가 자본주의와 공산주의라는 사상의 문제만으로는 솔로민 형제의 비극적인 파멸을 설명할 수 없다. 애초에 이 작품에서 가장 중요한 장치인 흑사병은 자본주의나 공산주의와는 크게 관련이 없다.

대체 어째서 흑사병인가? 왜 전부 다 죽는가?

재앙 이후 마침내 도래하는 유토피아

《나는 파리를 불태운다》에 나타난 유토피아의 구조는 유대교 신비주의에 바탕을 두고 있다. 야시엔스키 본인은 공산주의자로서 종교를 배격했다. 그리고 본래 성 '지스만Zysman'을 어머니의 성을 따라 좀 더 평범한 폴란드식 '야시엔스키'로 바꾸어 정식으로 개명했다. 이런 점을 보면 야시엔스키가 유대교나 유대인 혈통에 크게 의미를 두지 않았다고 이해할 수 있다. 그러나 유럽 문화 속에서 태어나 자란 사람에게 이상적인 사회, 완벽한 세계라는 개념은 종교와 끊을 수 없이 단단하게 연결되어 있게 마련이다. 그래서 야시엔스키는 이상 사회의 구조나 이상 사회가 도래하는 기본적인 방식을 상상할 때 유대교에서 영감을 얻었던 것이다.

유대교에도 여러 교파와 해석이 존재하는데, 그중 신비주의적 관점에 따르면 이상 사회가 도래하기 위해서는 먼저 기존의 세계가 종말을 맞이해야 한다. 기존의 세계는 대재앙 속에 종말을 맞이한다. 유대교 신비주의에 따르면 물리적인 재해나 사고만이 아니라 도덕적 타락, 사회 전체의 윤리적인 부패도 일종의 영적인 재앙으로 이해할 수 있다.

특이한 점은 유대교 신비주의에서 기존 세계의 멸망을 알리는 '작은 예언자'가 먼저 찾아온다고 설명한다는 것이다. '작은 예언자'는 재앙이 닥쳐온다는 것, 세계가 멸망한다는 것을 알리고 많은 경우 그 재앙 속에서 기존 세계와 함께 죽는다.《나는 파리를 불태운다》에서는 피에르가 이 '작은 예언자'의 역할을 한다고 볼 수 있다. 그가 파스퇴르 연구소에서 훔친 병원균이 하필 흑사병균으로 설정된 이유에는 중세 유럽에서 흑사병이 신의 형벌로 여겨졌다는 종교적인 배경도 작동했을 것이다. 실제로 야시엔스키가《나는 파리를 불태운다》를 집필하던 시기에 세계적으로 가장 무서운 감염병은 흑사병이 아니라 인플루엔자(독감)였다. 1919년부터 1920년까지 세계적으로 대략 5000만 명의 사망자가 발생했다. 1914년부터 1918년까지 벌어졌던 제1차 세계대전 전사자와 민간인 사망자를 다 합친 사망자 수보다 약 1000만 명 정도가 더 많은 숫자다.

기존의 세계가 완전히 멸망한 후에 진정한 선지자가 이상 세계와 함께 도래한다.《나는 파리를 불태운다》3부에 파리의 모든 사람이 감염병으로 사망한 뒤에 갑자기 나타나는 농업 기반의 유토피아적 공동체가 바로 이 이상 세계이다.

《나는 파리를 불태운다》에서 말하자면 선지자의 역할을 하는 것은 사람이 아니라 공산주의라는 사상과 혁명이다. 이 사상과 변혁의 도래를 알리는 방식은 청각적이다. 미국의 역사학자 러셀 재코비Russell Jacoby의 연구서《그림처럼 불완전한Picture Imperfect》에 따르면 그리스도교 중심 문화권의 고전적인 유토피아 문학은 시각적이다. 토머스 모어Thomas More는 유토피아 문학 장르의 선구적인 작품《유토피아Utopia》(1516)에서 이상 사회인 '유토피아' 섬의 집과 거리의 모습을 세세하게 묘사하고 심지어 유토피아 주민들이 입는 옷의 색깔까지 지정한다. 이에 비해 유대교에서는 신의 모습, 즉 완벽한 이상을 시각적으로 묘사하는 것이 금지되어 있기 때문에 유토피아는 언제나 청각적이라고 재코비는 설명한다.《나는 파리를 불태운다》의 마지막 부분에서는 공산주의 혁명가 '인터내셔널가'가 울려 퍼진다. 자본주의 사회의 억압적인 라디오방송은 경박한 유행가를 틀어 혁명의 소리를 짓누르려 하지만 군중은 '인터내셔널가'의 소리에 화답하여 "거대한 배처럼 육중하게 움직이기 시작한다."

토머스 모어의 《유토피아》 이후 유럽 문학 전통에서 유토피아 소설들은 모두 이상 사회의 시각적인 풍경과 함께 사회 체제, 정치 구조, 교육 방식이나 윤리적인 방향까지 최대한 상세하게 묘사하려 노력했다. 러셀 재코비는 이러한 '시각적인 유토피아'가 작가 자신의 주관적인 이상을 독자에게 강요하는 결과를 낳는다고 비판한다. 게다가 작가의 시대에 아무리 기발하고 신선해 보였던 발상이라도 시간이 지나면 결국은 낡아버리게 마련이다. 결국 '시각적인 유토피아'를 추구하는 작품들은 오래되고 현실에 맞지 않는 발상을 이상적이고 완벽하다며 독자에게 억지로 주입하려는 문헌으로 남아버린다.

이런 측면에서 《나는 파리를 불태운다》는 독특하다. 야시엔스키는 이상 사회의 한 조각만을 잠깐 보여줄 뿐 많은 것을 설명하지 않는다. 그리고 그가 살짝 보여주는 이상 사회의 모습은 자본주의에 대한 비판과 공산주의와 혁명에 대한 열정으로 가득했던 1, 2부와는 달리 보편적이며 원초적이다. 사람들이 농사를 짓고, 먹을 것이 풍부하고, 자연이 생기를 띠고, 건강하고 풍요로운 곳, 모두가 미소를 띠고 손을 흔드는 곳이다. 누군들 그런 사회에서 살고 싶지 않겠는가?

공산혁명은 이미 실패했고 베를린 장벽이 무너진 지 벌써 36년이 흘렀지만 《나는 파리를 불태운다》가 여전히 매력적인 이유가 여기에 있다. 우리는 팬데믹을 겪었고, 사회적 혼란과 갈등을 겪어냈고, 기후위기와 자연재해 속에서 불안한 미래를 바라보고 있다.

세상 곳곳에서 전쟁이 끊이지 않고 계속해서 사람이 죽는다. 건강하고 풍요롭고 평화로운 세상에 대한 갈망은 그 어느 때보다 강하다. 특히 대한민국이 커다란 혼란을 이겨내고 이제 새로운 시대를 앞두고 있는 만큼, 정치와 권력을 넘어선 이상 사회에 대한 근본적인 논의가 어느 때보다도 필요해 보인다.

인종차별적 한계

나는 대학원 시절 동유럽 유토피아 소설에 대해 박사 논문을 쓰기 위해 자료를 찾다가 학교 도서관에서 《나는 파리를 불태운다》 초판본을 발견했다. 그리고 그 강렬한 매력에 빠져들었다. 특히 솔로민 형제의 이야기에서 분단국가 한국의 역사와 6·25 전쟁을 배경으로 가족이나 형제간의 사상적 대립을 다루는 수많은 영화나 드라마를 떠올리지 않을 수 없었다. 중국인 주인공 판창퀘이와 중국 문화, 중국의 근현대 역사와 1920년대 당시 아시아의 정치·경제 상황에 대한 깊이 있는 묘사도 인상적이었다. 나중에 러시아에 갔을 때 모스크바 국립도서관에서 논문 자료를 찾다가 《인력거꾼의 아들》을 발견하고 야시엔스키가 판창퀘이라는 인물에 쏟았던 애정을 다시 한번 확인할 수 있었다.

야시엔스키는 중국이 영국을 중심으로 한 서양 제국주의 세력에게 시달리며 멸망하는 듯 보이다가 1927년 공산혁명을 일으켰다는 사실에 대단히 감명을 받은 듯하다. 야시엔스키의 관점에서 러시아보다도 더욱 최근에 공산혁명을 일으킨 나라이고, 게다가 러시아와 달리 중국은 외세 제국주의와 자본주의의 압제를 떨치고 공산혁명을 일으켰기 때문이다. 그런데 중국인 판창퀘이를 제외하면《나는 파리를 불태운다》에 실질적으로 비서구인 주인공은 등장하지 않는다. 판창퀘이를 감염시켜 살해하는 일본인 연구원이 조역으로 등장할 뿐이다. 야시엔스키는 작품 속에서 파리를 세계 전체의 축소판으로 설정하고 여러 인종이 파리 안의 서로 다른 구역에서 소공화국을 만들어 생존을 위해 투쟁하는 모습을 그렸는데 여러 비서구인 인물이 중요하게 다뤄지지 않는다는 것은 의아하다. 재즈밴드의 흑인 연주자들은 이름도 없이 감염되어 그저 죽어나가는 모습만 묘사된다. 아프리카 대륙이야말로 지금까지도 서유럽 제국주의가 남긴 상처에 시달리며 자본주의에 착취당하고 있는데, 흑인 등장인물이 그저 이름도 없이 죽어가는 모습으로만 묘사되는 것은《나는 파리를 불태운다》의 슬픈 한계이다.

각자의 이상향과 삶의 의미

야시엔스키와 같은 시기에 비슷하게 비극적인 삶을 살았던 러시아 소비에트 작가 중에 안드레이 플라토노프Андрей Платонов(1899~1951)라는 사람이 있다. 이 플라토노프가 남긴 유일한 장편이자 대표작이《체벤구르Чевенгур》이다. 나는 이 책을 학부 시절에 읽었는데,《체벤구르》에서도 "그곳에 사회주의가 있다"는 한 마디에 주인공이 러시아를 가로질러 이상 사회 '체벤구르'를 찾아간다. 그런데 이상적인 사회주의 공동체를 건설한 '체벤구르' 사람들은 결국 마지막에 모두 죽는다.

그래서《나는 파리를 불태운다》를 읽고 나서도 나는 사람들이 왜 유토피아에서 전부 죽는지 궁금해졌다. 야시엔스키도 플라토노프도 17~18세라는 비슷한 나이에 공산혁명을 직접 목격했고 공산주의를 신봉했으며 혁명 후에 더 좋은 세상이 올 것이라 믿었다. 비록 말년에는 둘 다 스탈린에게 탄압당해 야시엔스키는 수용소에서 죽고 플라토노프는 빈곤과 궁핍 속에 폐결핵으로 죽었지만, 그 전부터 야시엔스키와 플라토노프는 이상 사회가 불가능하다는 걸 알고 있었던 걸까?

그렇기도 하고 아니기도 하다. 야시엔스키와 플라토노프 모두 작품 안에서 인간의 실존적 고립이라는 철학적 문제를 공산주의라는 정치·사회 체제를 통해 해결할 수 있다고 믿었다. 사람마다 각자 생각이 다르고 삶의 경험이 다르며 몸이 작동하는 방식도 조금씩 다르고 그렇기 때문에 나의 생각과 너의 생각이 완전히 같을 수는 없으며 타인의 마음을 100퍼센트 완벽하게 공명(공감이 아니다)하여 이해할 수 있는 사람은 없다. 그래서 사람은 누구나 외롭다. 죽음은 그 외로움의 궁극적 결말이다. 사람은 누구나 늙고 병들고 죽는다. 나 대신 늙고 나 대신 아프고 나 대신 죽어줄 수 있는 사람은 없다. 그리고 죽고 나면 과연 저승이나 천국이 있는지, 내가 없어져도 나에 대한 기억을 누군가 간직해줄지, 어차피 죽을 텐데 내 삶이 어떤 의미가 있는지, 이런 질문에 명확하게 과학적으로 검증된 대답을 해줄 수 있는 사람은 아무도 없다.

야시엔스키는 공산주의가 여기에 대한 답을 줄 수 있다고 생각했다. 소련 군인이자 볼셰비키인 세르게이 솔로민은 러시아제국을 그리워하는 형 보리스 솔로민에게 말한다.

"자기 손으로 진흙을 이겨서 자기 집을 만들 벽돌을 굽고 건물의 토대를 닦고 땅 위로 한 층 한 층씩 쌓아 올린다는 게 무슨 뜻인지 형은 알아? 새롭고 단단하고 더욱 완벽해진 삶을 건설 한다는 것… 나 자신이 그 엄청난 인간 눈사태의 핵심이 되어 날아올라 미래를 향해 간다고 느끼는 것…"(274쪽)

세르게이 솔로민은 공동체 안에서 삶의 의미를 찾는다. 뜻을 함 께하는 동지同志들과 새로운 세상을 자기 손으로 건설하는 것이 그 에게 삶의 의미이다. 자신이 죽더라도 동지들이 남아 그 뜻을 계속 이어갈 것이므로 "우리 같은 사람들은 죽지 않는다"고 세르게이 솔 로민은 자신 있게 말한다. 삶의 의미를 찾았기 때문에 그는 죽음이 두렵지 않다. 야시엔스키는 공산주의라는 정치·경제적 체제가 이 렇게 개인에게 삶의 의미를 가져다줄 수 있다고 믿었던 것 같다.

그러나 사람은 모두 다르다. 그런 체제 안에서 삶의 의미를 찾 는 사람도 있지만 그렇게 하지 않는 사람도 있고, 할 수 없는 사람 도 있다. 그리고 야시엔스키가 믿었던, 모두가 평등하고 모두가 동 지이며 모두 함께 더 나은 미래를 향해 나아가는 공동체적인 공산 주의는 애초에 존재하지 않았다. 그가 귀화했을 때 소비에트연방 은 스탈린이라는 독재자가 움켜쥐고 있었고 야시엔스키는 결국 독 재자의 손에 끔찍하고 고통스러운 방식으로 목숨을 잃었다.

인간은 불완전한 존재이고, 그렇기에 인간이 건설한 사회는 이 상적일 수도 완벽할 수도 없다. 오히려 그래서 우리는 언제나 이상 향을 꿈꾸는지도 모른다. 유토피아는 꿈꾸고 바라볼 수만 있을 뿐 가닿을 수는 없기 때문이다.

3. 번역에 대하여

    이 책은 '루이' 출판사의 1931년 판본을 원본으로 사용했다. 작가 사후 70년 이상 경과했으므로 이 작품은 저작재산권이 소멸되어 폴란드어판 위키문헌Wikiźródło에 파일이 공개되어 있다. PDF 파일을 중심으로 작업하면서 내가 직접 폴란드 가서 사 온 지라파 로야 출판사의 2006년판 종이 책도 정서적 안정을 위해 책상 위에 놓고 바라보면서 번역했다.

    야시엔스키는 시 창작으로 문학 활동을 시작했고 시에서 실험적이고 파격적인 표현들을 사용하며 작품 세계를 구축했다. 그래서 《나는 파리를 불태운다》에서도 문장 자체가 어렵지는 않지만 독특한 비유가 많이 나와서 번역할 때 의미와 맥락을 전달하려고 신경을 썼다. 전개가 빠른 데다 장면 하나하나가 강렬하고 선명하여 번역 작업 자체가 크게 부담스럽지는 않았다. 그러나 벌써 수십 번이나 읽었는데도 보리스 솔로민의 죽음, 라발 동지의 죽음, 판창 퀘이의 죽음을 번역하면서 또다시 마음이 아프고 눈물이 났다.

《나는 파리를 불태운다》의 깊은 울림, 마음을 뒤흔드는 장면들을 한국어로 번역해서 한국 독자들에게 알리고 싶다고 처음 생각한 때로부터 벌써 20년 정도가 지났다. 이렇게 선명하게 '새빨간' 책을 한국에서는 절대로 출간할 수 없을 것이라 여기고 포기하고 있었는데 번역서가 나오게 되니 감개무량하다.

공산주의는 망했고 야시엔스키는 죽었다. 《나는 파리를 불태운다》와 함께 야시엔스키의 삶이 우리에게 남기는 교훈이 있다면 이상 사회는 없다는 것이다. 다시 한번 말하지만 유토피아는 꿈꾸고 바라볼 수만 있을 뿐 현실에서 이룩할 수는 없다. 그럼에도 불구하고, 혹은 바로 그렇기 때문에 우리는 더 나은 세상을 위해 나아가야 한다.

다만 야시엔스키처럼 하나의 목표를 향해 전력 질주하는 게 아니라 조심스럽게 주위를 살피며, 연대하는 동지의 손을 잡고, 같은 길을 더 느리게 더 힘겹게 가는 동지가 있으면 나도 걸음을 조절하는 법을 배워 서로 받쳐주고 끌어주며 나아가야 한다. 더 나은 세상을 향해 함께 가는 그 길이 유토피아이다.

Palę Paryż